„Schürfwunden“ ist ein Roman, der im Gebiet des Braunkohletagebaus spielt und die Themen Umsiedlung und Enteignung aufgreift. Dennoch sind alle Figuren und Geschehnisse rein fiktiv. Ähnlichkeiten mit lebenden Personen oder realen Namen wären Zufall und sind von der Autorin nicht beabsichtigt.

Anja Wedershoven

Schürfwunden

Ein Tagebau-Roman

ACABUS
Verlag

Wedershoven, Anja: Schürfwunden. Ein Tagebau-Roman, Hamburg, ACABUS Verlag 2013

1. Auflage
ISBN: 978-3-86282-158-7

Dieses Buch ist auch als eBook erhältlich und kann über den Handel oder den Verlag bezogen werden.
PDF-eBook: ISBN 978-3-86282-159-4
ePub-eBook: ISBN 978-3-86282-160-0

Lektorat: Eva Bömer, ACABUS Verlag
Umschlaggestaltung: ds, ACABUS Verlag

Der ACABUS Verlag ist ein Imprint der Diplomica Verlag GmbH, Hermannstal 119k, 22119 Hamburg.

Bibliografische Information der Deutschen Nationalbibliothek
Die Deutsche Nationalbibliothek verzeichnet diese Publikation in der Deutschen Nationalbibliografie; detaillierte bibliografische Daten sind im Internet über http://dnb.d-nb.de abrufbar.

http://www.acabus-verlag.de
Printed in Europe

Viel Freude beim Lesen!

Anja Weckoshoven

1

Je weiter Katja ins Tagebaugebiet fuhr, desto staubiger wurden die Straßen. Seit Wochen kaum Regen. Nur kurze Gewittergüsse, die verdunstet waren, noch bevor sich die Wolken verzogen hatten. Sie kurbelte ihr Autofenster wieder hoch, obwohl die Septembersonne den Wagen aufgeheizt hatte. Keine gute Idee, mit ihrer Großmutter zum Abriss der Kirche zu gehen. In den letzten Monaten war Charlotte immer magerer und gebrechlicher geworden. Wie ein aus dem Nest gefallenes Vogeljunges, dachte Katja.

Die körperliche Schwäche hatte die Sturheit ihrer Großmutter nicht gemildert. Dass sie ihr Haus nicht verlassen wollte, obwohl alle anderen weggezogen waren, war typisch für sie. Dabei wurde ihr Husten durch den Kohlestaub mit jedem Tag schlimmer.

„Irgendwann werden sie enteignen", hatte Katjas Mann über die allmählich zu Neige gehende Geduld der Braunkohlegesellschaft gesagt. Damit hatte Robert wohl recht. Robert hatte meistens recht. Seit er Richter am Oberlandesgericht geworden war, hatte er noch häufiger recht. Katja verscheuchte den Gedanken und schaltete das Autoradio ein. Eigensinnige Frauen waren halt nicht Roberts Ding. Er mochte Charlotte noch nie.

Die Landstraße wurde in diesem Gebiet kaum noch befahren. Nur Schaulustige und ehemalige Bewohner der verlassenen Dörfer verirrten sich hierher. Bröckelnder Asphalt. Von Unkraut überwucherte Leitplanken. Der Renault ruckelte über einige Haufen Schotter, die ein Lastwagen verloren haben musste. Hinter der Kurve kam Katja ein Radfahrer entgegen. Sie schaltete einen Gang herunter und fuhr mit größtmöglichem Abstand an dem alten Mann mit Schirmmütze vorbei. Dennoch hüllte ihn eine Staubwolke ein. Im Rückspiegel sah sie, dass er abgestiegen war und wild gestikulierte.

„Tut mir leid", murmelte sie und wischte sich den Schweiß von der Stirn.

Unter den Song im Radio mischte sich der Klingelton ihres Handys. Charlotte. Sie wartete vermutlich schon.

„Hallo Omi, ich bin in fünf Minuten bei dir. Geht's dir gut?"

„Mir geht et immer gut." Im Innenraum des Wagens klang das Brüchige in ihrer Stimme noch besorgniserregender, als wenn man ihr gegenübersaß.

„Sicher?"

„Sicher." Charlotte hustete.

„Hast du genug getrunken? Es ist schwül heute, du musst viel trinken."

„Liebet Kind, ich bin zwar alt, aber noch nich' senil."

„Das habe ich ja auch nicht behauptet. Aber es wäre vernünftiger, du würdest zu Hause bleiben. Wir könnten zusammen Patiencen legen."

„Du glaubst, ich leg hier seelenruhig Patiencen, während dat Gesocks unsre Kirche abreißt?"

Katja musste grinsen. „Nein. Nicht wirklich. Aber es wird nichts ändern, ob du protestierst oder nicht. Ob du dein Plakat in die Luft hältst oder nicht."

Charlotte schwieg.

„Bist du noch dran, Omi?"

Ein Räuspern antwortete ihr. „Aber ich will mein Plakat inne Luft halten." Dann legte ihre Großmutter auf.

*

Charlotte legte das Telefon auf den Wohnzimmertisch und lehnte sich im Sessel zurück. Diese ewige Müdigkeit! Seit gut zwei Jahren kämpfte sie nun schon dagegen an. Sie strich die Bluse glatt, die um ihren Oberkörper schlabberte. Ein Gürtel. Sie wollte doch noch einen Gürtel raussuchen.

Am Morgen hatte sie sich vor dem improvisierten Spiegel in der Küche ihre von Natur aus wild abstehenden grauen Locken noch weiter hochtoupiert und ein rotes Band hineingebunden. Dazu die rote Bluse angezogen, die sie immer trug, wenn sie gegen die Umsiedlung ihrer Dörfer protestierte. Vor zwei Jahren hatte die noch tadellos gesessen. Aber jetzt … Auch ihre Büstenhalter waren viel zu weit geworden und Charlotte hatte sich angewöhnt, eine elastische Binde über ihren Brustkorb zu streifen, wenn sie außer Haus musste. Damit sah sie fast wie ein Knabe aus. „Mach mir keine Sperenzkes mit die jungen Mädels", hatte sie zu ihrem Spiegelbild gesagt und gekichert.

Mehr trinken? Ihre Enkeltochter hatte ja recht. Außer einer Tasse Kaffee am frühen Morgen hatte Charlotte tatsächlich noch nichts getrunken. Sie streichelte langsam über den weichen Pelz des Katers, der sich neben ihr auf dem breiten Ohrensessel eingerollt hatte und schlief. Jeshim schnurrte leise.

„Tja, wir werden alt. Tun 'ner Katze eigentlich auch manchmal die Knochen weh?" Sie griff nach ihrem Stock. „Aber wenn ich seh, wat du gestern wieder für 'nen Schlamassel angerichtet hast …" Auf der großen Pappe, die an einen Besenstiel genagelt in der Ecke neben der Anrichte stand, prangten zwischen den Buchstaben Abdrücke von Katzenpfoten. Jeshim war mit einem eleganten Sprung auf den Tisch gelangt, um nach ihrem Pinsel zu jagen, und sie hatte ihren Protestspruch nicht rechtzeitig vor seinen flinken Bewegungen retten können.

„Da sind deine Fußabdrücke drauf, die Polizei kann dich jederzeit finden." Mit einem zufriedenen Blick auf das gemeinschaftliche Kunstwerk stand Charlotte auf. Der Schmerz zog durch ihre Beine bis ins Kreuz. Sie kämpfte um ihr Gleichgewicht. Und gewann. Auch dieses Mal wieder. Also alles in Ordnung. Mit kleinen Schritten machte sie sich auf den Weg in die Küche. Warum war ihr schon wieder schwindelig? Nicht über den Teppich fallen! Ludwig hatte ihn ihr zum 68. Geburtstag geschenkt. Sie erinnerte sich so genau daran, weil er zwei Monate später gestorben war. Ein Schlaganfall. Während Charlotte noch auf dem Weg zum Kühlschrank war, hörte sie, dass die Haustür aufgeschlossen wurde.

„Bist du das?", rief sie Richtung Flur.

*

Jedes Mal, wenn ich das Haus meiner Großmutter betrete, überfällt mich sein Geruch schon im Flur. Ein Geruch nach feuchtem Gemäuer, staubgetränkter Luft und Kölnisch Wasser. Nach Filterkaffee, nach Lavendelsäckchen, nach Alter. Der Geruch meiner Großmutter. Wenn ich ihr nahe komme, um ihr in der Küche zu helfen oder sie über den Rand der Duschwanne auf den Kunststoffhocker zu setzen, scheint mir, dass ihr Körper und der betagte Bauernhof denselben Geruch angenommen haben. Dass weder der Duft von Seife noch der von frisch gewaschener Kleidung das überdecken kann. Charlotte riecht wie ihr Haus. Ihr Haus riecht wie Charlotte.

Manchmal gehe ich als Erstes ins Wohnzimmer, reiße die Fenster auf und ermahne sie, regelmäßig zu lüften. Als ob das etwas ändern würde. Als ob in diesem Haus Platz für etwas Neues, etwas Frisches wäre.

Nein, da ist kein Raum. Die Zimmer quellen über von den Lebensgeschichten vieler Generationen, das Mauerwerk ist getränkt mit Erinnerungen, und im Knarzen der Bodendielen höre ich die Stimmen all der Menschen, die hier gewohnt haben. Unzählige Vergangenheiten leben im Haus meiner Großmutter.

Und Charlotte lebt in der Vergangenheit. Ich kann sie mir ebenso wenig wie die Generationen vor ihr ohne diese Mauern denken. Als würde sie sich auflösen und verschwinden, wenn man sie aus ihrem Haus herausnähme. Als würde man mit dem Gebäude ihre Lebensgeschichte auslöschen. Und meine Großmutter klammert sich mit aller ihr verbleibenden Kraft an den alten Bauernhof, obwohl die Bagger unaufhaltsam näher kommen. Obwohl es hier nur Vergangenheit, kaum Gegenwart und keine Zukunft gibt.

Jedes Mal, wenn ich das Haus meiner Großmutter betrete, höre ich ihre Stimme. Sie ruft: Bist du das? Ich lausche, ob sie kräftig klingt oder schwach, ob sie von Husten unterbrochen wird oder ob es Charlotte an diesem Tag gut geht. Bist du das?

Ja!, antworte ich dann, bevor ich ins Wohnzimmer gehe. Ja, ich bin's.

Jedes Mal, wenn ich das Haus meiner Großmutter betrete, sehe ich den Verfall aller Dinge. Die Trockenblumensträuße sind von Spinnweben überzogen, der Schimmel arbeitet sich vom Gewölbekeller, wo er seit Jahrzehnten schon wohnt, über die Außenmauern nach innen vor, und die alten Sektkelche und Kristallglaskaraffen im Wohnzimmer sind seit Jahren erblindet. Der Kampf, den meine Großmutter gegen den Verfall des Hauses und ihren eigenen führt, ist vergeblich. Aber sie führt ihn mit Mut und Entschlossenheit. Wird ihn bis zum Schluss führen. Bis zu ihrem Ende, das schneller kommen wird, als ich wahrhaben will. Bis zu einem Tag im Mai, an dem niemand mehr rufen wird:

Bist du das?

*

Ralf Hilbersen stolperte fast über die niedrige Stufe im Eingang der GBA, der Gesellschaft für Braunkohle. Er war spät dran. Vor dem Spiegel im Fahrstuhl rückte er seine Krawatte gerade und entdeckte dabei die eingetrocknete Tomatensauce auf dem Kragen seines Jacketts. Verdammt! Ausgerechnet heute! Die Kirche in Lossweiler sollte abgerissen werden. Als Leiter der Umsiedlungsabteilung konnte er sich vor einem solchen Termin nicht drücken. Hätte ihm der Fleck nicht früher auffallen können? Er kratzte mit dem Fingernagel daran herum. Evelyn hätte ihn niemals so aus dem Haus gehen lassen. Hilbersen fluchte.

Als der Aufzug im achten und damit obersten Stockwerk ankam, empfing ihn stickige Luft. Es war ungewöhnlich warm für einen Septembertag. Vielleicht könnte er sich erlauben, das Sakko abzulegen. Er war sowieso nicht sicher, ob die rostrote Krawatte zum Anzug und zum Anlass passte. Im Vorzimmer fuchtelte die neue Sekretärin ungeduldig mit den Händen:

„Dr. Wienands wartet in Ihrem Büro. Er hätte bereits vor einer halben Stunde einen Termin mit Ihnen gehabt! Auf Ihrem Handy konnte ich Sie auch nicht erreichen."

Hilbersen zuckte zusammen. Der Rechtsanwalt! Wie hatte er das vergessen können? Aber seit seine Frau ihn vor acht Wochen vor die Tür gesetzt hatte, weil sie *seine unglaubliche Passivität und sein provozierendes Desinteresse an ihr und seiner Karriere* nicht mehr ausgehalten hatte, unterliefen ihm ständig Fehler. Er war zerstreut und unkonzentriert.

„Könnten Sie uns einen Kaffee … einen Cappuccino, also zwei Cappuccino reinbringen, Frau Brunowski?"

Die junge, strebsame Sekretärin sah ihn ungeduldig an. „Das habe ich längst gemacht. Ich wollte Dr. Wienands nicht ohne einen Kaffee warten lassen."

„Danke. Sie denken wirklich an alles." Während er seine Aktentasche auf ihrem Schreibtisch öffnete und dabei einen Stapel von Dokumenten zu Fall brachte, überlegte Hilbersen, wie er dem Anwalt der Tagebaugesellschaft seine Verspätung erklären sollte.

„Können Sie nicht aufpassen!" Frau Brunowski beugte sich zu den Akten hinunter und blieb dabei mit ihrem Blick an seinem Jackettaufschlag hängen.

„Ach ja, der Fleck." Er legte das Sakko ab und hielt es ihr hin. „Meinen Sie, Sie könnten versuchen …? Ich muss nachher in Lossweiler vor die Presse treten."

Die Sekretärin schüttelte missbilligend den Kopf und zog ihre blütenweiße Bluse glatt, bevor sie mit spitzen Fingern nach dem Jackett griff.

„Ihre Gattin hat wohl bislang die Sachen für Sie in die Reinigung gebracht!"

„Ja." Er strich über seine Krawatte. „Ja, in der Tat."

„Ich kann Ihnen gerne eine gute Reinigung empfehlen."

Hilbersen zögerte. Ihr Tonfall ärgerte ihn. Andererseits war er gerade heute auf ihre Hilfe angewiesen. Er beschloss, diplomatisch zu bleiben.

„Ich wäre Ihnen dankbar, wenn Sie meinen Fauxpas ausnahmsweise ausbügeln könnten." Damit drückte er auf die Klinke seiner Bürotür und öffnete sie betont schwungvoll. „Und bringen Sie mir bitte auch einen Cappuccino."

Dr. Wienands stand am Fenster und beobachtete das Treiben auf dem Marktplatz, wo wie jeden Freitag der Wochenmarkt stattfand.

„Entschuldigen Sie meine Verspätung! Ich bin aufgehalten worden. Ein Bewohner von Neu-Lossweiler, der eine Reklamation hatte.“ Hilbersen eilte hinter seinen Schreibtisch und ließ sich auf den gepolsterten Ledersessel fallen. Wienands knurrte leise. Signalisierte das jetzt Zustimmung oder Unwillen?

„Ich werde es kurz machen.“ Der Anwalt nahm ihm gegenüber an dem schweren Holztisch Platz und rührte heftig in seiner nur noch halb gefüllten Tasse. Der Kaffee schwappte über und durchtränkte die beiden Amaretto-Makrönchen, die Frau Brunowski auf den Rand der Untertasse gelegt hatte.

„Wir müssen den Antrag auf Enteignung für Lossweiler auf den Weg bringen. Oder haben die beiden Herrschaften es sich inzwischen anders überlegt?“

Hilbersen sah sehnsüchtig auf die Makrönchen. Er hatte kein Frühstück gehabt.

„Leider nein. Ich fürchte …“, er dachte an die alte Frau, die ihm vor mehr als zehn Jahren den Krieg erklärt hatte und mit einer unglaublichen Zähigkeit an ihrer Weigerung festhielt, „… uns bleibt nichts anderes übrig als die Behörde einzuschalten.“

„Dann ist das richtig, dass ich in Sachen Frau Charlotte Rinke, geboren am 26.04.1921, wohnhaft Nelkenweg 68 und Herrn Josef Radek, geboren am 27.12.1939, wohnhaft Nelkenweg 70, einen Antrag auf Enteignung stelle?“

Hilbersen zögerte. Obwohl ihm klar war, dass er um ein Verfahren nicht herumkam, fühlte er sich unbehaglich.

„Wir müssen den Antrag jetzt stellen“, insistierte der Anwalt. „Also in meinen Augen ist das einfach nur Altersstarrsinn. Warum bleibt eine 86-Jährige in diesem Geister-Dorf wohnen, bis wir sie rausklagen müssen?“ Er schüttelte verständnislos den Kopf. „In einem schönen Altersheim hätte sie es viel besser: Nette Gesellschaft, geregelte Mahlzeiten …“

„Frau Rinke hängt an ihrem Haus.“ Hilbersen fühlte sich genervt durch die Allgemeinplätze des Anwalts.

„Wer von uns hängt nicht an irgendwas. Aber es gibt doch einen Punkt, an dem der Verstand einem sagt, dass Schluss ist.“

Hilbersen schwieg und starrte auf die Amarettini, die sich immer mehr aufzulösen schienen.

„Aber die Ratio scheint bei den Herrschaften schon ins Grab vorangegangen zu sein." Wienands hatte die Fingerspitzen aneinandergelegt und sah sehr zufrieden mit sich aus.

Hilbersen blickte missmutig auf die Seidenkrawatte des Anwalts. *Einen* Versuch könnte er ja …

„Warten Sie noch eine Woche mit dem Antrag! Ich werde Frau Rinke und Herrn Radek ein letztes Angebot unterbreiten."

Der Anwalt zuckte mit den Schultern. „Wenn Sie mich fragen, ist das völlig sinnlos. Aber des Menschen Wille … Wie oft haben Sie eigentlich schon mit denen geredet? Um Geld geht es ja wohl nicht dabei. Herr Radek mit seinem Anwesen wäre doch regelrecht reich geworden."

„Um ihn mache ich mir auch keine Sorgen. Der ist einem Enteignungsverfahren gewachsen. Ein zäher Knochen. Ein alter Sturkopf. Aber Frau Rinke … Haben Sie sie mal kennengelernt?"

„Gott bewahre, nein! Eine gesunde Distanz zu persönlichen Schicksalen sollte man in unserem Beruf schon haben."

„Natürlich." Hilbersen lockerte seine Krawatte. *Gesunde Distanz.* Evelyn hatte ihm oft fehlende Durchsetzungskraft vorgeworfen. Aber so berechnend und kalt wie Wienands hätte er auch nicht sein mögen. Der Rechtsanwalt war mit allen Wassern seines Berufsstandes gewaschen.

„Anders als Sie lerne ich die Bewohner der Dörfer zwangsläufig kennen. Frau Rinke schon vor zwölf Jahren. Ich bin ihr auf so vielen Versammlungen und Protestkundgebungen …" Er hielt inne, da ihm auffiel, dass Frau Brunowski immer noch nicht mit seinem Cappuccino erschienen war. Sein Verlangen nach einer Tasse Kaffee war groß. Der morgendliche Filterkaffee aus einer beim Auszug auf die Schnelle mitgenommenen, altersschwachen Kaffeemaschine war dünn ausgefallen. Andererseits war sie vielleicht gerade damit beschäftigt, den Fleck aus seinem Jackett zu entfernen. Der Anwalt trommelte mit den Fingern auf der Tischplatte.

„Eine solche Diskrepanz zwischen körperlicher Gebrechlichkeit und Willensstärke ist mir noch nie begegnet, Dr. Wienands. Frau Rinke ist eine beeindruckende alte Dame. Viel zu selbstständig für ein Altenheim."

„Hat sie keine Familie, zu der sie ziehen könnte?" Das Trommeln hatte aufgehört.

„Ihre Kinder leben im Ausland, wenn ich richtig informiert bin. Es gibt eine Enkeltochter hier, aber …"

„Na, wer weiß, wie wir im Alter sein werden! Vielleicht sind wir in dreißig Jahren genauso halsstarrig." Wienands schien die Diskussion abkürzen zu wollen. Er schaute auf seine Uhr. „Ich muss gleich weiter. Also … warte ich bis Ende nächster Woche mit dem Antrag? *Ihre* Entscheidung."

„Ja, warten Sie noch die paar Tage."

„Gut. Aber danach ist Schluss. Wenn die beiden Herrschaften Rechtsmittel einlegen … wie die Naturschützer … Sie wissen, wie lange sich das hinziehen kann. Ich muss übrigens eine vorzeitige Besitzeinweisung gegen diese Hippies beantragen. Die werden wir jetzt von ihrer Wiesenschaumkrautidylle verjagen. In drei Wochen soll der Bagger …"

„Ja, natürlich, machen Sie das. Stellen Sie meiner Sekretärin einfach die Kopien zu." Hilbersen stand auf.

„Mach ich." Der Anwalt schlürfte hastig den letzten Schluck Kaffee und erhob sich ebenfalls. Seine kleine, schmächtige Gestalt reichte Hilbersen gerade bis zur Nasenspitze. „Auf Wiedersehen und viel Glück für Ihre …", er lachte kurz auf und fügte mit sarkastischem Unterton hinzu, „Verhandlungen."

„Ebenso."

„Und ein schönes Wochenende." Die Schritte des Anwalts wurden von dem weichen Teppich verschluckt, dann schlug die Bürotür hinter ihm zu.

„Ein schönes Wochenende", murmelte Ralf Hilbersen vor sich hin. Die Makrönchen waren zu einem dunklen Brei aufgeweicht. Mit dem Brieföffner trennte er eine Portion des Keks-Kaffee-Gemisches ab und probierte. Er konnte nicht sagen, was ihn mehr ekelte: Die Konsistenz oder die Tatsache, dass er sich an den von Wienands verschmähten Makrönchen vergriff. So oder so. Er brauchte dringend etwas zu essen. Hilbersen schob die Tasse zur äußersten Ecke des Schreibtischs und öffnete das Fenster zum Marktplatz.

Enteignungsverfahren. Gegen die Naturschützer lief es schon seit zwei Jahren. Aber die hatten die Obstbaumwiesen ganz gezielt gekauft, um Ärger zu machen. Überzeugungstäter. Protest-Profis. Wenn die Polizei sie irgendwann endlich von den Bäumen losgesägt und weggetragen hatte, gingen sie nach Hause zu ihren Familien. Bei Frau Rinke und Herrn Radek war das anders.

Die Kirchturmuhr schlug zwei Mal. Schon halb elf. Immer noch kein Cappuccino. Hilbersen musste los. „Zeigen Sie sich solidarisch", hatte sein Chef ihm aufgetragen. „Solidarisch, aber sachlich. Das wird auch bei der Presse einen guten Eindruck machen." Er beschloss, sich unterwegs ein Brötchen und einen Kaffee zu kaufen.

*

Als Katja und Charlotte am Kirchplatz von Lossweiler ankamen, duftete es bereits nach gebratenen Würstchen. Ein Werbebanner für *Das einzig wahre Warsteiner* überspannte die Straße, die in diesem Abschnitt gereinigt worden war.

„Soll dat hier 'n Volksfest werden?“, protestierte Charlotte, als Katja ihr aus dem Wagen half. „Sogar Toilettenhäuskes haben die aufgestellt.“ Sie stützte sich auf ihrem Stock ab und ging mühsam ein paar Schritte auf dem festgetretenen Erdreich. Hinter der Absperrung gegenüber dem Kirchenportal hatte bereits eine Menschenmenge Stellung bezogen.

Katja nahm den Protestspruch aus dem Wagen und hakte ihre Großmutter auf der linken Seite unter. „Wo willst du stehen?“

„Wo die Journaille mich auch sieht.“

Charlotte hatte seit Jahren alle Zeitungsberichte gesammelt, in denen über ihren Widerstand gegen die Braunkohle geschrieben worden war. Artikel mit Fotos hingen im Wohnzimmer über dem Sofa. Aber in letzter Zeit war es ruhig geworden. Niemand schien sich mehr für sie und das Verschwinden ihrer Heimat zu interessieren.

Katja führte sie durch einen Pulk Menschen, der unwillig Platz machte. Die Kirchenfenster leuchteten in der Septembersonne. Das Stimmengewirr empörte Charlotte. Die Leute schienen fröhlich zu sein. Sie ließ sich von ihrer Enkeltochter das Protestschild geben und stützte sich zwischen Stock und Besenstiel ab. *Wo man Kirchen zerstört, zerstört man am Ende auch Menschen*, stand auf der grauen Pappe. Dazwischen Abdrücke von Katzenpfoten. Der erste Fotograf ließ nicht lange auf sich warten.

„Könnten Sie sich damit vor das Portal stellen, mit der Kirche als Hintergrund? Rechts hätte ich dann noch den Abrissbagger im Bild … ja, das ist gut.“

*

Nach zehn Minuten Fotoshooting beobachtete Katja besorgt ihre Großmutter, die auf immer wackligeren Beinen neben ihr stand.

„Soll ich nicht den Rollator aus dem Auto holen? Dann könntest du dich zwischendurch hinsetzen.“

Charlotte schüttelte energisch den Lockenkopf. Ihr Haarband hatte sich gelöst und hing nun schräg zwischen Ohren und Kragen. Wieder hustete sie. Katja nahm sich vor, endlich mit ihr zu einem Spezialisten zu gehen.

„Möchtest du was trinken? Ich kauf uns eine Flasche Sprudel. Dass die Fotografen dich so durch die Gegend scheuchen müssen …"

„Bleib lieber hier. Ich glaub, die fangen gleich an."

Katja warf einen Blick auf das Abrissgelände. Tatsächlich, da tat sich was. Ein Mann im orangefarbenen Anzug kletterte in das Führerhaus des Abrissbaggers und beobachtete von oben, wie die Feuerwehr sich mit Wasserschläuchen im richtigen Winkel zum Kirchturm positionierte. Letzte Presseleute wurden hinter die Absperrung gescheucht, und die Polizei fuhr noch einmal im Schritttempo um den Kirchhof. Katja fühlte den Blick eines jungen Mannes auf sich ruhen, der ihr schon während der Presseaktion mit Charlotte aufgefallen war. Wiederholt hatte er zu ihr herübergesehen. Wer war das? Sie hatte ihn vorher noch nie wahrgenommen. Weder in den Dörfern noch bei den Veranstaltungen der Braunkohle. Unsicher erwiderte sie sein Lächeln. Wie dunkel seine Augen waren. Noch dunkler als ihre. Vielleicht wirkten sie auch nur im Kontrast zu seinem strahlend weißen, weit geschnittenen Hemd so dunkel. Solche Hemden trug hier niemand sonst.

„Kennst du den Mann da drüben?", fragte sie ihre Großmutter. „Ist das jemand vom Umsiedlungskomitee?"

Charlotte warf nur einen kurzen Blick auf den Fremden. „Nee, kenn ich nich'. Wenn er zu denen gehört, will ich ihn auch gar nich' kennen."

„Schon gut." Katja seufzte. „Aber der da scheint *dich* zu kennen."

„Guten Morgen, Frau Rinke. Schön, Sie wiederzusehen!"

Ein großer Mann im Anzug kam mit schwerem, ein wenig linkischen Gang auf die beiden Frauen zu. Charlotte ignorierte die ausgestreckte Hand und richtete ihren Blick fest auf die Kirche. Katja sah ihn entschuldigend an.

„Sie fühlt sich nicht wohl, wissen Sie … der Abriss …"

„Natürlich. Ich verstehe." Er drückte ihre Hand. „Und Sie sind Frau … helfen Sie mir, bitte."

„Katja Vohsen. Die Enkeltochter von Frau Rinke."

„Richtig, die Enkeltochter. Ralf Hilbersen, sehr erfreut. Auch wenn es angenehmere Anlässe gibt …"

„Das ist wahr. Leben Sie auch in …?"

„Pah!“ Charlotte unterbrach ihre Enkeltochter. Aus ihrem blassen Gesicht stachen rot die Äderchen hervor und ihre Hand zitterte, als sie mit dem Stock auf den Boden pochte.

„Der is’ vonner Braunkohle. Dat is’ ein starkes Stück, dass Sie die Chuzpe haben, hier aufzutauchen. Macht Ihnen das Spaß, zuzugucken, wie wir unsre Kirche verlieren?“

Hilbersen schaute zu Boden. „Es macht mir keinen Spaß, verehrte Frau Rinke. Das müssen Sie mir bitte glauben. Aber ich sehe es als meine Pflicht an, die Bewohner an einem so schweren Tag zu begleiten. Die GBA ist solidarisch. Wir stehen in einer besonderen Verantwortung. Wir wissen, dass es Dinge gibt, die man nicht ersetzen kann.“

„Ihr Mitgefühl können Sie sich sparen.“ Charlottes Stimme wurde immer heiserer. „Und von einem Dünnbrettbohrer wie Ihnen brauch ich auch nicht V*erehrte* genannt zu werden.“

„Aber Omi! Nun sei doch nicht so unfreundlich. Herr Hilbersen tut nur seine Pflicht.“

„Jau, das haben sie damals auch gesagt. Wir sind in den Krieg gezogen? Das war doch unsre Pflicht. Wir haben die Juden umgebracht? Aber das war unsre Pflicht. Pflicht!!! Da krich ich die Pimpernellen!“

Katja war erleichtert, als der Baggerführer jetzt den Motor startete und der Lärm das Gespräch beendete. Sie warf einen raschen Seitenblick zu dem Mann im weißen Hemd, aber er schaute auf das Kirchengebäude. Herr Hilbersen beugte sich zu ihrem Ohr hinunter.

„Ich lasse Sie wohl besser allein mit Ihrer Großmutter.“ Mit einer angedeuteten Verbeugung verschwand er in der Menschenmenge. Charlottes Hände zitterten immer noch. Katja hätte gern einen Arm um sie gelegt, aber ihr war klar, dass man Charlotte jetzt weder trösten noch besänftigen konnte.

*

Zwei Mal wehrte sich der Kirchturm gegen den Stoß des Abrissbaggers. Beim dritten Mal fiel er. Wie in Zeitlupe drehte er sich im Fall, krachte mit der Spitze in eines der Buntglasfenster der Westseite und stürzte zu Boden. Eine riesige Staubwolke nahm Charlotte den Blick auf die Trümmer.

So schnell geht das, dachte sie bitter. Rubbeldiekatz, weg ist er.

Die Feuerwehr richtete ihren Wasserstrahl gegen die zerborstenen Dachschindeln, bis die Sicht wieder klarer wurde. Der Turm war beim Aufprall auf den Boden in zwei Teile zerbrochen. An der Bruchstelle ragte das nackte Holzgerüst, von den Ziegeln nur noch unzureichend bedeckt, in die Luft.

Wie ein Skelett. Charlotte wurde schwindelig. Katja sagte etwas zu ihr, das sie im Lärm der Maschinen und Menschen nicht verstand.

Der riesige Greifarm des Abrissgeräts öffnete sich erneut und machte sich an der oben entstandenen Öffnung der Kirche zu schaffen. Trümmer und Staub rieselten herab, wurden sofort vom Wasser aus den Feuerwehrschläuchen durchtränkt.

Wie ein riesiges Tier, das Steine und Erinnerungen frisst. Charlottes Körper fühlte sich taub an. Vergeblich suchte sie nach einem Gefühl von Schmerz. Nichts. Nicht mal eine Gänsehaut.

Jetzt fiel das große Fenster mit dem Heiligen Antonius zu Boden. Sie zuckte zusammen. Nur die Glasrosette über dem Portal war vor dem Abriss ausgebaut worden, um sie in der Kapelle in Neu-Lossweiler wieder einzusetzen.

Charlotte schloss die Augen. Plötzlich bedrängten sie Erinnerungen. Erinnerungen an das Licht, das bei Peters Beerdigung durch das Fenster des Heiligen Antonius gefallen war. Erinnerungen an Gebete und Gesänge, an einen Kindersarg. Sie öffnete die Augen wieder. Aber der Gedanke an ihren Sohn ließ sich nicht mehr verdrängen. Peter war fünf Jahre alt gewesen. Wie alle Kinder in der Nachkriegszeit spielte er mit seinem älteren Bruder auf den Feldern und Wiesen. Immer wieder fanden die Kinder dort Waffen und Granaten. Manchmal auch Bomben. Doch fast immer ging es gut. Bis Peter die Brandbombe im Feld entdeckte. Charlotte hatte gerade Kartoffeln abgießen wollen, als eine Explosion und Kindergeschrei sie aufschreckten. Peters großer Bruder kam ihr schon im Hof entgegen. Sie sah sein Gesicht und begriff sofort.

Hier auf dem Friedhof neben der Kirche hatte sie Peter begraben. Vor fast einem halben Jahrhundert. Nichts war von ihm übriggeblieben, als das Grab bei der Umbettung geöffnet wurde. Nicht mal Knochenreste, die sie zusammen mit Ludwigs Sarg auf den Friedhof in Neu-Lossweiler hätte bringen können.

Charlotte nahm nur noch verschwommen wahr, wie der Trümmerberg auf dem Kirchhof wuchs. Als ob sie nicht genug Trümmer in ihrem Leben gesehen hätte. Sie spürte einen stechenden Schmerz auf der Haut. Wie damals, als sie versucht hatte, mit ihrer Schürze den brennenden Phosphor auf Peters Körper zu löschen. Er hatte noch gelebt, als sie zu ihm kam. Sie kannte die Schreie von Verwundeten, hatte während des Krieges eine Zeitlang im Lazarett gearbeitet. Aber die Schreie des eigenen Kindes … Charlotte hielt sich die Ohren zu. Das Lärmen des Baggers schien sie zu verhöhnen. Dazu der Chor … der Chor stimmte das *Sanctus* an, der Sarg wurde mit Weihrauch gesegnet und der Pfarrer erstickte mit dem glockenförmigen Kerzenlöscher das Ewige Licht.

Das konnte doch nicht … Charlotte blinzelte. Der mit Lilien geschmückte Kindersarg stand zwischen den Trümmern der Kirche. Daneben Ludwig. Ihr Mann legte eine Hand auf das weiß getünchte Holz.

„Du bist schon lange tot“, wollte Charlotte sagen, aber Ludwig lächelte ihr zu. War sie auch tot? Wie strahlend weiß sich die Lilien vom Schutt abhoben! Wie aus weiter Entfernung hörte sie Katjas Stimme. Ihre Enkeltochter rief ihren Namen, lauter und lauter. Warum schrie sie? Und warum griff niemand ein, als Steinbrocken und Staub auf Peters Sarg fielen! Charlotte machte einen Schritt auf die Kirche zu und fiel.

*

Gleichzeitig mit mir beugt er sich über meine Großmutter, sein Gesicht berührt fast das meine. Seine Finger fühlen nach dem Puls an Charlottes welkem Hals.

Gleichmäßig, nur ein bisschen schnell, sagt er, wir sollten sie in den Schatten bringen. Er schiebt seine Arme unter ihren schmalen Körper.

Die ersten Presseleute werden aufmerksam, als er sie mühelos hochhebt, sie wie ein Kind durch die Menge trägt. Die Menschen starren und lassen uns kaum durch, die Kameras sind wieder auf Charlotte gerichtet.

Machen Sie doch bitte mal Platz, rufe ich. Sein weißes Hemd leuchtet makellos in der Septembersonne, nur die Ärmel haben jetzt erdige Flecken. Unter einem Baum, abseits der Menschen, legt er sie nieder.

Hier ist es kühler, sagt er, hier ist die Luft besser.

Ja, antworte ich staunend. Staunend über das Gefühl von Freude, das der Fremde in mir auslöst. Er riecht gut, nicht nach einem Aftershave oder Eau de Cologne, er riecht, wie seine Stimme klingt – warm und rau, leicht würzig. Sein Geruch erinnert mich an frisch gemahlenen Zimt.

Herr Hilbersen tritt zu uns, schaut besorgt. Er fingert sein Handy aus der Jackettasche. Ich werde einen Krankenwagen rufen, sagt er. Da öffnet Charlotte die Augen und stöhnt.

Warten Sie, es ist nur ihr Kreislauf. Ich halte Hilbersen am Unterarm fest, er soll nicht telefonieren. Ich kenne Charlotte, sie will nicht ins Krankenhaus.

Ich habe etwas zu trinken im Auto, sagt die Stimme des Fremden, sie scheint mir jetzt schon vertraut, der Klang bringt mich zum Lächeln. Doch ich will meine Freude nicht zeigen, ich knie mich neben Charlotte ins Gras.

Wie fühlst du dich? Ich ziehe das rote Band aus ihren Haaren, als könne sie dann besser atmen. Schon will sie sich aufsetzen, sie bleibt nie lang am Boden, und ich lege ihr einen Arm um die Schulter zur Unterstützung. Herr Hilbersen schaut skeptisch.

Es könnte aber auch ein Schlaganfall sein, sagt er, wir sollten auf jeden Fall einen Krankenwagen ...

Nicht ins Krankenhaus, flüstert Charlotte, sie kneift mir in den Arm.

Ich beruhige sie, ich verspreche ihr, kein Krankenhaus! Der Fremde kommt mit Wasser und einer Decke zurück. Da sind kleine Sprenkel in seinen dunklen Augen, stelle ich fest, als er mir die Flasche reicht. Er schiebt die Decke zwischen meine Großmutter und den Baumstamm, er schaut zu Herrn Hilbersen hoch.

Ich kümmere mich, sagt er. Dann nicken beide.

Charlotte trinkt in großen, hastigen Schlucken, ich halte sie fest und schaue dabei in seine Augen. Die Sprenkel darin sind hell, beige vielleicht, vielleicht auch goldfarben.

Jens Mahnke, stellt er sich vor. Er reicht mir über die Beine meiner Großmutter hinweg eine Hand.

Katja, sage ich und warte einen Augenblick zu lang mit meinem Nachnamen, Katja Vohsen.

Jens lächelt, er sieht mich forschend an, in seinen Augen scheint es zu funkeln, zu sprühen, er nimmt den Blick nicht mehr von mir. Meine Wangen glühen.

Es ist wirklich heiß für einen Septembertag, murmele ich, dann schaue ich Charlotte wieder an, die immer noch trinkt.

Der Lärm der Baustelle verstummt, wie auf Kommando schauen wir alle drei zur Kirche hinüber, aber die Menschen versperren uns die Sicht. Am Rand steht Herr Hilbersen vor Presseleuten.

Schon fertig?, fragt Charlotte. Sie gießt sich etwas Wasser in die Handfläche, reibt sich damit übers Gesicht. So schnell geht das, sagt sie mit ihrer krächzenden Stimme, rubbeldekatz, ganze Kirche fort.

Jens nimmt diesmal Charlottes Handgelenk, sieht auf seine Armbanduhr, zählt, ich frage ihn, ob er Arzt sei. Er schüttelt den Kopf und zählt weiter.

Entschuldigung, ich wollte nicht stören. Ich stehe auf und laufe ein Stück nach vorne. Noch ist die Kirche nicht ganz verschwunden, da steht noch ein Rest. Mit den unregelmäßigen Bruchrändern sieht sie wie abgeschmolzen aus. Ich werfe einen verstohlenen Blick auf den Mann bei meiner Großmutter, was soll diese Freude? Das ist ein fremder, viel jüngerer Mann, der so nett ist, deiner Großmutter zu helfen, rufe ich mich zur Ordnung. Aber als ich zurückgehe zu den beiden, stelle ich mich neben ihn. Nah. So nah, dass der Stoff meiner Hose sein Hemd berührt.

Charlotte versucht aufzustehen, ihre Finger suchen in der aufgebrochenen Rinde des Eichenbaums nach Halt, ihre Beine tragen sie kaum, sie schwankt. Jens legt ihr einen Arm um den Oberkörper, er hält sie leicht und sicher, fast sieht es aus, als würden ihre Füße den Boden nicht mehr berühren.

Ich bringe Sie nach Hause, sagt er.

*

„Hab ich doch gerne getan“, sagte der junge Mann. Charlotte ließ sich mit einem erleichterten Seufzen in den Ohrensessel sinken und atmete tief durch. Im Haus war es kühl und ruhig. Jeshim strich ihr zur Begrüßung um die Beine. Während sie seinen Rücken streichelte, ließ auch das verdammte Herzklopfen endlich nach. Das Bild von Peters Sarg in den Kirchentrümmern verblasste allmählich.

„Trotzdem“, sagte sie, „das war nicht selbstverständlich. Nicht auszudenken, was passiert wäre, wenn ich ins Krankenhaus …“ Ein Hustenanfall unterbrach sie. Ihr Helfer musterte sie besorgt.

„Wollen Sie sich nicht lieber etwas hinlegen?“

„Nein, danke. Hier zu Hause … es geht mir schon viel besser, Herr …“ Wie war noch sein Name gewesen? Als er sich ihrer Enkeltochter vorgestellt hatte, war das Rauschen in ihrem Kopf noch zu stark gewesen. Aber der junge Mann schien die indirekte Frage nach seinem Namen überhört zu haben. Im Flur klapperte etwas, dann kam Katja eilig ins Wohnzimmer.

„So, jetzt habe ich alles. Vielen Dank, Herr Mahnke.“ Sie reichte ihm den Autoschlüssel. „Ich glaube, wir kommen hier allein zurecht. Willst du dich nicht hinlegen, Omi?“

„Das habe ich ihr auch schon vorgeschlagen. Aber …“, er hielt ihre Hand mit dem Schlüssel immer noch fest, „… sagen Sie doch bitte Jens zu mir!“

Charlotte horchte auf. Die Stimmen der beiden … Also wenn sie nicht alles täuschte … Und wie Katjas Augen auf einmal leuchteten. Dieser Jens Mahnke durfte auf keinen Fall sofort wieder gehen.

„Können wir Ihnen ’nen Kaffee kredenzen?“ Charlotte zwinkerte ihrer Enkelin zu, die jetzt vor ihr hockte, um ihr aus den Schuhen zu helfen. „Ich hab noch Marmorkuchen im Kabäusken.“ Katja schien den Wink falsch zu verstehen.

„Was hast du denn heute gegessen, Omi? Wie ich dich kenne, allenfalls eine Scheibe Brot zum Frühstück.“

Sie zuckte mit den Schultern. „Ich hatte keinen Appetit.“ Erneut sah sie Katja schelmisch an und machte eine verstohlene Kopfbewegung zu ihrem Begleiter hin.

„Du musst aber essen. Kein Wunder, dass dir schlecht geworden ist“, schimpfte Katja.

Mein Gott war das Kind schwer von Begriff!

„Deswegen werden wir jetzt Kuchen essen. Wir alle drei!“

Der junge Mann im schmutzigen weißen Hemd stand immer noch unschlüssig im Wohnzimmer. Die Sonne brachte den Staub in der Luft zum Funkeln und Charlotte fiel auf, dass Möbel und Trockenblumen mit einer grauen Schicht überzogen waren. Unangenehm, aber jetzt nicht mehr zu ändern.

„Sie werden doch ’ner alten Frau nich’ den Wunsch ausschlagen, ihr ein halbes Stündken Gesellschaft zu leisten?“

Herr Mahnke nahm seinen Blick von Katjas Händen, die eine Wolldecke um Charlottes Beine gewickelt und unter ihren Füßen eingeschlagen hatten.

„Vielleicht sollten Sie sich besser ausruhen.“ Er schien zu zögern.

„Nur ’ne halbe Stunde! Und bevor Sie nein sagen, in meinem Alter könnte jeder Wunsch der letzte sein.“

„Aber Frau Rinke!“ Er lachte und sah fragend zu Katja hinüber. „Ihr Ruf als Kämpferin eilt Ihnen voraus. Die Frau, die ihr Haus nicht verlässt …“

„Vielen Dank, sehr schmeichelhaft, aber … diese Mauern sehen nich’ mehr oft ’nen schönen Mann wie Sie. Machen Sie ’ner Alschen doch die Freude und bleiben auf ’n Käffken.“

„Nun lass ihn doch gehen. Er hat uns schon so viel Zeit geopfert.“

Charlotte war nicht sicher, ob Katjas erhitztes Gesicht von der Wärme, ihrer gebückten Haltung oder von Verlegenheit herrührte.

„Ist schon in Ordnung." Jens ließ seinen Autoschlüssel in der Jeans verschwinden. „Sie haben wirklich eine außergewöhnliche Großmutter. Und wenn es keine Umstände macht, trinke ich gerne noch eine Tasse Kaffee mit."

Katja stand auf. „Es macht keine Umstände. Ich muss meiner Großmutter sowieso etwas zu essen machen." Sie wischte sich eine Locke aus der verschwitzten Stirn und sah Charlotte missbilligend an. „Aber wenn du in Zukunft nicht für dich sorgen kannst und mir vor Hunger aus den Latschen kippst, muss ich einen Pflegedienst beauftragen. Ich kann nicht jeden Tag bei dir vorbeikommen. Robert ist schon sauer, dass ich so viel Zeit bei dir verbringe."

„Ach, Robert! Ich hab nie kapiert, warum du diesen Besserwisser geheiratet hast."

„Nun lenk nicht ab, ich mache mir Sorgen um dich."

„Mir war nich' kodderig, weil ich zu wenig gegessen hatte. Ich hab Peter in den Trümmern gesehen." Charlotte brachte den letzten Satz nur widerwillig hervor. Aber bevor Katja wirklich einen Pflegedienst in Alarmbereitschaft versetzte … Der Gesichtsausdruck ihrer Enkeltochter wechselte von Ärger zu Bestürzung. „Keine Sorge, ich bin nich' meschugge geworden, falls du das denkst. War nur 'ne Erinnerung."

Jens ließ sich vorsichtig auf dem Sofa nieder und sah fragend zwischen Großmutter und Enkeltochter hin und her.

„Peter war ein Bruder meines Vaters", erklärte Katja. „Er starb als Kind bei einem Unfall kurz nach dem Krieg. Aber jetzt … gehe ich erst mal Kaffee kochen. Und dir", sie deutete auf Charlotte, „mache ich eine Suppe warm."

*

Während Katja durchs Esszimmer Richtung Küche ging, spürte sie Jens' Blicke auf ihrem Rücken. Charlottes Bett war wie immer nicht gemacht und der Bademantel hing quer über einem Stuhl bis auf den Boden hinunter. Sie schüttelte Kopfkissen und Decke auf und legte den Bademantel ans Fußende. Ihre Großmutter schlief im Esszimmer, seit sie die Treppe in den ersten Stock nicht mehr bewältigen konnte.

Peter! Wie lange hatte Charlotte ihren zweiten Sohn nicht mehr erwähnt. Sie sprach nie über seinen Tod. Genauso wenig wie Katjas Eltern über den

Tod ihres Sohnes reden wollten. Ihr kleiner Bruder Bernd war beim Schwimmen ertrunken.

„Entschuldigung. Ich wollte nicht an schmerzhafte Dinge rühren“, hörte sie Jens’ raue Stimme aus dem Wohnzimmer. Sie öffnete den Küchenschrank leise, um das Gespräch im Hintergrund nicht zu verpassen.

„Ach, Unsinn, papperlapapp. Das ist mehr als sechzig Jahre her.“

Einen Augenblick schwiegen beide. Katja füllte Wasser in die Kaffeemaschine und spülte die Kanne aus.

„Und was machen Sie hier in Lossweiler? Ich mein beruflich? Wenn ich Sie so kallen hör, sind Sie nicht grade mit einem Bauern aus der Gegend verwandt!“

„Nein.“ Er lachte. „Ich habe tatsächlich keine Verwandtschaft hier. Aber ich arbeite seit Anfang des Monats für die GBA.“ Katja fiel die Dose mit dem Kaffeemehl aus der Hand.

„Sie gehören zu den Braunkohleleuten?“ Die Stimme ihrer Großmutter klang plötzlich heiser.

„Ich bin Geologe. Ich kümmere mich um die Wasserwirtschaft nach der Rekultivierung.“

Im Wohnzimmer wurde es still. Während Katja das verschüttete Kaffeemehl auf der Arbeitsplatte zusammenschob und nach kurzem Zögern von ihrer Handfläche zurück in die Dose fallen ließ, wartete sie auf ein Donnerwetter. Aber Charlotte schwieg beharrlich. Jens räusperte sich.

„Mir ist klar, dass Sie auf Mitarbeiter der Gesellschaft nicht gut zu sprechen sind. Darf ich trotzdem zum Kaffee bleiben?“

Wieder folgte ein langes Schweigen. Katja ging hastig zurück ins Wohnzimmer und nahm Tassen und Teller aus dem Schrank. „Natürlich bleiben Sie.“ Sie stellte das Geschirr energisch auf den Tisch. Ihre Großmutter grinste.

„Na, Sie sind mir vielleicht ’n Bischek. Machen einen auf lieb Kind und gehören in Wirklichkeit zur feindlichen Front.“

„Ich weiß zwar nicht, was ein Bischek ist“, Jens saß auf der vordersten Kante des Sofas und fuhr mit dem Zeigefinger das in den Bezug geprägte Blumenmuster nach, „aber ich fürchte, es ist keine allzu schmeichelhafte Bezeichnung?“

Jetzt lachte Charlotte lauthals, was in einem Hustenanfall mündete. Katja antwortete an ihrer Stelle.

„Bischek ist eine liebevolle“, sie stockte und drohte schon wieder zu erröten, „eine durchaus Sympathie bekundende Bezeichnung für ein Schlitzohr. Altes Ruhrgebietsplatt.“

„Sie kommen ursprünglich aus dem Ruhrgebiet?“

„Nein, nein. Ich nicht. Aber meine Großmutter.“

„Jau, ich bin in Bochum aufgewachsen.“ Charlottes Atem hatte sich wieder beruhigt. „Aber dann kam der Krieg und Churchill ließ dat Ruhrgebiet bombardieren. Da ham' se mich '43 hier aufs Land geschickt. Und da bin ich geblieben.“

„Und Ihre Familie? Ihre Eltern?“

Charlotte winkte unwillig ab. „Da woll'n wir jetzt nich' drüber reden. Die alten Geschichten. Wo sind Sie denn auffe Welt gekommen, Herr Mahnke? Wird dort kein Platt gesprochen?“

„Geboren und zur Schule gegangen bin ich in Bremen. Aber die letzten Jahre habe ich in Süddeutschland gelebt. Meine Frau kommt aus Augsburg.“

„Sie sind wegen der Arbeit hergezogen?“ Katja spielte mit ihrem Ehering.

„Nicht nur. Ich ...“ Er wich ihrem Blick aus und schien sich das Blumenmuster der Tassen einzuprägen. „Ich hielt es auch für besser, nicht länger im Haus von Emilies Eltern zu wohnen. Es gab ... einige Konflikte.“

Das kenne ich nur zu gut, dachte Katja, der ihre Schwiegermutter in den Sinn kam. Laut sagte sie:

„Das bleibt wohl immer schwierig, wenn Eltern und Kinder mit ihren Ehepartnern unter einem Dach leben.“ In der Küche fauchte die Kaffeemaschine. „Ich hol uns dann mal den Kaffee.“

*

Die ganze Zeit während unseres improvisierten Kaffeetrinkens mit staubtrockenem Marmorkuchen für Jens und Hühnersuppe für Charlotte bin ich irritiert über die Blicke, die meine Großmutter mir zuwirft. Denn wenngleich sie von ihrem Haus erzählt und von den aufregenden Jahren, die sie hier nach ihrer Heirat in Ludwigs wohlhabender Familie verlebt hat, schwingt in ihrer Stimme etwas Sinnliches, beinahe Anzügliches mit; schaut sie mich zwischendurch mit funkelnden Augen und einem verstohlenen Lächeln an.

Und als sie berichtet, wie sie in der Nachkriegszeit morgens den Ofen mit einer alten Zeitung und Kienspan, dann mit Holzscheiten entzündet hat, um danach die von durchfahrenden Güterzügen herabgefallenen und von den Kindern aufgesammelten Kohlen hineinzulegen, sagt mir ihr Zwinkern, dass es auch viel angenehmere Arten gibt, ein Feuer zu entfachen.

Wenn sie von den Nachmittagen mit ihren Freundinnen spricht, die sich Wasserwellen legten und beim Getreidekaffee mit ihren Eheringen pendelten, ob der Mann aus der Kriegsgefangenschaft zurückkäme oder nicht, flüstert ihr schmaler Mund in dem eingefallenen Gesicht mir eine Geschichte von Liebe und Sehnsucht zu.

Und wenn sie von dem Stück Fallschirmseide schwärmt, das sie auf dem Schwarzmarkt ergattert hat und aus dem sie sich ein sündhaft knappes Hemdchen für ihre zweite Hochzeitsnacht, die eigentlich ihre erste war, genäht hat, kräuseln sich alle Fältchen in ihrem Gesicht vergnügt und geben mir zu verstehen, dass die Sinnlichkeit das größte Fest von allen ist.

Wie kann eine zweite Hochzeitsnacht die erste sein, fragt Jens, der still geworden ist über seinen Kuchenkrümeln und Charlottes Erzählungen. Seine Blicke gehen zwischen meiner Großmutter und mir hin und her, seine Augen scheinen zu lächeln. Oder bin ich es, die lächelt?

Meine erste Ehe habe ich im Krieg per Ferntrauung geschlossen, er ist gleich danach gefallen. Charlotte schlürft entschlossen an ihrem Kaffee, sie will nicht darüber sprechen, sie wird kurz angebunden. Sie stochert in ihrem Kuchen und gibt zu verstehen, dass das Thema jetzt beendet sei. Jens sieht mich an und zieht fragend die Augenbrauen hoch.

Das tut mir leid, sagt er. Seine Stimme füllt den Raum aus, warm und dunkel, obwohl er so leise spricht. Er schiebt mit der Kuchengabel die letzten Krümel auf dem Teller zusammen, sorgfältig, als seien sie eine Delikatesse. Ich biete ihm ein zweites Stück an, aber da schaut er auf seine Uhr, schüttelt den Kopf.

Ich muss nach Hause, sagt er, ich will Lena nicht zu lange mit meiner Frau alleinlassen.

Lena?

Meine Tochter. Sie ist erst drei und sie hat …

Er spricht nicht zu Ende, erhebt sich stattdessen und fragt, ob er mich noch zu meinem Auto mitnehmen könne.

Ich komm allein zurecht, wirft Charlotte ein, geh du man mit dem netten jungen Herrn.

Und so gehe ich nach ein paar hastig abgeräumten Tassen und Tellern hinter ihm her zum Auto, verwirrt von den Geschichten meiner Großmutter über Fallschirmseide und verwandelt von meinen Gefühlen für einen fremden Mann.

Wir schweigen, während er mir die Wagentür öffnet. Er wartet, bis ich eingestiegen bin, schließt die Tür dann leise, fast behutsam.

Eine beeindruckende Frau, Ihre Großmutter, sagt er, als er neben mir sitzt. Die Luft im Wagen ist stickig und heiß, ich warte, bis er den Motor gestartet hat, fahre das Fenster hinunter, endlich. Aber der Schweiß steht mir schon wieder auf dem Körper, der Kragen meiner Bluse klebt in meinem Nacken, das Etikett in der Seitennaht kratzt plötzlich auf meiner Haut. Das hat es noch nie getan, dabei habe ich diese Bluse schon so oft getragen. Ich schaue aus dem Fenster, Staub steigt mir in die Nase, ich muss niesen.

Gesundheit, sagt Jens und, wohnen Sie in der Nähe?

Ich fahre das Fenster wieder hoch.

In Mahrenbach.

Ich möchte den obersten Knopf meiner Bluse öffnen, vielleicht auch noch einen weiteren, ich würde gern alles von mir werfen. Mach dich nicht lächerlich, denke ich. Und da ist wieder seine Stimme, Raspelstimme, Zimtstimme.

Mahrenbach, sagt er, da wohnen wir jetzt auch. Vielleicht können Sie mir sagen, ob ...

Wieder spricht er nicht zu Ende. Ich verstehe dieses Zögern nicht, aber ich dringe nicht in ihn, die Bäume am Kirchplatz ragen jetzt verloren vor uns in die Landschaft.

Schon gut, sagt Jens, wir sind da.

Von der Kirche steht nur noch das Fundament. Drumherum Aufräumarbeiten.

Da vorn, der weiße Renault.

Ich deute auf meinen Wagen. Ich bleibe noch einen Augenblick sitzen, als er angehalten hat, wir starren beide auf die Reste der Kirche.

Danke, sage ich schließlich und reibe meine Handfläche über den Stoff meiner Jeans, dann gebe ich ihm die Hand. Sie scheint mir immer noch feucht und klebrig, aber er hält sie fest, lange Zeit, und wartet, bis ich seinen Blick erwidere, dann lächelt er.

Es war schön, Sie kennenzulernen.

Wie eine Flüchtende greife ich nach dem Türgriff, reiße die Beifahrertür weit auf, tauche ab in die kühlere Luft draußen. Ich finde es auch schön, denke ich.

Als er gefahren ist, stehe ich unschlüssig neben meinem Wagen. Ich will jetzt nicht nach Hause, ich will auch nicht zurück zu Charlotte. Ich beobachte eine Weile die Arbeiter, die Trümmer und Schutt in Container verladen. Langsam gehe ich um die Absperrung herum. Die unregelmäßig gezackte Kante des Fundaments gibt aus jedem Blickwinkel neue Formen preis. Eine alte Lust am Sehen packt mich, in meinen Fingern kribbelt es. Ob ich noch zeichnen kann?

Ich laufe eine zweite Runde um die Reste der Kirche, habe Jens' Gesicht vor Augen und seine Stimme im Ohr. Dann weiß ich, was ich will. Zurück in meinem Wagen lasse ich alle Fenster hinunter und ignoriere den Staub, der bald in meinen Haaren hängt, bald auf meinem Gesicht und meiner Bluse haftet. Es ist drei Uhr am Nachmittag und ich werde jetzt nicht nach Hause fahren.

*

Dieser Mann hat sogar beim Zähneputzen noch Autorität, dachte Katja, während sie vom Türrahmen aus beobachtete, wie Robert akribisch die obere Reihe seiner Zähne reinigte. Er kam ihr vor wie ein Fremder, dessen Sprache – das Surren der elektrischen Zahnbürste – sie nicht verstand. Sie verscheuchte den surrealen Gedanken, machte einen Knoten in den Gürtel ihres Bademantels und stellte sich an das zweite Waschbecken.

Robert zuckte kurz zusammen. Er hatte sie nicht kommen hören. Dann kniff er ihr mit der linken Hand in den Po.

„Autsch! Lass das bitte." Sie hasste seine bisweilen grobe Art, sich ihr zu nähern. Er schaltete die Zahnbürste ab und spuckte einen Strahl weißen Speichels ins Becken. Dann spülte er gründlich nach und gurgelte mit Mundwasser.

„Wo hast du so lange gesteckt? Mutter sagt, du warst nicht mal zum Abendbrot pünktlich zurück!"

„Ich war bei Charlotte. Die Kirche in Lossweiler ist doch abgerissen worden und es ging ihr nicht gut." Katja verschwieg, dass sie danach ins Café am Karlsplatz gegangen war und gezeichnet hatte.

„Es ging ihr nicht gut!“ Er klang spöttisch. „Was soll das heißen: ‚Es ging ihr nicht gut?‘ “

„Sie ist an der Baustelle umgekippt.“

„Das wundert mich nicht, sie überschätzt ihre Kräfte. Wie soll es ihr in dieser Bruchbude gut gehen? Sie lässt ja auch keine Gelegenheit aus, in ihrem Schmerz zu baden.“

„In dieser Kirche wurde sie getraut, da wurden ihre Kinder getauft. Und das Haus, die ganze Gegend hier, ist ihre Heimat.“

„Heimat!“ Robert atmete verächtlich durch gespitzte Lippen aus, während er mit der Nagelschere ein paar dunkle Haarspitzen aus seinen Nasenlöchern entfernte. „Sie sollte endlich vernünftig werden und in ein Altenheim ziehen. Da hätte sie wenigstens Gesellschaft. Und du wärst entlastet und könntest dich mehr um deine Familie kümmern.“

Katja schwieg und verteilte einen Klecks Reinigungsmilch auf ihrem Gesicht. Diese Diskussion hatten sie schon so oft geführt.

„Auf jeden Fall gefällt es mir nicht, dass du über deine selbstzerstörerische Großmutter deine häuslichen Pflichten vernachlässigst.“

Pflichten! Da war es wieder, dieses Wort. Katja wurde zornig. Sie starrte ihren Mann im Spiegel an.

„Bei Gericht hast du vielleicht das Sagen“, presste sie hervor, „aber ich bin keine deiner Angeklagten, der du Vorschriften machen kannst, was sie zu tun oder zu lassen hat.“

Robert schwieg.

„Auch wenn deine Mutter das anders sieht.“

„So habe ich das gar nicht gemeint. Das hat nichts mit meiner Mutter zu tun! Aber die ist wenigstens vernünftig und nimmt Hilfe an, wenn es ihr schlecht geht.“

„Schlecht? Ach, Unsinn!“ In Katjas Schläfen pochte es, während sie kaltes Wasser über ihre geröteten Wangen laufen ließ. „Mich kommandiert sie herum und bei dir macht sie einen auf Mitleid.“

„Willst du damit sagen, sie manipuliert mich?“

„*Uns*, Robert, sie manipuliert *uns*. Erst sollte sie bloß ein, zwei Monate hier wohnen und jetzt … An den Kindern hat sie ständig was auszusetzen. Die schleichen nur noch auf Zehenspitzen durchs Haus, damit sie sie gar nicht erst bemerkt.“

Robert schien nachzudenken. Aber sein Blick verweilte nicht lange auf Katjas Gesicht, sondern wanderte im Spiegel zu ihrem Busen. Er seufzte.

„Gut, ich rede mit ihr. Sie könnte ja hier ganz in der Nähe eine kleine Wohnung …“

„Dann besorge Charlotte direkt auch eine! Ich verstehe nicht, warum wir uns um deine Mutter kümmern sollen und um meine Großmutter nicht.“

„Aber du kümmerst dich doch um sie.“ Roberts Stimme war weicher geworden. Er strich mit der Hand über das flauschige Gewebe des Bademantels auf ihrem Rücken. „Und wenn du willst, höre ich mich mal nach einer Wohnmöglichkeit für deine Großmutter um. Es gibt doch solche Betreuungsmodelle von Kirchen oder Wohlfahrtsverbänden.“

„Keine schlechte Idee. Darauf könnte sie sich vielleicht einlassen. Versprichst du mir, dass du dich darum bemühst?“

„Ja, Schatz, ich versprech's dir.“ Er hatte sich dicht hinter Katja gestellt und mit einiger Mühe den Knoten ihres Bademantelgürtels geöffnet. Jetzt griff er mit beiden Händen unter das Oberteil des Schlafanzugs und nahm zielstrebig ihren Busen in Besitz.

„So im Ganzen bist du etwas rundlich geworden“, murmelte er in ihr Ohr, „aber an dieser Stelle gefällt mir das.“ Er grinste und Katja spürte seine Erektion an ihrem Po. Sie musste an die Hitze im Wagen neben Jens denken. An das kratzende Etikett der Bluse auf ihrer verschwitzten Haut. Sie schloss die Augen und hörte Jens' Stimme: *Es war schön, Sie kennenzulernen.* Roberts Gesicht roch nach Zahnpasta und Mundwasser. Sie drehte den Kopf und öffnete die Lippen.

Im Kuss vermischten sich die Bilder weiter. Katja beugte sich wieder über Charlotte, Jens' Gesicht nahe an ihrem, fast so nah wie Robert jetzt. Die Lust wanderte unerwartet heftig in ihren Körper, sie genoss es, genoss auch das Vexierbild.

Robert hatte die unwillkürliche Bewegung ihrer Hüfte gespürt und ruderte gierig mit der Zunge zwischen ihren Zähnen herum. Sie hielt die Augen fest geschlossen und konzentrierte sich auf die Bilder von Jens, die sich jetzt zu verflüchtigen drohten.

„Zieh das aus!“ Robert zog ihr den Bademantel von den Schultern und drückte hastig die seidene Hose ihres Pyjamas Richtung Boden.

„Es könnte jemand reinkommen“, protestierte Katja. „Lass uns ins Schlafzimmer gehen.“ Doch noch während sie sich von der Hose, die auf ihre Fußgelenke gerutscht war, befreien wollte, hatte er die Tür verriegelt, sich erneut gegen ihren Po gepresst und drängte ihren Oberkörper auf den Marmor des Waschtischs.

„So haben wir es lange nicht mehr gemacht.“ Der Gedanke schien ihn zu erregen. Er drückte ihr die Beine auseinander, soweit der Stoff um ihre Füße es zuließ, und drang sofort in sie ein.

Katja spürte den kalten Stein an ihrer Wange. Sie klammerte sich mit der rechten Hand an den Wasserhahn, um in der gezwungenen Haltung ihr Gleichgewicht nicht zu verlieren. Mit der linken versuchte sie, ihren Busen, der schmerzhaft an die Kante des Beckens gepresst wurde, zu schützen.

„Autsch.“

Robert zog sie ein Stück von der Kante weg. Er betrachtete sich selbst im Spiegel, während er tiefer in sie drang. Einen Augenblick linste Katja von unten in sein verzerrtes Gesicht, in die Grimasse eines Fremden. Das Gefühl von Distanz erregte sie. Sie ließ sich von einem Fremden bumsen. Sie sah sich zu, sah in ihr eigenes erhitztes Gesicht, auch das fremd, fremd und erregt in einer ehebrecherischen Lust. Sie schloss die Augen wieder: Jens' Raspelstimme. Öffnete sie: fremde geile Frau. Schloss sie: Zimtgeruch. Sprenkel in der Iris. Wie ernst er sie angesehen hatte zum Abschied. *Es war schön, Sie kennenzulernen* ... Katja öffnete die Augen und sah ihren Mann an.

„Liebst du mich eigentlich noch?“ Ihre Stimme war zittrig, sie hörte sich stöhnen. Eine Antwort bekam sie nicht, erwartete vielleicht auch keine.

„Komm!“, drängte Robert. „Komm! Du bist doch fast so weit.“

Er griff um ihre Hüfte herum, tastete ihr von vorne zwischen die Oberschenkel, öffnete ihre Scham. Er erreicht immer, was er will, dachte Katja, er weiß, wie er es anstellen muss. Jetzt schloss er sie kurz, schloss sie einfach kurz mit geschickten Fingern und seinem stoßenden Geschlecht. Ich will nicht, dachte sie, während sie kam, ich will das nicht, aber ihr Körper wollte. Dann spürte sie seinen Erguss, vorbei, geschafft, sie lag schwer auf dem Waschtisch. Kristallene Einschlüsse glitzerten in dem dunklen Marmor. Sprenkeliris. Sie richtete sich benommen auf. Robert wusch sich bereits am Nachbarbecken.

„Na, musst du erst runterkommen?“, fragte er, sah auf sie herab. Wieder klatschte er mit der flachen Hand auf ihren Po. „Seit du aufgehört hast zu rauchen, hast du aber ganz schön zugenommen, oder? Vielleicht solltest du ein bisschen an der Leine ziehen.“

Ihre Pyjamahose hing immer noch zwischen ihren Knöcheln. Es fühlte sich demütigend an. Sie bückte sich und zog sie hoch. Wahrscheinlich hat er recht, dachte sie, wahrscheinlich bin ich undiszipliniert und willensschwach und fett.

Als Robert das Bad verlassen hatte, lag sein Geruch weiter in der feuchtwarmen Luft. Er hat auch beim Sex noch alles unter Kontrolle, dachte Katja und musste sich plötzlich übergeben. Brocken von Marmorkuchen schwammen in einer dunklen Flüssigkeit. Zu viel Kaffee. Sie hätte etwas Vernünftiges zu Abend essen sollen.

Während sie die Spülung zog und sich von den Resten des Erbrochenen reinigte, dachte sie an den Nachmittag. Sie hatte von Lossweiler aus einen Abstecher zu *Liobas Kunstgewerbe* gemacht, sich nach sorgfältigem Aussuchen einen Skizzenblock mit gröberem, farbigem Papier gekauft, dazu Zeichenkohle in verschiedenen Stärken.

„Soll ich's als Geschenk verpacken?", hatte die Verkäuferin gefragt.

„Nicht nötig." Die Papiertüte mit den Zeichenutensilien war Katja auch ohne Schleife wie ein Geschenk vorgekommen. Beschwingt war sie ins Café ihrer Freundin Sophie gegangen. Hatte sich einen Cappuccino bestellt und sofort zu zeichnen begonnen: Die Ruine der zur Hälfte eingerissenen Kirche, die von Ferne ausgesehen hatte wie abgeschmolzen. Die gezackte Bruchkante des Fundaments aus der Nähe. Charlottes Gesicht mit dem widerspenstigen Lockenkranz darum. Und zuletzt, zögernd, die Gesichtszüge von Jens Mahnke.

Katja war nicht über seine Augen und einen nur anskizzierten Mund hinausgekommen. Sie fühlte sich, als täte sie etwas Verbotenes, etwas Intimes, ohne ihn vorher um Zustimmung gefragt zu haben. Hastig schloss sie den Skizzenblock und schaute auf die Uhr: Zu Hause würde sie Ärger kriegen. Also hatte sie sich beeilt, obwohl sie lieber noch im Café sitzen geblieben wäre.

„Einen schönen Abend noch", hatte ihre Freundin ihr hinterhergerufen.

„Du kennst ihn doch gar nicht", sagte Katja jetzt zu ihrem Spiegelbild. „Und wahrscheinlich wirst du ihn nicht einmal wiedersehen." Aber die Freude blieb hartnäckig in ihrem Gesicht und überstrahlte die dunklen Ringe unter ihren Augen.

2

Katja erwachte vom Grollen des Donners. Die Äste des Ahornbaums schwankten wie betrunken hin und her, und kräftige Windböen spielten mit den Vorhängen. Als der Regen einsetzte, stand sie auf und schloss das Fenster. Endlich würde die Schwüle ein Ende haben.

Robert war weder vom Gewitter noch von Katjas Aufstehen wach geworden. Wann er am Vorabend wohl ins Bett gekommen war? Wahrscheinlich hatte er bis tief in die Nacht in seinem Arbeitszimmer über Gerichtsakten gesessen. Katja lehnte sich gegen die Fensterbank und betrachtete ihn. Wenn er schlief, blieb in seinem Gesicht nichts von dem Richter, der seinen jugendlichen Delinquenten donnernd ins Wort fuhr. Nichts von dem Vater, der seine halbwüchsigen Töchter mit einem strengen Blick zum Verstummen brachte. Und nichts von dem Ehemann, dessen lustvoll verzerrtes Gesicht sie bis in ihren Traum verfolgt hatte. Im Schlaf sah Robert harmlos und friedlich aus.

Das Bad war abgesperrt. Ihre Schwiegermutter! Isolde legte Wert darauf, immer wie aus dem Ei gepellt auszusehen und brauchte morgens länger als der ganze Rest der Familie. Katja ging ins Bad der Kinder und warf sich eine Hand voll Wasser ins Gesicht. Mit den feuchten Händen fuhr sie durch ihre Locken, aber der Naturkrause war einfach keine Ordnung abzuringen. Katja musste grinsen: Das Gestrubbel hatte sie von Charlotte geerbt.

Auf der Ablage über dem Waschbecken lag die Pillenschachtel einer ihrer Töchter. Sie steckte sie hinter die Cremedose. Seit Isolde bei der Familie wohnte, hatte sie Susanne und Anke gebeten, diskret mit ihrer Empfängnisverhütung umzugehen. Man musste die Konflikte im Haus ja nicht unnötig verschärfen. Ungern erinnerte Katja sich an den Vorfall einige Wochen nach Isoldes Einzug: Ihre Schwiegermutter war bei Susanne ins Zimmer geplatzt, als die ihrem Freund gerade einen leidenschaftlichen Kuss gab. Wie die 19-Jährige später ihrer Mutter unter vier Augen erklärt hatte, war es ein Kuss mit offener Bluse weiblicherseits und offener Hose männlicherseits gewesen. Aber was auch immer es gewesen war: Isolde hatte daraufhin drei Tage lang Migräne gehabt. Auch die Auskunft, die beiden seien *so gut wie verlobt*, hatte den Kopfschmerz nicht lindern können, sondern hatte ihre Schwiegermutter nur noch mehr in Rage gebracht.

„Keine Moral, kein Verantwortungsbewusstsein, die jungen Leute. Nur noch ihr Vergnügen im Kopf!“, hatte sie geschimpft. Dann hatte sie ihren Sohn aufgefordert, solcherlei Aktivitäten in seinem Haus zu unterbinden. Sie, besonders in ihrem Gemütszustand als trauernde Witwe, könne das weder billigen noch ertragen. Aber wundern würde es sie eigentlich nicht, Susanne sei halt die Tochter ihrer Mutter.

„Was willst du damit sagen?“, hatte Katja überrascht gefragt.

„Nun, ein bisschen mehr Selbstdisziplin …“ Ihre Schwiegermutter hatte ihren Blick einmal von oben nach unten über Katjas üppige Figur schweifen lassen, bevor sie ergänzte: „… würde dir auch nicht schaden.“

Das war der Beginn eines nie offen erklärten, doch im Untergrund umso heftiger tobenden Krieges zwischen den Frauen gewesen.

Beim Gedanken an die Vorfälle der letzten Monate nahm Katja die Pillenschachtel ihrer Tochter und legte sie zurück in die Mitte der Ablage. Sollte Isolde sie doch sehen … Dann schloss sie die Tür des Kinderbads ab und musterte sich im Spiegel. War sie wirklich so dick geworden? Auch Robert hatte sie gestern Abend ermahnt, ein bisschen *an der Leine* zu ziehen. Sie zog das Oberteil ihres Schlafanzugs aus. Sicher, ihre Schultern waren rund, ihr Busen voller und schwerer als vor einem Jahr. Die Oberarme könnten schlanker und muskulöser sein und die Taille … Aber immerhin hatte sie es geschafft, vom Rauchen wegzukommen. Obwohl niemand es ihr zugetraut hatte und obwohl im letzten Jahr eine Lawine von Belastungen über sie hereingebrochen war. Da waren die ständigen Auseinandersetzungen mit Robert wegen ihrer psychisch kranken Schwester Nina, die immer dann vor der Tür stand, wenn sie Unterstützung menschlicher oder finanzieller Art brauchte. Widerwillig hatte Robert diese Besuche toleriert, bis er vor einigen Monaten herausgefunden hatte, dass Nina heimlich Geld aus der Haushaltskasse genommen hatte. Es hatte ein Riesentheater gegeben und trotz Katjas Widerspruch hatte Robert ihrer Schwester Hausverbot erteilt. Würde sie sich je wieder blicken lassen, werde er sie anzeigen, hatte er gedroht.

Kurz darauf dann hatte der Streit um Charlotte begonnen. Katjas Großmutter war lange Zeit allein in ihrem Haus zurechtgekommen. Doch nach einem Sturz hatten sich ihre gesundheitlichen Probleme so verschärft, dass Katja immer öfter nach Lossweiler fahren musste, um zu helfen. Anstatt sie zu unterstützen, hatte Robert hinter ihrem Rücken Charlotte eines Sonntags einen Besuch abgestattet und gedroht, notfalls mit einer Entmündigung dafür zu sorgen, dass sie endlich ihr Haus verkaufte und in eine Pflegeeinrichtung ging.

Vor Weihnachten war dann Roberts Vater gestorben. Sehr plötzlich, an einem Schlaganfall. Ihr Mann hatte seine trauernde Mutter kurzerhand im Gästezimmer einquartiert.

„Über die Feiertage“, hatte er gesagt. „Bis sie sich wieder ein bisschen gefangen hat.“ Aus den Tagen waren Wochen geworden. Aus den Wochen Monate.

Kein Wunder, dass ich bei all dem Stress zu viel gegessen habe, dachte Katja. Wo bleibe *ich* eigentlich vor lauter Familie? Sie verließ das Badezimmer mit dem wütenden Vorsatz, beim Frühstück endgültig den Auszug ihrer Schwiegermutter zu fordern.

In der Küche stand Isolde bereits am Herd und briet Speck mit Eiern. Der Kniff ihrer schwarzen Bügelfaltenhose verlief senkrecht wie ein Lot an ihren knochigen Beinen. Über einer beigefarbenen Bluse mit Schleife am Kragen trug sie die schwarze Strickjacke aus Seidengarn, die Robert seiner Mutter zu Weihnachten geschenkt hatte, weil die *ja jetzt Trauer tragen musste*. Neun Monate später trug Isolde immer noch Trauer. Um ihren Mitleidsbonus nicht zu verlieren, dachte Katja. Sie ging an die Spüle und nahm sich ein Glas Wasser.

„Guten Morgen.“

„Du siehst aber nicht gerade frisch aus.“ Isolde ruckte energisch an der Pfanne, um das Ei vom Untergrund loszurütteln.

„Vielen Dank. Wir sind ja wieder besonders freundlich heute.“ Katja starrte auf Isoldes lange, rot lackierte Fingernägel und die spitzen Knöchel der Hand. Alles an ihrer Schwiegermutter war spitz. Nase, Ellbogen, Knie, ihr Mundwerk … Isolde ignorierte Katjas Bemerkung und drehte die Hitze am Herd kleiner.

„Dafür erfülle ich Aufgaben, die eigentlich deine wären“, konterte sie. „Die Jungs brauchen was Vernünftiges zum Frühstück.“ *Die Jungs* – damit meinte sie nicht nur Kai, sondern auch ihren eigenen und einzigen Sohn: Robert. Für die Mädchen war wohl kein Frühstück vorgesehen.

„Die Kinder schlafen noch.“

„Und Robert?“

„Schläft auch noch.“ Katja begann den Tisch zu decken.

„Er arbeitet zu viel. Genau wie sein Vater. Wenn sich das nicht eines Tages rächt! Ach, der gute Karl, Gott hab ihn selig.“ Isolde massierte ihre Schläfen und presste zitternd die Lippen aufeinander. Dabei hatte sie nicht einmal auf der Beerdigung geweint. Katja drehte sich genervt weg und füllte den Kaffee in eine Thermoskanne um.

„Im Gegensatz zu deinem Karl ist Robert sportlich und raucht nicht. Den wird seine Arbeit schon nicht umbringen.“

„Und dich deine sicher auch nicht. So fleckig, wie die Messer wieder sind.“ Isoldes Anfall von Trauer schien vorüber. Mit prüfender Miene lief sie jetzt hinter Katja her um den Tisch herum und polierte jedes Messer mit einem Baumwolltuch nach. Na warte, dachte Katja. Dein Hochmut wird dir gleich vergehen. Sie wollte nicht lockerlassen, bis der Auszug beschlossene Sache war.

Als Isolde endlich auch das letzte Messer poliert und zurück neben den Teller gelegt hatte, sah sie Katja auffordernd an:

„Dann geh mal die Kinder wecken. Sonst wird das Ei kalt.“

„Heute ist Samstag. Du weißt, dass sie samstags ausschlafen.“ Katja schenkte sich Kaffee ein.

„Es ist neun Uhr, das sollte doch reichen. Bei uns wurde samstags immer um neun Uhr gefrühstückt.“

„Wir sind hier aber nicht bei *euch*. Wie oft haben wir das schon diskutiert?“ Sie knallte ihre Tasse zurück auf den Unterteller. „Es ist unsere Sache, wann wir frühstücken.“

„Guten Morgen, die Damen!“ Roberts Erscheinen unterbrach die Auseinandersetzung. Der Ehemann und Sohn stand in Bademantel und Pantoffeln, aber schon nach Aftershave duftend, in der Küchentür.

„Guten Morgen, mein Junge.“ Isolde legte ihm eine Hand auf die Wange und drückte auf die andere einen Kuss. „Gut siehst du aus. Obwohl du doch so wenig hast schlafen können.“ Sie warf Katja einen triumphierenden Blick zu. Die blieb sitzen und wartete, bis Robert zu ihr kam.

„Morgen, Schatz.“ Seine Lippen berührten flüchtig ihre Schläfe.

„Ich habe Eier und Speck für euch gebraten. Du weißt doch: Frühstücke wie ein Kaiser …“ Isolde hob die Pfanne unter Roberts Nase und sah dabei aus wie ein Kind, das von seinen Eltern gelobt werden will.

„Danke, Mutter. Das sieht wirklich gut aus.“

Katja lachte spöttisch auf. Bei ihr hätte Robert sich schon aus Rücksicht auf seinen Cholesterinspiegel Eier mit Schinken zum Frühstück verbeten.

„Die Kinder sollten auch frühstücken kommen. Es ist spät genug.“ Isolde hatte sich gesetzt und faltete ihre Serviette auseinander. Sie bestand auf einer

Stoffserviette, die jeden zweiten Tag durch eine frisch gebügelte und gestärkte ersetzt werden musste.

„Das hatten wir doch gerade schon“, warf Katja genervt ein.

Robert ignorierte die Bemerkungen der Frauen und setzte sich auf seinen Platz am Kopfende.

„Da werden wir drei mal gemütlich frühstücken.“ Er griff zur Zeitung und nahm einen Bissen Ei.

„Hast du etwas Salz für mich?“, wandte er sich an Katja.

„Tja, das stimmt, das hast du beim Tischdecken vergessen“, pflichtete Isolde ihm bei.

Katja versuchte, ruhig zu bleiben. „*Du* hast das Ei nicht genug gesalzen.“

„Und du warst nicht einmal rechtzeitig unten, um deinen Lieben Frühstück zu machen. Gestern zum Abendbrot bist du überhaupt nicht aufgetaucht. Zuverlässigkeit und Pünktlichkeit sind Tugenden, die jedem gut zu Gesicht stehen. Was ist jetzt mit den Kindern?“

„Streitet euch bitte nicht schon am Morgen.“ Robert stöhnte und warf einen sehnsüchtigen Blick auf die Zeitung. „Lass gut sein, Mutter. Lass die Kinder ruhig noch ’was schlafen. Wir können ja morgen alle gemeinsam frühstücken.“

Isoldes Gesicht versteinerte. Mechanisch rührte sie in ihrer Kaffeetasse. Während Katja sich zufrieden ein Brötchen aufschnitt, beobachtete sie ihre Schwiegermutter, die ihrerseits ihren Sohn anstarrte. Doch Robert war bereits hinter der Zeitung verschwunden und beachtete weder Frau noch Mutter. Plötzlich ließ Isolde den Löffel los, verzog das Gesicht zu einer weinerlichen Grimasse und massierte wieder mal ihre Schläfen.

„Und ich bin extra für euch früh aufgestanden und habe Eier gebraten.“ Ihre Stimme wurde brüchig „Ihr könntet einer alten Frau wenigstens *ein* Mal den Gefallen tun …“ Sie holte ein spitzenverziertes Stofftaschentuch aus einer Tasche der Strickjacke und putzte sich Nase. „Wo ich doch selbst niemanden mehr habe.“

Katja sah gespannt zu ihrem Mann hinüber. Die Zeitung raschelte und senkte sich.

„Dann geh sie halt wecken, Mutter.“

„Das glaube ich jetzt nicht.“ Katja legte ihr Brötchen zurück auf den Teller. „Robert merkst du denn nicht …? Wir können doch nicht ewig nach ihrer Pfeife tanzen!“

Isolde senkte den Kopf und wickelte die Ecken des Taschentuchs umeinander, bevor sie es wegsteckte. Um ihre Mundwinkel spielte ein Lächeln.

„Und *du* machst dich auch noch lustig über mich!“ Katja stand auf und raffte ihren Bademantel enger um sich herum. „Dein triumphierendes Grinsen wird dir schon noch vergehen. Von wegen *leidende Witwe*.“

„Schatz, Schatz.“ Robert griff nach ihrem Arm. „Was ist los mit dir heute Morgen?“ Er zog Katja zurück auf ihren Stuhl. „Es geht nur um ein Frühstück. Wir können meiner Mutter doch diesen kleinen Gefallen tun.“

„Es geht *nicht* um einen Gefallen. Und es geht *nicht* um das Frühstück. Aber verkriech du dich ruhig hinter deiner Zeitung. Ich gehe die drei jetzt wecken. Dann können wir mit der ganzen Familie Isoldes Auszug diskutieren!“ Zufrieden registrierte sie, wie Isolde zusammenzuckte und sich so hastig an den Kopf fasste, dass ein paar ihrer grauen Haare unter dem Rand der rehbraunen Perücke sichtbar wurden.

„Das ist meine Familie und unser Haus“, setzte Katja nach. „Ich mache dieses Theater nicht mehr länger mit.“

*

Ralf Hilbersen träumte selten. Umso überraschter war er, als ihm an diesem Morgen ein Kirchturm entgegenstürzte und ihn mit Getöse unter sich begrub. Schweißgebadet schreckte er hoch. Vor dem Fenster zuckte ein Blitz auf und beleuchtete den Himmel für einen Lidschlag lang in surrealen Blau- und Lilatönen. Hilbersen kniff die Augen zusammen und schüttelte den Kopf, um wieder in der Realität anzukommen. Er griff nach seinem Wecker. Das Geräusch einer umkippenden Flasche machte ihn endgültig wach. Neun Uhr fünfzehn. Jetzt nicht auch noch das halbvolle Weinglas, das neben seiner Matratze auf dem Boden stand, umwerfen. Er richtete die Flasche wieder auf und hob sie prüfend an. Leer. In seinem Kopf hämmerte es. Allmählich dämmerte Hilbersen der Verlauf des gestrigen Abends. Richtig. Er war bei Evelyn gewesen. Nachdem sie ihn – wieder mal – rausgeworfen hatte, hatte er sich lange und gründlich betrunken.

Wenigstens drang heute kühlere Luft durch das geöffnete Fenster nach drinnen. Diese Schwüle gestern … Blitz und Donner wechselten in schneller Folge. Hilbersen lehnte sich gegen die Wand am Kopfende und beobachtete das Schauspiel. Bloß noch nicht aufstehen. Er hatte nicht mal Aspirin in der Wohnung. Sofern man das hier eine Wohnung nennen konnte. Dreißig Quadratmeter, Altbau, Innenstadt. Fünfte Etage. Ohne Aufzug natürlich. Was bedeutete, wenn er zur Apotheke an der Ecke wollte, müsste er die zehn Halbtreppen, die jede einzelne in einem Neubau eine ganze Etage an Höhe überbrückt hätten, nicht nur hinunter, sondern auch mit den Kopfschmerzen wieder herauf. Er seufzte. Das einzige, was an dieser Behausung schön war, war der Blick über die Dächer von Mahrenbach. Hilbersen quälte sich in die Senkrechte und trat in eine Pfütze.

Verdammt! Sein Koffer! Der stand, wie schon die letzten Wochen, mit aufgeklapptem Deckel unter dem Fenster. Er zog ihn aus der Gefahrenzone und befühlte den Inhalt. Hemden, Unterhosen, Socken … alles nass. Wie sollte er das Zeug trocken kriegen? Vielleicht könnte er Evelyn bitten … Nein. Das ging nicht. Als er sich aufrichtete, um das Fenster zu schließen, wurde ihm schwindelig. Hilbersen ließ sich zurück auf die Matratze fallen und steckte seine kalten Füße unter die Decke. Einfach weiterschlafen. Kissen übern Kopf und das ganze Wochenende durchschlafen. Aber dann würden womöglich zahlreiche Kirchtürme auf ihn stürzen. Und der Rücken tat ihm eh schon weh von den Nächten auf dem Boden.

Das Wochenende hatte beschissen angefangen und schien ebenso beschissen weiterzugehen. Überhaupt. Wochenenden … Seine Kollegen waren bei ihren Frauen und Kindern. Und seine Freunde? Da war in jüngerer Zeit eigentlich nur Clemens geblieben. Aber auch zu dem war der Kontakt abgerissen, seit Hilbersen wegen seiner Probleme mit dem rechten Knie nicht mehr Tennis spielen konnte. Sicher, er könnte Clemens mal wieder anrufen. Was machst du noch so? Aber, nein. Ihm graute vor den Fragen, die dann kämen. Was denn passiert sei … warum Evelyn und er sich getrennt … er sähe mitgenommen aus … und zugenommen habe er wohl auch … ob er denn nicht mal wieder Sport treiben wolle …?

Und seine Kinder? Die waren vermutlich schon zu alt, um ihren Vater noch zu brauchen. Simon war gerade volljährig geworden und würde ihm höchstens einen Vogel zeigen, wenn er Samstagnachmittag auf dem Fußballplatz auftauchen würde, um ihm wie früher beim Spielen zuzusehen.

Hannah? Hilbersen fühlte sich der Fünfzehnjährigen mit ihren Problemen beim Erwachsenwerden gegenüber hilflos. Eine Tochter brauchte in diesem Alter die Mutter wahrscheinlich mehr als den Vater.

Das Gewitter ließ nach und die Geräuschkulisse des Hauses trat in den Vordergrund. Irgendwo dudelte ein Radio. Türen schlugen. In der Etage unter ihm stritt sich lautstark ein Pärchen. Schon am frühen Morgen, stöhnte Hilbersen. Auch Evelyn hatte ihn am Vorabend angeschrien.

„Es ist aus“, hatte sie geschimpft. „Begreif das doch endlich! Musst du dich denn immer wieder zum Deppen machen?“

„Aber … das Haus. Wir haben es gemeinsam gebaut, du kannst mich doch nicht einfach …“

„Willst du mich und deine Kinder auf die Straße setzen?“

„Nein, natürlich nicht. Aber warum … können wir nicht zusammen … ich meine, ich könnte doch weiter hier wohnen … ich lasse dich auch in Ruhe. Obwohl …“, er hatte leiser gesprochen, „ich dich noch liebe.“ Sehnsüchtig hatte er auf die Wölbung ihres Rocks gestarrt und dem großen, weichen Ehebett und ihrem wunderbar geschwungenen Po nachgetrauert.

„Ach, Ralf.“ Evelyn hatte plötzlich resigniert geklungen. „Du weißt doch selbst, dass unsere Ehe schon lange nicht mehr funktioniert.“

„Papa!“ Hannah war die Treppe heruntergekommen und hatte ihn umarmt. „Kommst du wieder zurück?“

„Nein!“ Evelyns Stimme klang hart, und Hilbersen hatte sich hastig von seiner Tochter verabschiedet. Sie sollte seinen Kummer nicht sehen. „Ich ruf dich an, Liebes. Wir können ja mal ein Eis essen gehen.“

Das war gestern gewesen. Da hatte noch die Sonne geschienen. Beim Gedanken an seine Tochter schämte Hilbersen sich seines momentanen Zustands. Er raffte sich auf und öffnete das Fenster wieder. Holte tief Luft. So verkatert und desolat konnte er Hannah nicht anrufen. Sie würde ihn – zum wiederholten Male – fragen, wo er denn jetzt wohne. Wie sollte er ihr erklären, dass er zwischen Matratze, Koffer und Pappkartons hauste. Da half nichts, er brauchte ein Bett, einen Tisch, einen Schrank. Bisher war ihm der Kauf von Möbeln wie ein Eingeständnis vorgekommen, dass er sich mit dem Scheitern seiner Ehe abgefunden hätte. Aber er könnte ja Hannah zuliebe … Hilbersen schlüpfte in die Wäsche vom Vortag, fand auf dem Kofferboden ein fast noch trockenes Hemd und packte die andere Kleidung in einen Müllsack. Erst Apotheke, dann ein Café zum Frühstücken, danach ein Waschsalon und ein Möbelgeschäft. Er würde keine weitere Nacht mehr auf einer Matratze verbringen. Langsam machte sich Ralf Hilbersen auf den Weg.

*

Charlotte hatte schon eine Weile wach gelegen, als das Wetterleuchten begann. Der Wind pfiff durch die leerstehenden Häuser der Nachbarschaft und rüttelte an ihren undichten Fenstern. Draußen war es so düster geworden, dass sie Licht machen musste. Sie setzte sich auf und legte sich ihren Bademantel um die Schultern. Dann wartete sie, bis der morgendliche Hustenanfall vorüber war. Durch die Ritzen der Fensterrahmen und Mauern zog es auf ihr Bett. Charlotte fror.

Während sie mühsam in ihre Pantoffeln schlüpfte und nach dem Gehstock angelte, der neben dem Kopfende des Bettes an die Wand gelehnt war, fiel Regen in dicken Schnüren vom Himmel. Das wuchernde Unkraut auf dem Streifen zwischen ihrem Grundstück und dem Haus von Josef Radek wurde zu Boden gedrückt, und die Backsteinwand gegenüber war dunkel von Feuchtigkeit. Früher war auf dem Streifen Niemandsland, auf dem jetzt fast mannshoch Quecken, Brennnesseln und Löwenzahn standen, ein Bach geflossen. Charlotte seufzte beim Gedanken an die Zeit, als der Ort noch bewohnt gewesen und sie als Vorkämpferin gegen *Strom 21* der Mittelpunkt des Gemeindelebens gewesen war. Jetzt war sie nur noch die verrückte Alte, die sich nicht mit der Realität abfinden wollte.

Der Bach war lange vor den Nachbarn verschwunden. Als vor zwölf Jahren die Pumpen für die Sümpfung des Gebiets in Betrieb genommen wurden, versiegte er von heute auf morgen. Mit nur stillen Zeichen des Protests. Zuerst war die Seerose ausgetrocknet. Das Sumpfgras hatte ein paar Monate standgehalten, bevor es sich seinem Schicksal beugte und schließlich braun am Boden lag. Fast zeitgleich hatten die Frösche aufgehört zu quaken. Der Fischreiher und die Libellen, die hier auf Beutefang gegangen waren, ließen sich nicht mehr blicken, und die Wasseramsel, die über Jahrzehnte jeden Sommer in einer Mauernische bei den Ställen gebrütet hatte, blieb mit unbekanntem Ziel verzogen. Das Einzige, was nach der Trockenlegung geblieben war, waren die Mücken. Auf sie hätte Charlotte gut verzichten können. Ihr Blick fiel auf den Computerbildschirm, der auf einem Tisch vor dem Fenster stand: Sie hatte eine Aufgabe zu erledigen. Fest griff sie nach dem Knauf ihres Stockes und schlurfte mit schweren Beinen in die Küche. Ein Kaffee würde ihr gut tun.

„Wie viele Seiten passen da drauf?“, hatte sie vor mehr als zwei Jahren ihre älteste Urenkeltochter gefragt, als die ihr das kleine Plastikding zeigte, auf dem angeblich alles zu finden war, was Charlotte ihr für das Schulreferat über den Nationalsozialismus erzählt hatte.

„Hunderte. Tausende. Keine Ahnung. Das ist ein USB-Stick, da kann man je nach Gigabytezahl ganze Bücherregale drauf speichern.“ Susanne hatte das schwarze Ding in ihren Rechner gesteckt, und nach ein paar Handgriffen spuckte der Drucker perfekt beschriftete Seiten aus.

„Die sehen aus wie ein Buch“, staunte Charlotte. „Und die sind alle auf diesem kleinen …“ Sie suchte nach dem Wort, aber es fiel ihr nicht ein.

„Ja, klar.“ Susanne nickte.

„Und so ein Ding könnte ich mir auch kaufen? Ist es teuer? Es muss teuer sein, wenn so viele Seiten darauf passen.“

Ihre Urenkeltochter lachte. „Jeder hat heute einen USB-Stick, Oma. Der kostet nur ein paar Euro. Aber du bräuchtest natürlich einen Computer, um darauf zu schreiben.“

„Und ich könnte diesen … Schtik immer mit mir rumtragen?“

„Klar. Du kannst ihn dir um den Hals hängen, wenn du willst.“

„Dann würde ich ihn nicht verlieren. Und könnte nicht vergessen, wo ich ihn hingelegt habe.“

Das Gespräch war Charlotte nicht mehr aus dem Kopf gegangen. Die Vorstellung war verlockend gewesen. Auch wenn sie große Bedenken hatte, ob sie in ihrem Alter noch mit einer neumodischen Technik wie einem Computer zurechtkäme. Katja war zunächst erstaunt gewesen. Aber dann hatte sie Charlotte Mut gemacht:

„Na klar kann ich dir das erklären. Ist gar nicht so schwer.“ Bei ihrem nächsten Besuch hatte sie einen gebrauchten Rechner mitgebracht.

„Anke hat einen neuen zum Geburtstag bekommen. Aber der hier tut’s noch. Ist nur ein bisschen langsam.“

„Langsam is’ gut“, hatte Charlotte gemurmelt und sich nach langer Zeit mal wieder über etwas gefreut. Jetzt hatte sie ein Ziel, das sie erreichen konnte. Mit Zahlen und Farben hatte sie sich die wichtigen Knöpfe und Öffnungen am Rechner markiert und aufgeschrieben, was sie wann drücken musste. Einmal im Schreibprogramm angekommen, war es nur noch eine Frage der Geduld, die Geschichten in ihrem Kopf in Buchstaben auf dem Bildschirm zu verwandeln. Und inzwischen war Charlotte mit ihrem Rechner per Du.

„Melde mich zum Dienst“, sagte sie jeden Morgen, während sie dem Summen lauschte, mit dem die Maschine sich einsatzfähig machte. Sie stellte eine zweite Tasse Kaffee und das angebissene Butterbrot, das sie bis mittags gegessen haben wollte, neben die Tastatur. Dann nahm sie den Speicherstick, den sie nun schon seit zwei Jahren an einem Band um den Hals mit sich herumtrug, und steckte ihn in die mit rotem Edding markierte Öffnung.

„Muss später niemand meine Sauklaue lesen", sagte sie zu Jeshim, der es sich auf ihrem Bett bequem machte, während sie schrieb.

Anfangs hatte Charlotte Angst gehabt, sie könne das Geschriebene versehentlich löschen. Und immer noch kontrollierte sie jeden Morgen, ob die „*Geschichte meines Hauses und meines Lebens*" vollständig geblieben war. Kein Detail sollte verlorengehen – nicht die Trauer und nicht der Krieg und nicht die Liebe und nicht dieses alte Bauernhaus.

Mit den Monaten hatte sie zufrieden registriert, wie sich die Zeichen auf dem Bildschirm fast exponentiell vermehrten, wie die Anzahl der Seiten langsam, aber stetig wuchs und sich ihre Finger im Text aus der Vergangenheit Richtung Gegenwart vorarbeiteten. Trotz der Schmerzen in ihren Gelenken hatte sie eine erstaunliche Behändigkeit beim Zwei-Finger-Tippen entwickelt.

Von Zeit zu Zeit machte sie Pause, ging ein paar Schritte, beobachtete die Vögel, die an der efeubewachsenen Hauswand ihres Nachbarn pickten, und war froh, dass wenigstens Josef in Lossweiler geblieben war. Am späten Nachmittag schaltete sie dann den Rechner aus und steckte den Stick zurück an seinen Platz auf ihrer Brust.

„Die kriegen mich hier nich' lebend raus", erklärte sie dem Kater, während sie ihn fütterte. Mit jedem Tag, an dem sie einen weiteren Teil ihres Lebens festgehalten hatte, wurde Charlotte entschlossener.

*

Sie oder ich!, dachte Katja, während sie die Treppe hinauflief. Eine von uns beiden muss gehen. Wir werden ja sehen, auf wen Robert eher verzichten kann. Sie trommelte an Kais Zimmertür.

„Aufstehen!" Im Zimmer war es finster und roch nach den getragenen Socken mehrerer Tage. Unbegreiflich, dass ein 14-Jähriger auch im Sommer bei geschlossenem Fenster und heruntergelassenen Rollläden schlafen konnte.

„Was ist das für ein Mief hier!" Katja zog die Jalousien hoch und die Dunkelheit im Raum verdünnte sich zu Dämmer. Draußen plästerte es. Sie stellte das Fenster auf Kipp, damit der Regen nicht auf Kais Schreibtisch spritzte.

„Oh, nee. Mama!“ Kai verkroch sich unter seiner Decke. „Du spinnst doch. Heute ist keine Schule.“ Seine Stimme kam gedämpft unter dem Federbett hervor.

„Ich weiß. Aber Oma will mit dir frühstücken.“ Zur Sicherheit knallte Katja beim Gehen die Tür zu: Jetzt würde er wach sein.

In Ankes Zimmer: gähnende Leere. War das abgesprochen, dass sie außer Haus übernachtete? Katja konnte sich nicht erinnern. Gut so!, dachte sie. Eine 17-Jährige hat ein eigenes Leben! Was war bloß mit ihr los gewesen, dass sie vor dieser narzisstischen, bigotten Fettel von Schwiegermutter hatte verbergen wollen, dass ihre erwachsenen Töchter Sex hatten. Schluss mit dem Versteckspiel! Sollten Susanne und Anke doch beim Frühstück ihre Pille schlucken und sich beim Abendbrot über die Vorzüge bestimmter Stellungen beim Geschlechtsverkehr unterhalten! Sollten Isolde die Ohren abfallen! Sollte sie ihre Migräne kriegen und die Verlotterung der Welt beklagen!

Katja holte tief Luft und klopfte sachte an Susannes Zimmertür. Dann wartete sie. Susanne öffnete mit verschlafenem Blick.

„Tut mir leid, dass ich dich wecke, aber eure Oma besteht darauf, mit uns allen zu frühstücken.“

Nachdem sie Bademantel und Schlafanzug gegen Jeans und Sweatshirt getauscht hatte, ging Katja zurück in die Wohnküche, wo Isolde mit der harten Butter kämpfte.

„Die gehört nicht in den Kühlschrank.“

„Ich weiß.“ Katja setzte sich mit demonstrativer Gelassenheit auf ihren Platz. „Frag mal deinen Sohn, wer die Butter immer wieder in den Kühlschrank stellt.“

„Hast du die Kinder geweckt?“ Robert unterbrach seine Lektüre.

„Ja, sie kommen gleich. Dann können wir über Isoldes Auszug reden.“ Katja schmierte ungerührt Margarine auf ihr Brötchen.

„Ist das wirklich nötig? Könntest du das Thema nicht etwas vorsichtiger ansprechen.“ Robert sah zu seiner Mutter hinüber, die ihr Messer hatte sinken lassen und das Taschentuch wieder aus der Hosentasche holte.

„Wir waren uns doch gestern Abend einig, dass du dich um eine Wohnung für sie kümmern wolltest. In ihr Haus will sie ja nicht zurück.“ Katja griff nach einer Tomate.

„Was heißt *einig*? Wir haben in Erwägung gezogen, dass es auf Dauer besser wäre, wenn …“ Robert wurde von Susannes Erscheinen unterbrochen.

Seine älteste Tochter war eine hochgewachsene, schlanke 19-Jährige, die ihm von seinen Kindern immer am wenigsten Sorgen gemacht hatte. Ihr glattes, blondes Haar fiel über den dunkelgrünen Bademantel fast bis zur Taille, die blauen Augen blickten noch klein, aber wachsam in den Raum.

„Guten Morgen, Papa." Sie beugte sich über ihn und gab ihm einen Kuss auf die Wange. „Morgen, Oma. Das scheppert aber ganz schön da draußen, was? Gibt's noch Kaffee?" Katja reichte ihr die Thermoskanne.

„Was wäre auf Dauer besser?", kam Susanne auf die Äußerung ihres Vaters zurück, während sie sich Kaffee einschenkte und beide Hände verfroren um die Tasse legte.

„Wenn deine Oma wieder eine eigene Wohnung hätte." Katja bot ihrer Tochter den Korb mit Brötchen an, aber die lehnte ab und ging zum Kühlschrank, um sich einen Joghurt zu nehmen.

„Ach, deshalb die Tränen. Ich hatte mich schon gefragt, ob heute Opas Todestag ist. Aber der ist doch mindestens noch zwei Monate hin, oder?"

„Siehst du." Isolde witterte ihre Chance. „Nicht mal ein Jahr ist das jetzt her. Jeder weiß, dass man mindestens ein Jahr braucht, um über den Tod eines Partners hinwegzu…" Sie schnäuzte in eine Ecke ihres Taschentuchs, obwohl ihre Nase genau wie die Augen trocken war. „Und wenn man so lange verheiratet war wie Karl und ich …" Erneutes Schluchzen, bei dem Robert ihr begütigend eine Hand auf den Arm legte.

„Was is'n mit dir los?" Kai kam in die Küche geschlurft. Auf seinem dunkelgrauen, verwaschenen T-Shirt prangten unübersehbar helle Flecken, deren Ursprung schon etwas zurückzuliegen schien. Der Schritt der Jogginghose hing ungefähr auf der Mitte seiner Oberschenkel und seine Füße steckten barfuß in schwarzen Turnschuhen mit abgerissenen Schnürsenkeln. Katja sah, dass ihr Mann sich mit Mühe eine Bemerkung verkniff. Er wollte wohl nicht noch ein zweites Schlachtfeld eröffnen. Kai ließ sich auf seinen Stuhl fallen.

„Hier riecht's aber gut. Warum heulst du denn so, Omi? Die Eier sind doch gelungen."

„Deine Mutter will, dass ich ausziehe. Aber iss, mein Junge, iss! Hauptsache, euch geht es gut. Das ist das Wichtigste."

„Also, wenn es jetzt jeden Morgen so leckeres Zeug gibt", Kai zog sich die Pfanne herüber und häufte sich einen Löffel nach dem anderen auf seinen Teller, „kannst du von mir aus hier wohnen bleiben." Er begann zu schmatzen.

„Wie alt bist du Kai? Kannst du bitte vernünftig essen.“ Robert hielt es nicht mehr aus. „Und dieses T-Shirt, das du da trägst, sieht auch nicht gerade appetitlich aus.“ Kai schaute an sich hinunter, wobei ihm ein Krümel Ei von den Lippen auf die Hose fiel.

„Ja, Papa. Ich zieh mich gleich um.“ Seine Wangen liefen rot an. Katja wusste, dass er den Tadel nicht ungerührt wegsteckte. Ihr Jüngster hatte keine Chance gegen seinen übermächtigen Vater. Vielleicht hatte er sich deshalb diese beunruhigenden Freunde gesucht. Schwarz gekleidet und glatzköpfig. Sie zwinkerte Kai aufmunternd zu.

„Gibt's O-Saft?“, fragte er sie.

„Im Kühlschrank.“ Sie stand nicht auf. Heute nicht.

„Der Junge braucht Milch. Er ist noch im Wachstum!“

„Mensch, Omi. Ich bin doch kein Baby mehr. Aber die Eier sind echt tofte.“ Kai aß hastig und wartete offensichtlich auf das Erscheinen der Orangensafttüte am Tisch.

„Ich hol dir was zu trinken.“ Isolde erhob sich mit einem Stöhnen und warf Katja einen strafenden Blick zu.

„Er kann sich seinen Saft selber nehmen. Glaubst du, nur weil er ein Junge ist, müsste ich ihn bedienen?“

„Katja!“ Roberts Stimme war laut. „Nun streitet euch nicht schon wieder.“ Er versuchte, sich zu mäßigen. „Wo bleibt denn Anke?“

Susanne hatte sich einen Esslöffel Rührei auf den Teller gelegt und sortierte den Speck an die Seite, bevor sie eine Gabelspitze Eimasse zum Mund führte. Jetzt hielt sie beim Essen inne.

„Die ist nicht da“, versuchte sie so beiläufig wie möglich zu sagen.

„Nicht da? Ist sie schon so früh aus dem Haus gegangen?“

„Nein, sie war …“ Susanne sah hilfesuchend ihre Mutter an.

„Anke hat nicht hier geschlafen. Und ich habe keine Ahnung, wo sie ist. Habt ihr gestern Abend nicht darüber gesprochen?“ Katja biss in ihr Brötchen.

„Haben wir nicht.“ Robert legte wütend die Zeitung beiseite. „Also, wo ist sie? Du weißt es bestimmt, Susanne.“

„Sie hat … bei einer Freundin übernachtet.“ Susanne sah ihren Vater nicht an, sondern stocherte konzentriert auf ihrem Teller herum.

„Bei einer Freundin?“ Roberts Stimme klang ironisch. „Wie heißt diese Freundin denn? Kennen wir sie? Oder ist diese Freundin vielleicht doch eher ein Freund?“

Ihre Älteste schaute unglücklich zu Katja herüber. Was soll ich jetzt tun?, schien dieser Blick zu fragen. Soll ich die Wahrheit sagen und damit meiner Oma den Glauben an die Unschuld ihrer Enkeltöchter nehmen? Oder weiter lügen und meinen Dad gegen mich aufbringen?

„Sag ruhig, bei wem sie ist." Katja löste Susannes Dilemma. „Wir sind schließlich alle erwachsene Menschen."

„Anke hat bei Till übernachtet."

„Till? Ist das nicht dieser Penner, der sich vor ein paar Monaten fast zu Tode gesoffen hat?" Musste ihr Mann immer so vorschnell über die Freunde der Kinder urteilen?

„Er hatte eine Alkoholvergiftung." Katjas Stimme klang schärfer, als sie beabsichtigt hatte. „Das kann doch mal passieren. In dem Alter können sie noch nicht einschätzen, wie viel sie vertragen."

„Till ist kein Penner", ergänzte Susanne, ihren ganzen Mut zusammennehmend. „Er ist total gut in der Schule. Unser Philosophielehrer hat gesagt, er sei außergewöhnlich begabt."

„Ein Philosoph also! Dass ich nicht lache. Ein langhaariger, traumduseliger Philosoph. Till in der Tonne. Und der ist der Liebhaber meiner Tochter!"

„Anke hat einen Liebhaber? Wie meinst du das, Robert? Du willst doch wohl nicht sagen, sie hat schon …" Isolde vergaß vor lauter Neugierde, weiter zu schluchzen.

„Sex", vollendete Katja den Satz. „Sie hat Sex, liebe Isolde."

„Jetzt reicht's mir aber." Robert stieß sein Messer ins Brötchen. „Ich will nicht, dass meine minderjährige Tochter bei einem Kerl übernachtet, ohne vorher Bescheid zu sagen."

„Und wenn sie Bescheid sagt, bist du einverstanden?" Katja konnte sich den Spott nicht verkneifen. Ihre Schwiegermutter rang noch um Fassung, dass beim Frühstück so ungeniert das Wort *Sex* fiel, den ihre mittlere Enkelin sogar schon hatte. Kai hatte aufgehört zu essen und blickte gespannt von einem zum anderen. Seine Müdigkeit schien verflogen, das Frühstück versprach spannend zu werden.

„Ich will zumindest wissen, wo sie ist", donnerte Robert. „Oder soll sie enden wie deine Schwester?"

Katja zuckte zusammen. „Lass Nina da raus! Das ist etwas ganz anderes."

„Warum ist das was anderes? Sie hatte mit 16 ihre erste Abtreibung, wenn ich mich recht erinnere. Und anschließend hat sie eine steile Karriere in der Psychiatrie hingelegt. Findest du das erstrebenswert?"

„Aber du kannst meine Schwester doch nicht mit Anke vergleichen. Nina war traumatisiert. Sie war ein Kind, als sie den Tod unseres Bruders mit ansehen musste.“ Ihre Stimme klang plötzlich belegt. Robert wusste, wie er sie am besten treffen konnte. Seit er Nina aus dem Haus geworfen hatte, hatte sie ihre jüngere Schwester nicht mehr gesehen oder gesprochen.

„Traumatisiert! Unsinn. Mit Alkohol und Drogen hat sie sich zugeschmissen. Da war der Unfall Jahre her. Das lasse ich nicht als Entschuldigung gelten. Was meinst du, mit was für haarsträubenden Erklärungen mir die jungen Leute vor Gericht kommen. Nein, deine Schwester hat sich selbst kaputt gemacht. Und ich werde nicht zulassen, dass meine Tochter ebenso ins Unglück rennt.“

„Ich könnte in Zukunft ein Auge auf Anke haben.“

Isolde, natürlich. Katja ballte unter dem Tisch die Fäuste. Ihre Schwiegermutter versuchte wieder mal, sich lieb Kind bei ihrem Sohn zu machen.

„Das ist wirklich empörend, dass eine 17-Jährige bei ihrem Freund … Und wie sie immer *aussieht*.“

„Du wirst *kein* Auge auf sie haben! Sie ist *meine* Tochter.“

Susanne wollte ihrer Mutter zu Hilfe kommen: „Tante Nina kann aber gut Klavierspielen. Ich habe oben noch eine Kassette von ihr, wo sie Mozart …“

„Ich will nichts mehr von Tante Nina hören!“ Robert schlug mit der Faust auf den Tisch. Kai sah seinen Vater bewundernd an. Susanne war erschrocken im Stuhl zurückgesunken und starrte auf einen Punkt zwischen Zuckerdose und Thermoskanne.

„Wie auch immer.“ Er hatte sich wieder im Griff. „Ich will wissen, was meine Töchter treiben. Was draußen alles los ist! Flatrate-Partys, Ecstasy, K.o.-Tropfen, Vergewaltigungen.“

„Und langhaarige Philosophen“, ergänzte Kai. Aber niemand lachte.

„Du bist berufsgeschädigt. Du denkst immer gleich ans Schlimmste“, murrte Katja. „Außerdem wollten wir nicht über Anke, sondern über deine Mutter sprechen. Also …“ Sie drehte sich zu Isolde um. „Wie lange gedenkst du, unsere Gastfreundschaft noch in Anspruch zu nehmen?“

Ihre Schwiegermutter nestelte an ihrem Taschentuch herum. „Ich will niemandem zur Last fallen. Aber ich dachte … ihr braucht euch doch gar nicht um mich zu kümmern. Im Gegenteil – ich mache mich nützlich, wo ich nur kann!“

„Es geht mir nicht um den Haushalt. Aber Karls Tod ist mittlerweile zehn Monate her. Ich bin der Meinung, du solltest allmählich wieder dein eigenes

Leben führen und uns unser Leben führen lassen.“ Katja bemühte sich, sachlich zu bleiben.

„Ich habe doch niemanden mehr. Willst du mich etwa ins Altenheim schicken?“ Isoldes Lippen zitterten.

„Davon ist nicht die Rede. Du bist doch fit. Geh in dein Haus zurück oder nimm dir eine Wohnung, wenn dir das Haus zu groß ist.“

„Aber so allein …“, Isolde brach wieder in Schluchzen aus, „allein fühle ich mich so elend. Euch gegenüber reiße ich mich ja zusammen, aber ihr ahnt nicht, wie elend mir eigentlich zumute ist.“

Katja stöhnte innerlich auf: Natürlich, Isolde ließ die gute und tapfere Heldin raushängen.

„Dafür, dass es dir elend geht, interessierst du dich aber sehr für unsere Familienangelegenheiten.“

„Katja, lass das!“ Robert hatte das Gespräch der Frauen mit Unbehagen verfolgt. Er beugte sich zu seiner Mutter vor. „Wenn es dir nicht gut geht, kannst du selbstverständlich noch bleiben.“

„Aber sie tut doch nur so! Merkst du denn nicht, wie sie dich immer wieder rumkriegt? Du solltest ihren Tonfall hören, wenn du nicht da bist. Wer so boshaft sein kann, kann auch sein eigenes Leben führen!“

„Ich bin nicht böse! Ich weiß eben noch, was Kindererziehung bedeutet. Und deine Schluderei im Haushalt …“

Susanne rutschte unbehaglich auf ihrem Stuhl hin und her, während Kai der Auseinandersetzung mit unverhohlener Neugier folgte.

„Wie ich meinen Haushalt führe, geht dich überhaupt nichts an. Ich habe einen Beruf und bin der Meinung, dass es wichtiger ist, Zeit mit meinen Kindern zu verbringen als das Besteck zu polieren.“

„Zeit mit deinen Kindern!“ Isolde hatte ihren Kummer offensichtlich schon wieder vergessen. „Wo warst du denn gestern Abend? Du kümmerst dich doch nur noch um diese Verrückte.“

„Lass Charlotte da raus. Sie ist nicht verrückt.“ Und vor allem nicht so eine intrigante Ziege wie du, dachte Katja. „Wenn du halb so viel Mut und Anstand hättest wie sie, würdest du uns hier nicht weiter mit deiner Anwesenheit belästigen. Und ich darf wohl auch ein Mal, ein einziges Mal in all den Monaten, dem Abendessen fern bleiben.“

„Was ist eigentlich mit euch los? Könnt ihr nicht wie zivilisierte Menschen miteinander reden?“

Das Klingeln des Telefons unterbrach Robert. Susanne sprang erleichtert auf: „Ich geh schon!“

„Katja, wir sollten das noch mal unter vier Augen besprechen“, fuhr Robert fort.

„Wir besprechen das seit Monaten *unter vier Augen*. Und nie ändert sich was.“ Wie schaffte er es nur, immer der Überlegene zu sein.

„Spar dir deinen Sarkasmus. Ich habe kapiert, dass du meine Mutter nicht länger im Haus haben willst. Was sagen denn die Kinder dazu? Susanne!“

Susanne eilte aus dem Flur zurück an den Tisch. „Bin schon da.“

„Wer war das?“

„Das war Uroma. Ich hab gesagt, du rufst sie zurück, Mama.“

„Charlotte muss warten“, schimpfte Robert. Als ob sie jetzt einfach aufstünde und vom Tisch verschwände. Katja kochte vor Wut.

„Vielen Dank für die Ermahnung. Meine Großmutter gibt sich wenigstens Mühe, allein zurechtzukommen. Im Gegensatz zu deiner Mutter, die anscheinend nicht ein einziges Mal ohne mich zu Abend essen will.“

Noch bevor Isolde zu einer Entgegnung ansetzen konnte, wandte sich Robert mit einer energischen Handbewegung an seine Kinder:

„Was denkt ihr denn? Stört euch das, wenn Oma noch eine Weile hier wohnt?“ Er blickte forschend von Susanne zu Kai und wieder zu Susanne. Beide schwiegen und sahen zu Boden. Schließlich fasste Susanne sich ein Herz.

„Wenn es ihr wirklich noch schlecht geht …“

„Es geht ihr nicht schlecht“, warf Katja dazwischen.

„Lass sie ausreden!“

„Aber diese Diskussion ist nicht fair, Robert! Susanne, erinnerst du dich an das Theater, als sie dich mit Dirk erwischt hat? Sie läuft ohne anzuklopfen in eure Zimmer. Sie lässt keinem von uns seine Privatsphäre.“

„Ich weiß nicht.“

Katja sah ihrer Tochter an, wie schwer ihr eine Erwiderung fiel.

„Ja, manchmal nervt Oma ein bisschen. Aber wenn es ihr schlecht geht …“

„… dann soll sie bleiben“, ergänzte Robert zufrieden.

Susanne zuckte mit den Schultern und warf Katja einen entschuldigenden Blick zu.

„Und was meinst du, Kai?“

Kai schien eine Gelegenheit zu wittern, sich bei seinem Vater Respekt zu erwerben. Er setzte sich kerzengerade auf, bevor er sprach.

„Ich finde, man muss echt Achtung vor dem Alter und vor der Trauer haben. Da ist das doch klar, dass Omi allein zu einsam wäre." Als er den fassungslosen Blick seiner Mutter sah, fügte er hinzu: „Na ja, mir wär es natürlich auch lieber, sie würde nicht einfach in unsere Zimmer laufen."

„Danke, mein Junge." Isolde tätschelte Kai gerührt die Wange. „Ich werde mir angewöhnen anzuklopfen. Und auch dir, Susanne. Danke."

„Und damit ist das Thema vom Tisch?" Katjas Stimme überschlug sich. „Das glaube ich ja jetzt nicht. Dass ihr mir so in den Rücken fallt. Gestern Abend wolltest du dich noch um eine Wohnung …"

„Das habe ich nicht gesagt."

„Doch, das hast du." Jetzt bloß nicht nachgeben. Bloß nicht weglaufen. Das hatte sie oft genug getan. Langsam stand Katja auf und sah ihren Mann von oben herab an.

„Dass du mich in Anwesenheit deiner Mutter und unserer Kinder anlügst, ist schon …"

„Jetzt gehst du zu weit!"

„Mama!" Susannes Stimme klang besorgt. „Streitet euch doch nicht so, bitte."

„Sie hat recht, nicht vor den Kindern." Robert griff wieder zu seiner Zeitung. Damit war das Thema für ihn erledigt?

„Ja, lies ruhig deine Zeitung. Aber du solltest dir gut überlegen, was dir unsere Ehe noch wert ist." Katja wandte sich zur Tür. „Ich werde jetzt telefonieren. Susanne, Kai … Räumt ihr bitte den Tisch ab."

„Och, nööö", protestierte Kai.

„Lasst nur, ich kann das machen. Ich habe doch Zeit." Isolde!

Katja schaffte es gerade noch ins Bad, um ihre Tränen vor dem Rest der Familie zu verbergen. War das Wut? Ohnmacht? Schmerz? Diesen Triumph würde sie ihrer Schwiegermutter nicht gönnen.

*

Charlotte hatte Jeshim gefüttert und wollte gerade den Rechner hochfahren, als es an der Tür klingelte. Das wird Josef sein, dachte sie. Ihr Nachbar fuhr jeden Samstag und Mittwoch mit seinem alten, tadellos gepflegten Mercedes nach Mahrenbach und kaufte für beide ein. Und obwohl er einen Schlüssel zu ihrem Haus hatte, läutete er der Höflichkeit halber, bevor er aufschloss. Er wollte sie nicht erschrecken.

„Hallooo!“, hörte sie ihn jetzt rufen. „Ich habe hier eine Lieferung für Frau Charlotte Anna Ludmilla Rinke abzugeben.“

„Komm rein!“ Charlotte lachte. Josef war ihr immer willkommen. Sie humpelte zum Türrahmen, während er zwei Kartons mit Suppendosen, Aufschnitt, Eiern, Marmelade, Brot, Milch und Kaffee hereintrug und im hinteren Teil des Flurs vor der Speisekammer abstellte. Trotz seiner 73 Jahre war der ehemalige Tierarzt des Ortes ein kräftiger, gutaussehender Mann. Sein Charme und sein Schlag bei Frauen hatten ihm den Spitznamen *Baumnusskavalier* eingebracht. Im Garten des Nachbarhauses standen mehr als ein Dutzend Walnussbäume, die die Familie Radek über Generationen angepflanzt hatte. Jeden Herbst war Josef wochenlang damit beschäftigt, die herabfallenden Nüsse aufzusammeln, von Dreck und Schalengespinsten zu befreien und danach zum Trocknen auf dem Dachboden auszubreiten. Und gerne holte er sich dabei die Hilfe von alleinstehenden, älteren Damen, die er bei seinem wöchentlichen Besuch des Mahrenbacher Senioren-Tanztees kennenlernte. Mit wohlgesetzten Worten, einem sanften Führungsstil bei allen Tänzen von Standard bis Lateinamerikanisch und einer ausnehmenden Höflichkeit gelang es ihm jedes Jahr wieder, sich Unterstützung bei der Ernte zu sichern. Die verwitweten Seniorinnen Mahrenbachs kamen und sammelten Nüsse für ihre Kinder und Enkel, und bevor sie nach Hause gingen, lud Josef sie zum Dank zu einem geschmackvollen Essen bei Kerzenschein ein. Er umgarnte sie mit seinen Kochkünsten und leiser Musik, verwöhnte sie mit Komplimenten und Eierlikör, um sie später im Wohnzimmer zum Tanz aufzufordern. Der Foxtrott ging erst in Tango, dann in eine Rumba über. Josefs Griff wurde fester, Millimeter für Millimeter zog er die Körper der Damen zum Rhythmus der Musik näher zu sich. Er spürte an ihren Bewegungen, wie weit er gehen konnte, und er kannte den richtigen Zeitpunkt für einen ersten, auf die Stirn gehauchten Kuss. Wenn sie dann noch zuließen, dass seine Hand auf ihrem Rücken tiefer wanderte, hatte er gewonnen. Wobei, dachte Charlotte, die das Prozedere aus eigener Erfahrung kannte, wenn ich da an seine kundigen Hände und das Lächeln der Frauen beim Verlassen des Hauses denke … da kann von Gewinnen und Verlieren nicht die Rede sein.

Sie war die erste gewesen, die Josef sich nach dem Tod seiner Frau vor vielen Jahren zum Trost ins Bett geholt hatte. Ihre Scheu angesichts der dreizehn Jahre Altersunterschied hatte er ihr schnell genommen.

„Eine so leidenschaftliche Frau wie du, Charlotte … Als ob es da auf ein paar Falten oder Pfunde mehr oder weniger ankäme. Wer so denkt, der versteht nichts von der Liebe."

„Du Charmebolzen", hatte sie, halb lachend, halb protestierend, geantwortet. Dann hatte sie die Augen geschlossen und den Dingen ihren Lauf gelassen.

Jetzt war Josef ihr ein treuer Freund geworden. Mit einem Schmunzeln beobachtete sie Jahr für Jahr das Ein- und Ausgehen der Damen, die sich zur Zeit der Nussernte von ihm einfangen ließen und einige Monate regelmäßig wiederkehrten.

„Meine Liebe!" Josef begrüßte sie wie immer mit einem Handkuss. Dann hielt er inne und hob einen Zeigefinger. „Warte, ich habe noch eine Kleinigkeit für dich im Wagen." Charlotte sah ihm nach, wie er nach draußen ging – auch heute wie jeden Tag im Anzug und mit tadellos geputzten Schuhen – und mit einem Kuchen zurückkehrte.

„Gnädige Frau", er deutete eine Verbeugung an, „frischgebackener Apfel-Rahm-Kuchen mit Mandeln. Eigens für Sie vom Hause Radek hergestellt und persönlich geliefert." Er nahm die Kuchenglocke vom Teller und hielt ihr die Apfeltorte unter die Nase.

„Donnerlüttchen. Josef! Da hast du mir aber was Feines kredenzt."

„Und hier sind Äpfel für dich. Du brauchst Vitamine, meine liebe Charlotte." Er stellte Kuchen und Früchte auf dem Wohnzimmertisch ab und tätschelte ihre Wange. „Was habe ich da gehört? Dir war nicht wohl gestern? Mir wurde zugetragen, dass du vom Schlachtfeld des Tagebaus getragen werden musstest!"

„Woher hast du das denn wieder? Wird in Mahrenbach schon davon vertellt?"

„Nein, schau her." Ihr Freund zog eine Zeitungsseite aus der Innentasche seines Jacketts. *Zusammenbruch bei Kirchenabriss*. Unter der riesigen Schlagzeile prangten zwei Bilder von Charlotte: Auf dem Ersten war sie mit Katja und ihrem Pappschild-Protest zu sehen, auf dem Zweiten, wie Jens Mahnke sie durch die Schaulustigen trug.

„Aber ein hübscher Bengel, von dem du dich da hast abschleppen lassen. Geschmack bei Männern hast du ja immer gehabt."

„Ach!“ Sie wischte seine Bemerkung mit einer Handbewegung weg. Trotzdem konnte sie ihr Vergnügen an dem Artikel nicht verhehlen. „Kann ich den behalten?“

„Selbstverständlich, meine Liebe. Dafür könntest du mich vielleicht mit einer Tasse deines wunderbaren Bohnenkaffees beglücken. Ich würde ihn mir auch selber zubereiten.“

„Dass du immer so gestelzt reden musst.“ Charlotte schüttelte den Kopf. Aber eigentlich war sie ihm dankbar. An den Einkaufstagen leistete er ihr meist noch ein Stündchen Gesellschaft und fädelte es jedes Mal so ein, als sei es *ihm* ein Bedürfnis und eine besondere Freude.

„Dann setz du mal Kaffee auf und ich schneide dein Kuchen-Meisterwerk an.“

Kaum hatte Charlotte zum Messer gegriffen, da klingelte das Telefon. Ihre Enkeltochter rief zurück.

*

„Hast du schon gesehen? Wir sind im Stadtanzeiger! Mit Foto! Josef hat ihn mir gerade mitgebracht.“

Katja musste mit dem Telefon in den Garten gehen, um Charlotte zu verstehen. Isolde lief mit klackernden Pumps durchs Erdgeschoss.

„Ich habe noch keine Zeitung gelesen heute. Hast du deshalb angerufen?“

„Nein. Was ist los, Kind? Du klingst so komisch.“

„Nur eine kleine Auseinandersetzung.“ Katja schluckte den Kloß in ihrem Hals hinunter. Sie war nicht traurig, sie war wütend!

„Weinst du etwa?“

„Nein, nein. Alles in Ordnung.“ Sie räusperte sich. „Josef war schon bei dir?“

„Genaugenommen is’ er noch da. Wir wollten gerade ’n Käffken trinken.“

„Das ist gut. Grüß ihn von mir. – Hast du vorhin aus einem bestimmten Grund angerufen?“

„Ich hätte eine Bitte …“

Katja wartete ab.

„Der junge Mann, der uns gestern geholfen hat …“

„Jens Mahnke, ja. Was ist mit ihm?“

„Ich möchte mich bei ihm bedanken. Ohne den … wer weiß, vielleicht wäre ich im Krankenhaus gelandet und nie wieder nach Hause zurückgekehrt.

Das hätte diesem Hilbersen doch gut in den Kram gepasst.“ Charlotte begann zu husten. Katja wartete, bis sie sich wieder beruhigt hatte.

„Das hätte ich nicht zugelassen, Omi. Aber bei Herrn Mahnke hast du dich bereits bedankt.“

„Ach, dieser olle Marmorkuchen. War doch nur Killefitt.“

„Du … erinnerst dich schon noch, für wen er arbeitet?“ Sie verstand nicht, worauf Charlotte hinauswollte.

„Ist mir schnuppe.“

Katja runzelte die Stirn. „Und was soll ich dabei tun?“ Irgendetwas führte ihre Großmutter doch im Schilde.

„Unser junger Mann steht nicht im Telefonbuch.“

„Er ist gerade erst hergezogen.“

„Du kannst doch bestimmt rauskriegen, wo ich ihn erreichen kann.“

„Vor Montag kann ich da auch nichts tun. Ruf einfach bei der GBA an! Die können dich mit ihm verbinden.“

„Ich ruf doch nicht bei diesen Kanalratten an!“ Ein erneuter Hustenanfall. Katja musste unwillkürlich lachen. Susanne kam mit Jacke und Sporttasche in den Garten und deutete Schwimmbewegungen an. Katja winkte ihr zum Abschied zu.

„Er … gefiel dir doch, oder? Könntest du nicht für mich anrufen?“ Charlotte klang schelmisch.

„Also, Omi. Ob er mir gefiel, spielt keine Rolle. Wenn du dich bedanken möchtest, wirst du wohl über deinen Schatten springen und die *Kanalratten* anrufen müssen.“ Am anderen Ende der Leitung wurde es still. Charlotte schien nachzudenken.

„Aber du hättest ’nen guten Vorwand, mit ihm Kontakt aufzunehmen.“

„Kontakt aufnehmen? Wieso das denn?“ Erstaunlich, die Ideen ihrer Großmutter. Die hatte es ja noch dicker hinter den Ohren, als Katja gedacht hätte.

„Wie … wieso? Bist du so schwer von Kapee?“

„Aber Charlotte. Er hat eine Familie. Genau wie ich, übrigens.“

„Ach was, papperlapapp. Das war noch nie ein Hinderungsgrund.“

Katja hörte den Nachbarn im Hintergrund lachen.

„Ich muss doch sehr bitten. Nur weil du Robert nicht magst, musst du mich nicht mit jungen Männern verkuppeln. Dafür ist es ein bisschen spät, findest du nicht?“

„Wieso spät? Du bist 43 Jahre alt. Willst du den Rest deines Lebens neben deinem Tyrannen von Ehemann versauern?“

Sollte sie jetzt ärgerlich oder verlegen werden?

„Ich versauere nicht! Auch wenn wir gerade mal Streit haben. Ruf du deinen attraktiven Retter selbst an. In deinem Alter ist das auch viel ungefährlicher.“

Charlotte kicherte. „Du meinst, mit meinen 86 Jahren hab ich Narrenfreiheit? Ich hab nur nichts mehr davon.“

„Omi! Jetzt ist aber Schluss. Lass Josef nicht so lange warten. Oder brauchst du noch was? Ich fahre gleich einkaufen.“

„Nee, danke. Er hat schon alles besorgt. Sogar so ganz besonderes Futter für Jeshim.“ Katja hörte ein Scheppern und Schaben, dann war ihre Großmutter wieder am Hörer.

„Scheeba Festtachsmenü für Katzen. Mit Gans, Forelle und Lachs.“

„Festtagsmenü im September? Erinnere mich bloß nicht an Weihnachten!“

„Sind nur noch drei Monate. Aber … jetzt, wo du's sagst. Du könntest mir Kölnisch Wasser besorgen.“

„Kein Problem. Bringe ich dir Montag nach der Arbeit vorbei. Okay?“

„Jau. Dann trinken wir jetzt mal Kaffee.“

„Macht euch einen schönen Tag. Und falls irgendwas ist, dann …“

„Kann ich dich auf deinem Handy erreichen“, ergänzte Charlotte.

Katja legte auf. Im Haus war es jetzt still. Ob Isolde noch in der Küche saß? Sie würde sich von ihr nicht vertreiben lassen. Katja richtete sich auf, nahm die Schultern zurück und marschierte zurück ins Haus. Niemand mehr unten. Sie blätterte im *Stadtanzeiger*.

„Katja! … KATJA!“ Konnte Robert denn nie zu ihr kommen, wenn er etwas von ihr wollte?

„Was ist?“ Sie ging zurück in den Flur.

„Wo ist mein blauweiß gestreiftes Hemd? Das mit den Perlmuttknöpfen. War das nicht in der Reinigung?“

„Es *ist* in der Reinigung. Ich habe deine Sachen noch nicht abholen können. Weil Charlotte diesen Schwächeanfall hatte. Das schien mir wichtiger als fünf deiner zehntausend Hemden.“

In der ersten Etage wurde geschwiegen. Katja zog die Tür der Küche hinter sich zu und beugte sich wieder über die Zeitung. Da war das Bild von Charlotte und Jens. Der Geruch der Druckerschwärze mischte sich in Katjas Nase mit *seinem* Geruch; sie konnte sich seine Stimme mühelos ins Gedächtnis rufen.

Zögernd schnitt sie den Artikel aus, faltete ihn sorgfältig zwei Mal und legte ihn in den Kalender in ihrer Handtasche. Wenn jemand fragte, könnte sie immer noch behaupten, sie habe ihn für ihre Großmutter aufbewahrt.

*

Als Josef eine Stunde später gegangen war, dachte Charlotte über das Telefonat mit ihrer Enkeltochter nach. Katja war unglücklich. Das war sonnenklar.

„Hoffentlich is' et nich' meine Schuld", sagte sie zu Jeshim, der sich über einen Sahnerest auf dem Wohnzimmertisch hermachte. „Ich glaub, ihr Robert is' am Knatschen, weil sie sich so viel um uns kümmert." Der Kater tauchte eine Pfote in die Sahne, leckte sie nur zur Hälfte ab und lief über den bestickten Läufer auf die andere Seite der Schale.

„Ach, Jeshim!" Sie war einfach nicht mehr flink genug, ihn daran zu hindern. Sinnlos, sich darüber zu ärgern. „Ihr Katzen macht wenigstens nur Flecken auffe Tischdecke", lachte sie. „Ehemänner machen Flecken auffe Seele." Stück für Stück räumte sie das Geschirr auf einen Servierwagen. Josef hatte ihr zwar Hilfe angeboten, aber solche Kleinigkeiten im Haushalt wollte Charlotte noch selber tun.

„Ein bissken Bewegung is' gut für mich", hatte sie zu ihrem Freund gesagt und ihm verschwörerisch einen schönen Nachmittag gewünscht. Samstags war Tanztee in Mahrenbach.

Jetzt schmerzte ihr Rücken und ihre Hände zitterten, als sie die letzte Tasse auf den Wagen stellen wollte. Sie ließ Jeshim die Sahne und setzte sich einen Augenblick in ihren Ohrensessel. Katja sah in letzter Zeit müde und traurig aus. Kein Wunder, mit diesem falschen Fuffziger von Schwiegermutter im Haus! Charlotte erinnerte sich mit Grausen an die Jahre, die sie selbst mit ihrer Schwiegermutter unter einem Dach hatte leben müssen.

„So wat kann einfach nich' gut geh'n", erklärte sie dem Kater. „Warum hat sie diesen Kerl nur geheiratet?" Kopfschüttelnd betrachtete sie Jeshim. „Hast du die Sahne nu verkasematuckelt? Du bist mir vielleicht 'n Schmecklecker." Sie erhob sich mühsam und stellte die Schale neben die Tassen auf den Servierwagen. Das Geschirr klapperte, als sie den Wagen über den unebenen Dielenboden schob. Auf dem Computerbildschirm wechselten sich inzwischen die Motive des Bildschirmschoners ab. Schreiben! Zwei Uhr am Nachmittag und sie hatte noch kein Wort geschrieben.

„Wenn es Katja gut gehen tät mit ihrem Robert, also ich meine … auch im Bett“, an der Schwelle zur Küche, wo die Holzdielen der Wohnräume in einen grünlich gekachelten Boden übergingen, wurde Charlotte noch langsamer, „würde sie doch nich’ so viel in sich reinstopfen, oder?“ Jeshim leckte sich die Schnauze und begann sich zu putzen.

„Katerchen, du hast keine Ahnung von der Liebe. Dat is’ mir klar.“ Sie war an der Spüle angekommen, ohne dass Geschirr vom Wagen gefallen und kaputt gegangen war. „Aber für Katja wäre so ’n Krösken genau dat Richtige.“ Sie schmunzelte bei dem Gedanken an ihre eigenen Affären.

„Ich hab den Kerlen nie ’was vorgemacht“, murmelte sie, während sie Teller und Tassen ins Spülbecken schichtete. „Ich war ’ne verheiratete Frau und dachte gar nich’ dran, Ludwig zu verlassen. Von ihm hab ich alles bekommen, was ich im Leben wollte. Auch dieses Haus, Jeshim. Du müsstest ihm dankbar sein.“ Charlotte ließ heißes Wasser ins Becken laufen und dachte über ihren verstorbenen Mann nach. Sie hatte ihn sehr gemocht. In manchen Momenten vielleicht sogar geliebt. Aber was sollte das eigentlich sein, Liebe …?

„Auf jeden Fall fehlt er mir, Katerchen. Dat is’ doch schon mal wat.“

*

„Lass mich!“ Sie schob Roberts Hand von ihrer Schulter.

„Was ist denn los mit dir?“ Er setzte sich im Bett auf und sah Katja, die sich an den äußersten Rand ihrer Seite gelegt hatte, erstaunt an.

„Ist das dein Ernst? Was mit *mir* los ist?“ Auch Katja richtete sich auf. „Gestern Abend hast du mir versprochen, dich um eine Wohnung für deine Mutter zu kümmern. Und heute sagst du ihr, dass sie bleiben kann.“

„Ich hätte noch mit ihr geredet. Wenn du nicht schon direkt beim Frühstück einen Streit vom Zaun gebrochen hättest. Sie ist alt und traurig. Soll ich sie rauswerfen?“

„Traurig! Zu einem solchen Gefühl ist sie doch nicht mal fähig!“ Katja konnte unmöglich neben ihm im Bett bleiben. „Sie ist bösartig und intrigant. Und du verteidigst ihr Verhalten auch noch!“ Sie warf das Plumeau von sich und stand wieder auf.

„Aber sie ist doch nicht bösartig. Das empfindest du nur so. Sie ist ein Teil unserer Familie. Und jeder wird bei uns angehört.“

„*Ver*hört, meinst du wohl. Die Kinder trauen sich nicht zu sagen, was sie wirklich denken und mir verdrehst du jedes Wort im Mund!“ Katja lief vor dem Fußende des Bettes auf und ab.

„Die Kinder haben ihre Meinung doch gesagt! Und wann habe ich dir denn die Worte im Mund verdreht?“

„Wann?“ Das war jetzt nicht sein Ernst. „Du merkst es noch nicht einmal!“

„Katja, beruhige dich. Lass uns sachlich bleiben.“ Robert saß inzwischen auch auf der Bettkante.

„Mich beruhigen? Klar, das könnte dir so in den Kram passen.“ Sie fuchtelte wütend mit den Armen herum. „Katja beruhigt sich und ist wieder die brave Ehefrau. Katja versorgt die Kinder und überlässt ihrer Schwiegermutter das Feld. Katja macht es allen recht.“

„Darum geht es doch gar nicht, Liebes. Du musst es nicht allen recht machen.“ Robert sprach mit ihr wie mit einem kranken Tier. „Bloß dein Verhalten in den letzten Tagen … So kenne ich dich gar nicht. So …“, er suchte offensichtlich nach den richtigen Worten, „so irrational. Impulsiv.“

„Nur weil ich zum ersten Mal nicht die Klappe halte, findest du mich irrational und impulsiv? Na, wunderbar.“ Sie lehnte sich an den Kleiderschrank und rieb sich das Schienbein, das sie sich bei ihrem erregten Auf- und Abgehen an einer Ecke des Betts gestoßen hatte.

„Du nimmst mich doch gar nicht mehr wahr. Dich interessiert doch gar nicht, wie's mir geht. Ich bin deine Köchin, deine Kinderfrau, deine Putzfrau. Hauptsache, der Haushalt läuft rund und die Kinder sind okay. Aber wie ich mich dabei fühle …“ Sie machte eine wegwerfende Handbewegung.

„Aber das stimmt doch nicht.“ Robert rieb sich die Stirn. Sah genervt aus. „Du bist meine Frau und …“ Sie unterbrach ihn.

„Ach ja, richtig, Sex … Sex interessiert dich auch. *Dein* Sex. Prima. Dann bin ich deine Köchin, deine Putzfrau und deine …“, sie starrte ihn an, „deine Liebesdienerin.“

Er sah sie mit einer Mischung aus Bestürzung und Zorn an. „Liebesdienerin? Willst du damit sagen, du fühlst dich von mir benutzt?“

Was hatte sie da gesagt? Meinte sie es wirklich so? Katjas Kehle war wie zugeschnürt. Draußen regnete es, als wolle der Himmel nachholen, was er in den letzten Wochen versäumt hatte.

„Ich habe nie etwas von dir gefordert, was du nicht wolltest“, setzte Robert wieder an. „Ich bin nie fremdgegangen. Und du wirfst mir vor, ich behandele dich wie eine … Hure!“

„Nein.“ Plötzlich fühlte Katja sich sehr müde. „Es tut mir leid. Das wollte ich so nicht sagen. Aber irgendwie bin ich … nicht mehr ich selbst.“

Robert stand auf und kam zu ihr herüber. „Nicht mehr du selbst? Ich glaube, das nennt man Midlife-Crisis.“ Er begann ihre Schultern zu streicheln, aber Katja wich ihm aus.

„Du nimmst mich nicht ernst.“

„Doch. Aber lass uns das Ganze mal sachlich betrachten. Du hast drei muntere Kinder, ein schönes Haus, einen treuen Ehemann. Du bist gesund, hast deine Arbeit, du kannst dir kaufen, was du möchtest, du kannst reisen.“

Als ob mir das nicht auch klar wäre, dachte Katja.

„Also kein Grund zum Klagen, oder?“ Robert stolperte über einen Schuh. Sie wartete, bis er sein Gleichgewicht wieder gewonnen hatte.

„Darum geht es nicht.“

„Worum geht es dann?“

„Du *siehst* mich doch gar nicht mehr. Du fragst nicht mehr … wer ich eigentlich bin.“

„Wer du bist?“ Er lachte hilflos und ein bisschen spöttisch. „Aber ich weiß, wer du bist. Ich kenne dich seit mehr als zwanzig Jahren.“

„Du kennst dein Bild von mir. Ich habe mich verändert, Robert. Ich …“ Sie zögerte weiterzusprechen. Etwas machte ihr Angst. Etwas, das sie nicht benennen konnte. Einen Augenblick dachte sie an Jens Mahnke, schüttelte darüber aber den Kopf. Sie durfte nicht von dieser kurzen Begegnung auf ein Scheitern ihrer Ehe …

„Liebst du mich noch?“, brach es aus ihr heraus.

Robert hatte den Schuh, über den er gestolpert war, zurück neben den anderen gestellt und richtete sie parallel zueinander aus. Bei ihrer Frage hielt er inne und sah Katja überrascht an.

„Ja, natürlich liebe ich dich noch. Was ist denn das für eine Frage.“

Die Antwort kam zu schnell. Zu automatisch, dachte Katja. Aber ging es überhaupt darum, ob er sie noch liebte? Rührte ihre Angst nicht vielmehr daher, dass sie ihn vielleicht …

„Ich bin mir nicht mehr sicher, Robert.“

Er schien nicht zu verstehen.

„Ich bin mir nicht sicher, ob ich dich noch liebe.“ Katja ging zu ihrer Bettseite hinüber und wickelte ihr Kopfkissen in die Decke. Dann klemmte sie sich beides unter den Arm. „Ich werde eine Zeitlang unten schlafen, Robert.“

„Nun werd nicht albern.“

„Es ist besser so."
„Ich lass dich auch in Ruhe. Keine Sorge!"
Aber Katja drückte sich an ihm vorbei und schloss leise die Tür hinter sich.

*

Es ist dunkel im Flur, aber ich schalte das Licht nicht ein. Der Teppich fühlt sich weich an unter meinen bloßen Füßen, ich taste nach der ersten Treppenstufe, halte mich am Geländer fest und folge seinem Lauf. Am Fuß der Treppe stoße ich mit jemandem zusammen, der offensichtlich auch im Dunkeln unterwegs ist.

Mama, was machst du denn hier?

Ankes Stimme. Der Kristall in ihrem Nasenflügel blitzt auf, als ich erschrocken auf den Lichtschalter drücke. Meine Tochter hat einen Rucksack geschultert und trägt ihre Schuhe in der Hand. Dasselbe könnte ich sie fragen, denke ich.

Es ist gleich Mitternacht, wo willst du hin?

Ich ... gehe zu Till.

Sie schaut mich an. Trotzig. Unsicher. Meine Tochter. Plötzlich empfinde ich Stolz und Zärtlichkeit. Ich fahre über ihr raspelkurz geschnittenes Haar, aber sie dreht den Kopf zur Seite.

Darf ich zu Till?

Da begreife ich zum ersten Mal, dass ich sie gehen lassen muss. Dass ich sie gehen lassen will. Viel zu selten habe ich ihr in den Auseinandersetzungen mit ihrem Vater geholfen. Es ist Zeit, das endlich zu tun. Sie tänzelt von einem Fuß auf den anderen. Wartet auf eine Antwort.

Geh nur, sage ich. Genieß die Zeit mit Till. Und macht euch einen schönen Sonntag.

Und das Frühstück morgen ...?

Es ist Wochenende. Bleib ruhig bei ihm.

Und Oma? Und Papa?

Sie starrt auf das Bettzeug unter meinem Arm, schaut mich plötzlich fragend an.

Habt ihr Zoff?

Ich werde auf dem Sofa schlafen, sage ich, das Gästezimmer ist ja belegt.

Anke kichert. Ja, da wohnt die eiserne Oma, sagt sie. Dann wird sie ernst: Darf ich dich was fragen, Mama?

Was denn?

Bist du eigentlich glücklich mit Papa?

Ich antworte nicht. Sie wird erwachsen, denke ich, auch wenn sie sich den Kopf fast kahl rasiert und Totenköpfe als Ohrringe trägt. Anke hat meine braunen Augen und mein dunkles, gelocktes Haar geerbt, später einmal wird sie mir ähnlich sehen.

Till wartet bestimmt schon, du solltest jetzt los.

Du könntest heute Nacht in meinem Bett schlafen, Mama.

Ihr Angebot rührt mich, aber ich versuche, mir das nicht anmerken zu lassen. Wir schweigen jetzt beide. Wie still es im Haus ist. Ankes Augen wandern unruhig im Flur hin und her, dann umarmt sie mich plötzlich.

Mensch, Mama!, sie drückt mich, unerwartet, ungeschickt, die Schuhe in ihrer Hand pressen sich in meinen Rücken. Als ich ihre Umarmung erwidern will, macht sie sich los, reißt hastig ihre Jacke vom Bügel, schlüpft in ihre Schuhe. Sie sieht sich nicht mehr um, sie hat die Jacke nicht mal angezogen, schon ist sie weg. Aber es regnet doch, denke ich. Ich schließe die Haustür wieder hinter ihr ab.

Ankes Bett ist schmal und der Lattenrost hängt durch unter meinem Körper, der mir auf einmal abstoßend schwer erscheint. Ich lege ihre schwarze Bettwäsche beiseite und breite meine eigene aus. Der süßliche Geruch ihres Parfums hängt im Zimmer, und von der Decke baumelt ein faustgroßer Totenkopf, der mich aus roten Augen anstarrt. Als ich ihn anfasse, quietscht er.

Dann liege ich schlaflos im Bett meiner Tochter. Ob Robert schon schläft? War es richtig, ihm zu sagen, dass ich ihn nicht mehr liebe? Stimmt es überhaupt?

Als die Kirchturmuhr eins schlägt, stehe ich wieder auf und öffne das Fenster. Eine Gruppe herumalbernder und vor Lachen kreischender junger Leute bewegt sich langsam am Haus vorbei. Dahinter – mit etwas Abstand – ein Betrunkener, der sich von einem Laternenpfahl zum nächsten vorarbeitet, weil er sein Gleichgewicht nicht mehr halten kann.

Dann passiert lange nichts. Ich halte meine Hände in den Regen, forme aus beiden Handflächen eine Mulde und sammle das Wasser darin. Nach einer Weile lasse ich den Schwall nach unten fallen. Er verschwindet lautlos. Zwei, drei Autos mit Spätheimkehrern fahren vorbei, eines mit lauter Musik, durch-

dringenden Bässen. Dann ein Taxi. Mir wird kalt, ich wickele mir Ankes schwarze Bettdecke um die Schultern.

Das Zimmer meiner Tochter. Ich schließe das Fenster und betrachte die Gegenstände im Raum. Ein am Rand mit Glitzersteinen beklebter Bildschirm. Ein Rest Marzipankuchen auf dem Schreibtisch. Krümel auf der Tastatur. Ankes schwarze Schnürstiefel, vor Dreck starrend, neben dem Tischbein. Im Regal ein alter Teddybär, den sie zur Geburt von ihren Großeltern bekommen hat und aus dessen zerschlissenen Filzsohlen inzwischen die Strohfüllung quillt. Auch das Sparschwein daneben kommt mir vertraut vor. Richtig, das hat Nina irgendwann mal in der Therapie getöpfert. Es muss Jahre her sein. Da war meine Schwester noch willkommen in meiner Familie.

Morgen werde ich Nina anrufen. Es war nicht richtig, sie im Stich zu lassen, nur weil Robert sie nicht mag. Ich hatte Glück, dass ich die Ältere war, als unser Bruder ertrank. Als Ältere konnte ich fliehen vor dem Schmerz unserer Eltern. Ich blieb länger in der Schule, suchte mir für nachmittags einen Job, trieb abends bis zur Erschöpfung Sport und übernachtete so oft wie möglich bei Freundinnen. Ich tat alles, um der erstickenden Atmosphäre zu Hause zu entkommen. Ausgerechnet der Sohn! Niemand sprach das aus, aber ich las es aus den vorwurfsvollen Blicken meiner Mutter. Aus der stummen Resignation meines Vaters.

Nina aber war erst acht Jahre alt und konnte nicht weglaufen. Später, ja, später. Mit dreizehn fing sie mit den Drogen und dem Schneiden und den Männern an. Wenn ich Weihnachten vom Studium nach Hause kam, sah ich die Narben an ihren Armen und Beinen, die Drogen in ihren Augen. Unsere Eltern schauten weg. Und ich floh ein zweites Mal, verliebte mich in Robert, zog bald mit ihm zusammen und gründete eine Familie. Ich wollte alles besser machen. Besser als meine Mutter. Ich wollte meinen Kindern nicht zumuten, sich nicht geliebt zu fühlen. Wollte nie so sehr mit mir selbst beschäftigt sein, dass ich ihre Bedürfnisse nicht sah. Ich wollte für meine Kinder da sein, egal, was passiert.

Bin ich für meine Kinder da?

Die Glasur des Sparschweins ist kühl und glatt, die dunklen Tupfen, die Nina als Augen darauf gesetzt hat, sind ausgelaufen. Wie Tränen, denke ich. Es schlägt zwei Uhr, ich setze das Schweinchen zurück ins Regal, öffne das Fenster wieder und lege mich ins Bett. Schluss mit Weglaufen. Schluss mit Wegsehen. Der Totenkopf schaut mich an.

Gute Nacht. Ich drücke noch einmal auf ihn, bis er quietscht.

3

Als Ralf Hilbersen am Montagmorgen aus dem Bad kam, rutschte er auf einem Stück Pappe aus, das Teil der Verpackung seines neuen Kleiderschranks *Elga Fenstad* gewesen war, und landete beim Aufprall mit der rechten Hand in der Spitze des Akkuschraubers.

„Verdammt“, fluchte er laut, während er sich mit der linken am Rahmen des Betts hochzog und dabei in der schräg an der Wand lehnenden Spiegeltür des *Elga Fenstad* seinen stattlichen Bauch betrachtete.

„Verdammt“, schimpfte er ein zweites Mal mit Blick auf die Uhr. Er war spät dran. Aus seiner Handfläche tropfte Blut.

Auf der Kante des Kiefernholzbettes sitzend angelte er nach Taschentüchern auf seinem aus einem Karton improvisierten Nachttisch – der richtige Nachttisch befand sich noch in der Originalverpackung – und fluchte ein drittes Mal, weil ein scharfer Schmerz seinen Rücken durchfuhr.

„Ich bin einfach zu alt für Ikea-Möbel“, sagte er zu der hämisch von der Decke zuschauenden Glühbirne.

Nachdem er sich am Samstag mit Aspirin und Kaffee wieder einigermaßen auf die Beine gebracht und seine Wäsche im nächstgelegenen Waschsalon in den Trockner gesteckt hatte, hatte er sich auf den Weg zum Möbeldiscounter gemacht und ein Sortiment preisgünstiger, aber zweckmäßiger Möbelstücke und Lampen ausgesucht. Die Scheidung würde teuer genug werden.

Nach drei anstrengenden Shopping-Stunden machte er im Restaurant eine Pause und versuchte aus einer Laune heraus, die er auf den Restalkohol in seinem Blut schob, die nette Kassiererin zu einem Rendezvous zu überreden … vergebens. Er tröstete sich mit mehreren Portionen *Köttbullar*. Eine Warte-Stunde später am Lager stellte er fest, dass die Möbel trotz mehr oder weniger handlicher Verpackungsgrößen unmöglich in den Kofferraum seines BMW passten. Auch Versuche mit Rückbank und umgelegtem Beifahrersitz schlugen fehl. Also reihte Ralf Hilbersen sich ein weiteres Mal in eine Schlange ein, um einen Transporter zu mieten.

Endlich vor dem Haus mit seiner Wohnung in der fünften Etage angekommen, fiel ihm wieder ein, dass es in dem alten Patrizierhaus keinen Aufzug gab. Schon das Beladen des Mini-Vans hatte seinen Rücken und seine Kondition an ihre Grenzen gebracht. Verzweifelt rief Hilbersen seinen Sohn auf dem Handy an.

„Simon, gut, dass du dran gehst! Sag mal, könntest du mir ein Stündchen helfen?“

„Was gibt's denn, Papa? Ich hab doch gleich Fußball.“

„Es dauert nicht lange. Ich habe mir Möbel gekauft. Die müssen jetzt hoch in den fünften Stock.“

„Oh, nee. Warum hast du sie nicht liefern lassen?“

„So lange wollte ich nicht warten. Ich war bei Ikea.“

„DU …? Bei Ikea? Scheiße. Dann müssen die auch noch aufgebaut werden.“ Sein Sohn schien ihm ja nicht allzu viel zuzutrauen.

„Das kann ich selber machen, wenn die Pakete erst mal oben sind. Aber ich muss den Transporter zurückbringen.“

„Mensch, Papa. Hättest du mir nicht früher Bescheid sagen können? Wir haben gleich ein wichtiges Spiel, ich kann meine Mannschaft doch jetzt nicht im Stich lassen.“

Hilbersen schwieg. Wo Simon recht hatte, hatte er recht. Möglicherweise könnte er die Möbel in der Garage eines Nachbarn … und später nach und nach hoch schleppen … oder …?

„Wie lange geht euer Spiel? Vielleicht könntest du danach ja mit ein paar Jungs … ich meine … für euch ist das doch schnell gemacht.“

„Du meinst, ich soll meine Freunde fragen, ob sie nicht Lust hätten, am Samstagabend Möbel zu schleppen? Papa …!“

„Ein halbes Stündchen. Ich würde auch 'nen Kasten Pils spendieren.“

„Tut mir leid. Aber ich bin noch verabredet.“

„Ein Mädchen?“

„Nein, eine bellende Außerirdische vom Planeten Hundus.“ Simons Stimme klang sarkastisch.

„Machst du dich über mich lustig?“

„Sorry, Papa. Aber wenn du so blöd fragst … Geht's dir eigentlich gut?“

„Ja, wieso?“

„Hannah hat mir erzählt, dass du gestern noch mal da warst und Mama …“

„Eure Mutter ist zurzeit nicht gut drauf“, unterbrach Hilbersen seinen Sohn. Über den Vorabend wollte er sich jetzt nicht unterhalten. „Sie wird sich schon wieder beruhigen. Aber bis es so weit ist, brauche ich doch ein paar eigene Möbel.“

„Beruhigen? Na, wenn du meinst!“ Simon klang nicht überzeugt.

„Na klar. Macht euch keine Sorgen."

„*Ich* mach mir keine Sorgen. Aber Hannah geht's nicht so gut."

„Dann sag ihr, dass ich sie morgen anrufe. Und dass ich bald wieder nach Hause komme."

Simon schwieg. Er schien zu zögern. Schließlich räusperte er sich. „Okay. Ich muss jetzt los, Papa."

„Klar. Viel Glück für dein Spiel. Ich war ja früher selbst …"

„Ich weiß, Papa", wurde er unterbrochen. Dann rauschte es nur noch in der Leitung.

Nach wenigen Paketen *Lillesand*, *Aspelund* und *Elga Fenstad* war Hilbersen dazu übergegangen, zwecks Herzinfarktprophylaxe die Möbelpakete schon im Transporter aufzuschneiden und die Bretter, Schrauben und Metallteile in handlichen Portionen ins fünfte Stockwerk zu tragen. Während seine Beine mit jedem Mal schwerer wurden, erinnerte er sich an die glorreichen Zeiten, als seine Freunde ihn den *schnellen Ralf* genannt hatten und er als Stürmer allen davongelaufen war. Ich muss abnehmen, hatte er beschlossen. Und ich brauche gute Laufschuhe.

Nach dem misslichen Samstag war es ihm im Laufe des Sonntags zwar gelungen, trotz heftigen Muskelkaters die Einzelteile des *Lillesand* wieder einander zuzuordnen und nach genauem Studium der Bauanleitung tatsächlich eine Schlafstätte zusammenzuschrauben, die auch unter seinen 120 kg Lebendgewicht beim nächtlichen Umdrehen nicht quietschte, aber Kleiderschrank *Elga* war bislang ein Fragment geblieben. Ganz zu schweigen von Nachttisch, Badschrank und Kochnische.

So saß Hilbersen an diesem Montagmorgen auf dem einzigen fertigen Möbelstück. Seine Hand hatte aufgehört zu bluten. Er band provisorisch eines seiner Stofftaschentücher darum und suchte an der Vorhangstange nach einem sauberen Anzug. Die unangenehmen Besuche bei Frau Rinke und Herrn Radek wollte er am Vormittag als erstes hinter sich bringen. Dabei wären Flecken auf dem Sakko eine schlechte Visitenkarte.

Reinigung! Er sollte heute unbedingt zur Reinigung nach Dienstschluss. Dann würde auch Frau Brunowski Ruhe geben. Beim Gedanken an seine scharfzüngige Sekretärin schrak Hilbersen zusammen. Wie spät war es eigentlich? Frau Brunowski schätzte es nicht, wenn sie am Montagmorgen *allein* die Telefonate aufgeregter Umsiedler und genervter Häusle-Bauer entgegennehmen musste und ihr Chef nicht in Sicht war. Gerade an Wochenenden rotteten sich die Umsiedler bei Bürgerversammlungen zusammen und die Umzugswilligen hatten seit Freitagmittag nur darauf gewartet, sich über die Unfähigkeit der von der GBA vermittelten Handwerker zu beklagen.

Hastig legte Hilbersen einen mutmaßlich sauberen Anzug auf das Bett und griff nach seinem Handy. Besetzt! Frau Brunowski hatte also schon die ersten Anrufer. Er versuchte vergeblich, sich mit der linken Hand sein Hemd zuzuknöpfen, musste schließlich auch die verletzte rechte zu Hilfe nehmen. Geschafft! Nachdem er Socken, Hose und Schuhe auf die gleiche Weise bewältigt hatte, fiel ihm ein, dass er vergessen hatte, Kaffee aufzusetzen. Er drückte auf die Wahlwiederholung und stieg vorsichtig über die Möbelkartons in die etwa sechs Quadratmeter kleine Küche. Ein trauriges Etwas von Kaffeemaschine, das mit lautem Gurgeln und Zischen einen scheußlichen Filterkaffee herstellte, stand dort auf dem Kühlschrank. Sehnsüchtig dachte er an den Vollautomaten, der in der familiären Wohnküche morgens den Espresso mahlte, brühte und presste, natürlich in vorgewärmte Tassen und auf Wunsch mit Milchschaum versehen. Das alles im Pianissimo.

Bei Frau Brunowski war immer noch besetzt. Hilbersen befüllte die Maschine mit Wasser und Kaffeemehl und öffnete den Kühlschrank. Da musste doch noch etwas Hühnchen vom Vorabend … Ein unangenehmer Geruch schlug ihm entgegen. Auf der Suche nach der Ursache fiel ihm auf, dass die Verletzung an seiner Hand durch das Taschentuch blutete.

„Verflucht!“ Hilbersen knallte die Kühlschranktür zu, klemmte sich eine Rolle Küchenkrepp unter den Arm und beschloss, mal wieder unterwegs zu frühstücken. Gab es nicht neuerdings neben dem Blumenladen ein *Starbucks*?

Auch beim dritten Versuch blieb das Telefon seiner Sekretärin besetzt. Er wählte seine eigene Durchwahl, aber das Klingeln schien Frau Brunowski nicht zu registrieren. Verdammt noch mal! Jetzt bloß kein Blut auf das weiße Hemd tropfen lassen!

*

Als sie das letzte Dragee aus der Umhüllung gedrückt hatte, fiel Katja auf, dass sie bereits in der ersten halben Stunde im Büro eine komplette Packung Pfefferminzbonbons gelutscht hatte. Nervös warf sie die leere Verpackung in den Papierkorb. Eine üppig mit Ringen geschmückte Hand stellte ihr eine Tasse Kaffee auf den Schreibtisch.

„Montagmorgen, und du siehst schon fix und fertig aus“, sagte Lisanne, mit der Katja sich das Büro teilte. „Halbtagskräfte haben's wirklich schwer.“

Katja musste grinsen. „Nach so einem Wochenende ist Arbeit die reinste Erholung.“

„Willst du mich neugierig machen? … Du willst mich neugierig machen! Aber ich werde nicht fragen.“

„Brauchst du nicht. Ich erzähl's dir auch so.“ Sie mochte ihre Kollegin, die so viel temperamentvoller und direkter war als sie.

„Seit Samstagabend bin ich aus dem heimischen Ehebett ausgezogen. Wie es aussieht, für längere Zeit.“

In Lisannes Augen erschien das Flackern mehrerer Fragezeichen, während sie Süßstoff zwischen Tastatur und Ablagekörben durchschob.

„Hoppla. Hat er etwa eine andere?“

Katja schwieg. Sollte sie ihrer Kollegin die Einzelheiten ihres Katastrophenwochenendes berichten? „Alles, was hier besprochen wird, bleibt in der Familie“, war Roberts Standardsatz bei Gesprächen am häuslichen Esstisch. Katja war bislang immer damit einverstanden gewesen. Als Richter musste er auf seinen Ruf achten. Aber jetzt fühlte sie sich bevormundet durch das ungeschriebene Gesetz der Verschwiegenheit. Sie nahm den Süßstoff, hielt über ihrer Tasse mitten in der Bewegung inne und schüttelte den Kopf.

„Gib mir lieber den Zucker!“

Lisanne grinste. „Dann ist es was Ernstes.“

„Ja, aber keine andere Frau.“ Katja stockte. „Obwohl … schon eine andere Frau. Eigentlich gleich zwei. Erst haben wir uns Samstag wegen meiner Schwiegermutter gestritten“, sie ließ einen zweiten und dritten Löffel Zucker in den rabenschwarzen Kaffee rieseln, „und gestern dann wegen Anke.“

„Deine Schwiegermutter wohnt immer noch bei euch?“

„Und spielt bei *ihm* die leidende Mimose, während sie *mich* herumkommandiert. Würde dir da nicht auch irgendwann der Kragen platzen?“

„Ich wundere mich sowieso, dass du das so lange aushältst.“

Lisanne, die erst mit Mitte dreißig geheiratet hatte und bisher im Büro nie von mehr als kleineren Streitigkeiten mit ihrem Jürgen berichtet hatte, sah Katja mitfühlend an. Dann schob sie eine Strähne ihres knallig rot getönten Haars hinters Ohr und beugte sich über den Schreibtisch.

„Und was hat Anke ausgefressen?“

„Sie hat sich verliebt.“

„Verliebt? Ist das nicht normal in dem Alter? Solange sie nicht schwanger wird …“

„Um Gottes willen. Dann würde Robert sie vermutlich rausschmeißen. Nein, er findet, Till ist der falsche Freund für seine Tochter.“

„Das tun Väter wohl meistens. Wenn ich da an *meinen* ersten Freund denke …“ Das Telefon unterbrach Lisannes Ausführungen.

Während sie nach dem Hörer griff, trank Katja den bittersüßen Kaffee in einem Zug aus. Vielleicht half das Koffein, die dunklen Ringe unter ihren Augen zu vertreiben.

„Ich muss los. Der Chef will mich sprechen.“ Ihre Kollegin hatte den Hörer aufgelegt und zog eine Flunsch. „Und um neun soll ich bei einem Meeting mit den neuen Kunden aus Russland dolmetschen.“

„Was bin ich froh, dass ich mich hier an meinem Schreibtisch verkriechen kann.“

„Du musst ja auch erst mal wach werden.“ Lisanne lachte und stellte Katja im Vorbeigehen ihre noch unberührte Tasse Kaffee hin. „Bis später.“

„Bis später.“ Nachdenklich sah Katja ihr nach und spürte einen Anflug von Neid. Nach vielen Männerbekanntschaften schien ihre Kollegin eine glückliche Ehe zu führen. Keine Kinder. Eine Vollzeitstelle. Teure Klamotten. Wöchentlich ein Besuch bei der Kosmetikerin und im Urlaub ständig auf Reisen. Aber andererseits … Mit einem solchen Leben würde sie sich auf Dauer auch nicht wohlfühlen.

Nachdem sie die ersten Briefe, die noch vom Freitag auf ihrem Schreibtisch lagen, übersetzt und das Angebot für den Pariser Großkunden zusammengestellt hatte, stand Katja auf und öffnete ein Fenster. Angenehm frische Luft strömte ins überheizte Büro. Nach dem Gewitter vom Samstag hatte es sich um mehr als 15 Grad abgekühlt. Katja drehte ihre Schultern und bewegte den Kopf hin und her. Sie war verspannt. Die Nacht von Sonntag auf Montag hatte sie auf einem aufblasbaren Gästebett im Bügelkeller verbracht. Anke brauchte schließlich ihr Zimmer. Und eine Rückkehr ins Ehebett konnte Katja sich nicht vorstellen. Was war das für ein Zirkus am Sonntagmorgen gewesen, als sie Robert erklärt hatte, sie habe Anke erlaubt, das Wochenende bei Till zu verbringen. Zuerst hatte er rumgebrüllt, dann strafte er sie mit Schweigen.

Es schlug zehn Uhr. Frühstückspause. Katja hatte Hunger. Nach einem stummen Sonntagmittagessen und einem stummen Abendessen hatte Katja auf ein stummes Frühstück verzichtet. Und die Kinder waren an diesem Morgen geradezu erleichtert in die Schule verschwunden. Das Knallen der Haustür war Roberts einziges Lebenszeichen gewesen, und Isolde war jammernd durch die Szenerie gesprungen und hatte betont, dass familiäre Konflikte die Mahlzeiten nicht beeinträchtigen dürften. „Bei Tisch muss Frieden herrschen. Ihr wisst doch, Essen hält Leib und Seele zusammen. Und manchmal auch die Familie."

„Wenn dir meine Familie wichtig ist, könntest du die hier durchschauen", hatte Katja wütend gesagt, bevor sie zur Arbeit fuhr. Sie knallte ihrer Schwiegermutter die überregionale Zeitung vom Samstag auf den Teller, in der sie die Wohnungsanzeigen rot umrandet hatte.

„Was machst du uns allen für Kummer!", hatte Isolde ihr daraufhin vorgeworfen. „Was tust du meinem Sohn nur an! Merkst du nicht, dass du alles kaputtmachst?"

„Fragt sich, wer hier was kaputtmacht", hatte Katja erwidert.

Um Viertel nach zehn war Lisanne immer noch in der Konferenz. Montags hatte sie selten Zeit für eine Frühstückspause. Dabei hätte Katja gerne noch ein bisschen mit ihr geredet. Sie warf sich ihre Jacke über und kaufte beim Bäcker nebenan ein belegtes Brötchen. Während sie es auf der Bank vor dem Firmeneingang aß, beobachtete sie die Passanten. Ein paar Schüler von der nahegelegenen Hauptschule in Kapuzenshirts, die bloßen Füße in Turnschuhen, liefen mit einem Ghettoblaster vorbei. Alle trugen die gleiche Frisur: blond gesträhntes Haar, das wie ein Pilzkopf mit jeder Menge Ecken und Kanten geschnitten war. *Wir haben Angst und sind allein, Gott weiß, ich will kein Engel sein*, schallte es laut über die Straße. Rammstein, dachte Katja. Sie kannte diese Musik von Kai.

Eine alte Frau humpelte auf einen Stock gestützt in Zeitlupe mit ihrer leeren Makramee-Einkaufstasche vorwärts. Katja hätte gerne ihren Skizzenblock dabeigehabt. Die geduldige Mühsal der Alten berührte sie. Vielleicht sollte sie sich nach ihrem Besuch bei Charlotte am Nachmittag noch in ein Café setzen und zeichnen. Dafür müsste sie aber vorher zu Hause vorbei. Der Block steckte zwischen Gästebett und Wand im Keller.

Gestern Abend hatte sie Jens' Mund aus dem Gedächtnis weiter skizziert, zögernd, mit leichten Bewegungen. Danach seine Augen, bei denen sie die Kohle ein bisschen kräftiger auftrug. Dunkle Augen mit einem hellen Spitzpunkt darin. Einmal musste sie das Foto aus der Zeitung zu Hilfe nehmen, bis er sie von der rauen Oberfläche des Papiers anschaute. Der Zeitungsausschnitt! Katja wischte sich die Hände an einem Taschentuch ab, nahm ihn aus ihrer Handtasche und faltete ihn auseinander. Sollte sie Jens tatsächlich anrufen im Auftrag von Charlotte? Ihre Pause war zu Ende. *Gott weiß, ich will kein Engel sein.* Katja ging zurück ins Gebäude und musste lachen.

*

Ralf Hilbersen lehnte mit einem Strauß Strelitzien an seiner Autotür. Im Nelkenweg 68 und 70 rührte sich nichts. *Dieses Haus ist bewohnt* stand auf einem mit Folie überzogenen Pappschild, das Herr Radek neben seiner Haustür angebracht hatte. Ein schwarzer, glänzend polierter Mercedes aus den sechziger Jahren parkte in der Einfahrt. Schönes Stück, dachte Hilbersen. Eine getigerte Katze strich um den Wagen herum und beschnupperte ausgiebig jeden Reifen. In der Ferne röhrten die Bagger, und am Horizont waren die niemals abreißenden Rauchsäulen der Kraftwerke zu sehen. Hilbersen überprüfte den mittlerweile dritten Küchenkrepp-Verband an seiner Hand und zog das Jackett gerade.

Auch nach dem zweiten Klingeln öffnete niemand. Da die alte Dame nicht mehr gut zu Fuß war, hatte er lange gewartet, bevor er den Klingelknopf ein zweites Mal drückte. Vielleicht hätte er vorher anrufen sollen. Oder der Zusammenbruch von Frau Rinke am Freitagmittag war doch nicht so glimpflich ausgegangen und sie war jetzt im Krankenhaus? Er wurde unruhig. Seine Hand schmerzte, und der Kaffee, den er im *Starbucks* viel zu hastig heruntergestürzt hatte, rumorte in seinem Magen. Hilbersen beschloss, sich am Nachmittag zur Belohnung für diesen Gang nach Canossa eine Espressomaschine zu kaufen. Den drohenden Scheidungskosten und Unterhaltszahlungen zum Trotz. Mit Ikea-Möbeln in einem 30-Quadratmeter-Appartement konnte er sich arrangieren. Mit dem Fehlen einer guten Tasse Kaffee am Morgen nicht.

Er genoss den Gedanken, endlich einmal unvernünftig zu sein, als sich im Nelkenweg 68 ein Vorhang bewegte. Hilbersen trat einen Schritt von der Haustür zurück.

„Frau Rinke“, rief er. „Ich bin das, Ralf Hilbersen von der GBA.“

Der Vorhang rührte sich nicht mehr. Immerhin wusste er jetzt, dass die alte Frau zu Hause war.

„Ich weiß, dass Sie da sind, Frau Rinke. Ich möchte mit Ihnen reden. Sie brauchen doch keine Angst zu haben.“ Eigentlich konnte sich Ralf Hilbersen schwer vorstellen, dass eine Frau wie Frau Rinke jemals Angst hatte. Die hätte sie vermutlich nicht mal vor Einbrechern gehabt.

„Ich möchte Ihnen helfen. Vielleicht können wir zusammen überlegen …“ In diesem Augenblick öffnete sich das Wohnzimmerfenster. Hilbersen konnte nur die graue Lockenpracht vor dem blauen Vorhang sehen.

„Dackeln Sie wieder ab“, krächzte eine Stimme. „Ziehen Sie Leine!“

Er trat einige Schritte zurück und positionierte sich so vor dem geöffneten Fenster, dass er Frau Rinkes Gesicht sehen konnte. Ihre Haut wirkte fahl in dem frühherbstlichen Licht, aber in ihren Augen funkelte es angriffslustig.

„Bitte, Frau Rinke. Es ist zu Ihrem Besten. Ich möchte Ihnen ein letztes Angebot für Ihr Haus unterbreiten. Ich möchte bloß mit Ihnen reden.“

„Und dat Gemüse da? Haben Sie dat zur Bestechung mitgebracht?“

„Die Blumen?“ Er lachte. „Nein, die sind kein Bestechungsversuch. Ich kenne Sie lange genug, um zu wissen, dass Sie absolut unbestechlich sind.“

„Ich nehm’ auch keine Blumen von Ihnen.“ Sie machte eine wegwerfende Handbewegung.

„Frau Rinke, Sie wissen doch, dass weder Sie noch ich etwas an der Situation ändern können. Lassen Sie uns gemeinsam überlegen, ob wir nicht doch eine Lösung finden.“

„Da gibt et nur eine Lösung! Sie hauen wieder ab und lassen mein Haus in Ruhe.“

„Das kann ich nicht, Frau Rinke. Selbst wenn ich wollte, stünde es nicht in meiner Macht. Aber noch hat die GBA das Verfahren auf Enteignung nicht beantragt. Sie sollten die Chance nutzen, sich gütlich mit uns zu einigen.“

„Jau. Sie denken, wenn Sie so geschwollen daherreden, können Sie mich doch noch rumkriegen. Sind doch alles Diebe, die Tagebauhalunken. Diebstahl und Mauschelei. Mit ’nem Zampano wie Ihnen verhandle ich nich’. Da werd ich richtig mucksich.“

„Frau Rinke.“ Hilbersen seufzte. „Sie glauben mir das zwar nicht, aber … ich habe wirklich großen Respekt vor Ihnen. Wenn es nach mir als Privatperson ginge, dürften Sie in Ruhe Ihren Lebensabend hier verbringen. Aber ich bin in meiner Eigenschaft als Leiter der Umsiedlungsabteilung hier. Und es nutzt Ihnen nichts, wenn Sie weiterhin den Kopf in den Sand stecken und Vogel-Strauß-Politik betreiben. Der Tag, an dem Ihr Haus abgerissen wird, wird kommen.“

„Der Tag wird kommen, der Tag wird kommen …“ Die alte Frau schimpfte mehr vor sich hin, als dass sie mit ihm sprach. „Wollen Sie mir drohen? Schluss mit dem Pläuschken!“

Der Haarschopf verschwand nach drinnen, um kurze Zeit später erneut aufzutauchen. Etwas Kleines, Rundes flog aus dem Fenster in Hilbersens Richtung, verfehlte ihn aber. Er schaute erstaunt auf den Boden: eine Walnuss! Noch während er sich bückte, um sie aufzuheben, kam eine Zweite geflogen und traf ihn an der Stirn.

„Frau Rinke!“, rief er. „Das ist nicht Ihr Ernst, dass Sie mich hier mit Walnüssen bewerfen!“

„Die sind noch vom letzten Jahr. Die will ich eh nich’ mehr essen. Und an das Jagdgewehr von mein’ Ludwig, Gott hab ihn selig, komm ich ja nich’ ran.“

„Da bin ich aber erleichtert.“

Ob sie das mit dem Jagdgewehr ernst gemeint hatte? Bevor Hilbersen zu einem Schluss kam, landete eine dritte Nuss auf seiner Krawatte. Er war sich nicht sicher, ob er lachen oder schimpfen sollte. Er könnte auch mit den Strelitzien zurückwerfen. Ein alberner Gedanke. Und am Ende zöge er sich noch eine Anzeige wegen Körperverletzung zu.

„Machen Sie nu endlich, dass Sie wegkommen!“ Charlotte Rinke steckte den Kopf aus dem Fenster und hielt drohend eine weitere Nuss in der Hand.

Hilbersen schwieg und ging aus der Schusslinie. „Ich gehe, aber sagen Sie später nicht, ich hätte Ihnen keine Chance zum Gespräch gegeben!“

„Halunken! Kanalratten!“

Jetzt vergriff sie sich aber im Ton. Doch bevor er Einspruch erheben konnte, beugte sich Frau Rinke weit aus dem Fenster und angelte nach den Läden. Ein Hustenanfall schüttelte sie, während sie sie energisch schloss. Dahinter schlug auch das Fenster zu und wurde mit einem Knirschen verriegelt. Hilbersen ließ die Blumen sinken und schüttelte den Kopf. Das hatte er in seinem Beruf auch noch nicht erlebt!

Herr Radek hingegen öffnete sofort die Tür, als Hilbersen bei ihm sein Glück versuchte. Er schaute nicht einmal unfreundlich auf den Besucher. Und wie immer sah der alte Herr wie aus dem Ei gepellt aus. Beige Tuchhose, dunkelblaues Nadelstreifenjackett, eine champagnerfarbene Krawatte. An der Garderobe im Flur hing ein zweites Sakko über einem Bügel, daneben ein leichter Trenchcoat. Im Spiegel sah Hilbersen sein eigenes, erhitztes Gesicht.

„Na, will sie Sie nicht reinlassen?“ Herr Radek machte eine einladende Geste in den Hausflur. „Ich hab gehört, wie sie sich mit Ihnen gestritten hat.“

„Sie hat mich mit Nüssen beworfen.“ Er wischte sich den Schweiß von der Stirn. „Das ist mir auch noch nie passiert.“

Radek lachte laut auf. „Ja, ja, die gute alte Charlotte. Das meint die nicht so, wissen Sie. Sie fürchtet sich sehr, ihren Hof zu verlieren. Seit ihr Ludwig nicht mehr lebt, ist das Haus alles, was ihr geblieben ist.“

„Ich weiß.“ Hilbersen folgte ihm erleichtert ins Wohnzimmer.

„Bitte setzen Sie sich.“ Radek deutete auf ein Sofa aus rot-gold-gemustertem Samt, das mit zwei gleichermaßen bezogenen Sesseln den Mittelpunkt einer erstaunlich unkonventionellen Wohnzimmereinrichtung bildete. Über der wuchtigen Eichenholz-Anrichte, die das einzig wirklich alte Möbelstück in diesem Raum zu sein schien, hing ein moderner Druck, auf dem sich die Farben der Sofagarnitur wiederholten: weiß-goldene Mohnblüten auf dunkelrotem Grund.

„Aber die Strelitzien will ich trotzdem nicht. Von ’nem Kerl nehme ich keine Blumen.“ Radek zwinkerte Hilbersen zu.

„Natürlich nicht, nein.“ Hilbersen legte den Strauß auf den Boden neben dem Sofa. „Die waren auch eigentlich für Frau Rinke gedacht.“

„Kann ich Ihnen etwas zu trinken anbieten? Sie sehen etwas … mitgenommen aus.“

„Ja, gerne. Ein Glas Wasser bitte.“

„Sprudel oder ein stilles Wasser?“

„Lieber mit Kohlensäure.“

Radek ging an dem großen Esstisch vorbei in die angrenzende Küche und Hilbersen hörte, wie er den Kühlschrank öffnete und mit Glas klapperte. Das Haus war genauso geschnitten wie viele alte Bauernhäuser, über die er im Laufe seiner Karriere mit ihren Bewohnern verhandelt hatte. Aber diese Räume wirkten nicht alt oder gar altmodisch. Sie rochen auch nicht so, wie er es von den anderen Häusern gewohnt war. Hier war offensichtlich von Grund auf renoviert worden. Vielleicht hatte Radeks Frau noch die Finger im Spiel gehabt. Obwohl sie – soweit Hilbersen wusste – schon seit zehn Jahren tot war. Er hatte damals gerade die ersten Treffen mit den Bewohnern von Lossweiler wegen der Umsiedlung abgehalten. Herr Radek war ungehalten gewesen, weil seine Frau erst auf dem örtlichen Friedhof bestattet werden musste, nur um wenig später wieder umgebettet zu werden.

Jetzt kehrte er mit einer Flasche Wasser und einer Schale Gebäck zurück und stellte beides auf den Glastisch vor dem Sofa. Behutsam nahm er eines der Weingläser von der Anrichte und schenkte Hilbersen ein.

„Danke." Hilbersen trank hastig.

„Meine Gäste sollen sich wohlfühlen." Nachdem Radek sich mit einem schwer zu deutenden Lächeln in einen der Sessel gesetzt hatte, wanderte sein Blick über Hilbersens Oberkörper. Er stutzte, sah plötzlich besorgt aus.

„Hat Charlotte sie tatsächlich verletzt mit den Nüssen? Wie konnte denn das passieren?"

Hilbersen schaute an sich hinunter. Ein frischer Blutfleck prangte auf der Brusttasche des weißen Hemdes. Die verdammte … Er schaute auf seine Hand. Auch der dritte Küchenkreppverband war durchgeweicht und das Blut musste während des Gesprächs mit Frau Rinke auf den Stoff gelangt sein.

„Nein, nein. Das waren nicht die Nüsse. Meine Hand blutet schon den ganzen Morgen."

„Sie sind verletzt? Zeigen Sie mal her. Ich war zwar Tierarzt …"

Hilbersen wickelte den Papierverband auf und hielt Herrn Radek seine Handfläche hin. Der pfiff leise durch die Zähne.

„Das geht ganz schön tief. Vielleicht sollten Sie es nähen lassen."

Sein Handy klingelte. Auch das noch! Unbeholfen angelte er mit der Linken in seiner Jackettasche und nahm das Gespräch an.

„Frau Brunowski … ja, natürlich arbeite ich … ich bin noch in Lossweiler, ja … ich hatte Ihnen doch Bescheid … was will Dr. Wienands denn schon wieder von mir … sagen Sie ihm … ja, ich bin in einer Stunde im Büro … danke, vielen Dank."

„Meine Sekretärin", sagte er mit einem entschuldigenden Lächeln zu Radek und schaltete das Handy aus.

„Sie sollten wirklich besser zu einem Arzt damit gehen. Wie ist das passiert?"

„Ein Akkuschrauber. Ich bin in die Spitze meines Akkuschraubers gefallen."

„Dann werde ich Ihnen das jetzt erst mal ordentlich verbinden."

„Das ist sehr freundlich, aber ich bin nur gekommen, um mit Ihnen noch einmal über den Verkauf Ihres Hauses …"

Sein Gesprächspartner war schon auf dem Weg in den hinteren Teil des Hauses und rief über die Schulter zurück, das habe Zeit bis nach dem Verband. Nun gut. Dann müsste Dr. Wienands halt wieder warten. War sowieso kein Termin ausgemacht. Hilbersen ließ sich ins Sofa zurücksinken und betrachtete seine aufgerissene Handfläche. Das Blut hatte inzwischen die unterschiedlichsten Aggregatzustände angenommen. An den äußeren Rändern klebte fast schwarz angetrockneter Schorf und die Haut war zusammengeschrumpft wie nach einem zu langen Bad. Aus der Mitte der Wunde kam immer noch flüssiges, hellrotes Blut. Ob er eine Arterie verletzt hatte? Dann müsste er wirklich zum Arzt. Auch das noch! Hilbersen fühlte sich plötzlich sehr müde. Alles ging schief. Ständig neue Probleme. Dieser lästige Rechtsanwalt … Das Klappern eines Verbandskastens riss ihn aus seinen Gedanken. Er hielt Radek seine Hand zum Reinigen hin.

„Wird ein bisschen brennen." Der alte Tierarzt ging nicht gerade zimperlich mit der Wunde um. Hilbersen zog die Luft durch die Zähne ein.

„Wie früher in der Schule", versuchte er zu scherzen.

„Schon fertig. Ich mache Ihnen jetzt mal einen Druckverband. Das könnte die Blutung stoppen. Aber wenn es weiterhin durchblutet …"

„… gehe ich zum Arzt", versprach Hilbersen. „Also Ihr Haus …", setzte er an. „Ich habe Ihnen ein weiteres Angebot mitgebracht. Sonst – und das tut mir furchtbar leid – sonst müsste die GBA ein Enteignungsverfahren in die Wege leiten."

„Ist mir völlig klar", antwortete Josef Radek seelenruhig. Seine Gelassenheit irritierte Hilbersen.

*

„Dreiacht – dreiacht – sieben …" Katjas Zeigefinger hielt vor der letzten Ziffer über der Tastatur des Telefons inne. Sollte sie? War das nicht lächerlich? Und hörte sie nicht gerade Stimmen auf dem Flur? Vielleicht kam ihre Kollegin zurück. Sie drückte den Hörer wieder auf die Gabel. Aber die Stimmen bewegten sich weiter, wurden wieder leiser. Bis auf das Surren der Rechner war es ruhig im Büro.

Mit einem Kopfschütteln drückte Katja ihren Rücken gegen die Stuhllehne, bog den Kopf weit nach hinten und fuhr mit den Fingern durch ihre Locken. Das durfte doch nicht wahr sein! Sie fühlte sich fast wie damals … wie ein Teenager. Sie schaute auf die Uhr. Kurz nach halb zwölf. Und noch immer war Lisanne nicht zurück. Die Briefe, die Katja hatte übersetzen müssen, waren in die Unterschriftsmappe einsortiert, das Angebot erstellt und musste erst vom Chef gegengelesen werden. Und wenn schon, dachte Katja. Lisanne kann dir in dieser Sache auch nicht helfen. Seit dem Telefonat am Samstag ging ihr Charlottes Bemerkung nicht aus dem Kopf. Ob sie neben ihrem Ehemann versauern wolle, hatte ihre Großmutter gefragt. Manchmal war die alte Frau erstaunlich pragmatisch. Wenn es nicht gerade um ihr Haus ging. Vielleicht sollte sie sich erst mal darum kümmern. Katja wählte die Nummer des Umsiedlungsbüros.

„Gesellschaft für Braunkohleabbau, Brunowski am Apparat“, schnarrte eine Frauenstimme.

„Katja Vohsen, guten Tag. Ich würde gerne mit Herrn Hilbersen sprechen.“

„Herr Hilbersen ist im Augenblick nicht im Haus. Worum geht es denn?“

„Es geht um meine Großmutter, Frau Charlotte Rinke. Ich würde gerne mit Herrn Hilbersen über den Verkauf des Hauses in Lossweiler …“

„Besser spät als nie! Hat Ihre Großmutter also endlich eingesehen, dass sie verkaufen sollte!“

Katja zögerte. Der Tonfall der Sekretärin gefiel ihr nicht. Die Angelegenheiten ihrer Großmutter gingen sie wohl kaum etwas an.

„Hören Sie, ich würde das lieber mit Herrn Hilbersen persönlich besprechen. Wann könnte ich ihn erreichen?“

„Das wüsste ich auch gerne.“ Jetzt klang die Stimme spöttisch. „Er hat sich heute noch nicht blicken lassen.“

„Sie meinen, er ist krank?“

„Nein, nein. Er ist beruflich unterwegs.“

Katja war irritiert. Wo war dann das Problem? „Könnten Sie ihm bitte ausrichten, dass ich angerufen habe.“

„Ist eigentlich nicht nötig, er ist sowieso gerade in Lossweiler. Aber wenn Sie meinen. Wie kann er Sie erreichen?“

„Am besten auf meinem Handy … warten Sie … ich kann mir meine Handynummer einfach nicht merken.“ Katja blätterte in ihrem Kalender, während am anderen Ende der Leitung auf einer Tischplatte getrommelt wurde.

Lange Fingernägel, dachte Katja. Das gleiche Geräusch wie bei Isolde. Während sie die Handynummer durchgab und ihren Nachnamen buchstabierte, machte sich ihr Herz mit lautem Pochen bemerkbar.

„Und dann hätte ich noch eine Bitte“, setzte sie an.

Frau Brunowski schwieg.

„Könnten Sie mich mit einem Herrn Mahnke verbinden?“

„Mahnke? … Mahnke … wer soll das sein? Den gibt es hier nicht.“

„Doch, er ist Geologe bei der GBA. So weit ich weiß, arbeitet er noch nicht lange für Sie."

„Für mich arbeitet er sowieso nicht. Und wenn er noch nicht lange für die Firma arbeitet, habe ich ihn nicht im Verzeichnis. Das ist eine völlig andere Abteilung."

„Ich verstehe."

„Da müssen Sie über die Zentrale … Ich bin ja hier nicht die Telefonistin."

„Ist mir klar." Katja schluckte ihren Ärger runter. „Glasklar, sozusagen. Sie haben mir sehr geholfen, vielen Dank." Ob diese Frau Brunowski die Ironie in ihrer Stimme bemerkte?

„Keine Ursache."

Die Leitung wurde unterbrochen. Katja starrte immer noch verwundert auf den Hörer, als Lisanne das Büro betrat.

„Mit wem hast du denn da telefoniert?" Lisanne lachte. „Du machst ein Gesicht, als hättest du in eine besonders saure Gurke gebissen. Der werte Gatte?"

„Nein. Bloß eine unfreundliche Sekretärin."

„Heute ist Montag. Vergiss das nicht. Vielleicht hatte sie das Montag-Morgen-und-ich-habe-so-was-von-keine-Lust-Syndrom." Lisanne ließ einen Berg aus Ordnern und Papieren auf ihren Schreibtisch fallen. „Ich bekomme auch gleich mein Montagssyndrom. Guck dir das an! Das soll alles noch bis heute Abend raus." Sie ließ einen Stapel Papiere über den Daumen ratschen. „Ich fürchte, mit einem gemeinsamen Kaffee wird das heute nichts. Für mich fällt die Mittagspause aus."

„Soll ich dir was aus der Kantine holen, bevor ich gehe?"

„Bevor du in die Arme deiner Schwiegermutter zurückkehrst, meinst du!"

Aber Katja ging nicht auf die Anspielung ein. Ihre Gedanken waren woanders.

*

„Der Antrag auf Enteignung wird Ende der Woche von unserer Rechtsabteilung gestellt." Ralf Hilbersen trank bereits das dritte Glas Wasser, um sein Magengrimmen in Schach zu halten. Er war nicht sicher, ob der Kaffee, der Hunger oder die unangenehme Situation daran schuld war. Aber das Gebäck wollte er nicht anrühren. Dieser Herr Radek hatte ihm schon genug geholfen.

„Natürlich erhalten Sie auch bei einer Enteignung eine angemessene Entschädigung. Aber wenn Sie sich vor Einleitung eines Verfahrens noch entschließen könnten, der GBA das Haus zu verkaufen, wäre das finanziell von Vorteil für Sie."

Josef Radek wanderte nachdenklich mit dem Zeigefinger an der Kante des Glastisches hin und her.

„Ich habe Ihnen ein letztes Angebot mitgebracht." Hilbersen legte einen Umschlag auf den Tisch. „Ihr Haus ist in einem sehr guten Zustand. Wir würden Ihnen deutlich mehr zahlen als den Verkehrswert. Wenn es zu einem Verfahren kommt, würde ein unabhängiger Gutachter den Verkehrswert ermitteln."

Radek öffnete den Umschlag, faltete den Brief auseinander und warf nur einen kurzen Blick auf den Betrag. Dann legte er das Papier zurück auf die Glasplatte.

„Für das Geld könnten Sie sich eine schicke Eigentumswohnung in Neu-Lossweiler kaufen."

„Eine Eigentumswohnung?" Radek schüttelte den Kopf. „Können Sie sich einen alten Landbewohner wie mich auf 70 Quadratmeter in einem modernen Appartement vorstellen? Wand an Wand mit Nachbarn, die kontrollieren, ob der Flur auch gründlich geputzt ist und keiner *mehr* Müll als der andere in die gemeinsamen Tonnen stopft? Die bei jedem Damenbesuch, den ich bekomme, hinter den Gardinen hängen und sich anschließend ihre Mäuler zerreißen?" Er lachte. „Nein, da würde ich früher oder später auf meine alten Tage noch zum Amokläufer."

Damenbesuche! Hilbersen zögerte. Normalerweise versuchte er, so wenig wie möglich ins Privatleben der Umsiedler einzudringen. Aber außergewöhnliche Situationen verlangten außergewöhnliche Mittel.

„Ich will ja nicht zu privat werden, aber … gäbe es vielleicht eine Dame, mit der sie ein gemeinsames Leben anfangen wollen? In einem neuen Domizil?"

Radeks Finger, der seine Wanderungen über die Tischkante wieder aufgenommen hatte, hielt inne.

„Nein." Er wiederholte es mit Nachdruck: „Nein, das kommt für mich nicht in Frage."

„Und wenn die GBA noch Zwanzigtausend drauflegt? Das würde für ein kleines Häuschen reichen. Der Immobilienmarkt läuft nicht gut zur Zeit. Da gäbe es bestimmt das eine oder andere Schnäppchen. Sie müssen ja nicht selber bauen."

„Schnäppchen?" Zum ersten Mal zeigte sich ein Anflug von Ärger auf Radeks Gesicht. „Sie reden von Häusern, als seien sie ein Paar Schuhe, das man gerade günstig im Schlussverkauf erwerben kann. Nein!" Radek stand auf und ging zur Gartentür. Feuchte Septemberluft quoll in den Raum, als er sie öffnete.

Hilbersen wappnete sich gegen das, was jetzt kommen würde. Was immer kam in diesen Situationen: Erzählungen von zurückliegenden, besseren Zeiten. Belehrungen über die nicht in Geld aufzuwiegenden Werte. Beschreibungen der inneren Schönheit dessen, was hier viele Jahrzehnte lang gewachsen war. Dagegen ließ sich nicht argumentieren. Weder mit sozialverträglicher Umsiedlung noch mit volkswirtschaftlichen Aktivposten noch mit einem Bekenntnis zur Kulturlandschaft Kohle.

Als er dank des Einflusses von Evelyns Vater die leitende Stelle der Umsiedlungsabteilung bekommen hatte, waren ihm solche Gespräche anfangs bis in den Schlaf nachgelaufen. Es hatte ihn bedrückt, sich immer wieder anhören zu müssen, wie viel er kaputtmache. Doch im Laufe der Jahre hatte er gelernt, diese Gefühle auf Distanz zu halten. Nach außen Mitgefühl zu zeigen, im Innern teilnahmslos zu bleiben. Leider funktionierte dieser Mechanismus seit seiner Trennung nicht mehr gut. Hilbersen wischte mit dem linken Daumen über das beschlagene Wasserglas und stellte es vorsichtig auf den Tisch zurück.

„Sehen Sie den Garten hier?", setzte Josef Radek erwartungsgemäß an.

Er stand auf und warf einen Anstandsblick durch die geöffnete Tür. Radek stellte sich dicht neben ihn. In seiner eigenen desolaten Verfassung kam es Hilbersen vor, als strahle dieser Mensch trotz seines Alters so unverschämt viel Kraft aus, dass er sich einer gewissen Faszination nicht entziehen konnte. Er rückte unauffällig ein Stück zur Seite und musterte seine verletzte Hand. Der Verband war weiß geblieben.

„Sie hängen an dem Garten." Das war mehr eine Feststellung als eine Frage.

Der alte Mann nickte und knetete schweigend seine Finger.

„Meine Familie wohnt hier seit fünf Generationen. Zur Geburt jedes Kindes wurde ein Baum gepflanzt. Meist Nussbäume. Einige davon sind jetzt mehr als hundert Jahre alt." Radek grinste. „Walnussbäume", fügte er hinzu und warf Hilbersen einen schelmischen Blick zu. Der brauchte ein bisschen, bis der Groschen fiel.

„Dann stammen die Nüsse, mit denen ich eben beworfen wurde, aus Ihrem Garten!"

„Höchstwahrscheinlich. Bald gibt es wieder frische. In einem Monat beginnt die Ernte. In jedem Herbst habe ich kistenweise Walnüsse. Wenn Sie welche brauchen können … für Ihre Familie …"

Wohl kaum, dachte Hilbersen und sagte laut: „Danke. Das ist sehr nett von Ihnen."

Er folgte dem Alten nach draußen. Eine langgezogene Wiese schloss sich hinter dem Haus an die mit Backstein gelegte Terrasse an. Er konnte das Ende des Grundstücks nicht ausmachen, so weit erstreckte sich der Garten in die Felder. In unregelmäßigen Abständen standen Bäume in dem hohen, von Löwenzahn und Hahnenfuß durchzogenen Gras. Radek bückte sich, hob einen Apfel auf und reichte ihn Hilbersen.

„Rote Sternrenette. Alte, heimische Apfelsorte. Probieren Sie! Die sind saftig und würzig. Und lassen sich einkellern. So was bekommen Sie im Supermarkt gar nicht mehr. Als Kind haben wir *Nikolausapfel* dazu gesagt."

Als Hilbersen die Frucht zögerlich von allen Seiten betrachtete, blitzte erneut der Schalk aus Radeks Augen.

„Und da ich weder Eva im Paradiesgarten noch die böse Schwiegermutter aus dem Märchen bin, wird Ihnen nichts passieren, wenn Sie reinbeißen. Das Obst ist auch nicht gespritzt, falls Ihnen das Sorge bereitet."

War die Annahme eines Apfels ein *geldwerter Vorteil*? Konnte man das als Bestechungsversuch werten? Hilbersens Magen knurrte. Es war beinahe zwölf und er hatte noch nichts gegessen. Er beschloss, heute auf seine Dienstvorschriften zu pfeifen und biss in die Frucht. Radek schlenderte einige Schritte weiter und blieb unter dem Größten der Bäume wieder stehen. Hilbersen kannte sich mit Bäumen zwar nicht aus, aber er war auf eine frühzeitig herabgefallene Walnuss getreten. Er hob die Kugel auf und betrachtete die dicke, grüne Schale.

„Der älteste Baum in meinem Garten. Den hat mein Ururgroßvater im Jahr 1900 gepflanzt. Er trägt immer noch."

Die Männer standen schweigend unter der gewaltigen Krone, die den gerade einsetzenden Nieselregen abhielt. Hilbersen aß das Kerngehäuse des Apfels mit und räusperte sich. Der Baum flößte ihm Unbehagen ein. Ein stummer, majestätischer Ankläger. Er ließ die unreife Nuss zurück ins Gras fallen.

„Wenn ich an die GBA verkaufe …“, fing Radek an.

„Das wäre klug, ja.“

„Wann müsste ich das Haus verlassen?“

„Da die Sache so weit fortgeschritten ist, möglichst bald nach Vertragsunterzeichnung. Wir würden natürlich dafür sorgen, dass das Geld schnell fließt, damit Sie wieder ein Dach über dem Kopf haben. Genug Zeit, um den Umzug zu planen, hätten sie auf jeden Fall.“

„Ich könnte nicht bleiben, bis Charlotte … ich meine, Frau Rinke …“

Hilbersen horchte auf. „Sie bleiben Frau Rinkes wegen in Lossweiler?“ Radek antwortete nicht. Aber vielleicht wäre das eine Lösung. „Frau Rinke kommt sicher auch zur Vernunft, wenn sie erfährt, dass Sie sich zum Verkauf des Hauses entschließen.“

Doch der alte Mann brach in lautes Lachen aus. „Da kennen Sie Charlotte schlecht! Nein. Sie wird mich einen Verräter schimpfen und sich weiter hier verschanzen. Die müssen Sie schon mit Gewalt rausholen. Der Kampf gegen den Tagebau“, er sprach leiser weiter, „ist ihr Lebensinhalt. Sie kann ihn nicht aufgeben.“ Radek drehte sich abrupt um und lief durch das nasse Gras zum Haus zurück. Erst im Wohnzimmer blieb er wieder stehen und sah Hilbersen, der ihm gefolgt war, entschlossen an.

„Ich will Charlotte nicht im Stich lassen. Auch nicht mit dem Enteignungsverfahren.“

„Und wenn ich dafür sorge, dass Sie im Haus bleiben können, bis Frau Rinke auch geht? Vorher können wir hier sowieso nichts abreißen.“

„Das wäre eine Möglichkeit, ja. Ich werde darüber nachdenken.“

„Sie sollten sich bald entscheiden. Wenn das Verfahren einmal läuft, würde die Entschädigung geringer ausfallen. Wir müssen den Gutachter und die Kosten bei der Behörde tragen.“

„Es geht mir nicht ums Geld.“ Radek schüttelte den Kopf.

„Um Liebe?“ Kaum hatte Hilbersen das ausgesprochen, zuckte er zusammen. Diese Frage ging eindeutig zu weit. „Entschuldigung. Das … geht mich natürlich nichts an.“

„Falls Sie damit meinen, dass ich ein Verhältnis mit Frau Rinke habe … Nein, das habe ich nicht. Dennoch habe ich eine durchaus liebevolle Beziehung zu ihr.“ Der Blick des alten Mannes kam ihm irgendwie belustigt vor.

„Dann … denken Sie in Ruhe über mein Angebot nach. Bis Freitag gäbe es noch die Möglichkeit, gar nicht erst ins Enteignungsverfahren zu gehen." Er zog seine Visitenkarte aus der Hemdtasche. „Und rufen Sie mich an!"

„Wir werden sehen." Radek stand noch immer mitten im Raum und rührte sich nicht. „Vergessen Sie Ihre Strelitzien nicht!"

„Nein. Auf Wiedersehen." Mit einer raschen Bewegung, für die sich sein Rücken mit einem stechenden Schmerz rächte, hob Hilbersen die Strelitzien vom Boden auf und ging zur Tür. War das nun ein gutes oder ein schlechtes Ergebnis seiner Bemühungen? Rechtsanwalt Wienands würde sagen, er habe nichts erreicht. *Das habe ich Ihnen doch gleich gesagt.* Hilbersen konnte die Schadenfreude in seiner Stimme schon hören. Als er im Auto sein Handy einschaltete, hatte Frau Brunowski bereits drei weitere Nachrichten hinterlassen. Er beschloss, nicht zurückzurufen.

*

Erste Male. Der erste Kuss, den mir der rothaarige, drahtige Schlagzeuger unserer Schulband gab und der salzig schmeckte, nach unserem Schweiß im Hochsommer. Der erste Laut, den meine Mutter machte, nachdem sie vom Tod ihres kleinen Jungen erfahren hatte. Mein „erstes Mal". Das war mit Robert. Der Morgen nach meiner Hochzeit, als ich zum ersten Mal als verheiratete Frau aufwachte und mich fragte, ob es sich anders anfühlte als noch am Vortag. Der erste Blick auf meine Kinder nach der Entbindung, blutige, zappelnde Würmchen, die mich mit einem intensiven Glücksgefühl erfüllten.

Jetzt: Mein erstes Telefonat mit Jens.

Ich rufe ihn nach der Arbeit an, mittags, von einer Bank im Park aus. Seine Stimme klingt erfreut, manchmal verlegen, zögerlich. Ich höre diesen rauen Klang, der mich das ganze Wochenende begleitet hat, und muss gegen den Reflex ankämpfen, das Telefonat wieder wegzudrücken, was will ich denn von ihm.

Ich wollte mich noch mal bedanken, dass Sie … Auch Charlotte hat mir ausdrücklich gesagt, ich solle …

Von ihm die üblichen Floskeln, selbstverständlich, kein Problem und Sie haben sich bereits bedankt. Wie es meiner Großmutter ginge?

Es geht ihr wieder gut, ich werde sie heute sehen, bin schon auf dem Weg zu ihr.

Das ist gut. Grüßen Sie sie von mir.

Wir schweigen. Zögern. Ich höre seinen Atem.

Ich wollte Sie noch ... vielleicht können Sie mir ... Sie kennen sich doch hier besser aus als ich.

Ja?

Wissen Sie, ich habe eine Tochter, Lena, sie ist drei Jahre alt und sie hat ... sie hat das Down-Syndrom ... Und meine Frau kommt nicht gut damit klar, sie braucht Hilfe, beide brauchen Hilfe. Wissen Sie, ob es hier Kindergärten gibt, die auch ein Down-Kind aufnehmen? Oder eine Selbsthilfegruppe für Eltern?

Oh, das tut mir leid, ich meine, dass Sie ein behindertes Kind haben.

Es braucht Ihnen nicht leidzutun, Lena ist ein wunderbares Kind.

Ja, Entschuldigung, wie dumm von mir, ich ... habe noch nie ein solches Kind ...

Jens lächelt, ich spüre sein Lächeln durchs Telefon, ich hatte dieses Lächeln gezeichnet und lächele zurück.

Es ist schön, dass Sie angerufen haben!, sagt er.

Diesmal schweige ich eine Zeitlang, aus meinem Lächeln wird ein Strahlen und sogar die Regentropfen, die gerade zu fallen beginnen, scheinen zu leuchten.

Ich werde mich erkundigen, sage ich. Eine Klassenkameradin meiner Tochter hat einen behinderten Bruder, sicher weiß ihre Mutter ... Ich könnte Sie dann morgen noch mal anrufen. Jens gibt mir seine Durchwahl.

Vielleicht können wir auch einen Kaffee trinken gehen in meiner Mittagspause, schlägt er vor.

Ja! – Das war zu laut und zu schnell. Ja, gerne – noch einmal. Leiser. Und trotzdem sage ich das Wort mit dem ganzen Körper. So fühlt es sich an, ja zu sagen, denke ich. Ja, ich werde ihn wiedersehen. Es fühlt sich nach Glück an.

*

Ralf Hilbersen wollte gerade seinen Wagen starten, als ein weißer Renault die marode Straße entlangfuhr. Wen außer ihn zog es in dieses Niemandsland? Als das Auto neben ihm hielt, erkannte er Frau Rinkes Enkeltochter hinter der Scheibe.

„Gott sei Dank, Frau …“ Hilbersen war aus seinem Wagen gesprungen und hatte die Strelitzien vom Beifahrersitz in den Fußraum gerissen. Er drehte sich um und angelte danach. „Verdammt.“ Schon wieder hatte er seinen Rücken vergessen. In Zeitlupe richtete er sich auf und presste eine Hand gegen die schmerzende Wirbelsäule.

„Brauchen Sie Hilfe?“ Die Frauenstimme hinter ihm brachte ihm unangenehm zu Bewusstsein, dass er gerade keine vorteilhafte Figur abgab.

„Danke, es geht schon.“ Er räusperte sich und streckte ihr den Strauß entgegen. „Würden Sie mir die Freude machen und ihn annehmen? Ihre Großmutter wollte leider weder mich noch die Blumen in Empfang nehmen.“

Sie griff lachend nach den Strelitzien, die schon die Köpfe hängen ließen. „Das hätte ich Ihnen vorher sagen können. In diesem Leben wird sie Ihnen ihre Freundschaft nicht mehr schenken.“

Hilbersen nickte. Wie hieß die Enkeltochter noch, sie hatte sich doch am Freitag vorgestellt. Jetzt ließ ihn auch noch sein ausgezeichnetes Namensgedächtnis im Stich. Er versuchte, sich die Situation beim Abriss vor Augen zu rufen. Die beiden Frauen – ihm waren zuerst ihre Haare aufgefallen, bei der einen grau, bei der anderen braun, aber unverkennbar dieselben Locken – hatten mit einem Plakat vor der Kirche gestanden. Presserummel! Irgendwas mit „o“ im Nachnamen, dachte er.

„Das ist ja ein Zufall. Ich hatte eben noch versucht, Sie in Ihrem Büro zu erreichen“, unterbrach Frau Rinkes Enkeltochter seine Gedanken. „Ich würde gerne mit Ihnen über das Haus meiner Großmutter sprechen.“

„Hat sie Ihnen gegenüber denn ihre Bereitschaft geäußert, es zu verkaufen?“ Hilbersen schöpfte Hoffnung: Wenn Frau Rinke verkaufte, wäre Herr Radek überhaupt kein Problem mehr.

„Nein“, dämpfte sie seine Erwartungen. „Aber ich werde versuchen, mit ihr zu reden. Bisher habe ich ihren Starrsinn akzeptiert und ihr geholfen, wo ich konnte.“

Der Regen war stärker geworden. Hilbersen holte den Schirm vom Rücksitz seines Wagens und spannte ihn über ihr auf.

„Danke.“ Sie wischte sich übers Haar. „Auf jeden Fall kann es so nicht weitergehen. Sie ist gesundheitlich angeschlagen und … sie muss den Hof ja in jedem Fall verlassen. Ich würde mich wesentlich besser fühlen, wenn ich sie in einer etwas …“, sie deutete mit der freien Hand im Halbkreis herum, „einladenderen Gegend wüsste.“

„Da bin ich sehr erleichtert." Aus der Nähe sah Hilbersen die kleinen Fältchen in ihren Augenwinkeln. „Wissen Sie, es wird höchste Zeit."

„Höchste Zeit? Gibt es schon einen Termin für den Abriss?"

„Nein, das nicht. Aber die Gesellschaft für Braunkohleabbau wird am Freitag einen Antrag auf Enteignung einreichen." Er seufzte innerlich, als er sah, wie seine Worte das Gesicht vor ihm noch blasser und müder wirken ließen. Katja! Immerhin erinnerte er sich jetzt an ihren Vornamen. Aber wie weiter? Katja Brone, Lohne, Lohsen?

„Dann ist es also so weit", sagte sie leise. „Mein Mann hatte es kommen sehen. Weiß sie es schon?" Fast gleichzeitig schauten beide auf die Wohnzimmerfenster des Nelkenweg 68, wo die Läden wieder geöffnet waren und eine schmale Gestalt hinter dem Vorhang auszumachen war.

„Ich hatte keine Gelegenheit, mit ihr darüber zu sprechen." Er überlegte, ob er von der Walnussattacke erzählen sollte, entschied sich aber dagegen.

„Dann werde ich es ihr sagen."

„Sie nehmen mir damit eine große Last ab, Frau …" Sie reagierte nicht auf den Wink. „Ich werde Ihrer Großmutter den Termin auch noch mal schriftlich mitteilen. Und der Antrag wird ihr in jedem Falle als Einschreiben mit Rückschein zugestellt."

„Was passiert nach so einem Antrag? Gibt es da eine Gerichtsverhandlung?"

„Nein, die Sache liegt dann in den Händen der Enteignungsbehörde. Die wird ein Gutachten über den Verkehrswert von Haus und Grundstück anfordern und alle Beteiligten zu einer mündlichen Anhörung einladen."

„Und die Behörde entscheidet dann auch?"

„Ja. Aber Sie können jederzeit während des Verfahrens noch eine Einigung mit uns erzielen. Wir würden schnellstmöglich einen Vertrag mit Ihrer Großmutter abschließen. Die Enteignung ist für uns nur die Ultima Ratio. Gerne mache ich das nicht."

„Ich rede mit ihr. Jetzt sofort." Ihre Stimme war leise und ein bisschen zornig geworden.

Hilbersen zog den Brief für Frau Rinke aus seiner Tasche und achtete dabei darauf, die Frau vor ihm nicht zu berühren und trotzdem das schützende Dach des Schirms nicht zu verlassen.

„Ich hatte ihr ein weiteres Angebot von unserer Seite mitgebracht. Könnten Sie es ihr geben?"

„Ja, sicher." Ihr Blick fiel auf den Verband und das Blut auf seinem Hemd. „Sie haben sich verletzt? Brauchen Sie Hilfe?"

„Nein, danke." Er räusperte sich. Mussten die alle so freundlich sein? „Nicht wichtig. Nur eine kleine Ungeschicklichkeit." Er wechselte den Schirm in die rechte Hand und nahm mit der linken eine Visitenkarte aus der Innentasche seines Sakkos. „Rufen Sie mich an, wenn Sie noch Fragen haben. Ich würde mich freuen."

„Danke."

„Nicht dafür. Es ist in unser beider Interesse." Er deutete eine Verbeugung an. „Und … wenn Sie Hilfe bei der Suche nach einer geeigneten Wohnung brauchen … Wir haben in Neu-Lossweiler eine ganze Reihe Objekte für ältere und hilfsbedürftige Menschen gebaut. Sehr schön gelegen, barrierefrei eingerichtet. Ich bin mir sicher, Ihre Großmutter würde sich dort wohlfühlen."

Sie nickte. „Ich hatte auch schon an so was gedacht. In ein Altersheim kann ich sie nämlich auf keinen Fall stecken."

„Das kann ich mir auch schlecht vorstellen." Hilbersen musste schmunzeln beim Gedanken daran, wie Frau Rinke das Pflegepersonal aufmischen würde. „Vielleicht können wir doch noch das Beste aus der Situation machen. Soll ich für Sie einen Besichtigungstermin vereinbaren? Ich könnte Ihnen auch einen Mustergrundriss zukommen lassen."

„Danke. Aber ich werde erst mit meiner Großmutter reden. Ich rufe Sie dann an, Herr Hilbersen."

„Gern. Ich begleite Sie noch bis zur Tür." Auf der unebenen Straßendecke hatten sich die ersten Pfützen gebildet.

„Ich muss den Wagen noch abschließen." Sie huschte unter dem Schirm hervor. Hilbersens Blick fiel auf das Kennzeichen: *KV*. Vohsen! Sie hieß Katja Vohsen!

„Auf Wiedersehen! Viel Glück für Ihr Gespräch! Und gehen Sie in Deckung vor Walnüssen, Frau Vohsen."

*

„Bist du das?"

Katja schloss die Haustür hinter sich. „Ja, ich bin's."

Ihre Großmutter saß mit einer Zeitschrift im Wohnzimmer, als Katja den Raum betrat.

„Hallo Omi.“ Sie wedelte mit den Blumen. „Die brauchen dringend Wasser.“ Aber Charlotte schaute nicht mal hoch. „Ich hol schnell eine Vase.“

„Das Gemüse kommt mir nicht ins Haus!“ Ihre Stimme klang noch rauer als sonst. Katja hielt in der Tür inne und drehte sich zu ihr um.

„Omi! Jetzt mach dich bitte nicht lächerlich! Die Blumen können doch nichts dafür, dass du hier weg musst. Und wenn du sie partout nicht willst, nehme ich sie nachher wieder mit.“

Während sie Wasser in einen Krug aus Steingut laufen ließ, sah sie sich besorgt in der Küche um. Herd und Spüle sahen fast unbenutzt aus; nur auf dem Tisch lag ein angebissenes Butterbrot, das offensichtlich älter als einige Stunden war. Die Leberwurst war eingetrocknet und von Rissen durchzogen. Neben einer dunklen Trockenkante der Wurst lag eine Batterie winziger weißer Eier. Ein Fliegengelege! Katja ekelte sich. Sie warf das Brot in den Mülleimer. Der musste auch dringend geleert werden, er stank. Im Kühlschrank standen Fertiggerichte und mehrere Stücke Apfelkuchen unberührt herum. Was hatte ihre Großmutter überhaupt gegessen? Sie stellte die Blumen außerhalb der Sichtweite von Charlotte ab und ging zurück ins Wohnzimmer. Die starrte hartnäckig auf ihre Zeitschrift.

„Was ist los, Charlotte? Geht es dir nicht gut?“ Katja setzte sich zu ihr.

Ihre Großmutter schwieg.

„Du hast kaum gegessen, soll ich uns erst mal was kochen?“

Da keine Antwort kam, holte Katja das Kölnisch Wasser aus ihrer Tasche. „Darum hattest du mich doch gebeten.“

„Was hattest du mit dem Kerl zu bekakeln?“ Die Frage kam heftig und laut. Danach beutelte ein Hustenanfall Charlottes Körper.

„Ach, daher weht der Wind!“ Sie stellte ihre Tasche beiseite und nahm Charlottes Hände. „Ja, ich habe mit ihm über dein Haus geredet. Du kannst hier nicht bleiben!“

Charlotte zog ihre Hände weg. „Fass mich nicht an! Nachtigall, ick hör dir trapsen. Dachte ich mir doch, dass das ein Judaskuss war!“

„Mensch, Omi!“ Warum konnte ihre Großmutter nicht einsehen, dass es sinnlos war, weiter zu kämpfen! Dass sie Hilfe brauchte, dass sie in einer betreuten Wohnung besser aufgehoben war?

„Weißt du, wie wir so einen genannt haben? Einen, der die Seiten wechselt?“ Charlotte funkelte ihre Enkeltochter böse an: „Quisling!“

„Jetzt reicht es aber. Ich lasse mich von dir nicht mit einem Nazi-Kollaborateur vergleichen.“ Katja stand so heftig auf, dass der Hocker umkippte und dem Kater auf den Schwanz fiel. Jeshim miaute klagend und ging unter dem Schrank in Deckung, während sie wütend im Zimmer auf und ab lief.

„Ich kümmere mich seit Jahren um dich! Ich habe mit dir Protestplakate gemalt und Demos besucht. Ich komme drei Mal in der Woche zu dir, ich wasche deine Wäsche, ich erledige für dich, was ich kann, ich mache mir Sorgen um deine Gesundheit, ich streite mich mit Robert deinetwegen. Ich habe dir das Bett ins Erdgeschoss geholt und dafür gesorgt, dass du in der Küche duschen kannst. Ich habe alles getan, damit du so lange wie möglich in deinem Zuhause bleiben kannst! Also nenn mich nicht Quisling! Nenn mich nicht Verräter!"

Ihre Großmutter schaute betreten zu Boden.

„Aber jetzt … Charlotte", Katja versuchte, einen sanfteren Tonfall zu finden, „jetzt ist es vorbei. Dein Haus wird zwangsenteignet. Und niemand …", sie holte Luft, „niemand kann dagegen etwas tun."

„Zwangsenteignet?"

„Ja, zwangsenteignet! Die GBA wird den Antrag am Freitag stellen. Du wusstest, dass das kommen würde. Das musste dir doch klar sein!"

„Deshalb war dieser … dieser Schurke von der GBA da? Um mir das zu sagen?"

„Er ist gekommen, um dir noch ein letztes Mal ein Angebot für den Hof zu machen. Hier!" Sie legte den Umschlag auf den Wohnzimmertisch. „Weil er eben *nicht* möchte, dass du eines Tages von der Polizei hier rausgeholt werden musst und keine Bleibe mehr hast."

„Und ich hatte gedacht, die Zeiten hätten sich geändert."

„Charlotte! Wir leben nicht in einer Diktatur. Du kannst das nicht mit den Faschisten vergleichen."

„Aber *mir* können sie – rappzapp – einfach so mein Häusken wegnehmen!"

„Nicht *einfach so*. Du wirst entschädigt. Du hast die Möglichkeit, dir ein neues Zuhause zu suchen. Es gibt Gesetze, die das regeln. Und diese Gesetze sind in einer Demokratie von *den* Politikern beschlossen worden, die w*ir* gewählt haben."

„ICH hab diese Leute nicht gewählt."

Katja seufzte. Die Diskussion hatte keinen Sinn. Charlotte war so mit ihrem Haus verbunden, dass alle Argumente an ihr abprallen würden. Trotzdem musste sie versuchen, ihre Großmutter zum Einlenken zu bewegen.

„Ich mach uns erst mal einen Kaffee. Hast du heute schon was gegessen?"

Charlotte schüttelte den Kopf. „Ich war kaum auf den Beinen, da klingelte dieser Hilbersen. Der hat nicht locker gelassen. Der wär mir fast durchs Fenster reingeklettert.“

„Jetzt übertreibst du aber. Und bevor wir weiter reden, mache ich uns mal was Warmes.“

*

Charlottes Hände zitterten, als sie die Zeitschrift sinken ließ. Hinter ihrer Stirn hämmerte es. Das Geräusch des Kohlebaggers schien bis in ihren Körper gewandert zu sein und sich in ihrem Schädel festgesetzt zu haben. Sie schüttelte heftig den Kopf, als könne sie die Schmerzen auf diese Weise loswerden. Aber das hatte nur einen neuen Hustenanfall zur Folge.

Für einen Augenblick ergab sich Charlotte ihrer Müdigkeit, schloss die Augen und lehnte sich vorsichtig zurück. Ihr Rücken schmerzte. Wie alle Gelenke. Aber die Wirbelsäule machte ihr besonders zu schaffen. Ob so eine Wirbelsäule einfach durchbrechen könnte? Manchmal fühlte es sich auf jeden Fall so an. Sie konzentrierte sich darauf, ruhig zu atmen. Das half gegen den Schmerz und die Angst. Aus der Küche hörte sie Katja mit Töpfen klappern. Das war es jetzt also? Wie viel Zeit bliebe ihr noch?

Ein Duft machte sich langsam im Zimmer breit. Etwas Würziges, Herzhaftes. Linseneintopf vermutlich. Essen war ihr lästig. Sie malte sich oft aus, einfach in ihrem Sessel sitzen zu bleiben. Sich nicht mehr zu bewegen. Nie wieder. Mit geschlossenen Augen wollte sie nur noch an ihren Atem denken und den Geräuschen um sie herum lauschen. Bis der Atem und die Geräusche irgendwann ganz von alleine aufhörten.

Charlotte schüttelte den Kopf. Das würde nicht funktionieren. Jeshim würde sie wecken. Und wenn er es nicht schaffte, weil ihr Schlaf oder ihre Ohnmacht zu tief wäre, würden Josef oder Katja sie finden, bevor es vorbei war. Josef rief jeden Tag an. Wenn sie nicht dranginge, würde er rüberkommen. Sie würden sie ins Krankenhaus bringen und wieder aufpäppeln. Und dann in ein Heim stecken. Bilder von weißen Gängen, resoluten Pflegekräften und braungrauer, bis zur Unkenntlichkeit pürierter Nahrung, die man ihr mit Gewalt einflößte, wanderten hinter Charlottes geschlossenen Lidern vorbei. Nein, das war zu demütigend.

Sie öffnete die Augen. „So werde ich nicht enden“, murmelte sie leise vor sich hin. Schlimm genug, dass sie auf die Hilfe von Katja und Josef angewiesen war. Sie spitzte die Lippen und lockte Jeshim mit leisen Quietschgeräuschen zu sich. Der Kater kam aus der Küche gelaufen und sah sie erwartungsvoll an.

„Na, du alter Opportunist“, sagte Charlotte zärtlich zu ihm und kraulte ihn am Hals. „Wo gehst *du* eigentlich hin, wenn ich nicht mehr da bin?“ Jeshim schmiegte seinen Kopf in ihre Hand und schnurrte. Unter den Suppengeruch mischte sich der Duft von Kaffee und Charlotte schöpfte wieder Mut. „Gefällt dir die Katja?“, fragte sie den Kater. „Vielleicht kannst du bei ihr wohnen. Die hat ein weiches Herz. Die musste trösten, wenn ich ins Gras beiße.“ In der Küche klapperte ein Löffel auf Keramik. Jeshim spitzte die Ohren: das Signal zur Fütterung. „Na, siehste. Sie wird gut für dich sorgen.“ Charlotte schaute ihm hinterher, als er im Laufschritt zum Fressen eilte. Dann fiel ihr Blick auf den Rechner. Noch nicht, dachte sie. Ich muss erst meine Arbeit beenden.

*

Katja hatte dem hastig fressenden Kater noch einmal über den Rücken gestrichen, bevor sie ihrer Großmutter Kaffee und ein Glas Wasser brachte.

„Essen kommt gleich. Ich habe dir ein Würstchen in die Linsensuppe getan. Es muss noch ein paar Minuten durchziehen.“

„Danke.“ Charlotte trank das Wasser in einem Zug aus und schlürfte an ihrem Kaffee. Über ihr Gesicht huschte ein Lächeln.

„Woran denkst du?“ Katja war erleichtert, dass der alte Schalk in Charlottes Augen aufblitzte. „Du denkst doch gerade an ’was Verbotenes, oder?“, foppte sie. Ihre Großmutter kicherte.

„Ich hab ihn mit Nüssen beworfen.“

„Du hast *was*?“

„Ich hab ihn mit Nüssen beworfen. Aussem Fenster raus.“

Es dauerte eine Weile, bis Katja begriff. Hilbersen! Deswegen hatte er gesagt, sie solle in Deckung vor Walnüssen gehen! Sie lachte laut auf.

„Also, Charlotte! Ist das nicht ein bisschen kindisch?“

„Mag sein. Aber es hat Spaß gemacht!“

Katja schüttelte in gespielter Entrüstung den Kopf.

„Soll er doch denken, ich bin so ’ne schrullige Alte, die sich wie Trulla benimmt.“

„Das tut er jetzt vermutlich auch. Wobei ich glaube, so schlimm ist dieser Hilbersen gar nicht. Humor scheint er jedenfalls zu haben.“

„Du willst doch hier nix Gutes über den Kerl sagen?“

„Nein. Wie könnte ich das wagen. Da geh ich besser die Suppe holen.“

Während Katja das Tablett mit dem vollen Suppenteller ins Wohnzimmer balancierte, spürte sie Charlottes Blick auf sich.

„Sag mal, hast du eigentlich den jungen Mann von Freitag angerufen?“

„Hab ich.“

„Und?“

„Was: und?“ Sie stellte das Tablett quer über die Lehnen von Charlottes Sessel und drückte ihr auffordernd den Löffel in die Hand.

„Wat hat er gesagt?“

„Was hätte er sagen sollen? Ich habe mich bedankt und er hat geantwortet, das sei selbstverständlich gewesen ...“

„Dat war allet?“ Charlotte schien enttäuscht.

„Das war alles.“ Katja verschwieg, dass sie Jens' Handynummer hatte und am Mittwoch in der Mittagspause auf einen Kaffee mit ihm verabredet war. Ihre Großmutter musste schließlich nicht alles wissen.

„Und ihr habt nich' auch 'n bissken persönlicher vertellt?“

„Du solltest jetzt essen. Sonst wird die Suppe wieder kalt.“

„Er is' doch neu in der Stadt. Da hättest du ihm doch irgendwobei deine Hilfe anbieten können.“ Charlotte schüttelte verständnislos den Kopf.

„Er hat eine Frau und eine kleine Tochter und damit ist das Thema erledigt.“

„Du hast aber wirklich keine Traute. Hasse nich' gesehen, wie der dich angeschaut hat?!“

„*Erledigt.* Verstanden?“

Endlich schwieg Charlotte und begann ihre Suppe zu löffeln. Jeshim, der seine Mahlzeit in der Küche beendet hatte, kam mit gerundetem Bauch ins Wohnzimmer geschlichen und ließ sich zum obligatorischen Putzen auf einem Beistelltisch zwischen einer fast vertrockneten Grünlilie und einer Porzellanballerina nieder.

Katja nippte an ihrem Glas Wasser und wartete, dass ihre Großmutter mit dem Essen fertig würde. Sie musste das unangenehme Thema heute anschneiden. Sie würde nicht eher gehen, bis Charlotte in die Besichtigung einer Wohnung eingewilligt hatte.

Die Standuhr schlug halb drei. Das häusliche Mittagessen hatte sie also auch schon wieder verpasst. Isolde würde Robert das am Abend sicher brühwarm erzählen. Na ja. Sollte der sie halt noch einen Tag länger anschweigen.

Sie lehnte sich im Sofa zurück und schloss einen Augenblick die Augen. Müde war sie. Zu wenig Schlaf. Aber da war noch der Berg Arbeit, der auf sie wartete: Der montägliche Großeinkauf für die Familie, Roberts Hemden aus der Reinigung holen, Schuhe wienern, Bügelwäsche erledigen. Kais Nachhilfelehrer kam um fünf, und sie wollte sich auf jeden Fall wegen des Kindergartens für Jens' Tochter erkundigen. Hatte sie nicht auch vorgehabt, zum Zeichnen in Sophies Café zu gehen? Sie öffnete die Augen wieder.

„Ich hol uns ein Stück Apfelkuchen", sagte sie zu Charlotte, die ihren Teller Suppe geleert hatte und versuchte, die letzten Linsen ohne Zuhilfenahme der Finger auf den Esslöffel zu bugsieren. „Fühlst du dich jetzt besser?"

„Ja", gab Charlotte widerstrebend zu.

„Für heute Abend ist noch genug da. Aber mach sie dir warm! Du brauchst 'was Warmes."

Mit dem Kater im Schlepptau, der seine Wäsche unterbrochen hatte, weil er auf ein Schälchen Milch spekulierte, holte sie zwei Stücke Kuchen.

„Der sieht gut aus. Sind da Marzipan und Mandeln drauf?"

„Josef hat ihn mir am Samstag kredenzt. Die Äpfel sind aus seinem Garten."

Katja nickte anerkennend. Sie war froh, dass Herr Radek sich so um ihre Großmutter kümmerte. „Dein Nachbar hat wirklich vielseitige Talente."

Charlotte sah sie belustigt an. „Jau. Du ahnst ja nich', wie vielseitig er is'."

Aber Katja ging nicht auf die Anspielung ein. „Wird *er* sein Haus jetzt verkaufen?"

„Woher soll *ich* das wissen?" Charlottes Miene wurde wieder finster. „Der Tagebau-Kerl is' bei ihm drin gewesen. Die waren gemeinsam im Garten. Das is' alles, was ich wissen tu."

„Möchtest du noch eine Tasse Kaffee zum Kuchen?" Katja wollte ihrer Großmutter etwas Zeit geben. Sobald sie das Thema anschnitt, wirkte Charlotte wie versteinert. Sie ging zurück in die Küche und füllte den Kaffee aus der Maschine in die verbeulte Thermoskanne, die hier schon auf dem Tisch gestanden hatte, als Katja noch ein Kind gewesen war. Diesmal schenkte sie für sich auch eine Tasse ein. Nahm zwei hastige Schlucke und räusperte sich.

„Charlotte, ich möchte, dass du dir in Neu-Lossweiler eine Wohnung anschaust."

„Nein."

„Egal was du tust, du wirst dieses Haus hier verlieren! Also wäre es vernünftig, du würdest in den Verkauf einwilligen und dir ein Appartement nehmen, solange du gesundheitlich dazu in der Lage bist."

„Nein."

„Diese Wohnungen sind ohne Treppen erreichbar und du hättest Hilfe, wenn du welche brauchst. Du bliebst selbstständig, niemand würde dir reinreden. Aber wenn es dir mal nicht gut geht, könnte jemand dir Essen oder …"

Charlotte unterbrach sie. „NEIN!"

„Okay." Katja versuchte, ruhig zu bleiben. „Wie stellst du dir das hier vor? Die Enteignung wird Ende der Woche beantragt, und du weißt nicht, wie lange dein Baumnusskavalier noch nebenan wohnen und dich mit Einkäufen und selbstgebackenen Torten versorgen wird. Irgendwann wirst du keinen Strom mehr haben, kein Telefon, kein Wasser. Es wird kalt hier sein, die Bagger werden immer näher kommen und immer lauter werden, der Staub in der Luft nimmt weiter zu. Dein Husten ist jetzt schon eine Katastrophe und irgendwann wirst du kaum noch Luft bekommen." Als sie sah, dass die Tasse in der Hand ihrer Großmutter zitterte, hielt Katja inne. Nein, das muss jetzt sein, ermahnte sie sich.

„Sicher, du kannst weiter kämpfen, kannst dich noch jahrelang mit Gerichten herumschlagen. Aber am Ende werden sie dich mit Gewalt hier wegbringen. Was hast du dann gewonnen? Dann bleibt dir wirklich nur noch das Altenheim. Du kannst doch jetzt schon nicht mehr für dich sorgen."

„Ich kann sehr wohl für mich sorgen." Charlotte hatte den Kopf zur Seite gedreht und starrte mit gerunzelter Stirn durchs Fenster nach draußen.

„Und was war das in der Küche? Auf dem Leberwurstbrot hatten schon Fliegen ihre Eier abgelegt." Katja schüttelte sich. „Und der Müll …" Sie berührte ihre Großmutter an der Schulter, aber die sah sie immer noch nicht an. „So kannst du doch nicht leben wollen. Das ist würdelos, Charlotte."

„Das Brot war für Jeshim."

„Für Jeshim? Aha. Aber er mochte es offensichtlich auch nicht mehr."

„Und den Müll haben wir am Samstag vergessen, als Josef da war."

„Ich verstehe." Charlotte würde für alles eine Erklärung haben. Aber das konnte sie jetzt nicht gelten lassen. „Wir würden dafür sorgen, dass du Jeshim mit in die neue Wohnung nehmen kannst. Auch die Möbel könntest du behalten. Alles sähe fast aus wie hier. Du hättest dein eigenes Reich. Es wäre nur viel bequemer dort. Du wärst nicht so einsam. Und ich müsste …"

„Und du müsstest …?“ Charlotte starrte Katja mit einer Mischung aus Abwehr und Angst an.

„Ich müsste mir nicht ständig Sorgen um dich machen.“ Sie hatte leise gesprochen und griff nach Charlottes Händen.

„Du machst dir Sorgen?“ Charlotte entzog ihr die Hände wieder, griff nach ihrem Kuchen und stach ein Stück ab. „Dann bin ich dir immerhin nicht ganz gleichgültig.“ Sie ließ die Gabel zurück auf den Teller sinken und verbarg beide Hände unter der Decke über ihrem Schoß.

„Gleichgültig? Das denkst du doch nicht wirklich, oder?“ Wieder wich ihre Großmutter ihrem Blick aus. „Du bist ein wichtiger Mensch in meinem Leben. Und wenn ich *dir* nicht ganz egal bin …“

„Nein.“

„… dann tu mir den Gefallen und lass uns eine solche Wohnung wenigstens einmal anschauen. Nur ANSCHAUEN, Charlotte.“

„Nein.“

„Danach kannst du immer noch Nein sagen.“

„Ich will mir keine Wohnung angucken.“

„Dann könnten wir Ludwigs Grab in Neu-Lossweiler gleich auch besuchen. Du warst lange nicht mehr dort. Oder ist Herr Radek zwischendurch mit dir hingefahren?“

Charlotte schüttelte den Kopf. Katja spürte, dass ihre Ablehnung ins Wanken geriet und hakte nach. „Sag mir, welche Blumen ich dir mitbringen soll! Wir stellen Ludwig eine Kerze aufs Grab. Vielleicht kann er dir sagen, was er in deiner Lage tun würde.“

„Es fällt ihm ’n bissken schwer, mit mir zu sprechen.“ Obwohl der Satz spöttisch klingen sollte, hörte er sich eher nach Jammern an.

„Du weißt genau, wie ich das meine!“

„Ludwig tät verkaufen.“

„Siehst du. Es wäre ihm nicht recht, dass du hier so einsam vor dir hinvegetierst.“

„Er war halt ’n Kerl. Der hätte Fracksausen gekriegt. Die Kerle sind so.“

„Ein schönes Männerbild hast du da. Das hat nichts mit Fracksausen zu tun!“ Katja seufzte. „Sondern mit Vernunft und gesundem Menschenverstand. Mach das Beste aus der Situation, wie sie nun mal ist! Das würde einer starken Frau wie dir besser zu Gesicht stehen als dein sinnloser Trotz.“

„Ach ja? Und die GBA und dieser Hundsfott …“

„Du meinst Herrn Hilbersen.“

„… die machen dann den Reibach."

„Ich denke, Herr Hilbersen wäre erleichtert. Er macht nur seinen Job. Für ihn persönlich springt dabei nichts raus."

„Bist du da sicher?"

Bevor Katja antworten konnte, bekam ihre Großmutter einen längeren Hustenanfall und lief rot an. Natürlich, das Gespräch regte sie auf. Katja reichte ihr das Glas mit Wasser. „Der Staub in der Luft ist nicht gut für dich. Selbst deine Vorhänge würden zu husten anfangen, wenn sie könnten." Tatsächlich hing in dem Gewebe ein grau-brauner Schleier, der nach jedem Waschen innerhalb weniger Tage wieder da war.

„In Neu-Lossweiler würde es dir besser gehen. Und ich könnte dich leichter zum Arzt bringen. Du musst unbedingt zu einem Facharzt!"

„Lass mich!", wehrte Charlotte ab, als sie wieder Luft bekam. „Lass mich in Ruhe mit dem Gedöns! Willst du mir Angst machen? Hast du geschafft!"

„Du kannst nicht ewig vor der Situation davonlaufen."

„Ich lauf nich' davon!"

„Dann komm morgen mit mir ins neue Dorf."

Charlotte starrte wieder aus dem Fenster. Die Hände in ihrem Schoß bewegten sich unruhig über den Stoff ihres Rocks. Schließlich räusperte sie sich. „Nur dir zuliebe."

„Danke."

„Nur gucken."

„Klar. Nur ansehen."

„Und danach werde ich nein sagen."

„Danach schläfst du eine Nacht drüber. Und darfst sagen, was du willst."

„Und du wirst nicht heimlich was für mich unterschreiben."

„Das darf ich doch gar nicht, Charlotte. Also da musst du dir wirklich keine Sorgen machen."

„Und Robert wird mich nicht entmündigen, egal, was ich tu!"

Katja sah sie erstaunt an. Wie kam ihre Großmutter denn darauf? „Davon war niemals die Rede, Charlotte. Wenn …" Sie lachte plötzlich auf. „Wenn hier jemand entmündigt werden sollte, dann seine Mutter."

Aber die Bemerkung konnte Charlotte jetzt nicht zum Lachen bringen. „Hol mir Alpenveilchen für Ludwigs Grab. Die Zweifarbigen. Und 'n großes Grablicht."

„Mach ich. Ich suche dir schöne Pflanzen aus." Katja umarmte ihre Großmutter und nahm unter der Wolke von Kölnisch Wasser den Geruch ihres ungepflegten Körpers wahr. Wie traurig. Charlotte hatte immer so viel Wert auf sich gelegt.

„Danke, dass du mitkommst“, flüsterte sie ihrer Großmutter ins Ohr.

*

Ralf Hilbersen kam spät, aber mit guter Laune, vor seiner Junggesellenbehausung an. Ein nagelneuer Kaffee-Vollautomat mit Wasserfiltersystem, Keramik-Kegelmahlwerk, 1.500 Watt Leistung und 15 Bar Pumpendruck aus dem Sonderangebot für 599 Euro bei *Elektro-Jakobs* wartete im Kofferraum auf die Inbetriebnahme. Ein Set angeblich handbemalter Cappuccino-Tassen und zwei Probepackungen hochwertiger Arabica-Mischungen hatte er als Präsent des Hauses zur Maschine dazubekommen.

Von *Elektro-Jakobs* aus war er in das benachbarte Sportgeschäft gegangen und hatte sich Laufschuhe gekauft. Die Verkäuferin musterte ihn skeptisch. Hilbersen zog vorsichtig den mit Pasta und Scampi gut gefüllten Bauch ein. Aber von dieser dummen Kuh würde er sich doch den Spaß nicht verderben lassen! Na klar, es würde ein bisschen dauern, bis er abgenommen und seine Kondition zurückgewonnen hätte, doch er war entschlossen, seinem alten Spitznamen bald wieder Ehre zu machen. „Der schnelle Ralf kommt“, sang er vor sich hin, als er mit den Schuhen plus einer Broschüre *Laufen für Einsteiger – in 10 Schritten* den Laden verließ. Letztere warf er an der nächsten Bushaltestelle in den Mülleimer. Die Dame an der Kasse hatte es sicher nett gemeint, aber als ehemaliger Fußballer der A-Klasse seiner Schule wusste er doch, wie man trainiert.

Zu seiner guten Laune hatte auch der Anruf von Frau Vohsen am Nachmittag beigetragen. Die hatte es tatsächlich geschafft, ihre Großmutter zu einer Besichtigung zu überreden. Er hatte ihr die Nummer der zuständigen Wohnungsbaugesellschaft gegeben, dann jedoch gleich höchstpersönlich dort angerufen, um dem Leiter die Dringlichkeit der Angelegenheit klarzumachen. Jetzt würden die Damen Vohsen und Rinke am Donnerstag mit allen Unterlagen inklusive Entwurf eines Kaufvertrags empfangen. Die Angelegenheit könnte doch noch ohne ein Verfahren über die Bühne gehen. Hilbersen freute sich auf Dr. Wienands’ dummes Gesicht.

Er sang noch immer vor sich hin, als er nach der dritten Runde um den Wohnblock endlich eine Parklücke fand. Fast direkt vor der Haustür. Wer sagt’s denn! Ohne seinen Rücken zu sehr zu beugen, wuchtete er den Karton mit der Kaffeemaschine aus dem BMW und stellte ihn neben dem Eingang auf dem Bürgersteig ab. Autsch! Bei starker Belastung tat seine Hand wieder weh. Er musterte den Verband. Keine Spur von Blut. Hatte der alte Radek gut hingekriegt.

Der Nieselregen hatte sich mit Einbruch der Dämmerung zu einem Landregen ausgewachsen, aber Hilbersen hatte keine Lust, seine Einkäufe unter einem lästigen Schirm zur Haustür zu tragen. Er ging rasch zurück zum Wagen und griff nach den Tüten mit Kaffee und Sportschuhen, stopfte eine Papiertüte mit Brötchen und eine weitere mit Aufschnitt in die Tragetasche von *Elektro-Jakobs* und pellte sich vorsichtig rückwärts aus dem Auto. Dabei fielen ihm seine Schlüssel aus der Hand und landeten im Rinnstein, knapp neben dem Gully. Glück gehabt, dachte er und bückte sich nach dem Schlüsselbund. Im unteren Drittel seiner Wirbelsäule breitete sich ein reißender Schmerz aus und wanderte von dort in alle Richtungen. Hilbersen hielt in der Bewegung inne und stöhnte auf. Bloß langsam wieder aufrichten! Und dann in die Knie gehen, um den Schlüssel aufzuheben. Ein Schwall Regenwasser schwappte vom Dach und traf ihn im Nacken. Das kalte Wasser sickerte unter seinem Kragen den Rücken hinunter. Nein, er würde jetzt nicht fluchen. Diesen Abend würde er sich durch nichts verderben lassen.

Der Karton mit dem Espresso-Vollautomaten war mittlerweile vom Regen dunkel eingefärbt und die unteren Ecken sahen gefährlich durchnässt aus. Warum hatte diese Haustür kein Vordach, während das Nachbarhaus eines hatte! Aber er würde sowieso nicht allzu lang hier wohnen bleiben. Als er gerade versuchte, mit den Tüten am Handgelenk blind das Schlüsselloch zu finden, öffnete eine junge Frau mit lila Haaren und Augenbrauenpiercing die Tür von innen.

„Guten Abend, vielen Dank." Er schob die Kaffeemaschine mit den Füßen in den Flur, damit wenigstens die schon mal im Trockenen stand.

„Ey Alter, du bist aber krass nass geworden, wa?" Das zarte Geschöpf in Springerstiefeln und Nietengürtel quetschte sich an ihm vorbei und öffnete mit einem Grinsen einen schwarzen Schirm, auf dem ein fluoreszierender Totenkopf prangte. „Ich würd direkt inne Wanne gehen, wenn ich du wär."

„Oh danke, sehr fürsorglich. Vielleicht könnten Sie noch die Tür hinter mir …" Aber das Mädchen war in der Dunkelheit verschwunden, bevor er sich von dem Schock, mit *Alter* angeredet zu werden, erholt hatte. Kopfschüttelnd setzte er sämtliche Tüten und Taschen wieder ab und zog die Haustür zu. Das Schloss klemmte, da half nur Gewalt. Mit leichtem Bedauern dachte

Hilbersen an die heimatliche, gewiefte Einfamilienhaus-Konstruktion, bei der man trockenen Fußes von der Garage ins Gebäude gelangen konnte. Immerhin: *Drinnen* war er jetzt. *Oben* jedoch noch nicht.

Er verstaute den Schlüsselbund in seiner Jacketttasche, hängte sich beide Tragetaschen übers Handgelenk und legte den Aktenkoffer auf den Karton mit der Kaffeemaschine. Dann ging er langsam in die Knie, wobei die Cappuccino-Tassen ein ungesundes Geräusch auf dem Fliesenboden machten. Egal! Behutsam schob er erst die linke, anschließend die rechte Hand unter den Karton – wieder ein stechender Schmerz, diesmal in seiner Handfläche – und richtete sich schwankend mit der mindestens 15 Kilogramm schweren Kaffeemaschine plus dem Zubehör auf. Ein Handy klingelte. *Sein* Handy klingelte.

„Verdammt, ich kann jetzt nicht", schimpfte er laut. Die Bewohnerin der Erdgeschosswohnung öffnete ihre Tür und beobachtete ihn argwöhnisch. Vermutlich hatte sie schon die ganze Zeit hinter ihrem Spion gelauert.

„Sind Sie der neue Mieter aus dem Fünften?"

Hilbersen konnte die Frau beim besten Willen nicht ansehen, da Karton und Aktenkoffer ihm die Sicht versperrten. Er grummelte etwas Zustimmendes und schlurfte Richtung Treppe. Sein Handy klingelte immer noch und ließ dank des Crescendo-Klingeltons *Freude schöner Götterfunken* in nicht unbeträchtlicher Lautstärke durchs Treppenhaus schallen.

„Sie haben vergessen, Ihren Müll rauszustellen!", krähte die Frau in der Tür. Er beschloss, sie ebenso zu ignorieren wie das Telefon.

„Das geht aber nicht! Wenn der jetzt wochenlang rumsteht, fängt er an zu stinken. Ich will so 'ne Sauerei hier nicht im Keller haben."

„Ich kümmere mich drum", rief er über die Schulter zurück und verlor auf der dritten Treppenstufe fast das Gleichgewicht. Die Tassen klirrten bei jedem Schritt gegen das Treppengeländer. Immerhin hatte das Handy aufgehört zu klingeln.

„Unfreundlich, aber macht Lärm für zwei", zeterte die Alte ihm hinterher, dann hörte er ihre Tür zuschlagen. Nur die Ruhe bewahren.

Stufe für Stufe und mit vielen Pausen arbeitete er sich bis zur fünften Etage hoch. Während er wartete, dass sein Atem sich beruhigte und sein Herz zu einer zählbaren Frequenz zurückfand, lauschte er auf die Geräuschkulissen hinter den verschlossenen Türen. Ein überlauter Fernseher wechselte mit dem Streit eines Paares ab. Hier kreischten Kinder und dort ertönte ein türkisch-arabischer Singsang. Auch sein Handy ging noch mehrere Male, bis Hilbersen es in seine Wohnung geschafft hatte. Ein Chaos aus Möbelteilen und Ikea-Kartons empfing ihn. Richtig, das hätte er ja fast vergessen! Seufzend ließ er sich aufs Bett sinken. Im Display seines Handys blinkten Evelyns Nummer und eine Mailboxnachricht auf. Er würde sie später abhören. Erst mal hatte er sich seinen Kaffee redlich verdient.

4

Die Beine, die sich aus dem silbernen Mercedes-Cabriolet schwangen, glänzten genauso metallisch wie der Autolack. Sie endeten unten in hochhackigen Pumps, darüber schwebte ein enger Rock im Pepita-Muster.

„Wat is' dat denn für 'n flotten Feger", kommentierte Charlotte, die hartnäckig neben ihrem Rollator stehenblieb, anstatt sich darauf zu setzen, die Erscheinung. „Dat wird doch wohl nich' unsere Frau Verkäuferin sein?"

„Maklerin", verbesserte Katja. „Warum setzt du dich nicht?"

„Na dann eben Maklerin. Wobei … dat is' auch nix anderes wie 'ne Verkäuferin."

Die glänzenden Beine schwebten auf Charlotte zu. Zwei ebenfalls mit Pepita-Muster bekleidete Arme umklammerten einen Stapel farbiger Papiere und einen Kalender.

„Guten Tag!" Die Maklerin machte umständlich ihre rechte Hand frei und reichte sie ihr. „Sie sind sicher Frau Rinke?"

„Sehen Sie hier noch 'ne andere Alsche, die sich für 'ne Wohnung mit Rampe für 'n Sarg interessieren könnte?"

Die Frau überhörte mit einem nachsichtigen Lächeln den Tonfall in Charlottes Stimme. „Barthels-Rothenberger, mein Name. Ich verwalte hier die Wohneinheiten. Wir haben auch einige Bewohner im Rollstuhl, deshalb ist der Zugang zur Haustür natürlich barrierefrei." Dann gab sie Katja die Hand.

„Wie Sie sehen, haben Sie hier eine ruhige Wohnlage mit guter Verkehrsanbindung. Öffentliche Verkehrsmittel …", sie deutete auf die Bushaltestelle, „sind in unmittelbarer Nähe. Und eine Zentrale der Caritas findet sich direkt gegenüber."

„Sieht eher aus wie 'ne Verwahranstalt für Irre."

„Das ist unser Seniorenheim *Sonnentau*. Im Erdgeschoss hat die Caritas ihre Büros. Von dort können Sie jederzeit …", Frau Barthels-Rothenberger schaute zwischen Charlotte und Katja hin und her, „Unterstützung erhalten beim Einkaufen, Behördengängen oder Arztbesuchen. Und wenn Sie möchten, erhalten Sie natürlich Hilfe bei den Verrichtungen des täglichen Lebens … es gibt einen Reinigungsdienst und auf Wunsch täglich warmes Essen. Auch ein Friseur kommt jede Woche ins Haus."

„Seh ich aus, als ob ich ’nen Friseur brauch?“ Charlotte hielt das Angebot für eine mittlere Frechheit. Sie hatte ihre Naturkrause ihr Leben lang selbst geschnitten. Erst in letzter Zeit hatte Josef das am Hinterkopf für sie gemacht, aber das brauchte sie der feinen Frau Barthels-Sowieso ja nicht auf die Nase zu binden.

„Sie haben wunderbar volles Haar“, schmeichelte die gerade. „Aber vielleicht für eine besondere Gelegenheit … eine Festlichkeit oder Ihren nächsten Geburtstag. Gehen wir ins Haus!“

Die Absätze stöckelten die Auffahrt entlang und Charlotte hinkte, auf ihren Stock gestützt, hinterher, so dass Katja den Rollator schieben musste.

„Lass ihn doch einfach stehen. Den klaut so schnell keiner.“

Katja lachte. „Das könnte dir so passen.“

Charlotte musterte ihre Enkeltochter argwöhnisch. Warum war die heute so fröhlich? Hoffentlich hatte das nicht mit dem Besichtigungstermin zu tun. Sie würde nichts unterschreiben, hatte Charlotte sich und dem Kater geschworen.

Frau Barthels-Rothenberger wandte sich gerade zu ihr um. „Wir haben im Flur direkt neben dem Aufzug eine Abstellmöglichkeit für Rollstühle und Rollatoren. Und die Haustür“, sie nestelte eine kleine Fernbedienung aus ihrer Jackentasche, „lässt sich per Knopfdruck öffnen.“

Während Katja höflich Anerkennung mimte, beobachtete Charlotte die zwei weiblichen Gestalten, die aus der Haustür wankten: Die erste schob ihren Rollator vor sich her, während die zweite sich bei ihr eingehakt hatte. Dabei blieb unklar, wer sich an wem festhielt. Mit etwas Abstand folgte ein ungefähr drei Zentner schwerer, schnaufender Mann im Rollstuhl. Charlotte sah dem Schauspiel mit Abscheu zu. Erst auf den zweiten Blick erkannte sie, dass die Frau am Rollator Elsbeth Mergenau war. Die hatte bis vor einigen Jahren in Lossweiler gewohnt. Charlotte hatte sie noch nie leiden können! Die Mergenau war eine der ersten gewesen, die mit der GBA gemeinsame Sache gemacht hatte. Hatte sich in Neu-Lossweiler ein schickes Haus bauen wollen. Und war dafür über die Leiche ihres Mannes gegangen, dem der Verlust des Hofs das Herz gebrochen hatte. Zumindest war das Charlottes Interpretation seines tödlichen Herzinfarkts. Dass Elsbeth jetzt hier gelandet war anstatt im neuen Haus, erfüllte sie mit einer gewissen Genugtuung.

Während Frau Barthels-Rothenberger mit den drei Gestalten den üblichen Wetter- und Krankheiten-Small-Talk hielt, versteckte Charlotte sich hinter Katjas Rücken. Mit der Mergenau wollte sie nicht reden. Die Fahrt durch Neu-Lossweiler hatte ihr die Laune schon zur Genüge verdorben.

„Sieht aus wie 'ne Musterhaussiedlung", hatte sie im Wagen zu Katja gesagt, als sie von der Landstraße nach Neu-Lossweiler abgebogen waren. „Hier wohnt ja gar keiner." Tatsächlich waren die breiten, rechtwinklig angeordneten Straßen und Bürgersteige an diesem Donnerstagnachmittag fast leer. Leer von Menschen, aber auch leer von irgendwelchen anderen Lebenszeichen: Keine Blätter, kein Hundekot, keine weggeworfenen Kaugummiverpackungen oder Zigarettenkippen. Kein Unkraut, keine Erde, kein Staub. Der Asphalt sah aus, als sei er unmittelbar vor ihrem Eintreffen gefegt und feucht gereinigt worden.

Der riesige, vereinsamte Marktplatz war von einem lächerlichen Kranz winziger Buchen umstanden. Eine Bäckerei und eine Volks- und Raiffeisenbank lagen an der Stirnseite des Platzes. Gegenüber das neue, mit silbern glänzenden Balkonen versehene Rathaus. Charlotte schaute sich suchend um: „Nich' mal 'ne Kneipe gibt es hier."

„Du gehst doch eh nicht in Kneipen."

„Aber 'n Dorf braucht 'ne Kneipe. Jetzt is' unser Elsie innen Ruhestand gegangen und dass keiner innem toten Dorf Bier zapfen will, is' ja klar."

Katja war geduldig geblieben und hatte ihr nicht widersprochen. Mit Argusaugen schaute Charlotte sich weiter in der Siedlung um. Der Bewuchs in den Gärten war noch so niedrig, dass man den meisten Häusern bis ins Wohnzimmer gucken konnte. Hier und da sah man eine Hausfrau bei der Arbeit, ein spielendes Kind. An der Straßenfront wechselten sich auf alt getrimmte Backsteinhäuser mit hellen Klinkern und spiegelnden Glasfassaden ab. Zwischen den Häusern immer wieder große Rasenflächen, die offenbar noch zur Bebauung freistanden. Ein rechteckiger Gebäudekomplex leuchtete orange-rot vor Charlotte und Katja auf.

„Ich glaube, das ist die neue Schule." Katja fuhr langsamer, weil die Straße in der 30er Zone von Bodenwellen durchzogen war.

„Huh, Signalfarben. Damit die Kids sich in diesem Gewirr von Gassen auch nich' verlaufen."

„Spotten kannst du gut, Omi! Nun gib dem Ort doch wenigstens mal eine Chance! Hier muss alles noch wachsen, das braucht ein bisschen Zeit. Aber sie haben sich doch viel Mühe gegeben!"

„Ja, das seh ich. Jeder Jeck hat anders gebaut. Und wenn jeder Döskopp meint, er müsste sich austoben und ein' auf moderne Architektur machen", Charlotte warf einen Seitenblick auf die zwei Kunststoff-Löwen, die auf Stelenimitaten im griechischen Stil ein schmiedeeisernes Tor bewachten, „dann kütt so wat dabei rum. Da brauchsse nich' mal mehr in Urlaub fahren."

„Ich glaub, das ist das Haus von eurem Metzgermeister. Der war auch in Lossweiler schon ein bisschen abgedreht, oder?"

„Du meinst, dat hat der Ullrichs verbrochen, dat mit den Löwen? Zutrauen tät ich es ihm." Charlotte grinste beim Gedanken an den feisten Metzger, der nach dem Krieg gutes Geld verdient hatte und geglaubt hatte, er müsse zur feinen Gesellschaft gehören. Neureich war noch nie gut gegangen. Aber dann fiel ihr Blick auf die Kirche.

„Warum haben die denn den Kirchturm in grünes Plastik eingepackt? Wollen se den noch schonen, damit der nu ja nich' schmutzig wird?"

Katja schob ihr Gesicht über dem Lenkrad nach vorn. „Der ist nicht eingepackt, Charlotte. Das ist irgendein Stein. Der ist grünlich."

„Sieht aber aus wie Plastikfolie. Na ja, die Kirche is' mir sowieso egal."

Jetzt war der Kirchturm, der in unmittelbarer Nähe des Seniorenheims *Sonnentau* und der barrierefreien Wohnungen lag, so nahe, dass Charlotte die nietenartigen Befestigungen der rechteckigen Steinplatten erkennen konnte. Noch lächerlicher erschien ihr die Maria mit dem Jesuskind, die in fünfzehn Metern Höhe auf einer marmornen Säule thronte und eine goldene Krone trug.

„Hammer wieder Monarchie?", fragte sie leise Katja von hinten ins Ohr, während Frau Barthels-Rothenberger endlich das Gespräch mit der Mergenau und ihren pittoresken Freunden beendete. Charlotte rückte noch näher an Katja heran und schaute mit gespieltem Interesse auf die Anordnung der Kieselsteine an den Blumenrabatten. Die Herrschaften schoben sich vorbei, ohne sie zu registrieren. Das war ja noch mal gut gegangen! Als sie in den Besuch von Neu-Lossweiler eingewilligt hatte, hatte sie nicht daran gedacht, dass sie unliebsame alte Bekannte hier treffen könnte. Hoffentlich tauchte Elsbeth, die Verräterin, nicht nachher auf dem Friedhof auf. Sie betrat widerstrebend den Hausflur. Jeshim würde der Geruch nach *neu* und *frisch gestrichen* nicht gefallen. Aus einem der oberen Geschosse hörte man das Hämmern von Handwerkern.

„Hier wird ja noch gearbeitet. Ist das Haus noch gar nicht fertig?"

„Das sind nur Restarbeiten", beeilte sich Frau Barthels-Rothenberger zu versichern. „In Kürze werden auch die abgeschlossen sein."

„Und gibt es hier Tiere?"

„Kleintiere sind erlaubt, ja."

„Sind Katzen auch Kleintiere?“

Die Maklerin zögerte mit der Antwort. „Eigentlich sehen wir das nicht so gern. Aber für Sie …“, sie nestelte an ihren Unterlagen herum, „für Sie könnten wir vielleicht eine Ausnahme machen. Ich müsste das mit meinem Chef besprechen. Aber Katzen machen ja immerhin keinen Lärm.“

Katja stellte den Rollator neben dem Aufzug ab.

„Tiere nich’, aber ’nen Parkplatz für Gehgestelle“, schimpfte Charlotte.

*

Der Aufzug hob sanft ab und bewegte sich fast geräuschlos hoch in den dritten Stock. Katja vermied es, ihre Großmutter anzusehen. Sie starrte stattdessen auf die lindgrünen Riemchenpumps der Maklerin. Wie die auf solchen High Heels einen ganzen Arbeitstag durchstehen konnte?

„Schöne Pömms, nich’?“, murmelte Charlotte. Katja zwinkerte ihr zu. Ihre Großmutter versuchte, sich nichts anmerken zu lassen, aber sie sah ihr dennoch an, dass der Besuch von Neu-Lossweiler sie traurig stimmte. Bevor sie etwas erwidern konnte, öffneten sich die Aufzugtüren.

„Diese Wohnung hat 70 Quadratmeter. Großzügig geschnitten. Südlage mit Balkon.“ Die Stimme der Maklerin hallte durch einen Flur, der noch nicht vollständig gestrichen und dessen Boden nur mit Estrich versiegelt war. Zielstrebig stöckelte sie zur ersten Tür auf der linken Seite. Auch die Wohnung war noch im Rohbauzustand.

„Die Wände würden wir nach Ihren Vorstellungen tapezieren und streichen. Und für die Böden kann ich Ihnen gerne Teppichmuster oder Laminat mitbringen.“

Während Katja sich in den Räumen umsah, hinkte Charlotte direkt weiter zum Wohnzimmerfenster, das auf einen Balkon führte. Frau Barthels-Rothenberger beeilte sich, ihr den Flügel zu öffnen und mit großer Handbewegung auf das Panorama unter ihnen zu deuten. „Von hier aus haben Sie einen sehr schönen Blick über den ganzen Ort. Und an klaren Tagen kann man bis Mahrenbach sehen.“

Katja wäre gerne in diese unbeschriebenen, weißen Räume eingezogen. Hier könnte man atmen, dachte sie. Hier könnte man zeichnen oder für sich sein oder jemanden lieben.

*

Alles ist offen. Seit ich gestern mit Jens Kaffeetrinken war, ist alles wieder offen.

Unser erstes Gespräch unter vier Augen. Und jede Kleinigkeit hat sich mir eingeprägt: Ich habe gehört, wie seine Stimme sich verändert. Sachlich, wenn er sich nach der Speisekarte erkundigt. Voller Wärme, wenn er von Lena, seiner Tochter, redet. Ein wenig rau, wie belegt, wenn er mir nahe kommt. Wenn er mir so nahe kommt, dass ich einzelne Fäden im kräftigen Stoff seines Hemds unterscheiden kann.

Ich habe gesehen, wie er seine Hand hob, um den Kellner zu rufen. Wie sein Ehering beim Gestikulieren im kalten Licht der Beleuchtung bläulich aufblitzte. Ich habe vergeblich nach seinem Duft vom Freitag gesucht, der im Lokal von den Gerüchen nach Kaffee und Speisen überdeckt wurde. Ich habe mir gemerkt, dass er seinen Cappuccino mit zwei Löffeln Zucker trinkt, und ich weiß, wie er den Zucker mit der Spitze seines Löffels in kleinen Kreisen in den Milchschaum einrührt. Ich habe die Bewegung seines Daumens, der während unseres Gesprächs langsam den Tassenhenkel auf und ab wanderte, verfolgt. Zu Hause habe ich mir ausgemalt, er würde dieselbe Bewegung auf meinem Handrücken, auf meinem Mund, auf meinem Busen machen. Er würde das in einer eigenen Wohnung tun. In Räumen, die uns gehörten. Zum ersten Mal, seit ich Robert geheiratet habe, habe ich das Bedürfnis nach einem eigenen Raum. Würde mich gerne neu einrichten. In einer neuen Beziehung. In einem anderen Ich?

Auf jeden Fall in einer Wohnung mit hellen Zimmern so wie dieser. Mit großen Fensterflächen und einem großzügigen Schnitt. In einer solchen Wohnung habe ich das Gefühl, noch einmal entscheiden zu können, wer ich eigentlich sein will. Mit wem ich sein will. In einer Wohnung wie dieser ist alles offen.

*

„Gefällt Ihnen der Ausblick?“ Die Maklerin stellte sich so dicht neben Charlotte ans Geländer des Balkons, dass diese einen Schritt zur Seite rückte.

„Da drüben liegt mein Mann.“ Sie deutete mit dem Kopf auf den Friedhof, dessen Portal neben der grünen Kirche und der gekrönten Marienstatue von hier oben zu sehen war.

„Das tut mir leid.“ Frau Barthels-Rothenberger räusperte sich. „Ich könnte Ihnen auch eine Wohnung zur anderen Seite hin anbieten. Die wäre dann wohl etwas kleiner und Sie hätten auch kein Fenster im Bad.“

„Nee, dat is’ schon in Ordnung. Da is’ der nächste Umzug nich’ so weit.“

Die Maklerin sah sich hilfesuchend zu Katja um. „Wie gefällt Ihnen denn die Wohnung? Sie ist sehr schön geschnitten, nicht?“

„Ja.“ Katja zuckte wie ertappt zusammen. „Ja, *mir* gefällt sie sehr gut.“

„Wir haben auch nur zufriedene Kunden. Und über den Preis …“, Frau Barthels-Rothenberger senkte die Stimme, „über den Preis könnten wir sprechen. Vielleicht kann ich Ihnen ein bisschen entgegenkommen.“

„Immer mal langsam mit die jungen Pferde.“ Charlotte stand hustend in der Balkontür. „Ich hab schließlich auch noch wat dabei zu kamellen.“

„Natürlich. Selbstverständlich, Frau Rinke. Aber glauben Sie mir, Sie würden es nicht bereuen, hierher zu ziehen. Die Wohnung kann Ihnen einen Teil Ihrer Selbstständigkeit zurückgeben, schauen Sie!“ Frau Barthels-Rothenberger öffnete eine breite Schiebetür, hinter der sich das Badezimmer mit ebenerdiger Dusche, erhöhtem WC-Sitz und chromblinkenden Haltegriffen an jeder Wand befand. „In diesem Badezimmer kann man selbst im Rollstuhl ganz ohne fremde Hilfe zurechtkommen.“

„Und ohne Rollstuhl kannsse hier Tango drin tanzen.“ Charlotte staunte. Der gekachelte Raum war so groß wie zu Hause ihr Esszimmer. Vor dem Fenster zeigte sich das zarte Grün eines Baumes, der es immerhin schon bis in den dritten Stock geschafft hatte. Und der Spiegel an der Wand gegenüber reichte so tief hinunter, dass man sich im Sitzen frisieren und schminken konnte. Einen Augenblick lang stellte Charlotte sich vor, dort auf einem Hocker zu sitzen und sich die Lippen anzumalen. Das Bild rief Freude in ihr wach. Als ob es mir besser ginge und ich wieder auf Jück gehen könnte, nur weil hier der Spiegel tiefer gehängt ist, schalt sie sich. Bloß weg hier.

„Ich will jetzt zu meinem Mann“, blaffte sie die Maklerin an.

Katja zog fragend die Augenbrauen hoch und hakte sie unter, weil sie beim hastigen Verlassen der Wohnung das Gleichgewicht zu verlieren drohte.

„Selbstverständlich. Aber erlauben Sie mir …“ Frau Barthels-Rothenberger drückte ihnen zum Abschied den Grundriss und einen Vertragsentwurf in die Hand.

*

Reglos sah Ralf Hilbersen zu, wie das Öl vom obersten Einschub des Kühlschranks auf das mittlere Gitter tropfte, dort einige Tomaten benetzte, weiter über das Milchkännchen lief, um sich dann nach einem Abstecher auf den Kühlschrankboden vor seinen Füßen zu einer Pfütze zu sammeln. Da hatte er wohl zu hastig nach den Hähnchenresten gegriffen. Und dabei die offenen Antipasti mit Schafskäse und Paprika umgeworfen.

„Et tu, Brutus!“ Er knallte die Kühlschranktür wieder zu. Jetzt redete er schon mit dem Essen. Immerhin wurde die Öllache auf dem Boden nicht mehr größer. Er griff zu seinem Taschentuch und wischte seinen Schuh sauber, der auch Öl abbekommen hatte. Im Spülbecken stapelten sich schmutzige Teller und Tassen. Er hatte schon wieder vergessen, Spüli zu kaufen. Wütend warf er das Taschentuch in den Müll, wo es neben einem zerknitterten Brief landete. Neben *dem* Brief. Mit fettigen Fingern fischte er ihn heraus und setzte sich auf sein Bett, das immer noch das einzige fertige Möbelstück war. Das war definitiv nicht seine Woche gewesen.

... möchte ich Dich bitten, in eine einvernehmliche Scheidung einzuwilligen, damit wir nach Ablauf des Trennungsjahres unverzüglich geschieden werden können. Andernfalls werde ich mir einen Anwalt nehmen ... las Hilbersen jetzt zum wiederholten Mal die Handschrift seiner Frau.

Pah, einen Anwalt! Auf Anwälte war Hilbersen gerade nicht gut zu sprechen. Der miese Triumph von Dr. Wienands am Mittag, als er hörte, dass sich Frau Rinke nun doch nicht zum Verkauf ihres Hauses hatte durchringen können, hatte ihn schmerzhaft getroffen. Das Gesicht des Anwalts widerte ihn an. Und Radek, dieser Spinner, ging nur aus Solidarität mit der Alten ins Enteignungsverfahren.

„Die Mühe hätten Sie sich sparen können“, hatte Wienands süffisant mit seinem Habe-ich-es-nicht-gleich-gesagt-Blick bemerkt. Hilbersen hatte erbost auf den klebrigen Kaffeerest in seiner Tasse gestarrt und den Anwalt möglichst schnell aus dem Büro komplimentiert. „Noch viel zu tun ...“, hatte er gemurmelt, „... müssen vor dem Wochenende noch geregelt werden.“ Wieder hatte Wienands die Amarettini auf seiner Untertasse zu Matsch werden lassen. Hilbersen hatte sich zusammenreißen müssen, nicht Tasse samt Untertasse gegen die Wand zu werfen.

Im Briefkasten hatte das Schreiben seiner Frau auf ihn gewartet. Wutentbrannt hatte er zu Hause angerufen, aber Evelyn war nicht da. Es war überhaupt niemand ans Telefon gegangen. Wo steckten die Kinder nur? Er wollte an diesem Wochenende unbedingt seine Tochter mal wieder sehen. Wenn die

Wohnung noch nicht fertig war, würde er Hannah halt zu einem Eis einladen. Aber erst war ein Gespräch mit Evelyn fällig. Er versuchte es auf ihrem Handy. Mailbox! Beim siebten Mal sprach er ihr darauf. Was für eine Unverschämtheit es sei, ihm das per Brief mitzuteilen. Wie feige sie sei, nicht mit ihm persönlich darüber zu sprechen. Ob sie wirklich glaube, dass er auf diese Masche einsteige. Und wenn sie ihm mit einem Anwalt drohe: Er habe da auch seine Kontakte.

Sobald er aufgelegt hatte, bedauerte er seine Worte schon. Der Zorn wich einem Gefühl von Schmerz. Er verstand seine Frau nicht. Er liebte Evelyn. Er hatte sie nie betrogen. Er wollte immer noch Sex mit ihr. Und er hatte gedacht, dass es ihr genauso ginge. Also was hatte er übersehen? Was hatte er falsch gemacht?

„Ich war weder *passiv* noch *desinteressiert*!", murmelte er in den halbfertigen Kleiderschrank hinein. „Und im Beruf bin ich auch nicht der Trottel, als den sie mich hinstellt!" Die Möbelteile und Werkzeuge, die um ihn herum auf dem Boden verteilt lagen, ließen ihn doch irgendwie wie einen Trottel aussehen, dachte er. Er musste raus aus der Bude. Und er hatte riesigen Hunger.

*

Zögernd betrat Katja das Ladenlokal. Der Nieselregen hatte ihre Locken noch widerspenstiger gemacht und sie versuchte vergeblich, sie mit den Händen in Form zu drücken. Als sie ihren Mantel ablegte, wurde sie plötzlich unsicher, ob das eng anliegende fliederfarbene Shirt angemessen war für dieses Treffen.

„Ich habe noch eine Einrichtung speziell für die Förderung von Down-Kindern gefunden." Am Vortag hatte sie Jens noch einmal angerufen. „Soll ich Ihnen die Telefonnummer geben?"

„Unbedingt", hatte er gesagt. Seine Stimme bekam wieder dieses Raue, das sie noch nicht gehabt hatte, als er sich mit seinem Namen meldete. „Morgen? Um dieselbe Zeit wie gestern? Im selben Café? Freitags habe ich auch mehr Zeit." Bevor Katja hatte widersprechen können, hatte er mit dem Verweis auf einen Termin aufgelegt.

Freitags habe ich auch mehr Zeit. Die Bemerkung geisterte ihr den ganzen Tag im Kopf herum und hatte sie dazu gebracht, sich dieses leuchtende Shirt zu kaufen.

Diesmal duftete es in der Bäckerei nach Hefeteig und Pflaumen. Sie schaute sich um. Auch im Cafébereich konnte sie Jens nicht finden. Kein Wunder, sie war zu früh. Sie bestellte Kaffee und ein Mineralwasser und blätterte in den Infoseiten über Trisomie 21, die sie sich aus dem Internet ausgedruckt hatte.

„Warten Sie schon lange?“

Sie spürte seine Stimme irgendwo zwischen den Nackenwirbeln und Schulterblättern. Ein unruhiges, ein warmes Gefühl. Hastig klappte sie die Seiten zusammen und drehte sich zu ihm um.

„Nein, überhaupt nicht.“

„Freitags ist das bei mir manchmal schwer einzuschätzen, wann ich aus dem Büro wegkomme.“ Jens reichte ihr die Hand und warf seine Regenjacke auf die Fensterbank. Dann zog er den Stuhl von gegenüber vor die kurze Seite des Tischs und setzte sich.

„Aber dafür habe ich jetzt Zeit. Keine Termine mehr heute.“

Katja nickte. Der U-Boot-Ausschnitt des Shirts ließ einen BH-Träger hervorblitzen und sie zog den Stoff zurück zur Mitte. „Ich arbeite wegen meiner Kinder ja nur halbe Tage … und meine Großmutter … da war ich auch schon.“ Was stotterte sie sich hier zusammen?

Jens’ Blick war ihrer Hand auf die Schulter gefolgt. Katja hielt kurz inne, ließ die Hand hastig sinken.

„Wie geht es Ihrer Großmutter?“

„Nicht so gut. Sie hat sich gegen die Wohnung in Neu-Lossweiler entschieden.“ Die Bedienung unterbrach das Gespräch. Jens bestellte gleich zwei Stücke Pflaumenkuchen und beugte sich so weit zu ihr hinüber, dass ihre Haare sich fast berührten.

„Ich habe einen Bärenhunger, ich bin nicht zum Mittagessen gekommen“, sagte er entschuldigend. „Möchten Sie nicht auch … ein Stück Kuchen?“

„Lieber nicht. Danke.“ Sie wich ein paar Zentimeter zurück. Die Kellnerin verschwand.

„Das mit der Wohnung, ja. Ich habe es vom Kollegen Hilbersen gehört. Er war ganz unglücklich, dass er die Enteignung beantragen musste. Die GBA hätte schon früher gehandelt, wenn er sich bei der Rechtsabteilung nicht so für Ihre Großmutter stark gemacht hätte.“

Katja nickte und schaute aus dem Fenster, vor dem ein Rudel bunter Regenschirme an der Bushaltestelle zu sehen war. Die Straßen wurden immer voller. Alle wollten ins Wochenende. Hitze war Katja ins Gesicht gestiegen. Nun sei nicht albern, ermahnte sie sich. Er kann aus deinem Blick nicht ablesen, mit was für Wünschen du dich seit ein paar Tagen … Dann sah sie ihn entschlossen wieder an.

„Charlotte weiß, dass die Enteignung droht. Aber ich bin mir nicht sicher, ob sie es wirklich in aller Konsequenz begreift.“

„So wie ich sie kennengelernt habe … Ihre Großmutter ist doch geistig fit und gewitzt.“

„Schon … ja. Aber, so meine ich es nicht. Es ist, als ob …“, sie sah sich suchend im Raum um, „als ob sie emotional irgendwie eine Sperre hat. Als ob sich irgendetwas in ihr weigert zu glauben, dass sie dieses Haus WIRKLICH verlassen muss.“

„Könnten Sie sich Ihre Großmutter denn an einem anderen Ort vorstellen?“ Seine Hände spielten mit dem Zuckerstreuer, der neben Katjas Tasse stand, und sie starrte auf seine kräftigen, kurz geschnittenen Fingernägel.

„Zwei Mal Pflaumenkuchen.“ Die Stimme der Serviererin unterbrach das Gespräch. „Und der Tee, bitteschön.“ Katja schob beide Teller zu Jens rüber. Der hatte das erste Stück Kuchen auf die Hand genommen und aß in großen Bissen. Sie musste schmunzeln.

„Meine Großmutter … an einem anderen Ort. Ich weiß es nicht. Ich konnte mir so vieles bisher nicht vorstellen in meinem Leben.“ Ihre Stimme war leise geworden. Jens sah sie forschend an.

„Sie sehen traurig aus, Katja“, stellte er fest. „*Du* siehst traurig aus.“

Katja trank hastig einen Schluck Wasser. Das Gespräch entwickelte sich in eine ganz andere Richtung als geplant.

„Hey, ich bin die Ältere“, überspielte sie ihr Gefühl, sich diesem Mann anvertrauen zu wollen. „Wenn hier einer das Du anbieten darf, dann bin ich das.“ Aber Jens blieb ernst. Ernst und ruhig.

„Ich würde gerne du sagen“, erwiderte er endlich.

Sie schaute wieder aus dem Fenster. Die Schirme wurden jetzt hastig zusammengeklappt und verschwanden in den Türen eines Gelenkbusses, der völlig überfüllt weiterfuhr.

„Also gut. Du!“

„Du solltest auch ein Stück Kuchen nehmen, er ist sehr gut.“

„Und er hilft gegen Traurigkeit, meinst du?“

„Ein bisschen … vielleicht.“

Katja schüttelte lachend den Kopf. „Ich hatte mir eigentlich vorgenommen … Nun, ich sollte … ein bisschen kürzer treten, was das Essen …“ Sie verstummte. Roberts Mahnungen! Ach was! „Aber ich könnte ja heute eine Ausnahme machen."

Jens schob ihr augenzwinkernd sein zweites Stück zu und bestellte ein neues.

*

Erst im Wagen fragte sich Ralf Hilbersen, wo er denn hinfahren sollte. In großer Eile hatte er sich ein frisches Hemd und sein Lieblingssakko angezogen und die Wohnung verlassen. Er hatte Hunger. Hunger nach einem geschmackvollen Ambiente. Hunger nach Menschen, gegen die er nicht kämpfen musste. Hunger auch nach einer wärmenden Mahlzeit. Ziellos fuhr er durch die Gegend. Zehn nach sechs. Und es dämmerte schon. Diese Jahreszeit hatte er noch nie gemocht.

Kolonnen von Feierabendverkehr schoben sich vor ihm her. Mehr als Schritttempo war nicht drin. Hilbersen schaute in die erleuchteten Schaufenster der Geschäfte, wo bald die ersten Weihnachtsdekorationen auftauchen würden. Da drüben sah er schon die dritte Dönerbude auf nicht mal einem Kilometer Innenstadt. Hier ein Chinese, dort ein Grieche in Weiß-Blau und an der Ecke der obligatorische Italiener. *Da Mario, Da Luigi, Da Salvatore*. Wie auch immer sie hießen … Er hatte weder Lust auf Pizza und Pasta noch auf einen Stehimbiss in einem nach Fett und Pommes riechenden gekachelten Raum, an dessen Ecktisch palavernde Türken oder Russen vor einem Fußballspiel saßen. Das schien ihm genauso unerträglich wie die lieblose Routine im *Ruck-Zuck-Grill* oder die saufenden deutschen Rentner in der Eckkneipe, die sich einig waren, dass man *die Mauer* wieder hochziehen müsste. Aber auch die Lokale, in denen er mit Evelyn und den Kindern gesessen hatte, kamen heute Abend nicht in Frage.

An der übernächsten Ampel fiel Hilbersen auf, dass er sich im Feierabendverkehr aus alter Gewohnheit in Richtung *nach Hause* eingeordnet hatte. Zum Haus, aus dem Evelyn mich rausgeschmissen hat, korrigierte er sich und zögerte. Fuhr trotzdem weiter in diese Richtung. Vielleicht musste er sich im Augenblick in seinem Schmerz und seiner Wut suhlen.

Fast alle Fenster waren erleuchtet, im Wohnzimmer flackerte der Fernseher. Simon und Hannah würden zu Hause sein. Er fuhr im zweiten Gang langsam an der einladenden Lichterflut vorbei. In der Einfahrt der Wagen seiner Frau. *Sie* war also auch da. Merkwürdig, dass eben niemand ans Telefon gegangen war. Vielleicht sollte er bleiben und Evelyn zur Rede stellen. Wenn er plötzlich in der Tür stünde, hätte sie keine Möglichkeit mehr zu Ausflüchten. – Du willst die Scheidung? Dann sprich gefälligst mit mir! – Ob sie inzwischen ihre Mailbox abgehört hatte? Hilbersen sah den schmalen Schatten seiner Tochter vor einem Fenster aufblitzen. Nein, nicht vor Simon und Hannah, dachte er. Er würde seine Wut nicht im Zaum halten können. Und er war sich auch nicht sicher, ob Evelyn den Kindern von ihren Scheidungsabsichten erzählt hatte. Arme Hannah. Wie würde sie darauf reagieren? Warum musste Evelyn ihr das antun! Wütend schlug er mit dem Handballen aufs Lenkrad. Die Verletzung, die er nicht mehr hatte nähen lassen, weil die Blutung aufgehört hatte, strahlte einen stechenden Schmerz bis in die Schulter aus. Er stöhnte auf und gab Gas. „Verdammt!" Er brüllte es. Hörte ihn ja keiner hier. „Ich will aber keine Scheidung!"

Während er viel zu schnell über die Ausfallstraße die Stadt verließ, schrie er Evelyn an. Schlug in ihr kühles, überlegenes Gesicht. Zerstörte ihr wie immer perfektes Make-up. Brachte ihre Selbstbeherrschung endlich ins Wanken. Hielt ihr Handgelenk fest, als sie zurückschlagen wollte. Warf sie aufs Sofa und schob ihren Rock hoch. „In Wahrheit liebst du mich, du liebst mich doch", murmelte er. Seine Fantasien erregten ihn. „Du willst einen dominanten Mann? Einen, der sich durchsetzt? Du sollst ihn kriegen."

Bremsen kreischten, Hilbersen stieg erschrocken auf die Bremse. War die Ampel rot gewesen? Der Fahrer, der von links kam, hatte gerade noch ausweichen können. Jetzt gestikulierte er wild hinterm Steuer. Hilbersen machte eine entschuldigende Handbewegung und beschleunigte wieder, bevor der Kerl aussteigen konnte. Das wütende Hupen verfolgte ihn bis über den Ortsausgang hinaus. Er schaltete das Radio ein.

*

Roberts Mantel hing bereits in der Garderobe, als Katja die Haustür mit dem Rücken aufdrückte. Schon zu Hause, dachte sie und wischte ihr Lächeln vom Gesicht. Das Lächeln gehörte in das Gespräch mit Jens. Es gehörte in die geschäftig summende Bäckerei, nicht in den kalten Hausflur. Sie schlug den Schirm aus und stellte ihn geöffnet neben die Ablage. In der Küche hörte sie Isoldes Schritte.

„Ich hab dem Jungen schnell ein Ei mit Schinken gemacht."

Kai saß mit breitem Grinsen am Tisch und schaufelte, beide Ellenbogen aufgestützt, einen Teller Rührei in sich hinein.

„Wir essen um sieben.“ Kaum war sie zu Hause, ging die Zankerei wieder los. „Und du nimm die Arme vom Tisch!“ Sie tippte Kai auf die Schulter. Er trug sein Haar seit dem Sommer so kurz, dass Katja die Haut zwischen den Haarstoppeln durchscheinen sah.

„Alles klar bei dir?“ Sie setzte sich neben ihn. „Wie lief's in der Schule?“

„Wenn du zum Mittagessen dagewesen wärst, wüsstest du, dass er mit seiner neuen Mathematiklehrerin nicht klarkommt. Sie mag ihn nicht. Eine Fünf minus hat sie ihm gegeben.“

In Katja kochte es. „Ich habe meinen Sohn gefragt und nicht dich.“ Sie drehte sich zu ihrer Schwiegermutter um und sah sie böse an. Kai beobachtete die beiden Frauen, grinste noch breiter und streckte die Beine von sich. Immer noch mit aufgestützten Ellbogen stopfte er sich die nächste Gabel in den Mund.

„Würdest du mir bitte antworten, Kai!“ Die Wut gab ihrer Stimme etwas Schrilles. Katja stand wieder auf und nahm sich ein Glas Wasser. Von einem 14-Jährigen wollte sie sich nicht provozieren lassen.

„Lass ihn doch in Ruhe essen.“ Wieder mischte sich Isolde ein.

„Würdest du uns bitte allein lassen! Ich möchte mit meinem Sohn reden.“

Isolde ignorierte die Aufforderung und wischte weiter an der schon längst sauberen Pfanne herum. „Als *er* reden wollte, warst du nicht da.“

„Ich hatte zu tun. Und er kann es mir ruhig noch mal erzählen. Also, Kai?“

Kai wich ihrem Blick aus und starrte weiter an die Wand. Isolde war mit der Pfanne fertig und setzte sich zu ihm an den Tisch. Jetzt musterte sie unverhohlen Katjas Shirt. „Ist dieses …“, sie setzte einen angewidertem Gesichtsausdruck auf, „ist dieses bisschen Stoff da nicht etwas knapp für eine Frau in deinem Alter und mit deiner … nun ja … Fülle! Kein Wunder, dass deine Töchter so früh schon …“

„Raus! Raus aus meiner Küche!!“ Katja knallte ihr Wasserglas auf die Arbeitsplatte und zerrte an Isoldes Stuhllehne. Kai begann zu lachen.

„Was gibt es da zu lachen? Was?“

„Mama, du benimmst dich voll peinlich. Willst du dich mit Omi prügeln?“ Er starrte sie mit offenem Mund an. Dieselbe verächtliche Miene wie sein Vater, dachte Katja. Sie riss Kais Teller vom Tisch und warf ihn samt Ei in den Müll.

„Bei uns wird um sieben gegessen. Bis dahin solltest du besser Mathe lernen, anstatt dir den Bauch vollzuschlagen. Und du“, Katja beugte sich vor, bis ihr Gesicht dicht vor dem ihrer Schwiegermutter war, „du such dir endlich deine eigene Wohnung! Da kann Kai dann ja mit einziehen, damit du ihn bekochen kannst.“

„Was bist du nur für eine Mutter! Das werde ich Robert erzählen.“ Isolde war aufgestanden und zur Tür zurückgewichen. „Wirklich unglaublich … wie du dich verhältst. So was von unbeherrscht. Er hätte dich nie heiraten dürfen. Ich hab's immer gewusst, er hätte dich niemals …“ Isolde verschwand aus der Küche. Katja setzte sich zurück zu Kai an den Tisch. Ihre Hände zitterten, ihr Herz raste. „So, jetzt können wir reden“, sagte sie leise.

„Ich will nicht reden. Mit so 'ner durchgeknallten Mutter will ich nichts mehr zu tun haben.“ Kai warf beim Aufstehen seinen Stuhl um und rannte raus. Laute Schritte auf der Treppe, dann Türenschlagen. Als es still geworden war, verbarg Katja ihr Gesicht in den Händen. Irgendwas lief hier gewaltig schief. Zwischen ihren Fingern hindurch schaute sie zu, wie ein Stück Ei außen am Mülleimer hinunterrutschte und dabei eine klebrige Spur auf dem glänzenden Edelstahl hinterließ. Dann fiel es geräuschlos zu Boden.

*

Im Foyer des Hotels spiegelte der blankgeputzte Steinboden die exotischen Pflanzen. Hilbersen konnte nicht erkennen, ob sie echt oder künstlich waren. Es war ihm aber auch egal. Das Rieseln des Zimmerbrunnens aus Granit mischte sich mit den gedämpften Stimmen der Gäste zu einem beruhigenden Gemurmel. Er ging über den weichen dunkelblauen Läufer auf die Rezeption zu. Die Frau hinter dem Tresen war jung und sprach fließend französisch mit dem Hotelgast, der vor Hilbersen stand. Hatte sie damals schon hier gearbeitet, als er drei chinesische Ingenieure auf Geschäftsreise im Hotel einquartiert hatte?

„Kann ich Ihnen weiterhelfen?“ Ein älterer, etwas streng blickender Mann im Anzug war aus dem Nichts aufgetaucht und schaute ihn an.

„Ich würde gerne bei Ihnen essen.“

„Sie sind Gast unseres Hauses?“

„Nein.“

„Haben Sie reserviert?“

Hilbersen zögerte. „Nein. Aber ich hatte einmal Kollegen hier untergebracht und erinnere mich, dass Ihre Küche und Ihr Service ausgezeichnet waren."

„Vielen Dank." Der Mann deutete eine leichte Verbeugung an. „Ich werde im Restaurant nachfragen, einen Augenblick bitte."

Während er telefonierte, erinnerte sich Hilbersen an den *Service*: In der Hotelbar waren jede Menge Escortdamen um die Vertreter der Braunkohle und die chinesischen Ingenieure herumgeschwirrt. Die Chinesen waren mit großer Routine auf die Angebote eingegangen und auch Hilbersens deutsche Kollegen ließen sich nach einigem Zögern abschleppen. Nur er selbst hatte sich erhitzt und in einem Gefühlsgemenge von Lust und Abgestoßen-Sein verabschiedet.

„Ich bin Familienvater", hatte er entschuldigend zu der Brünetten in der roten Seidenbluse gesagt, mit der er sich über die Problematik fossiler Brennstoffe und deren Energiebilanz unterhalten hatte, obwohl er nicht sicher gewesen war, dass sie irgendetwas verstand.

„Vielleicht ein andermal." Sie hatte seine Absage mit einem Lächeln hingenommen und war zurück an die Bar geschwebt. An ihre Strümpfe mit Naht und ihren umwerfenden Gang erinnerte er sich noch heute. Obwohl es mehr als zehn Jahre her war. Er war damals noch nicht Leiter der Umsiedlungsabteilung gewesen. Simon und Hannah waren Kleinkinder und Evelyn hatte gerade eine Fehlgeburt erlitten. Hilbersen hatte sich nicht vorstellen können, mit einer Frau zu schlafen, die er nicht kannte geschweige denn mochte, und die er dafür bezahlen sollte. Er hatte sich das all die Jahre nicht vorstellen können.

„Wir hätten da einen Tisch gleich neben dem Aquarium für Sie." Die Stimme des Hotelangestellten unterbrach seine Gedanken. „Wenn ich Ihnen zeigen darf ..." Hilbersen nickte hastig.

Das Aquarium trennte das Restaurant von der Lounge. Seit dem allgemeinen Rauchverbot grenzte zusätzlich eine Glasscheibe die Bereiche voneinander ab. Hilbersen setzte sich mit Blick auf die Bar. Nicht alle Frauen dort schienen in Begleitung zu sein. Er bestellte sich ein Glas Champagner und trank es in zwei Zügen leer. Zufrieden registrierte er, dass der Alkohol seine Wirkung tat. Er fühlte sich entspannter und ließ die Ärgernisse des Tages allmählich hinter sich. Als er Vorspeise und Hauptgang ausgesucht und dem Kellner die Bestellung aufgegeben hatte, fiel sein Blick zum ersten Mal auf die Blondine im engen roten Kostüm. Sie saß an der Bar und schaute ihn unverwandt an, während ihre Finger mit dem Strohhalm spielten, der aus einem orangefarbenen Drink ragte. Hilbersen wurde heiß. Er öffnete den obersten Knopf seines Hemdes, beobachtete eine Weile intensiv die Fische im Aquarium und riskierte dann erneut einen Blick. Die Lady lächelte ihm zu. Er deutete ein Nicken an und lächelte zurück. Der Kellner brachte das *vitello tonnato*, aber sie ließ ihn nicht mehr aus den Augen. Schob dabei den Strohhalm betont langsam zwischen ihre glänzend rot geschminkten Lippen.

Hilbersen aß hastig. Die Vorspeise war vorzüglich und hätte eigentlich mit Bedacht genossen werden sollen, aber er hatte riesigen Hunger. Nicht nur auf Essen, fiel ihm plötzlich auf. Die Blonde hatte sich auf dem Barhocker in seine Richtung gedreht. Ihr Rock war kurz und ließ bei jeder Bewegung den Ansatz eines schwarzen Strumpfbandes über den Knien sehen. Jetzt schlug sie die Beine übereinander und glitt mit der Hand über den Strumpf Richtung Knöchel. Beim Vorbeugen konnte Hilbersen den Ansatz ihres Busens und ein Stück des schwarzen Spitzen-BHs in ihrem Ausschnitt sehen. Außer dem Büstenhalter schien sie nichts unter ihrem knappen Blazer zu tragen. Thunfischsoße tropfte auf sein Hemd, während sein Blick ihrer Hand auf den Riemchenpumps gefolgt war. Er ärgerte sich über seine Ungeschicklichkeit, aber die Dame zwinkerte ihm zu, richtete sich wieder auf und fuhr mit dem Zeigefinger über die Limettenscheibe am Rand ihres Glases. Dann leckte sie ihn genießerisch ab.

„Entrecôte à la sauce au poivre noir." Der Kellner servierte schwungvoll den Hauptgang. Ob er meinen kleinen Flirt hier registriert, fragte sich Hilbersen. Aber eigentlich war es ihm egal. Er aß auch das Rinderfilet hastig, verzichtete auf ein zweites Glas Wein und die Hälfte der Kroketten.

„Danke, ich nehme den Espresso an der Bar", beschied er dem Kellner. „Wenn Sie mir die Rechnung bringen könnten."

*

„Das ist nicht dein Ernst!" Robert stand in Pantoffeln in der Tür des Bügelzimmers, wo Katja seit einer Woche auf dem Gästebett schlief. Jetzt hatte sie den Garderobenständer, der bei Familienfesten im Flur aufgestellt wurde, zusammengeschraubt und begonnen, ihre Blusen und Jacken nach unten zu bringen.

„Das Gästezimmer ist ja belegt." Sollte er sich doch aufregen, sie würde kein Blatt mehr vor den Mund nehmen.

„Und wie lange willst du im Keller hausen?“

„Bis deine Mutter ausgezogen ist.“

Robert schüttelte den Kopf. „Du bist verrückt. Das ist Erpressung.“

„Ich würde eher sagen Notwehr!“ Sie zog den Kragen einer Bluse in Form und hängte den Bügel über die Stange.

„Was ist nur los mit dir? Seit einer Woche verhältst du dich völlig irrational.“

„Irrational? Du findest mein Verhalten IRRATIONAL??? Nachdem du mich letzten Samstag hast auflaufen lassen vor deiner Mutter und den Kindern? Ich frage mich allmählich, wer hier zu Hause ist. Und wer der Gast ist!“

„Jetzt übertreibst du aber.“ Robert griff nach ihrer Schulter, und Katja schlug reflexartig nach seiner Hand. Dann hielt sie erschrocken inne.

„Entschuldigung.“ Ihre Stimme war belegt, sie presste die Lippen aufeinander.

„Es geht nicht nur um meine Mutter, oder?“

Sie wunderte sich, wie ruhig er blieb. „Nein.“

„Hast du einen anderen?“ Sie sah ihn überrascht an. Wie kam er jetzt darauf? Er konnte doch nicht von ihren kurzen Begegnungen mit Jens … Robert schüttelte den Kopf. „Dass ich dich das mal fragen muss. Diese abgegriffene Phrase.“

„Nein, ich habe keinen *anderen*. Nur weil ich mal eine Zeit für mich sein will, muss ich doch nicht direkt mit einem anderen Mann schlafen.“

Er glaubte ihr nicht. Sie konnte es in seinem Gesicht lesen.

„Und von wem sind die Blumen, die auf der Anrichte stehen?“

„Blumen? Ich habe keine Blumen …“ Plötzlich begriff sie. Lachte erleichtert auf. „Ach, du meinst die Strelitzien! Die waren eigentlich für Charlotte. Von Herrn Hilbersen von der Umsiedlung. Aber sie hat ihn nicht mal reingelassen und da hat er sie mir …“

Robert unterbrach sie. „Du fährst jeden Tag nach der Arbeit noch zu Charlotte. Du kommst immer so spät nach Hause.“

Du kommst doch selbst erst am späten Abend zurück, dachte Katja. Aber das sagte sie nicht. „Im Büro ist viel zu tun …“, erklärte sie ausweichend.

„Mutter hat mir gesagt …“

Sie unterbrach ihn. „Mutter, Mutter … Das ist genau das, was ich meine. Sie ist wie ein Spitzel, sie sucht doch nur nach Gelegenheiten, mich schlecht zu machen. Robert, ich will, dass diese Frau auszieht.“

„Ich werde sie nicht zwingen. Es geht ihr nicht gut.“

„Das hatten wir doch alles schon. Wenn sie Hilfe braucht, soll sie sich halt einen Therapeuten suchen und dem die Ohren vollheulen."

„Nun werde nicht zynisch!"

„Weshalb zynisch? Ich kann gerne einen Termin für sie bei Dr. Bussard machen. Das ist der Arzt, bei dem meine Schwester mal …"

„Meine Mutter ist nicht verrückt, sie braucht keinen Irrenarzt wie deine Schwester."

„Dann ist ja gut, dann soll sie ausziehen."

„Herrgott noch mal … Katja!" Robert war drei Schritte zurückgegangen und lehnte sich gegen die Wand. Im Neonlicht des niedrigen Kellerraums wirkte sein Haar grau und schütter. Der ockerfarbene Pullover ließ ihn blasser aussehen als er war. Katja musterte ihn distanziert. Warum hatte sie sich diesem Mann nur all die Jahre unterlegen gefühlt?

„Wenn deine Mutter auszieht, können wir über meine Rückkehr ins Ehebett reden."

„Darüber *reden*? Schläfst du mit einem anderen? Du hast meine Frage noch nicht beantwortet."

„Ich habe keinen anderen Mann."

„Dann will ich wissen, warum du jeden Tag so spät nach Hause kommst. Das sind doch nicht alles Überstunden."

Sie sah ihm abweisend in die Augen. Diesmal werde ich deinem Blick nicht ausweichen, dachte sie. Er starrte zurück, schaute schließlich als erster zu Boden.

„Ich bin dir keine Rechenschaft über meine Tage schuldig." Sie sortierte eine weitere Bluse zwischen die anderen ein.

„Natürlich nicht. Aber was soll ich denn denken, wenn du in den Keller ziehst und nicht mehr mit mir schlafen willst!"

„Also gut." Sie ließ von der Kleidung ab. „Hier mein Wochenrapport: Ich war mit Charlotte eine Wohnung besichtigen, ich habe mir etwas zum Anziehen gekauft, ich hatte einen Termin mit Herrn Hilbersen von der Umsiedlungsabteilung wegen des Enteignungsverfahrens, ich habe meine Freundin Sophie besucht, ich habe in ihrem Café gesessen und gezeichnet, ich war mit Charlotte beim Arzt. Zufrieden?"

Robert schwieg. „Entschuldige", sagte er schließlich leise. „Aber da hättest du doch mit mir drüber sprechen können."

„Mit dir darüber sprechen? Dir ist Charlotte doch eh egal."

„Das stimmt so nicht.“ Er hielt inne und dämpfte seine Stimme wieder. „Hat sie sich denn jetzt entschieden auszuziehen?“

„Nein. Aber ich habe eine Absprache mit der Wohnungsbaugesellschaft in Neu-Lossweiler, ein Vorkaufsrecht auf die Wohnung …“

„Klingt doch gut.“

„Klingt gut?“ Sie sah ihn spöttisch an. „Für mich würde es noch viel besser klingen, wenn Isolde endlich eine Wohnung hätte.“

„Das sagtest du bereits.“

„Und du nimmst mich nicht ernst.“

Katja wandte sich wieder ihrer Kleidung zu und begann, die Blusen nach Farben zu sortieren. Robert blieb noch eine Weile neben der Tür stehen und schaute ihr zu. Dann wandte er sich zum Gehen.

„So kommen wir nicht weiter. Aber du wirst dich schon wieder beruhigen.“

Sie knallte die Tür hinter ihm zu. Beruhigen. Beruhigen! Immer sollte sie ruhig sein. Pflegeleicht. Bloß keine Probleme machen. Funktionieren. Das war schon immer so gewesen. Bei ihren Eltern. In ihrer Ehe. Sie setzte sich auf das Bett und griff nach dem fliederfarbenen Shirt. Der Stoff leuchtete und fühlte sich weich an. Sie schmiegte ihre Wange dagegen. Lächelte. Dann ließ sie das Oberteil wieder sinken. Was dachte sie sich nur. Glaubte sie wirklich, dass sie mit Jens etwas verbinden könnte, das mehr wäre als nur ein oberflächlicher Flirt? Dass ein Mann wie er sich ernsthaft für eine 43-Jährige mit Eheproblemen interessieren könnte. Du spinnst, schimpfte sie. Setzt deine Ehe aufs Spiel … wofür? Zornig versetzte sie dem Kleiderständer einen Stoß mit dem Fuß. Der verlor das Gleichgewicht und Blusen und Jacken stürzten zu Boden. Katja fror.

*

Seit ihre Kraft nicht mehr reichte, tat Charlotte immer nur das Nächstliegende. Am Morgen die Katze füttern. Sich die Hände waschen. Einen Stuhl vor die Küchenzeile ziehen. Sitzen und atmen. Dann Kaffee kochen.

Die Dose mit dem Kaffeepulver stand wie schon seit Monaten direkt neben der Maschine. Kraftverschwendung, sie jedes Mal wieder auf ihren früheren Platz oben im Schrank zu stellen. Aber die Filtertüten … Charlotte blickte sich suchend in der Küche um. Katja musste sie weggeräumt haben. Also aufstehen. Sie kämpfte mit den Unebenheiten des Bodens um ihr Gleichgewicht. Gewann, weil sie jede Senke, jede Erhebung der Fliesen kannte. Jetzt erst einmal Wasser in die Glaskanne füllen. Von dort in die Maschine. Die rechte Schulter tat weh, als sie die volle Kanne über die Horizontale hinaus hob. Als der Wassertank endlich gefüllt war, schob sie sie auf ihren Platz in der Maschine. Aber nein, so konnte sie ja den Filterbehälter nicht mehr öffnen. Wo hatte Katja die Filtertüten gestern bloß hingeräumt? Charlotte öffnete zuerst die Schubladen. Eine nach der anderen. Schaute. Fühlte. Schubladen waren besser zu erreichen als Hochschränke oder die tiefen Türen. In keiner Filtertüten. Das Wasser im Spülbecken lief die ganze Zeit in einem dünnen Strahl weiter. Sie hatte den Hahn wohl nicht fest genug zugedreht. Diesmal drehte sie, bis ihre Hand schmerzte.

Durch das kleine Fenster rechts der Küchenzeile fiel jetzt Morgensonne in den Raum und hob die Flecken und Ränder auf den Arbeitsplatten hervor. Flecken auch auf Charlottes Handrücken. Nur der Ehering war glatt und glänzend. Sie trug ihn, obwohl Ludwig schon 18 Jahre tot war. Trug ihn wieder. Genau genommen hatte sie erst angefangen, ihn ständig zu tragen, als sie Witwe wurde. Und wollte ihn jetzt nicht ablegen, obwohl auch er in den letzten Jahren zu weit geworden war. Sie musste darauf achten, ihn nicht zu verlieren, wenn sie in der Küche hantierte. Wo waren bloß die Filtertüten. Sie hielt sich an der Kante des Spülbeckens fest und öffnete den Oberschrank. Gott sei Dank. Von oben leuchtete ihr die orangefarbene Packung entgegen. Einmal auf die Zehenspitzen. Erleichtert ließ sich Charlotte zurück auf den Stuhl fallen. Immer dieses Zittern in den Händen. Und wer verdammt hatte den Deckel der Kaffeedose so fest zugedrückt? Sie stellte die Dose auf ihre Oberschenkel und arbeitete verbissen. Jeshim war mit seiner Mahlzeit fertig und strich um ihre Beine.

„Gibt jetzt keine Milch“, brummte Charlotte. Endlich. Geschafft. Ein Schwall Kaffeepulver flog aus der Blechdose und landete auf dem Küchenboden. Der Kater sprang erschrocken zur Seite. Charlotte zählte vier Löffel ab und einen fünften *für die Kanne*. Ein Kaffee musste stark und würzig sein. Sie streute Kardamom über das Pulver und schob den Filter in die Maschine. Jeshim schnupperte an dem heruntergefallenen Kaffeemehl, bis das Klappern des Briefkastens seine Neugierde weckte. Er rannte in den Flur.

„Du bist kein Hund“, rief Charlotte ihm hinterher.

Anfangs hatte er immer hinter der Klappe in der Tür auf den Postboten gewartet, um dessen Hand mit der Pfote einen Schlag zu versetzen, sobald sich die Briefe ins Haus bewegten. Nach einigen Kratzverletzungen hatte Josef deshalb einen Kasten hinter dem Schlitz installiert. Davor würde Jeshim jetzt sitzen. Charlotte schob die Kanne zurück in die Maschine und drückte auf den Knopf. Die Post würde sie später holen. Viel später. Jetzt erst mal Pause, bis der Kaffee durchgelaufen war. Sie brauchte ja noch eine Tasse, Milch und Zucker. Linker Oberschrank, Kühlschrank, Küchentisch.

*

„Hey Papa, was gibt's?"

Hilbersen saß am Frühstückstisch des Hotels und schlug sich gut gelaunt den Bauch voll. Diese Celina war wirklich nett gewesen. Jetzt hatte er mächtig Appetit. „Ich wollte dir einen Vorschlag machen", erklärte er seinem Sohn am Handy.

„Ich höre."

„*Ich höre*? Was ist das für eine Marotte, Sohnemann? Ist das hier ein geschäftliches Telefonat?"

„Nein. Aber ich muss gleich los. Wir haben ein Auswärtsspiel heute. Also was willst du?"

„Ich will einen Deal."

„Also doch ein geschäftliches Telefonat. Willst du etwa noch mal zu IKEA?"

„Nein. Diese Woche nicht. Aber die Richtung stimmt."

„Oh nee, Papa, das glaub ich jetzt nicht." Hilbersen sah seinen Sohn am anderen Ende der Leitung förmlich zusammensacken. „Die Möbel … hast du die Möbel noch immer nicht aufgebaut?"

„Doch. Na ja, teilweise. Beim Rest könnte ich deine Hilfe brauchen. Damit ich Hannah endlich mal in meine Wohnung einladen kann."

„Ich verstehe."

„Ich würde dich morgen früh abholen. Sagen wir … um halb acht?"

„An einem Sonntag? Ich wollte eigentlich ausschlafen."

„Dann um halb neun?"

„Und wo ist dabei der *Deal*, wenn ich dir beim Möbelbauen helfe?"

„Wir könnten anschließend zu McDonalds gehen."

„Mensch, ich bin achtzehn! McDonalds zieht nicht mehr. Da kann ich jeden Tag essen."

Ralf Hilbersen legte eine dritte Scheibe Salami auf sein Brötchen und dachte nach. „Kino?"

„Ich geh heute Abend mit Eva ins Kino."

„Dann mach du ’nen Vorschlag … was würde dir denn gefallen?“

„Ich könnte neue Turnschuhe gebrauchen. Da gibt’s im Moment so coole Sneaker von Nike. Man kann im Internet selbst die Farben und Materialien zusammenstellen.“

„Hört sich teuer an.“

„Ach, geht eigentlich. 120 Euro, schätze ich. Aber die sind echt voll cool.“

Hilbersen schluckte. „120 Euro! Für wen hältst du mich? Krösus? Oder den Weihnachtsmann im Oktober?“ In Gedanken überschlug er, was ihn die letzte Nacht gekostet hatte. Das würden locker 700 Euro werden. Plus die Kaffeemaschine am Montagabend. Plus die Möbel am Samstag vorher. So schnell hatte er sein Gehalt noch nie auf den Kopf gehauen.

„Och, Papa …“ Simons Stimme klang einschmeichelnd. Hilbersen ertappte sich dabei, wie er einer Frau im engen Kostüm hinterher starrte. Celina hatte einen verdammt gekonnten Hüftschwung gehabt, als sie gestern Abend vor ihm die Treppen lief. Er wandte sich wieder seinem Brötchen zu.

„Kannst du deinem Vater nicht mal helfen, ohne dass Stundenlöhne von 30 Euro dabei rausspringen?“ Als Simon schwieg, fragte er nach: „Nun, ich höre?“

„Doch klar. Sorry, Papa. Dann vielleicht … ein neues Game für die *Wii*?“

„Hört sich schon besser an.“ Er hatte Simon die Konsole im Sommer zum Geburtstag geschenkt. „Das können wir ja zusammen aussuchen. Abgemacht?“

„Abgemacht.“

„Dann hole ich dich morgen um halb neun ab?“

„Nee, nicht vor neun.“ Simon stöhnte. „Reicht zehn Uhr nicht auch aus?“

„Ich will Hannah doch morgen Nachmittag noch einladen. Neun Uhr Fünfzehn?“

„Neun Uhr Dreißig, okay? Aber, Papa …?“

„Ich höre.“

„Sprich Hannah noch nicht auf die Scheidung an, ja? Sie war ziemlich fertig gestern.“

„Ihr wisst es also schon.“

„Jap. Ich muss jetzt dringend los. Mein Auswärtsspiel!“

„Alles klar. Bis morgen dann.“ Hilbersen legte das Handy neben die Kaffeetasse und versuchte, den Gedanken an Evelyns Brief wieder beiseite zu drängen. „Heute lass ich mir nicht die Laune verderben“, murmelte er und schlug sein Frühstücksei mit Schwung auf.

*

Der Brief der Tagebaugesellschaft lag schon mehr als eine Woche verschlossen auf dem Wohnzimmertisch. Charlotte hatte selbst Katja verboten, ihn zu öffnen.

„Und wenn du ihn in Stücke rissest, änderte das nichts an seinem Inhalt", hatte Josef bei seinem samstäglichen Besuchsritual gesagt. „Die werten Herren Kohleschürfer werden jetzt einen Antrag auf Enteignung stellen. So steht es geschrieben."

„Sollen sie doch", murmelte Charlotte böse. Aber eigentlich war ihr zum Heulen gewesen. „Und du? Was machst du?", hatte sie Josef gefragt, als er sich eine halbe Stunde später von ihr verabschiedete. Er hatte gelächelt und ihr einen Kuss auf die Stirn gedrückt.

„Ich bleibe natürlich. Wie könnte ich meine Liebe im Stich lassen."

Alter Charmebolzen, dachte Charlotte jetzt. Sie saß seit fast einer Stunde vor ihrem Rechner, ohne ein Wort geschrieben zu haben. Reglos schaute sie in das warme Licht des späten Oktobernachmittags hinaus und beobachtete, wie der Wind in den Blättern wühlte. Von Zeit zu Zeit nippte sie an ihrer Tasse.

Früher wäre sie bei dem Wetter über die Felder gezogen. Hätte sich den Braunen gesattelt und ab die Post. Als Ludwig die Pferdezucht eingestellt hatte, war sie oft stundenlang zu Fuß über die Äcker gelaufen. Hatte sich unterwegs Maiskolben gepflückt und war mit einer Tüte Kartoffeln zurückgekehrt, die zu klein waren, um von den Erntemaschinen erfasst zu werden.

„Dat is' nun vorbei", sagte sie zu Jeshim. „Für immer."

Durch das gekippte Fenster hörte sie das Singen des Baggers. Er arbeitete Tag und Nacht. Sein Geräusch sollte ihr verhasst sein, aber sie hatte sich mittlerweile so daran gewöhnt … Ein Wagen wurde gestartet. Josefs alter Benz. Einmal … zweimal … dreimal musste er den Anlasser betätigen, bis der Oldtimer mit sattem Tuckern lief. Charlotte schaute auf die Uhr. Zehn vor fünf. Der Tanztee in Mahrenbach rief. Jagdzeit! Sie schmunzelte. Josef und sie. Sie waren aus einem Holz geschnitzt. Wenn sie noch in der Lage wäre, das Tanzbein … Aber das war schon lange vorbei.

Auf dem Bildschirm tauchten in zufälliger Reihenfolge Familienfotos auf und verschwanden wieder: Ludwig, die Kinder, die Pferde. Katja hatte ihr das so eingerichtet. Und die Fotos hatten sich als Hilfe beim Schreiben erwiesen. Immer wenn Charlotte beim Erzählen ihres Lebens nicht weiterkam, starrte sie auf den Bildschirm und wartete, bis eines der Bilder ihren Erinnerungen auf die Sprünge half. Gerade tauchte ein Schwarz-Weiß-Foto von der Taufe ihres ältesten Sohnes auf. Das musste kurz nach dem Krieg gewesen sein. Aber dieses Kleid, das sie da trug … Charlotte überlegte. Auf dem Foto sah es schwarz aus. In Wirklichkeit war es dunkelblau gewesen und hatte ihrer Mutter gehört. Dunkelblau mit weiß abgesetzten Nähten. Das kostbarste Kleid ihrer Mutter. Den elfenbeinfarbenen Kragen hatte Charlottes Großmutter noch aus glänzendem Seidengarn selbst geklöppelt.

Gegen Ende des Kriegs hatte es Streit gegeben zwischen ihren Eltern wegen des Kleids. Ihr Vater hatte Fronturlaub und verlangte, seine Frau solle es auf dem Schwarzmarkt verkaufen. Tauschen gegen Kartoffeln und Rüben. Ein paar Zigaretten vielleicht. Charlottes Mutter hatte sich geweigert. Gebrüll. Schließlich war der Mutter die rettende Idee gekommen: „Das Kind braucht das Kleid. Sie heiratet doch.“ Dagegen hatte der Vater dann nichts sagen können. Und Charlotte hatte es getragen, als sie kurz darauf ihren ersten Mann per Ferntrauung geehelicht hatte. Hatte es unter ihren Habseligkeiten gehabt, als sie aufs Land evakuiert wurde. Und nach dem Krieg hatte sie es immer wieder bei besonderen, festlichen Gelegenheiten getragen. Sie hätte dieses Kleid niemals weggeworfen …

Charlotte griff nach ihrem Stock und schlurfte hinüber zu dem Wohnzimmerschrank, in dem gefaltet ihre Blusen und Röcke lagen. Mehrere dunkelblaue Kleidungsstücke waren darunter, aber keines hatte den Glanz, den dieses Kleid … Wann hatte sie es zuletzt getragen? Sie setzte sich in ihren Sessel und dachte nach. Das musste Jahrzehnte her sein. Nach ihrer dritten Schwangerschaft, als es endlich wieder genug zu essen gab und das Wirtschaftswunder die Deutschen erfasste, hatte sie nicht mehr in das schmal geschnittene Kleidungsstück hineingepasst. Hatte es weggehängt in die hinterste Ecke ihres Kleiderschranks zwischen die Wintermäntel und Lavendelsäckchen. Ob es noch dort war? Oder ob die Motten es inzwischen zerfressen hatten?

Draußen dämmerte es. Charlotte wurde unruhig. Das *kleine Blaue.* Sie wollte nicht zu Bett gehen, ohne es gefunden zu haben. Oder zumindest sicher zu sein, dass es nicht mehr existierte. Der große Kleiderschrank stand in der ersten Etage. Sie war seit Monaten nicht mehr oben gewesen. Nach einem Sturz, bei dem sie sich den Oberschenkelhals gebrochen hatte, waren Treppen zu gefährlich geworden. Sie konnte keinen Krankenhausaufenthalt riskieren. Katja hatte alles, was sie brauchte, nach unten geräumt. Doch ihre Enkeltochter konnte sie an einem Samstagabend nicht anrufen und bitten, nach irgendeinem alten Kleid zu suchen. Und Josef würde noch einige Stunden unterwegs sein.

Charlotte erhob sich entschlossen aus ihrem Sessel. Im Flur war es kalt, und die Deckenlampe beleuchtete die Treppe nur schemenhaft.

„Los, auffen Killimannjaro – oder wie der heißen tut“, sagte sie, während Jeshim vor ihr die Stufen hochsprang. „Und hüpf mir bloß nich’ vor die Puschen, kleiner Racker! Wenn ich innet Krankenhaus muss, musst du innet Tierheim.“

5

„Ich wollte die Untersuchung nicht. Ich hielt das für Panikmache. Für Geldschneiderei von den Ärzten.“ Jens’ Füße scharrten auf dem Holzboden des Cafés. Die fast leere Kaffeetasse wanderte mit seinen Händen auf dem Tisch vor und zurück. „Deswegen gibt Emilie mir die Schuld an Lenas Behinderung.“

Er sah müde aus. Hatte Katja schon am Telefon vom Streit mit seiner Frau erzählt.

„Wollen wir ein paar Schritte gehen?“

Jens schaute sie überrascht an. Ihr Vorschlag war neu. Seine Augen, die dunkler geworden waren, während er von Emilie erzählt hatte, hellten sich wieder auf.

„Gute Idee. Obwohl …“ Er machte eine Kopfbewegung Richtung Novemberhimmel, an dem die graue Wolkendecke heute erdrückend niedrig hing. „Es ist nicht sehr einladend draußen. Du warst eben schon so verfroren, als du hier ankamst.“

„Ach, was.“ Sie zuckte die Schultern. „Mir geht’s schon wieder besser. Und außerdem geht es gerade nicht um mich.“ Nein, dachte sie, es geht um dich. Um ihn. Es ging seit Wochen immer nur um ihn. Um den Mann, in den sie sich verliebt hatte, der ihr mit jedem ihrer kurzen Treffen vertrauter wurde. Über den sie in Situationen wie dieser dachte, dass er unter freiem Himmel zu Hause war. „Mir ist nicht mehr kalt“, murmelte sie.

„Schön.“ Jens nickte. „Dann gehen wir eine Runde.“

Sie bezahlten. Vermieden beide den Blick auf die Uhr. Zehn Minuten. Eine Viertelstunde. Mehr Zeit würde Jens nicht haben, bis er zurück ins Büro müsste. Eng nebeneinander schoben sie sich durch die Tür des Cafés. Die Luft hing nasskalt über dem Bürgersteig. Katja schaute sich um. Sie kannte diesen Stadtteil von Mahrenbach nicht. Seit sie sich regelmäßig mit Jens in der Mittagspause traf, wechselten sie ihre Treffpunkte. Er schlug den Weg Richtung Kirchturm ein.

„Warum hat man deiner Frau überhaupt eine Fruchtwasseruntersuchung vorgeschlagen?“, stieg Katja wieder ins Gespräch ein. „Ihr seid doch jung. Ich dachte, das ist nur bei älteren Müttern ein Problem?“

„Stimmt schon, ja. Statistisch nimmt die Häufigkeit des Down-Syndroms mit dem Alter der Eltern zu. Aber auf Emilies Ultraschallbild … Der Arzt meinte, der Kopf des Babys sei kleiner als gewöhnlich. Und da wäre vielleicht eine Flüssigkeitsansammlung im Nacken.“ Jens ging so schnell, dass Katja Mühe hatte mitzuhalten. „Aber da war sie schon fast im sechsten Monat!“

„Im sechsten Monat? Wäre das nicht für eine Abtreibung …“

„Nein!“ Er unterbrach sie. „Bei Trisomie 21 sind Spätabtreibungen erlaubt. Aber … könntest du dir das vorstellen?“

Sie hatte ihn noch nie so wütend gesehen. Er war abrupt stehengeblieben und sah sie mit einem vor Kälte und Aufregung geröteten Gesicht an. „Könntest du dir vorstellen, ein fertiges Kind abzutreiben?“ Er ist nicht nur wütend, er ist traurig, dachte sie.

„Nein.“ Sie griff nach seiner Hand, ließ sie aber sofort wieder los. „Ich glaube nicht“, sagte sie leiser. „Ich war nie in einer solchen Situation. Was für ein Albtraum.“

„Ein Albtraum! Genau.“ Jens lief wieder los. Etwas langsamer jetzt. Gestikulierte beim Reden mit den Händen. „Ich habe einfach nicht geglaubt, dass Emilie und mir so etwas passieren könnte. Ich hab ihr gesagt, sie soll sich nicht verrückt machen lassen. Sogar gegen ihre Eltern …“, er lachte auf, „sogar gegen ihren Vater habe ich mich durchgesetzt.“

„Dann habt ihr die Untersuchung nicht machen lassen.“

„Nein. Sie ist doch auch mit einem Risiko für das Kind … ich meine …“

„Und Emilie? Hätte sie denn abgetrieben, wenn sie es gewusst hätte?“

Er nickte. „Ich glaube schon. Da hätten ihre Eltern für gesorgt. Die sind … Ihr Vater ist furchtbar dominant. Und Emilie …“ Jens hielt inne, als sei er sich nicht sicher, wie viel er Katja von seiner Frau erzählen dürfe. „Emilie ist irgendwie selbst noch ein Kind. Hat sich nie gegen ihn durchgesetzt. Ist nie selbstständig gewesen.“

Die Situation kam Katja bekannt vor. Gott sei Dank legte Anke sich mit ihrem Vater an. Und sie würde sich auch nicht länger von Robert …

„Seit Lena geboren ist, hat Emilie ständig Depressionen und Ängste. Sie fühlt sich überfordert.“

„Aber würde das nicht den meisten Frauen so gehen?“ Katja versuchte sich vorzustellen, wie sie selbst als junge Frau auf ein behindertes Kind reagiert hätte. Wenn Susanne nicht gesund auf die Welt gekommen wäre.

„Schon. In einem gewissen Rahmen, ja sicher. Ich habe auch versucht, sie zu unterstützen, so gut ich kann. Aber sie macht mir ständig diese Vorwürfe.

Sie tut so, als wäre ich schuld daran, dass Lena behindert ist." Er verstummte. Ratlos. Für ihn ist eher seine Frau als die Tochter das Problem, begriff Katja. Sie freute sich, schalt sich aber sofort wieder dafür. Schweigend umrundeten sie die Kirche.

„Vielleicht könnte euch ein Gespräch mit einem Außenstehenden helfen. So eine Art … Paartherapie", versuchte sie schließlich, einen Vorschlag zu machen. Und wenn dann wieder alles gut ist zwischen ihnen, braucht er mich nicht mehr. Sie hatten Jens' Wagen erreicht.

„Ich muss zurück ins Büro."

„Ich weiß." Sie hätte gerne irgendwas Kluges, Tröstendes gesagt.

„Danke."

„Danke?"

„Fürs Zuhören. Für dein Verständnis."

„Ach, Unsinn."

„Doch. Du bist", er hob eine Hand und strich ihr mit der Rückseite des Zeigefingers über die Wange, „mir sehr wichtig geworden." Eine Gruppe Schüler, die ihren Bus nicht verpassen wollte, stürmte an ihnen vorbei. In einem Liebesfilm hätten die mich in seine Arme gestoßen, dachte Katja. Aber das hier war kein Film.

„Ich würde Lena gerne mal kennenlernen."

Jens schaute sie immer noch an. Sie hielt seinen Blick nicht mehr aus und starrte auf ihre Uhr.

„Ja, sicher. Irgendwann mal. Sie ist ein Schatz." Er griff in ihre Locken und zupfte ein rot-gelb leuchtendes Ahornblatt heraus. „Du hast da … das ist schön, es leuchtet auch ohne Sonne."

Da umarmte Katja ihn, kurz und unbeholfen, ihre Steppjacke gegen seinen Parka, fand einen Hauch seines Geruchs, der sich in der Kälte zu schnell verlor. Aber als er die Arme um ihre Taille legte, um sie an sich zu ziehen, hatte sie sich schon wieder losgemacht.

„Wir sehen uns." Ihr Lächeln war flüchtig und blieb an seinem Kragen hängen.

„Ja, wir sehen uns."

Sie lief fast die paar Schritte bis zu ihrem Auto, tastete dabei in ihrer Jackentasche nach dem Schlüssel, *boink* machte die Funkentriegelung auf Knopfdruck. Mir ist nicht kalt, dachte sie, mir ist viel zu warm. Aber sie zog die Jacke nicht aus, bevor sie ins Auto stieg, sondern steckte mechanisch den Schlüssel in die Zündung, schnallte sich an, fuhr ein Fenster herunter. Jens stand immer noch neben seinem Wagen und sah zu ihr herüber. Sie hob noch einmal zum Abschied die Hand, lachte. Aber er lachte nicht zurück, er blieb ernst, warum blieb er immer so verdammt feierlich ernst, er war zu jung für diesen Ernst. Charlotte wartet auf mich, dachte Katja und fuhr los. Im Rückspiegel sah sie, wie er das Blatt, das er aus ihrem Haar geholt hatte, auf seine Lippen drückte.

*

Charlotte holte sich eine dritte Strickjacke aus dem Schrank und zog sie über das graue Wickeljäckchen und den grünen Wolljanker. Seit die Bäume ihre Blätter verloren, fror sie immerzu. Am liebsten würde sie den ganzen Tag im Bett bleiben, dem einzig warmen Ort in diesem Haus. Aber Jeshim hatte morgens Hunger und weckte sie beizeiten. Und die *Geschichte meines Hauses und meines Lebens* rief.

„So leicht lassen wir uns doch nich' unterkriegen", murmelte sie, halb zu Jeshim, halb zu sich selbst. „Auch wennet hier zieht wie Hechtsuppe."

Mehr als vierhundert Seiten hatte sie bereits geschrieben. Die letzten hundert erzählten von ihrem Protest gegen den Tagebau. Charlotte setzte sich vor den Rechner und fuhr ihn hoch. Schon zwei Uhr am Nachmittag. Katja kam heute aber wieder spät. In den letzten Wochen waren ihre Besuche um eine halbe Stunde nach hinten gerutscht. „Viel Arbeit", hatte sie ausweichend geantwortet. Charlotte grinste. Da steckte doch was anderes hinter als Arbeit! Nur fürs Büro würde sich Katja nicht so in Schale werfen. Es sei denn, sie hätte dort einen Verehrer. Aber Charlotte hatte einen anderen Verdacht. Sie hatte gerade die Datei geöffnet, als sie die Haustür hörte.

„Bist du das?"

Katja antwortete nicht, sondern kam ins Wohnzimmer gestürmt und warf ihre Jacke über den Sessel.

„Brr, ist das ein Wetter." Sie schüttelte sich.

„Du kommst spät. Wieder so viel zu tun im Büro?" Der Schalk stand Charlotte ins Gesicht geschrieben, aber Katja registrierte ihn nicht. Sie nahm bereits ein Brot und Hefeteilchen aus ihrer Tasche und ging in die Küche, um Ordnung zu schaffen.

„Ja, Gott sei Dank ist jetzt Wochenende."

„Du freust dich aufs Wochenende?"

Katja nickte abwesend.

„Dat glaub ich nich'." Charlotte drehte sich auf dem Stuhl in Richtung Küche und beobachtete die Miene ihrer Enkelin, während die das Geschirr in der Spüle stapelte und heißes Wasser darüberlaufen ließ. „An Wochenenden kannsse doch deinen Liebsten nich' sehn."

„Meinen Liebsten? Ich habe keinen *Liebsten*." Katja sah stirnrunzelnd zu ihr hinüber. „Sag mir lieber, wie es dir geht."

„Wie soll's mir schon gehen. Lausig kalt hier inner Bude. Aber Unkraut vergeht nich'."

„Hast du deine Arznei genommen?!"

„Welche meinst du? Die für die Pumpe oder die für die Gelenke oder die Pillen, die angeblich gegen die Husteritis sind. Von denen huste ich nur noch mehr!"

„Sie lösen den Schleim, Omi. Damit du abhusten kannst."

„ABHUSTEN. Dieser komische … pnö … nasikus …"

„Pneumologe."

„… kann mir auch mal was husten." Charlotte erhob sich mühsam und schlurfte zu Katja in die Küche. Dabei musste sie einen erneuten Hustenreiz unterdrücken. „Jau, ich hab die Arznei genommen. Großes Indianerehrenwort." Sie schaute Katja über die Schulter, die die Medikamentendose jetzt fürs Wochenende auffüllte. Morgens, mittags, nachmittags, abends. Jedes Mal drei oder vier Pillen in jedes Fach. Ach, egal. Katja roch gut. Dieses Parfum, das sie in letzter Zeit trug … Und auch ihre geblümte Jacke im Empire-Stil hatte Charlotte noch nie zuvor gesehen. War Katja schlanker geworden?

„Du hast doch 'nen Liebsten", stellte Charlotte fest.

„Nei-ein."

„Der freundliche junge Mann, der uns damals an der Kirche geholfen hat!"

Katja schwieg.

„Na, mir kansse's doch sagen. Ich halt die Klappe."

Katja schob energisch den Deckel über die Tablettendose und legte sie zur Seite.

„Außerdem … ihr wurdet gesehen."

Ihre Enkelin drehte sich eine Spur zu schnell um.

„Was meinst du?"

„Ich hab da so meine Quellen." Charlotte schmunzelte. Katjas erschrecktes Gesicht sprach Bände.

„Na, keine Sorge Kind. Josef hat dich gesehen. Inne Stadt. Mit 'nem attraktiven Kerl, der so aussah wie der Mann auffem Zeitungsbild."

„Herr Radek. Hätte ich mir denken können." Immer noch schien Katja beunruhigt. „Wird in Mahrenbach schon darüber getuschelt, dass die Frau von Richter Vohsen mit einem jungen Mann Kaffeetrinken geht?"

„Du musst doch nich' gleich Panik haben." Charlotte trat einige Schritte zurück und ließ sich auf dem Hocker neben der Duschwanne nieder. „Josef hat euch zufällig mal zusammen auffer Straße gesehen. Sonst wüsst' ich nich', dass über euch geredet würde."

„Es gibt auch nichts zu reden. Da ist nichts. Wir sind Freunde, das ist alles."

„Freunde?"

„Ja, Freunde."

„Schade", murmelte Charlotte. „Wirklich schade."

„Was heißt hier schade, Omi?" Katja klapperte so laut mit dem Geschirr im Spülwasser, dass Charlotte Sorge um ihre Teller bekam. „Was sollte ich denn deiner Meinung nach mit diesem jungen Mann tun?"

„Nennt ihr euch wenigstens beim Vornamen? Wie hieß der noch?"

„Jens. Er heißt Jens."

„Also Jens und du … ihr könntet …" Jeshim schmiegte sich an Charlottes Beine und verlangte nach Streicheleinheiten. Als sie ihn am Hals kraulte, warf er sich auf den Boden und gab seinen Bauch frei. „Siehsse, Jeshim weiß, wovon ich rede. Dat solltet ihr tun. Du bist doch verliebt, oder?"

„Also, Omi!"

„Zerdepper' nich' meine Teller!"

Katja stellte den sauberen Teller jetzt vorsichtiger ins Abtropfgestell.

„Wir sind beide verheiratet."

„Ja und?"

„Wir haben beide Kinder. Seine Tochter ist erst drei und hat eine Behinderung."

„Ja und?"

„Ich bin sechzehn Jahre älter als er."

„Ja und?"

Katja war mit Spülen fertig und griff zu einem Handtuch. „Ja und, fragst du? Ausgerechnet du … ich meine … du warst auch verheiratet. Du warst auch dein Leben lang mit *einem* Mann zusammen."

„Dat glaubst *du*." Charlotte wartete gespannt auf die Reaktion ihrer Enkelin. Die musste offensichtlich erst mal über ihre Bemerkung nachdenken.

„Wie meinst du das? Hattest du *mehr* als einen Mann? Hast du nicht nur mit Ludwig geschlafen?"

Charlotte zog vielsagend die Augenbrauen hoch. Katja war manchmal schwer von Kapee.

„Du bist Ludwig nicht treu gewesen?"

„Autsch." Charlotte hatte ihre Hand nicht mehr rechtzeitig vor Jeshims Krallen in Sicherheit gebracht. Jetzt schüttelte sie langsam den Kopf, während sie den roten Streifen auf ihrem Handrücken begutachtete.

„Omi, das glaub ich jetzt nicht." Katja warf das Handtuch auf die feuchten Teller und Tassen. „Du bist *fremdgegangen*?"

Charlotte hatte sich lange nicht mehr so gut amüsiert. Dass die Jungen immer denken mussten, die Alten seien anders als sie … Ihr lautes Lachen wurde von einem Hustenanfall abgewürgt. Sie rang nach Luft und spürte ihr Herz rasen. Katja klopfte ihr besorgt auf den Rücken.

„Schon gut, schon gut." Charlotte atmete rasselnd durch. „Wie naiv bist du eigentlich, Kindchen!"

Diesmal schüttelte Katja den Kopf. „Das frage ich mich auch gerade."

*

Das Blumenbouquet hatte ungefähr einen Meter Durchmesser und wog geschätzte fünf Kilogramm.

„Binden Sie den größten Strauß Rosen, den Sie in Ihrem Leben gemacht haben", hatte Hilbersen die Floristin beauftragt.

„Ich will ja nicht neugierig sein, aber … ein Heiratsantrag?"

„Nicht ganz. Evelyn und ich sind seit 21 Jahren verheiratet."

„Beneidenswert." Die Frau mit den zerkratzten Händen deutete auf die Eimer, aus denen Rosen in allen Längen, Formen und Farben ragten. „Welche sollen es denn sein?"

Mit der Ordnung in seiner Wohnung war auch eine gewisse Ordnung in Hilbersens Leben zurückgekehrt. Simon hatte an dem Oktobersonntag ganze Arbeit geleistet und sämtliche IKEA-Einzelteile den richtigen Möbelstücken zugeordnet. Dann hatten sie gemeinsam geschraubt und geleimt, bis alles an seinem Platz stand. Hannah besuchte ihn seither jeden Sonntagnachmittag, und er gab sich alle Mühe, sie aufzuheitern. Seine Tochter wirkte bedrückt und einsilbig. Von zu Hause erzählte sie gar nichts. Von der Schule wenig. Offensichtlich litt sie unter der Trennung ihrer Eltern. Hilbersen spürte, dass es schon der Kinder wegen seine Pflicht war, wieder ein besseres Verhältnis zu Evelyn zu bekommen. Er hatte ihr einen Brief geschrieben und sich für seinen Wutausbruch auf der Mailbox entschuldigt. Dann hatte er ihr einen Zeitraum von drei Monaten vorgeschlagen. Wenn sie danach immer noch die Scheidung wolle, würde er einwilligen. Aber bis dahin möge sie nicht zum Anwalt gehen. Schon den Kindern zuliebe. Das Trennungsjahr müsse ja sowieso eingehalten werden. Evelyn hatte ihn im Büro angerufen und müde gemeint: „Wenn du meinst … von mir aus."

Ihr Einlenken hatte ihm Mut gemacht. Vielleicht ließe sie sich ja doch noch umstimmen. Vielleicht müsste er ihr nur beweisen, dass er kämpfen konnte. Dass er sich nicht so schnell ins Bockshorn jagen ließ. Dass er eben nicht *passiv und desinteressiert* war.

Nach dem Telefonat hatte er einen Plan für ihre Rückeroberung geschmiedet. Drei Monate hatte er Zeit. Drei Monate, in die zum einen Evelyns Geburtstag fiel, zum anderen das Weihnachtsfest. Er hatte angefangen, ihr kurze Briefe zu schreiben. Briefe, denen eine Einladung fürs Theater, für ein Essen beim Sternekoch, fürs Kino beilag. Briefe mit kleinen Geschenken: Mit einem Einkaufsgutschein von *Strenesse*. Mit einem kunstvollen Flakon aus der limitierten Auflage ihres Lieblingsparfums. Mit dem Ohrring, der ihr schon vor Monaten beim Juwelier so gut gefallen hatte. Evelyn blieb in Deckung und stellte sich tot. Aber sie hatte auch nichts zurückgeschickt.

Alles Taktik, dachte Hilbersen. Sie will sehen, wie schnell ich aufgebe. Aber den Gefallen werde ich ihr nicht tun. Diesmal nicht.

Evelyns Geburtstag sollte der erste Tag einer Großoffensive sein. Er hatte sich den Mittwoch freigenommen und schon morgens seinen besten Anzug angezogen, der frisch aus der Reinigung kam. Die ersten fünf Kilo waren runter und das Sakko saß wieder tadellos. Zufrieden schleppte er die Rosenwucht zum Kofferraum des geliehenen *Jaguar XJ Luxury*. Heute würde er sie nach Strich und Faden verwöhnen. Sie stand auf Luxus, es würde ihr gefallen.

Um neun Uhr kam er am Haus an. Den Kindern hatte er nichts von seinem Plan erzählt, aber die waren jetzt auch in der Schule. Hilbersen fuhr den Jaguar bis vor die Haustür und richtete seine Krawatte noch einmal im Rückspiegel. Er drapierte die Rosen auf dem Treppenabsatz am Eingang, legte den Autoschlüssel daneben und klingelte. Dann zog er sich hinter die Hauswand zurück.

Es dauerte lange, bis Evelyn öffnete.

„Du bist aber früh dran", rief sie. Klang irgendwie neckisch. Hatte sie ihn erwartet? Er hatte sich noch weiter hinter den Mauervorsprung zurückgezogen und beobachtete, wie sich der Rosenstrauß in die Höhe bewegte. Die Schlüssel klapperten und mit unsicheren Schritten ging Evelyn auf den Wagen zu. Sie trug einen rosenholzfarbenen engen Rock, darunter aber noch ihre Pantoffeln und eine allem Anschein nach hastig übergeworfene Strickjacke. Ihr Haar war zusammengebunden, wie sie es immer tat, wenn sie sich schminkte.

„Was zum Teufel …", murmelte sie und drehte sich suchend um.

„Herzlichen Glückwunsch zum Geburtstag!" Hilbersen ging mit offenen Armen auf sie zu und genoss die Überraschung in ihrem Gesicht.

„DUUUU?" Sie ließ die Rosen, die sie bisher mit beiden Armen gehalten hatte, fallen. Die Jacke, die nur um ihren Oberkörper gewickelt, nicht aber zugeknöpft war, klaffte auf und ein roter Spitzen-BH wurde sichtbar. Hilbersen spürte die unwillkürliche Reaktion seines Unterleibs. Aber Evelyn hatte seinen Blick schon bemerkt und raffte hastig die Jacke zusammen. Er bückte sich, um die Blumen aufzuheben. Der Boden war aufgeweicht vom kalten Dauerregen. Für einen Augenblick war sein Gesicht gefährlich nah an ihren schimmernden Strümpfen. Er musste jetzt Ernst machen. Klarheit finden.

„Evelyn, ich liebe dich." Er hielt ihr die Rosen erneut hin. „Ich möchte wieder mit dir zusammen sein."

Immer noch stand seine Frau wie angewurzelt auf ihrem Platz und sah ihn ausdruckslos an. Vorsichtig nahm er ihre Hand und wollte sie zurück ins Haus führen, als ein Ruck durch Evelyn ging.

„Was soll das? Was soll das, Ralf?" Ihre Stimme klang schrill.

„Du hast Geburtstag und ich wollte dir eine Freude …"

„*ROSEN*? Und einen *JAGUAR*? Bist du jetzt vollkommen übergeschnappt?"

„Aber du hast doch immer gesagt, *so ein Kätzchen* würde dir schon gefallen. Er ist nur geliehen, keine Sorge."

„Darum geht es nicht! Dass du's einfach nicht kapierst." Sie legte den Autoschlüssel auf die Motorhaube und marschierte zur Tür.

„Evelyn, bitte. Darf ich nicht wenigstens auf einen Kaffee mit reinkommen!" Er hatte zwar damit gerechnet, dass sie ihm nicht gleich um den Hals fallen würde. Aber dennoch hatte er gehofft, dass der schicke Wagen und die Rosen … Nicht aufgeben, mahnte er sich. Nicht so schnell aufgeben.

„Wozu?"

„Ich möchte mir dir reden. Dir erklären, was ich …"

„Da gibt's nichts zu erklären." Sie verschwand im Haus, um kurz darauf mit seinen Briefen wieder zu erscheinen. „Und die", sie knallte den Stapel auf die Motorhaube des Jaguar, „die nimm auch gleich wieder mit."

„Aber warum …? Das sind doch nur kleine Geschenke. Ich werde doch wohl noch das Recht haben, meiner Frau kleine …"

„Ich will deine Geschenke nicht! Kapier das doch endlich."

Sie ging zurück in den Hausflur und wollte die Tür vor seiner Nase zuschlagen. Ihr hochmütiges Gesicht machte Hilbersen wütend.

„Lass mich rein, verdammt noch mal." Er stellte einen Fuß zwischen Türblatt und Rahmen. „Das ist auch *mein* Haus." Plötzlich fiel ihm die Bemerkung wieder ein, die sie beim Öffnen der Tür gemacht hatte. Ihre schöne Kleidung …

„Oder erwartest du Besuch? Störe ich etwa? Für wen machst du dich denn so fein?"

„Nimm deinen Fuß da weg!" Sie funkelte ihn böse an. „Sonst rufe ich die Polizei und zeige dich wegen sexueller Belästigung an."

„Jetzt werd nicht albern." Er drückte die Haustür gegen ihren Widerstand auf. „Ich bin dein Mann, verdammt noch mal. Das kann doch nicht dein Ernst sein."

„Es ist mein voller Ernst."

Hilbersen stand im Hausflur. Der Geruch war vertraut. Auch der Anblick der Schuhe seiner Kinder, die aufgereiht auf der Ablage an der Garderobe standen. Als er die Tür hinter sich schloss, griff Evelyn zum Telefon.

„Evelyn Hilbersen, guten Tag." Aus der angelehnten Küchentür rauschte das Wasser der Spülmaschine. „Ich möchte Anzeige erstatten …"

Er sah sie ungläubig an. „Unsere Kinder …"

„Ja, wegen Hausfriedensbruch." Sie sah ihn nicht an.

„Ist ja gut. Ich geh schon."

Beim Zurücksetzen streifte er mit dem Jaguar den Gartenzaun. Das war's dann wohl, dachte er. Endgültig.

*

„Die haben mich schon drei Mal angerufen! Und 'nen Gutachter wollen se auch noch schicken." Charlotte fuchtelte so heftig mit ihrer mageren linken Hand in der Luft herum, dass der Kaffee in der rechten überschwappte und sich über die Wolldecke auf ihrem Schoß verteilte.

„Verdorri nomma." Sie begann zu husten.

„Ich mach das, bleib sitzen." Josef Radek sprang auf und nahm ihr die Kaffeetasse aus der Hand. Dann holte er ein Handtuch aus der Küche und tupfte ihren Handrücken ab.

„Auffer Hand fällt dat gar nich' auf. Die ist sowieso voller Flecken und Kratzer. Aber die Decke …", murmelte Charlotte müde, „die kann nich' inne Wäsche, die brauch ich."

„Das kriegen wir schon hin." Geschickt saugte ihr Freund die Kaffeetropfen, die noch nicht in das Wollgewebe eingezogen waren, mit dem Küchentuch auf. Sein immer noch dichtes Haar kitzelte Charlotte dabei an der Nase.

„Du riechst zwar lecker, aber … geh mir mal aussem Gesicht." Sie musste niesen.

„*Ferrari Black*, meine Liebe. *Ein Duft, der Begehren weckt*. Bringt er dich in Versuchung?"

„Du bist mir vielleicht 'n Schlawiner." Sie gab ihm einen leichten Klaps auf den Hinterkopf. „Siehsse bei mir etwa Sternkes inne Augen?"

„Das hab ich mir nicht ausgedacht, das mit dem Begehren. Das steht so in der Werbung." Er hängte das Tuch über die Lehne seines Stuhls und setzte sich wieder.

„In der Werbung. Aber du hast es gekauft."

„Man tut, was man kann, meine Liebe." Er sah sie schelmisch an.

„Seh ich so aus, als ob ich 'nem Kerl noch Freude machen könnte?" Charlotte wich seinem Blick aus. Er sollte nicht sehen, wie mies sie sich fühlte. Aber Josef konnte man nicht so leicht täuschen wie Katja. Er zog den Stuhl nah vor ihren Sessel und nahm ihre vom Kaffee leicht verbrühte Hand.

„Die Sache macht dir sehr zu schaffen, nicht wahr?"

„Wat. Dein Geruch?"

„Das Enteignungsverfahren." Da Charlotte schwieg, fügte er hinzu: „Die Dame von der Behörde hat auch mich angerufen. Der Gutachter kommt nächste Woche zu mir."

„Und? Gibsse jetzt klein bei?" Das hätte angriffslustig klingen sollen, aber es kam mehr wie ein Krächzen aus ihrem Mund.

„Ach, Charlotte." Unvermittelt hatte Josef sich vorgebeugt und sie in den Arm genommen. Sie war so überrascht, dass sie nicht mal protestierte. Nach kurzem Zögern lehnte sie ihr Gesicht an seine Schulter. Fühlte sich gut an. Warm. Irgendwie kraftvoll. Du wirst doch jetzt hier nicht … Charlotte machte sich los.

„Schon gut." Sie drückte seinen Oberkörper von sich weg. „Ich glaub, ich hab jetzt genug von deinem *Ferrari dingsbums*."

„So gefällst du mir schon besser. Dann hol ich dir jetzt mal einen frischen Kaffee."

„Jau. Und nimm dat Handtuch wieder mit in die Küche."

„Zu Befehl." Er deutete eine Verbeugung an und verschwand. Blödmann! Doch während er in der Küche hantierte, wischte Charlotte sich eine Träne von der Wange. Es war so verdammt anstrengend, immer zu kämpfen. Vielleicht könnte sie sich Josef anvertrauen. Aber wenn er sie dann davon abhalten wollte … oder mit Katja darüber sprach … die würden sie doch in die Klapse stecken.

„Ihr Kaffee, Madame." Josef stellte die frische Tasse elegant vor ihr auf den Tisch.

„Wenn ich dich nich' hätte."

„So Gott will, wirst du mich so schnell auch nicht los. Und Lossweiler wird mich auch nicht los. Ich kann doch meine Bäume nicht im Stich lassen."

Charlotte schmunzelte. „Und deine Liebchen. Wie war denn die Ernte dieses Jahr?"

„Aber Charlotte." Er nestelte mit gespielter Empörung an seinem Hemdkragen. „Du weißt doch: Ein Gentleman genießt und schweigt."

„Dat is' mir neu. Dass du ein Gentleman …" Charlottes Blick fiel auf das blaue Kleid, das sie nach der Anstrengung des Treppensteigens tatsächlich in dem riesigen alten Kleiderschrank gefunden hatte. Katja hatte es für sie gewaschen und gebügelt. Seither hing es an einem Haken neben ihrem Bett.

„Das ist sehr hübsch." Josef war ihrem Blick gefolgt. „Du könntest es Weihnachten tragen, wenn du zu mir zum Essen kommst."

„Weihnachten? Is' dat 'ne Einladung?"

„Nur, wenn deine Enkeltochter deiner an diesen Tagen nicht bedarf … Dann würde ich mich sehr freuen, wenn du den Heiligen Abend bei mir verbringst."

„Meiner nicht bedarf … Dass du immer so geschwollen daherreden musst." Aber eigentlich fühlte Charlotte sich erleichtert. Dass er blieb. Dass er sie Weihnachten einladen wollte.

„Unser letztes Weihnachtsfest in Lossweiler", murmelte sie.

„Das fürchte ich auch, meine Liebe."

„Sind aber noch 'n paar Wochen."

„Viereinhalb, um genau zu sein. Die Zeit rennt, meine liebe Charlotte. Und je älter man wird, desto schneller läuft sie. Sie läuft einem förmlich davon, nicht wahr?“

Charlotte zog eine Augenbraue hoch. „Wirst du jetzt depressiv auf deine alten Tage?“

Josef lachte. „Nein, nur realistisch.“ Er zwinkerte ihr zu. „Und ich frage lieber jetzt schon, weil ich Vorbereitungen zu treffen habe. Für dich ist mir doch keine Mühe …“

„Papperlapapp. Nun mach nich’ so ’n Bohei. Ich bin doch keines von deinen Törtchen, Josef.“

„Aber meine beste Freundin. Also – wirst du mir die Ehre erweisen, den Heiligen Abend mit mir zu verbringen?“

*

Der Anruf kam um zwei Uhr morgens. Katja hatte nicht schlafen können und war schon am Telefon, während Robert noch langsam die Treppe herunterkam.

„Ja, ich bin die Mutter von Kai Vohsen.“ Sie spürte eine unbestimmte Angst. War Kai denn nicht in seinem Bett? „Eine Intoxikation …“, sie wiederholte es mechanisch. „Elisabeth-Krankenhaus, ich verstehe.“ Dann legte sie auf und griff zu ihrem Mantel.

„Was ist passiert? Wo willst du hin?“ Robert packte sie am Arm. Aber sie brachte kein Wort heraus.

„Nun sag schon. Was ist los?“ Er schüttelte sie.

„Kai“, murmelte sie. „Wir müssen ins Krankenhaus.“

„Was ist mit Kai? Katja, was ist mit Kai??“

Was wollte sie mit dem Mantel? Sie musste sich doch erst etwas anziehen, stand hier barfuß im Schlafanzug. Ihre Erstarrung löste sich.

„Eine Alkoholvergiftung.“ Sie machte sich los. „Wir müssen uns anziehen. Beeil dich, Robert.“

„Ist es so schlimm? Wie geht es ihm? Ist er bei Bewusstsein?“

„Ich weiß es nicht.“ Sie war schon die halbe Treppe hinuntergelaufen und schaute zu ihm hoch. „Die wollten mir am Telefon nichts sagen. Wir sollen so schnell wie möglich kommen.“

In der Nacht hatte es zum ersten Mal gefroren. Katjas Zähne schlugen vor Kälte und Aufregung aufeinander, als sie mit Robert auf die erleuchteten Fenster des Krankenhauses zulief. Der Mann an der Pforte legte gelangweilt sein Butterbrot zur Seite.

„Unser Sohn! Bitte, wir suchen unseren Sohn.“ Ihre Stimme überschlug sich.

„Wie heißt er denn, ihr Sohn?“ Der Pförtner wischte sich die Hände an einem Taschentuch ab.

„Vohsen mit V. Kai Vohsen.“

Wie konnte Robert so ruhig bleiben! Katja versuchte, tief durchzuatmen.

„Wie alt? Ist er schon selbst versichert?“

Sie sah auf die nikotingefärbten Finger des Pförtners, die das Taschentuch zusammenknüllten und neben der Tastatur ablegten. Als ob die Versicherung jetzt wichtig wäre.

„Er ist erst vierzehn. Aber bitte sagen Sie uns doch zuerst …“

„Dann ist er also über Sie mitversichert. Privat oder Kasse?“ Der Mann hatte vielleicht Nerven.

„Privat.“ Robert griff in die Innentasche seines Mantels und zog seine Brieftasche heraus. Unwillig hielt er dem Pförtner die grüne Versicherungskarte hin. Katjas Angst kam in Wellen, die sich immer höher auftürmten.

„Nun sagen Sie uns doch endlich, auf welcher Station Kai liegt“, flehte sie ihn an. Der Mann tippte gegen die Maus auf dem Mousepad.

„Wann wurde er eingeliefert?“

„Na ja, eben. Wir wurden angerufen.“

„Wenn es heute Nacht erst war, dann habe ich ihn noch nicht im Rechner. Was für eine Art Notfall ist es denn?“

„Eine Vergiftung.“ Jetzt hörte Katja auch in Roberts Stimme Unsicherheit und Sorge.

„Alkohol?“ Sie nickten gleichzeitig.

„Noch so einer“, murmelte der Pförtner vor sich hin. Er schaute hoch: „Dann liegt er vermutlich auf Intensiv. Ich frage mal nach, Augenblick bitte.“

„Auf einer Intensivstation?“ Robert trat von einem Fuß auf den anderen.

„Bei einem alkoholbedingten Koma wird meist beatmet …“ Der Mann griff zum Telefonhörer. „Reine Vorsichtsmaßnahme.“

„Beatmet, mein Gott.“ Katja hatte das Gefühl, den Boden unter den Füßen zu verlieren. Einen Augenblick musste sie sich an ihrem Mann festhalten.

Atmen, mahnte sie sich. Tief und gleichmäßig atmen. Das Gesicht ihrer Mutter, als damals ihr kleiner Bruder ertrunken war. Nein! Nein. Kai wird hier gut versorgt. Sie zwang sich zur Ruhe. Wir wissen doch noch gar nicht, was tatsächlich …

„Ich möchte jetzt seinen Arzt sprechen. Ich möchte endlich seinen Arzt sprechen!“

„Den wollte ich ja gerade rufen. Wenn Sie mich denn mal lassen.“ Der Pförtner wies auf den Telefonhörer. „Aber das kann ein bisschen dauern, in der Notaufnahme ist heute der Teufel los.“ Er zog eine Schublade auf und reichte Robert mehrere Formulare. „Füllen Sie das doch bitte schon mal aus.“

„Wir werden das ausfüllen. Selbstverständlich.“ Roberts Stimme klang jetzt eisig. „Aber erst wollen wir zu unserem Sohn.“ Der Pförtner telefonierte.

„Ja, die Eltern von einem Kai … Vohsen.“

„Ich habe Angst, Robert“, murmelte Katja.

„Ich auch. Reiß dich zusammen. Wessen Schuld ist das wohl, wenn Kai so abstürzt.“

Sie traute ihren Ohren nicht. Schuld? Sie kam um vor Angst und Robert dachte über Schuldigkeiten nach? Sie starrte ihn an, als habe er sie geohrfeigt. Aber Robert hatte sich schon wieder dem Pförtner zugewandt. Während Katja im Foyer der Klinik auf und ab lief, nahm sie die verärgerte Diskussion, die sich zwischen den Männern entspann, nur am Rande wahr. Kai hatte sich so verschlossen ihr gegenüber in letzter Zeit. Aber war das ihre Schuld? Hatte sie etwas falsch gemacht? Sie hatte gedacht, er brauche im Augenblick mehr den starken Vater als die Fürsorge einer Mutter. Vielleicht war es aber genau andersherum. Vielleicht hatten diese neuen Freunde ihn zum Trinken animiert. Vielleicht hätte sie doch früher … Ihre Gedanken wurden vom Erscheinen des Arztes unterbrochen, der mit wehendem Kittel auf sie zu eilte und ihr die Hand reichte.

„Frau Vohsen? Ich bin Dr. Kruse, der diensthabende Arzt heute Nacht.“

„Ach, Gott sei Dank. Wir sind so in Sorge.“ Sie deutete auf Robert.

„Kommen Sie. Wir müssen in den fünften Stock.“ Er rief den Aufzug, der im obersten Stockwerk stand.

„Wie geht es Kai? Der Pförtner sagte, er liegt auf Intensiv.“

„Ja, das war leider nötig. Wir mussten ihren Sohn beatmen. Bei seiner Einlieferung hier war er bewusstlos, stark unterkühlt und hatte 3,4 Promille Alkohol im Blut.“

Katja starrte auf die Leuchtziffern über den Aufzugtüren, die sich viel zu langsam von acht auf sieben auf sechs … 3,4 Promille!

„Inzwischen haben wir Kreislauf und Atmung stabilisieren können, aber er ist leider noch nicht endgültig übern Berg."

„Er schwebt in Lebensgefahr?" Die Aufzugtüren öffneten sich. Katja wäre fast über die Schwelle gestolpert und klammerte sich am Geländer des Innenraums fest. Atmen. Einfach immer weiter atmen. Kai braucht mich. Ich werde hier nicht in Ohnmacht fallen.

„Bei mehr als drei Promille besteht immer das Risiko einer Atemlähmung. Und ihr Sohn hatte Herzrhythmusstörungen bei seiner Einlieferung. Wir geben ihm eine Glukoselösung und Elektrolyte. Jetzt müssen wir abwarten."

Die Fünf leuchtete auf. Dr. Kruse zog einen Schlüsselbund aus der Kitteltasche. Auf dem Klinikflur ging sein Piepser. Er beschleunigte seine Schritte, schloss die Intensivstation auf und verschwand hinter der ersten Tür. Katja sah sich hilfesuchend um. Der konnte sie doch jetzt nicht einfach hier so stehen lassen. Doch schon ging die Tür wieder auf.

„Bitte, kommen Sie mit mir. Der Doktor muss sich um den nächsten Notfall kümmern." Eine Krankenschwester führte sie durch den Geruch nach Desinfektionsmitteln und das leise Piepsen von Geräten zu Kais Krankenbett.

*

„Wie geht es deinem Sohn? Und wie geht es dir?"

Jens hatte schon an ihrem Treffpunkt gewartet und sie ohne Umschweife in die Arme genommen, aber Katja machte sich los.

„Er ist runter von der Intensivstation. Sie wollen ihn nur noch ein, zwei Tage beobachten." Am frühen Sonntagmorgen hatte sie Jens eine SMS geschrieben. Dass sie im Krankenhaus bleiben müsse und Montag nicht wie geplant zu ihrem Treffen kommen könne. Jetzt war Dienstag.

„Das klingt doch gut. Und wie geht es *dir*?" Er sah sie forschend an.

„Mir ist kalt. Lass uns reingehen."

Er hielt ihr die Tür des Italieners auf, den er ihr vorgeschlagen hatte.

„Ich habe heute etwas mehr Zeit", hatte er am Telefon gesagt. „Ausgleich für gestern. Wir könnten gemeinsam essen."

Das Restaurant war fast leer, aber Katja zog es trotzdem in eine Nische ganz hinten.

„Was möchtest du trinken?" Er sah besorgt aus.

„Etwas Warmes. Einen Pfefferminztee vielleicht."

„Ich sag Bescheid vorne." Jens streichelte ihren Oberarm und stand auf. „Dann geht das schneller."

Erst jetzt, in der dämmerigen Wärme des Lokals, merkte Katja, wie erschöpft sie war. Die Sorge um Kai, der ständige Streit mit Robert, zu wenig Schlaf. Ihr Blick irrlichterte über die Einrichtung des Lokals.

„Tee kommt sofort."

„Danke." Mein Gott, war er fürsorglich. Sie versuchte, ein Lächeln zustande zu bringen, aber es misslang ihr. Wenn ich Jens ansehe, fange ich an zu heulen, dachte sie. Sie wandte den Blick ab und betrachtete eingehend die Nachbildungen des Petersdoms und des schiefen Turms von Pisa, die auf einem Sims oberhalb des Tisches standen.

Jens griff nach ihrer Hand.

„Hey. Du bist ja völlig fertig."

Sie zuckte die Schultern. Spürte den Schmerz in ihrem Hals. Weinte dann doch. Kramte nach einem Taschentuch. Jens hielt ihr seine Papierserviette hin.

„Wir streiten uns nur noch." Sie wischte sich die Tränen von den Wangen. „Robert glaubt, ich bin daran schuld, dass Kai so labil ist. Ich kümmere mich nicht genug um ihn. Ich sei egozentrisch. Eine schlechte Mutter." Die Bedienung brachte den Tee und eine Cola.

„Entschuldigung." Katja drehte ihr Gesicht zur Wand und versuchte, ihre Fassung zurückzugewinnen.

„Kein Grund, sich zu entschuldigen. Nicht dafür."

„Aber hier … in der Öffentlichkeit …" Sie putzte sich die Nase.

„Ist doch egal." Er sah sie mitfühlend an. „Seit ich Lena habe, denke ich sowieso über vieles anders."

„Trotzdem. Es ist mir unangenehm." Katja versenkte die Serviette in der Tasche ihrer Jeans und begann, mit dem Schildchen des Teebeutels zu spielen. „Ich bin nur … einfach ein bisschen erschöpft."

„Kein Wunder."

„Diese Nacht an Kais Bett. Das war … Er war überall verkabelt. Ich habe noch nie solche Angst gehabt."

„Ein Kind zu verlieren … da mag ich gar nicht dran denken. Es ist nur traurig, dass dein Mann dich nicht …" Er verstummte.

Katja sah ihn fragend an.

„Dass er dir auch noch Vorwürfe macht, anstatt dich zu unterstützen."

„Kai ist doch nur der Anlass. Er würde immer etwas finden."

Jens nickte. „Ich würde dir trotzdem etwas anderes wünschen.“

Fühlt sich an wie eine Umarmung, dachte Katja. Sie schwieg und fischte den Teebeutel aus dem Wasser.

„Aber das Wichtigste ist, dass es deinem Sohn wieder besser geht. Ich würde mir nicht so viele Gedanken über diesen Ausrutscher machen. Was glaubst du, was *ich* in seinem Alter alles angestellt habe!“ Jens’ Augen blitzten auf und Katja musste unwillkürlich lachen.

„Du? Kann ich mir gar nicht vorstellen. Du bist immer so ruhig und klar und verantwortungsbewusst.“

Die Bedienung unterbrach ihr Gespräch. „Darf ich Ihre Bestellung aufnehmen?“

„Ich möchte nichts essen, danke.“ Katja fühlte sich wie zugeschnürt.

„Du *solltest* aber etwas essen. Du siehst blass aus. Lass uns beide eine Portion Spaghetti Napoli nehmen“, schlug Jens vor.

„Okay.“ Sie gab abwesend die Speisekarte zurück. Da war noch etwas anderes, das schmerzte. Es hatte nicht mit Kai oder Robert zu tun. Es war ein alter Schmerz. Sie zögerte, darüber zu sprechen. Aber gleichzeitig *wollte* sie endlich darüber sprechen. Jens würde verstehen.

„Weißt du, die Situation erinnert mich an …“ Sie runzelte die Stirn. „Ich hatte einen Bruder.“ Wieder musste sie den Blick von Jens nehmen. Sich sammeln.

„Er hieß Bernd. Ist beim Schwimmen in einem Baggerloch ertrunken, als ich sechzehn war. Dabei war er ein guter Schwimmer.“ Diesmal ließ sie zu, dass Jens ihre Hand nahm und streichelte. „Meine kleine Schwester war dabei. Nina stand am Ufer und konnte ihm nicht helfen. Sie war doch erst acht.“ Wieder lief eine Träne über Katjas Wange.

„Hey.“ Er streichelte über ihr Gesicht.

„Als ich jetzt an Kais Bett saß und befürchten musste, dass er … dass er …“ Sie konnte es nicht aussprechen. Sie konnte nicht *er stirbt* sagen. „Da habe ich begriffen, was meine Mutter damals durchgemacht haben muss. Wie ein Déjà-vu war das.“ Sie rückte ein Stück von Jens ab und entzog ihm ihre Hand.

„Wir sollten das nicht tun.“ Energisch putzte sie sich jetzt mit ihrer eigenen Serviette die Nase. Schluss, aus, Ende mit der Heulerei. „Außerdem werden die Papierservietten allmählich knapp.“

„Ich bin sicher, es gibt noch welche." Er holte sich ihre Hand wieder, drehte sie herum, bis sie mit dem Handrücken auf dem Tisch lag und streichelte mit dem Daumen die Innenfläche.

„Deine Traurigkeit macht dich so … offen."

„Jens!" Diesmal zog sie ihre Hand energisch weg. „Wir sollten das wirklich nicht tun."

„DAS?"

„Unserem Wunsch nach Nähe nachgeben. Uns auch körperlich …", sie murmelte kaum hörbar, „… nahe kommen."

Jens hatte sie trotzdem verstanden. „Aber wir sind uns doch schon nah. Auch ohne …", er zögerte, „auch ohne dass wir miteinander schlafen." Seine Stimme war rau geworden. Er hat recht, dachte Katja. Er ist mir nah. Er ist nah und ich fühle mich offen und warm und lustvoll.

„Ich weiß", sagte sie laut und schloss einen Augenblick die Augen.

*

Ich habe Nina angerufen. Zum ersten Mal seit Monaten.

Na, lässt dein Ehemann dich wieder telefonieren?, begrüßt sie mich.

Es tut mir leid, Nina. Ich hätte nicht zulassen dürfen, dass Robert dir das Haus verbietet.

Nina schweigt.

Wie geht es dir?

Interessiert dich das wirklich?

Ihre Stimme klingt misstrauisch. Meine kleine Schwester. Ich hätte sie nicht im Stich lassen dürfen.

Ja, bitte erzähl mir von dir. Ich vermisse dich. Es war falsch, dass ich Robert …

Schon gut. Sie unterbricht mich. Gibst du mir 'nen Kaffee aus?

Klar, wir können uns in der Stadt treffen. Aber wie geht es dir denn?

Nina erzählt mir von ihrer Wohngemeinschaft. Und dass sie keine Drogen mehr nehme. Sie bleibe jetzt clean, sagt sie. Sie komme jetzt zurecht. Ihre Stimme klingt trotzig.

Das ist gut. Ich versuche, ihr zu glauben. Wieder einmal. Ich glaube ihr jedes Mal, wenn sie sagt, sie bleibe jetzt clean. Aber es fällt mir von Mal zu Mal schwerer.

Und bei dir?, fragt sie. Alles in Ordnung?

Alles in Ordnung, sage ich. 'n bisschen stressig manchmal, aber ...

Klar, sagt sie. Mit drei Kindern.

Wir sprechen nicht über den Diebstahl. Sie entschuldigt sich nicht und ich spreche sie nicht darauf an. Eine Zeitlang schweigen wir.

Kennst du Sophies Café?, frage ich schließlich. In der Innenstadt. Gegenüber vom Kaufhof.

Klar, sagt sie.

Morgen Nachmittag? So um vier?

Klar.

Bitte denk dran.

Logisch. Pause. Hör mal, Katja?

Ja?

Kannst du mir 'n bisschen Geld pumpen? Nur für 'ne Woche. Oder zwei?

Ich denke schon.

Das wär super. Sie legt auf.

Geld pumpen. Ist es das, was sie von mir will?

Sei nicht zu streng mit ihr. Ich darf nicht zu streng mit ihr sein. Sie hatte Pech, ich Glück. Ich war schon erwachsen, als Bernd ertrank. Nina musste bei Mutter bleiben. Ihr ewiges „Reiß dich zusammen" hören. Mutter, die eine Expertin wurde im Verschweigen und Wegschauen. Die nie über Bernds Tod sprechen wollte. Ninas Kummer nicht sehen wollte. Und auch nicht ihren Absturz.

Reiß dich zusammen, sagte sie, als Nina mit 15 zum ersten Mal von der Polizei mit Drogen aufgegriffen wurde. Reiß dich zusammen. Sie sagte es zu ihr an dem Morgen, an dem sie die 16jährige in ein Taxi setzte, das Nina zu ihrem Abtreibungstermin brachte. Sie sagte es, als sie die 17-jährige Nina zum ersten Mal in der Psychiatrie besuchte. Reiß dich zusammen. Tu uns das nicht an.

Aber Nina konnte sich da schon lange nicht mehr zusammenreißen. Viel zu lang hatten wir uns alle, hatte diese ganze traurige Familie sich zusammengerissen. Und ich hatte mir als Mann einen noch größeren Zusammenreißer ausgesucht. Ich kannte es ja nicht anders. Aber jetzt kann auch ich mich nicht mehr ... will auch mich nicht mehr zusammenreißen. Kleiner machen als ich bin.

*

„Was ist das für 'n Brief? Was wollt ihr?“ Charlotte hatte hartnäckig das Klingeln des Postboten überhört. Aber jetzt stand er gemeinsam mit Josef vor ihrem Wohnzimmerfenster.

„Mach auf, Charlotte“, rief ihr Freund. „Der Herr von der Post ist verpflichtet, dir das Einschreiben persönlich auszuhändigen.“

„Ich will nicht. Lasst mich in Ruhe.“ Sie trat vom Fenster zurück. Sollte der Kerl sein Einschreiben doch wieder mitnehmen. Jemand klopfte energisch gegen das Fenster.

„Ich brauche Ihre Unterschrift, Frau Rinke“, rief diesmal eine andere, jüngere Stimme. Charlotte linste am Nachbarfenster durch einen Spalt zwischen den Vorhängen. Der Postbote war verärgert.

„Nicht genug, dass ich jeden Tag in dieses Kaff raus muss. Jetzt macht sie nicht mal auf“, schimpfte er. Laut genug, dass Charlotte es hinter der Scheibe verstehen konnte.

„Und wenn ich *in Vertretung* un…? Kön… Sie dann … aushän…?“

Charlotte konnte nur teilweise verstehen, was Josef mit dem Postboten redete und öffnete leise das Fenster einen Spalt. Josef hatte sie trotzdem bemerkt.

„Das ist gegen die Vorschriften bei *Einschreiben Rückschein*. Ich brauche die Unterschrift von Frau Rinke.“

„Charlotte! Nun mach es uns doch nicht so schwer.“ Ihr Freund stapfte durch das vom Regen durchweichte Unkraut zu ihr.

„Ich will kein Einschreiben. Ich habe niemand darum gebeten.“

Als der Postbote seine Chance nutzen und den Umschlag durch das Fenster hereinreichen wollte, schlug sie den Fensterflügel wieder zu. Beide Männer schüttelten die Köpfe.

„Nur weil du den Brief nicht annimmst, ändert sich nichts an seiner Existenz“, rief Josef gegen die Scheibe an.

„Aber ich weiß wenigstens nicht was drinsteht.“

„Was wiederum nichts an den Tatsachen ändern würde.“ Josef und der Postbote tuschelten miteinander. Dann machte Josef einen neuen Anlauf.

„Du könntest das Einschreiben annehmen und trotzdem nicht lesen. Wenn dir das lieber ist. Aber du solltest dem jungen Mann hier nicht weiter solche Unannehmlichkeiten bereiten.“

Der Postmann tippte mit dem Zeigefinger gegen seine Stirn und murmelte etwas, das Charlotte durch die geschlossene Scheibe nicht verstehen konnte. Sie öffnete den Flügel einen schmalen Spalt.

„Was haben Sie da gesagt, junger Mann?“

Er hielt ihr den Brief und einen Kugelschreiber hin. „Na, endlich.“

„Ich unterschreibe nix, bevor ich nich’ weiß, wo et herkommt.“

„Wenn Sie das Einschreiben nicht annehmen, bekommen Sie einen Abholschein. Dann müssen Sie extra nach Mahrenbach fahren.“

„Dat is’ doch bestimmt von den Verbrechern vonner Kohle, oder?“ Von wem sollte es auch sonst sein, dachte sie. Immer, wenn sie in letzter Zeit was unterschreiben sollte, hatte das mit der GBA zu tun.

„Nein, Charlotte. Das ist ein Schreiben von der Enteignungsbehörde. Ich habe auch eins bekommen.“ Josef wedelte mit einem Umschlag herum. „Die Behörde eröffnet das Enteignungsverfahren.“

Charlotte ließ sich auf die Sessellehne sinken. „Die Schweinehunde. Wann müssen wir raus?“

„Das dauert noch, Charlotte. Lass mich doch bitte rein, damit wir reden können. Vielleicht kann ich dir einen Teil deiner Sorgen …“

„Was gibt’s da zu reden!“ Hatte jetzt auch noch Josef die Seiten gewechselt?

„Nehmen Sie das Einschreiben nun an? Ich werde nicht ewig hier warten.“ Die Stimme des Beamten war schärfer geworden. Charlotte rührte sich nicht. War plötzlich müde und fror. Was sollte sie jetzt machen? Immer noch stand das Fenster einen Spalt offen und kalte Novemberluft drang ins Wohnzimmer. Jeshim sprang vom Sessel auf das Fensterbrett und nutzte das geöffnete Fenster als Ausstieg.

„Sie hetzt ihre Katze auf uns.“ Aber der Briefträger teilte Josefs Humor nicht.

„Dann fülle ich jetzt mal den Abholschein aus“, murmelte er und watete durch die aufgeweichte Erde zurück auf die Straße. Kurz darauf klapperte der Briefkastendeckel. Charlotte schrak zusammen. Warum konnten die sie nicht in Ruhe lassen. Sie zitterte. Hörte das Starten eines Wagens. Das Motorengeräusch entfernte sich und draußen wurde es still. Sie hob die Hand und stieß das Fenster zu. Dann wickelte sie sich ihre Decke um den Oberkörper. Die Stelle, auf der Jeshim bis eben gelegen hatte, war noch warm.

„Charlotte!“ Wieder rief Josef nach ihr. Sollte sie doch mit ihm reden? Sie schloss die Augen. Nicht jetzt. So müde. Und kalt. Mit geschlossenen Augen ließ sie sich von der Lehne in den Sessel sinken und schmiegte den Kopf in die Polsterung. Das Zittern ließ allmählich nach.

„Josef?“ Aber sie bekam keine Antwort. Alle lassen mich allein, murmelte sie in die Decke.

*

Meine erste Begegnung mit Lena: Riesige Augen, die mich ansehen, wasserblau und nass unter einem hellen Wimpernschlag. Ihre Schönheit berührt mich. Ich wage nur vorsichtig, Jens' Tochter näher zu kommen. Will es nicht erschrecken, dieses seltsame Kind. Will es kennenlernen, verstehen lernen. Ich bin seinem Charme sofort verfallen.

Das ist Lena, sagt Jens.

Hallo, sage ich zu ihr, während sie auf dem Arm ihres Vaters, aus seinem Schutz heraus, über seine Schulter auf mich hinabschaut. Ich lache sie an, ich ziehe freundlich die Augenbrauen hoch, ich tue alles ein bisschen übertrieben, weil ich nicht weiß, was bei ihr ankommt. Was sie wahrnimmt.

Hallo, Lena.

Beim Klang ihres Namens lächelt sie, strahlt mich an. Ihre Zunge wandert zwischen den immer offenstehenden Lippen hin und her, feucht, rosig. Dann versteckt Lena sich für einen Augenblick hinter Jens' Schulter.

Hat sie Angst vor Fremden?, frage ich ihn.

Sie braucht nur ein bisschen Zeit.

Also gehe ich hinter Jens in Deckung. Spiele Verstecken mit ihr, dieses uralte Spiel, das Kinder immer gerne spielen. Mein Gesicht kommt Jens' Rücken dabei so nah, dass ich die Maschen des Pullovers zählen könnte. Ich spüre seine Wärme, möchte mich an ihn lehnen, halte stattdessen inne, mit leuchtendem Gesicht.

Kuckuck, sage ich und tauche hinter seiner Schulter wieder auf. Lena kichert. Ihre Zungenspitze bewegt sich konzentriert auf und ab, dann antwortet sie. Laut, aber ein bisschen verschwommen.

Hallo.

Sie spricht mit mir. Ich habe sie noch nicht sprechen hören, auch nicht mit ihrem Vater, sie spricht wohl wenig. Aber sie sagt mir hallo.

Hallo, ich bin Katja.

Und wieder kichert sie, ihre Stupsnase kraust sich, ihr Pony ist zerzaust, frech. Wieder schmiegt sie sich dichter an ihren Vater, ihre Wange an seinem

Hals, ihre Stirn gegen sein Kinn. Jens wiegt sie und dreht sich zu mir um. Er schaut mich an, während er sie liebkost.

Du liebst sie sehr, sage ich leise zu ihm. Lese Zustimmung in seinen Augen. Dann schweigen wir. Alle drei. Ein friedliches Schweigen, ich wäre gerne in diesem Schweigen geblieben, aber es ist Montag und meine Tüten sind voller Lebensmittel und zu Hause warten hungrige Kinder und die böse Schwiegermutter aus dem Märchen.

Ich muss wieder los, sage ich. Leider. Tschüss, Lena. Ich streichele dem stillen Kind über den Rücken und nicke Jens zu, bevor ich meine Einkäufe vom Bürgersteig aufhebe.

Wir sehen uns morgen, sagt er.

Ja.

Ich gehe ein paar Schritte rückwärts, um die beiden stehen zu sehen. So eng, so vertraut, so miteinander. Präg dir das ein, präg dir diese Innigkeit ein, denke ich. Als könnte ich davon zehren in schwierigen Momenten.

6

„Die Kinder kommen zu dir raus." Evelyns Stimmen drang kühl durch die Sprechanlage. Seit ihrem Geburtstag hatte Hilbersen nicht mehr mit ihr geredet. Er schaute sich im Vorgarten um, in dem es überall leuchtete und blinkte: Ein mit bunten Lichterketten geschmückter Schlitten, der einen ebenso herausgeputzten Elch angespannt hatte. An der Haustür baumelte ein pausbäckiges Holzengelchen, aus dessen Trompete ein Band mit der Aufschrift *Frohe Weihnachten* flatterte. An den Fenstern Sterne, die im Sekundentakt ihre Farbe wechselten. Solche Geschmacksverirrungen kannte er von seiner Frau gar nicht. Oder hatte sie bislang auf solchen Weihnachtsschmuck verzichtet, weil sie wusste, dass er ihm nicht gefiel?

Er zog seine Jacke enger um sich herum. Schon seit Tagen nasskaltes Nieselwetter. Und sein Wintermantel musste noch irgendwo im Haus zwischen Lavendelsäckchen und Mottenpapier im Kleiderschrank auf dem Speicher hängen. Er würde Simon bei Gelegenheit bitten, ihm den Mantel mitzubringen. Aber nicht heute. Nicht am Heiligen Abend.

Vor einem Jahr hatte er noch geglaubt, seine Welt wäre in Ordnung. Hatte um diese Uhrzeit letzte Einkäufe für das abendliche Fondue gemacht. Geschenke für Hannah und Simon eingepackt. Und dann – während Evelyn mit den beiden in der Christmette war – seine Mutter aus dem Altenheim abgeholt.

Immer noch rührte sich nichts im Haus. Wo blieben die Kinder denn? Sie wussten, dass er sie um zwölf abholen wollte. Es fühlte sich beschissen an, vor der eigenen Haustür warten zu müssen. Hilbersen drückte erneut auf den Klingelknopf und zählte bis fünf.

„Ich komme schon", rief eine helle Stimme. Die Tür öffnete sich einen Spalt breit und Hannahs blasses Gesicht erschien. „Hallo Papa!" Sie drückte sich durch den Spalt nach draußen und schloss die Tür hinter sich wieder.

„Hey, Hannah! Meine Liebe." Er zog sie an sich. Drückte ihre schmalen Schultern. „Wie geht es dir?"

„Gut, Papa."

„Du siehst toll aus." Über einem glockig fallenden Wollrock trug Hannah einen dunkelgrünen, taillierten Mantel, der ihren hellen Teint und das rötliche Haar zum Leuchten brachte. „Wie eine richtige kleine Lady."

Hannah runzelte die Stirn. „Hat Mama mir ausgesucht.“ Sie schaute an sich hinunter. „Sie meint, ich sollte mich meinem Typ entsprechend anziehen. Hat mich zu so einer Farbberatung geschleppt …“ Jetzt zog sie auch noch die Nase kraus. Hilbersen musste lachen.

„Gefällt's dir denn nicht?“

„Doch schon.“ Hannah dehnte das zweite „o“ in die Länge. „Aber meine Jeans wären mir lieber gewesen.“

„Für Jeans an Feiertagen hast du dir die falsche Mutter ausgesucht.“ Er zog die 15-Jährige noch einmal an sich und erntete den erwünschten Lacherfolg. Ein spannendes Alter, dachte er. Sieht aus wie eine Frau und kichert wie ein kleines Mädchen.

„Wo bleibt denn dein Bruder?“

„Der hat seine Pussy da. Wahrscheinlich fummeln die gerade noch 'ne Runde.“

Bevor Hilbersen den Mund wieder zumachen konnte, erschien Simon mit einer verschlafen aussehenden jungen Frau. „Hey Papa! Können wir Eva eben zu Hause absetzen?“ Er warf sich eine Jeansjacke über, während seine Freundin keinerlei Anstalten machte, Hilbersen einen guten Tag zu wünschen. Gelangweilt kaute sie auf ihrem Kaugummi und starrte auf den blinkenden Elch im Vorgarten.

„Das können wir machen.“ Er sah sie auffordernd an, aber sie schaute an ihm vorbei. „Bei einer taubstummen Dame gehört es sich natürlich zu helfen!“

Hannah kicherte, während Eva aufhörte zu kauen und Simon überrascht seinen Vater anstarrte.

„Dein Alter ist aber voll aggro.“ Sie streckte Hilbersen die Hand hin und sah ihn misstrauisch an. „Tach!“

Die Hand des Mädchens fühlte sich schlaff und klebrig an. „Einen wunderschönen guten …“, spottete Hilbersen. Irgendwie hätte er Simon mehr Geschmack zugetraut. „Und falls es dir noch nicht bekannt ist“, das konnte er sich jetzt nicht verkneifen, „zu den Errungenschaften unserer Zivilisation gehört unter anderem, dass man sich ab und zu die Hände wäscht.“

Bevor Simon seinem Vater etwas erwidern konnte, hatte Eva den Kaugummi auf die Einfahrt gespuckt und drehte sich zum Wagen um.

„Können wir dann endlich? Ich lass mich nicht gerne doof anmachen.“

„Mensch, Papa“, protestierte Simon.

„Wohin darf ich dich denn chauffieren?" Hilbersen hätte der Göre lieber die Ohren langgezogen. Oder sie zu Fuß durch den Nieselregen laufen lassen. Aber heute war Heiligabend. Hinter der jetzt offen stehenden Haustür sah er seine Frau vorbeilaufen.

„Frohe Weihnachten, Evelyn." Sie antwortete nicht.

„Komm, wir fahren." Hannah hakte ihren Vater unter. „Sei ihr nicht böse, Papa."

„Meinst du deine Mutter oder Eva?"

„Beide." Sie schmiegte sich an seinen Arm.

„Hast ja recht." Er wollte Hannah nicht den Tag verderben. Sie war die Schwächste in diesem Spiel. Liebevoll drückte er ihr einen Kuss auf den Scheitel.

*

Der Christbaum sah aus, als habe er am Vortag noch einen Orkan überstehen müssen. Trotz aller Bemühungen stand er in erschreckender Schieflage in der Wohnzimmerecke. Von den Kindern, die beim Schmücken helfen sollten, fehlte jede Spur. Alles so wie jedes Jahr, dachte Katja. Wie jedes Jahr war Robert am letzten Tag losgegangen, um einen Baum zu kaufen. Und wie jedes Jahr drückten sich die Kinder ums Schmücken herum.

„Wie soll ich auf diesem Baum Kerzen befestigen?", jammerte Isolde. „Er ist eine Katastrophe. Mein Karl und ich haben immer zum ersten Advent eine schöne Tanne ausgesucht."

„Bei uns wird der Weihnachtsbaum traditionell erst am Heiligen Abend aufgestellt, Mutter."

Katja amüsierte sich. Meinungsverschiedenheiten zwischen ihrem Mann und seiner Mutter! Das hatte Seltenheitswert. Wozu Weihnachten doch gut sein konnte. Dabei stand ihr der Sinn überhaupt nicht nach einer Familienfeier. Die Aufregung um Kai hatte sich zwar etwas gelegt – er trank nach der Erfahrung im Krankenhaus überhaupt keinen Alkohol mehr – und Katja hatte durchgesetzt, dass Anke an den Wochenenden bei ihrem Freund übernachten durfte, aber ihre Distanz zu Robert wurde immer größer.

„Da ist ein großes Loch in der Mitte. Als ob ein Zweig rausgebrochen wäre." Isolde betrachtete unglücklich den Krüppel mit seinem windschiefen Wuchs. „Oder ein anderer Baum hat den hier beim Wachsen behindert."

„Dann säg ich halt hinten einen Ast ab und setze ihn vorne ein. Ist doch alles kein Problem." Robert hatte gute Laune. Er war auch Katja gegenüber schon seit Tagen aufmerksam und höflich. Machte vorsichtige Annäherungsversuche. Zwinkerte ihr zu, wenn seine Mutter meckerte. Oder zog sie an sich und drückte ihr einen Kuss auf die Wange. Katja ließ ihn gewähren. Je unauffälliger sie sich verhielt, desto geringer schien ihr die Gefahr, dass die fast täglichen Treffen mit Jens ans Tageslicht kämen.

Jens. Während sie die Christbaumkugeln auf Bruchstellen kontrollierte und jede der Kugeln mit einem neuen Aufhänger versah, fiel ihr sein Geschenk ein. Sie griff in die linke Hosentasche. Der Handschmeichler aus rotem Achat fühlte sich warm an.

„Er ist aus Montana. Habe ich damals bei einem Praktikum im Yellowstone-River gefunden", hatte Jens erklärt. „Für die Herzform kann ich also nichts. Das war der Fluss." Dabei hatte er gegrinst wie ein Honigkuchenpferd.

„Wir wollten uns doch nichts schenken." Katja hatte protestiert. Aber insgeheim freute sie sich riesig.

Schon jetzt vermisste sie ihn. Dabei war er erst zwei Tage weg. Mit seiner Familie über die Feiertage zu den Schwiegereltern nach Augsburg gefahren. Sie würde ihn erst im Januar wiedersehen.

„Wo sind denn die Kinder?" Robert stand plötzlich hinter ihr. Katja ließ hastig das Steinherz los und zog die Hand aus der Hosentasche.

„Anke ist noch bei Till, aber die beiden andern müssten oben sein."

„Wollten wir nicht gemeinsam den Baum schmücken?"

„Du kennst sie doch. Geh am besten hoch und hol sie. Anke wird sicher auch gleich kommen."

Robert brummte zustimmend. Katja wunderte sich, wie friedlich er blieb.

„Dann hole ich erst mal mein Werkzeug aus dem Keller. Und *dann* die Kinder von oben. Und, Mutter", er deutete mit dem Zeigefinger auf die schief stehende Fichte, „mach dir keine Sorgen. Der Baum wird genauso schön wie die Christbäume, die du mit Karl aufgestellt hast." Die Angesprochene murmelte etwas Unverständliches vor sich hin. Keine Zustimmung, so viel war klar. Katja musste sich das Lachen verkneifen. Das Handy in ihrer rechten Hosentasche vibrierte. Eine SMS von Jens?

„Ich geh dann mal in die Küche", sagte sie laut. „Da ist noch einiges vorzubereiten."

„Aber die Christbaumkugeln", protestierte Isolde. „Ihr könnt mich doch nicht alle mit dem Schmücken allein lassen!"

„Die Kinder kommen gleich helfen.“

Leise schloss Katja die Tür hinter sich. Isolde beobachtete sie seit Wochen wie ein Luchs. Sie musste vorsichtig sein. Auf dem Handy Weihnachtsgrüße von Lisanne. *Fröhliche Weihnachten*! *Und auch bei schwerem familiärem Unwetter nicht die Laune verlieren ;-).* Ihre Kollegin hatte gut reden. Die war mit ihrem Mann in die Karibik geflogen und sonnte sich vermutlich gerade mit einem Mojito in der Hand unter Palmen. Katja tastete nach dem Handschmeichler. Es müsste ja gar nicht die Karibik sein. Ein bisschen mehr Zeit … Sie drückte ihre Lippen auf den Stein und stellte sich Jens' Gesicht vor. Seine Augen. Seinen Mund. Mein Gott, ich bin doch kein Teenager mehr, ermahnte sie sich. Energisch schüttete sie die Kartoffeln zum Waschen ins Spülbecken. Es ging einfach nicht. Sie durfte das nicht. Sie konnte es drehen und wenden, wie sie wollte: Selbst wenn sie sich von Robert trennen würde … Jens konnte seine Lena nicht im Stich lassen.

*

Charlotte hielt mitten im Griff zum *Kölnisch Wasser* inne. Heute war ein besonderer Tag. Hatte sie nicht noch die Proben von diesen neuen Parfums, die Josef ihr mal aus der Stadt mitgebracht hatte? Sie öffnete die Küchenschublade, in der sie ihre Cremes und Seifen aufbewahrte. Da waren sie doch! *Coco von Chanel*, entzifferte sie auf der ersten Packung. *Orange Woman, Boss* auf der zweiten.

Orange Woman. Hieß das nicht ‚Orange Frau‘? Was für ein alberner Name. Dann doch lieber das von Chanel. Aber nachdem Charlotte das Glasfläschchen mit Mühe aus der Pappverpackung gerissen hatte, gelang es ihr nicht, den winzigen Stopfen herauszuziehen.

„Wat für 'n Gedöns“, erklärte sie Jeshim, der zur Feier des Tages Thunfisch und Leberwurst bekommen hatte und sich gerade zufrieden das Maul leckte. „Dat is' doch alles nur Schmonzes: Wenn man's eh nich' aufbekommt, können sie ja auch einfach Wasser reinfüllen.“ Ratlos sah sie sich in der Küche um und stolperte dabei fast über den Heizlüfter, den Katja am Morgen zum Duschen für sie aufgestellt hatte.

„Josef kredenzt mir heut Abend wat Leckeres“, hatte sie ihrer Enkeltochter erzählt. „Da will ich picobello aussehen.“

„Alles klar, Omi.“

„Ich bin zwar keine flotte Biene mehr. Aber schließlich immer noch 'ne Dame von Welt."

Katja hatte gelacht. „In Lossweiler wohnen nur Damen von Welt."

„Jau. Jetzt, wo ich die einzige bin, die noch hier wohnt."

„Soll ich dir beim Duschen helfen? Oder was zum Anziehen raussuchen?"

Ihre Enkelin dachte mit. Charlotte deutete mit dem Kopf auf das blaue Kleid mit dem Spitzenkragen, das neben ihrem Bett hing. „Hat Josef sich gewünscht."

„Höre ich da eine Andeutung von Flirt heraus?" Katja legte den Kragen gerade und strich über den glänzenden Stoff.

„Jau, beömmel du dich nur. In meinem Alter wird man nich' mehr so häufig von 'nem schnuckeligen Kerl zum Essen eingeladen." Sie sah ihre Enkeltochter lauernd an. „Wat macht eigentlich *dein* Krösken?" Aber Katja schüttelte nur den Kopf und ging in die Küche. Lief vor der Frage davon. Typisch. Charlotte folgte ihr und blieb in der Küchentür stehen.

„Mir isset so usselig." Sie zog ihre Jacke fester um sich herum. „Wenn ich jetzt noch nackig unter die Dusche springe …"

„Das Wasser ist schön warm." Katja hielt eine Hand unter den Strahl und regelte die Temperatur nach. Dann stellte sie den Kunststoffhocker in die Duschwanne. „Weißt du noch, was du immer zu mir gesagt hast, wenn ich mich als Kind über Kälte beklagt habe? *Frierpitter* hast du mich genannt. *Dat Döppken is 'n Frierpitter*."

Charlotte sah überrascht hoch. Daran erinnerte Katja sich? Das war doch schon Jahrzehnte …

„Ja, dat stimmt. Dafür darfst du mich jetzt auch Frierpitter nennen. So ändert sich alles." Sie senkte ihre Nase Richtung Achselhöhlen. „Und ich tu ja wirklich 'n bissken müffen."

Sie schlurfte zum Bett zurück, um sich auszuziehen. Fühlte prüfend an der Heizung. Die stand schon auf Fünf.

„Du hattest doch noch einen elektrischen Heizlüfter. Damals, als der Kessel ersetzt werden musste."

Das Kind kam auf gute Ideen. Aber Charlotte wollte am Heiligabend nicht mehr Hilfe als unbedingt nötig von ihr. Ihre Enkelin musste sich um ihre Familie kümmern.

„Ach, lass mal. Ich habe keine Ahnung, wo der ist. Geht schon."

Doch Katja ließ sich nicht beirren und verschwand nach oben. Kehrte nach einigem Klappern und Fluchen mit dem Gerät zurück. Das Ding machte einen

Höllen-Lärm, aber es erfüllte seinen Zweck. In der Küche wurde es kuschelig warm. Charlotte scheuchte ihre Enkeltochter in den Nebenraum.

„Ich komm jetzt allein zurecht." Dass das Duschen ihr selbst im Sitzen schwerfiel, brauchte sie Katja ja nicht auf die Nase zu binden. Die feuchte Luft brachte sie zum Husten. Und beim Haarewaschen schmerzten ihre Schultergelenke. Charlotte biss die Zähne zusammen, als ihr das Shampoo ins Gesicht lief.

„Verdorri nochma, wat brennt dat inne Augen." Sie ließ den Duschkopf sinken. Geschafft. In ein großes Handtuch gewickelt schleppte sie sich zu ihrem Bett.

„Komm, ich helf dir." Katja legte noch eine Wolldecke über das Handtuch und frottierte mit einem zweiten die grauen Locken. Zum Friseur war Charlotte nie gerne gegangen, aber die Berührungen ihrer Enkeltochter taten ihr gut. Sie schloss die Augen. Bis Katja irgendein duftendes Zeug in ihren Haaren verteilte.

„Wat treibst du da?"

„Das ist Schaumfestiger, Omi. Der hält deine Locken in Form."

Charlotte griff in ihr Haar und schnupperte an ihren Fingerspitzen.

„Riecht gut. Da wird Josef Augen machen."

Katja nahm den Fön aus der Nachttischschublade, aber Charlotte schüttelte den Kopf:

„Mach nich' so 'n Gedöns. Deine Schwiegermutter wartet bestimmt schon auf dich." Sie saßen nebeneinander auf dem Bett.

„Kommst du auch wirklich zurecht? Niemand ist Weihnachten gern allein, Omi. Also wenn du …"

„Papperlapapp", unterbrach Charlotte sie. „Ich bin nich' allein. Jeshim is' hier und ich hab ein Stelldichein für den Abend. Kein Grund also, Trübsal zu blasen."

„Na gut, dann … Frohe Weihnachten!" Katja zog ein Päckchen aus ihrer Handtasche und legte es auf Charlottes Schoß. „Aber erst heute Abend auspacken!"

„Jetzt hab ich gar nichts für dich." Sie war gerührt. Nahm Katjas warme Hände in ihre kalten. „Aber das Auspacken machen wir morgen zusammen. Ich pack doch dein Geschenk nich' ohne dich aus!"

„Wie du möchtest. Und … wenn doch was ist, ruf mich an! Auf dem Handy bin ich immer erreichbar. Versprich mir, dass du dich meldest, wenn's dir nicht gut geht."

„Ja, ja. Schon gut.“ Charlotte musste sich räuspern. Katja fuhr ihr noch einmal liebevoll durch die feuchten Locken und verschwand.

Nachdem sie gegangen war, befühlte Charlotte das kleine Päckchen. Es war flach und rechteckig, aber ein Buch war das nicht. Da waren Erhebungen am Rand. Zögernd legte sie das Geschenk aufs Fensterbrett.

Erst die Haare föhnen. Danach nahm sie Wolldecke und Handtuch von ihrem Körper. Bemerkte die ausgedörrte, rissige Haut auf ihren Schienbeinen. In der Nachtkommode gab es bestimmt noch eine Tube Creme. So eine weißblaue. Da war sie ja. Beim Eincremen besserte sich Charlottes Laune. Der Anflug von Melancholie verschwand.

„Woll'n wir doch mal sehen“, murmelte sie vor sich hin und nahm einen Spitzenschlüpfer aus der Kommode im Wohnzimmerschrank. Er war bestimmt dreißig Jahre alt und saß ein wenig locker. Aber die helle Strumpfhose, die sie aus der Originalverpackung nestelte, passte sich ihren mageren Beinen tadellos an.

„Heut mal kein Altweiberbraun“, erklärte sie dem Kater, der misstrauisch an ihren Waden schnüffelte und die Nase hastig zurückzog. „Dat is' *Lo-ti-on*. Dat is' wat Feines, Jeshim. Aber deine Katzennase mag den Geruch nich', was?“ Schon wurde ihr wieder kalt. Schnell weiter anziehen. Sie versteckte die elastische Binde zur Feier des Tages unter einem Spitzenhemdchen. Ganz passabel. Jetzt das *kleine Blaue*. Es war ihr so weit geworden, dass sie es über den Kopf streifen konnte, ohne die vielen Knöpfe auf der Rückseite öffnen zu müssen. Bei jeder Bewegung raschelte der Stoff leise. Charlotte tappte in den Flur und stellte sich vor den großen Spiegel.

„Sieht immer noch vornehm aus.“ Ihr Spiegelbild war ungewohnt. Sie zog das Kleid an den Schultern gerade. Aber zu weit blieb zu weit. Hatte sie wenigstens noch passende Schuhe? Sie fand ein Paar dunkelblaue Pumps. Nicht gerade bequem. Ihre Fußgelenke drohten bei jedem Schritt umzuknicken. Egal. Josef würde sie abholen. Und sie hatten es ja nicht weit. Beim Essen könnte sie die Schuhe immer noch ausziehen.

Jetzt saß sie mit den Schuhen an den Füßen und der Parfumprobe in der Hand in ihrem Sessel und starrte aus dem Fenster. Kein Weihnachtswetter. Es war windig und regnete. Zweige schlugen gegen das Fenster. Das Geräusch brachte sie auf eine Idee. Sie nahm den Mörser aus der Anrichte, legte *Coco Chanel* hinein und stieß mit dem Griff eines Messers zu. Das Glasfläschchen zersprang in winzige Scherben und ein blumiger Duft verbreitete sich im Raum. *Betörend sinnlich und lustvoll*, las Charlotte auf der Packung. Während der Kater missmutig die Flucht nach draußen ergriff, tupfte sie sich das Parfum auf Hals und Handgelenk.

*

„Voll uncool hier“, meckerte Simon, während Hilbersen seiner Tochter aus dem Mantel half. Er machte keinen Hehl daraus, dass er es scheiße fand, wie sein Vater seine Freundin behandelt hatte.

„Jetzt motz doch nicht rum“, fuhr Hannah ihren Bruder an. „Ich finde das Lokal schick.“

„Klar, du kommst ja auch auf Mama.“

Jetzt nicht auch noch ein Streit zwischen den Kindern. Hilbersen wollte einfach nur einen friedlichen Nachmittag mit ihnen verbringen.

„Bitte Leute. Es ist Weihnachten. Tut mir den Gefallen und hört auf zu zanken.“

Simon brummte etwas Unverständliches und dackelte hinter dem Kellner her, der ihnen den Weg zum reservierten Tisch wies.

„Hier waren wir noch nie, oder?“ Hannah hatte sich bei ihrem Vater eingehakt.

„Nicht gemeinsam, nein. Aber ich kenne den Koch. Sehr gute italienische Küche.“ Er wandte sich an Simon. „Aber wenn du lieber einen Hamburger willst, macht Salvatore dir bestimmt einen.“

„Hab keinen Hunger.“ Simon warf die Jeansjacke über den Stuhl und ließ sich mit einem Stöhnen auf die Sitzfläche fallen.

„Dann nimm halt eine Kleinigkeit.“ Hilbersen hielt seiner Tochter einen Stuhl hin und setzte sich dann erst selbst. Simon starrte auf den Weihnachtsmann an der Tischdekoration.

„Der ist doch voll daneben, oder? Guckt euch mal seine Nase an. Schwerer Säufer, würde ich sagen.“

„Simon“. Hilbersen packte seinen Sohn am Handgelenk und wartete, bis der seinen Blick erwiderte. „Das ist mein erstes Weihnachtsfest ohne Evelyn. Ohne meine Familie.“ Simon rutschte unbehaglich auf seinem Stuhl hin und her. Hilbersen ließ den Arm los, sah ihn aber weiter eindringlich an.

„Es tut mir leid, wenn ich eben grob zu deiner Freundin war. Ich entschuldige mich dafür. Aber jetzt möchte ich die kurze Zeit, die ich mit euch zusammen sein kann, genießen können. Bitte.“

„Ja, klar. Sorry, Papa." Simon hängte die Jacke ordentlich über den Stuhl und versuchte ein Lächeln. Hannah beobachtete unterdessen eine alte Frau, die sich gerade am Nebentisch niederließ.

„Was macht eigentlich Oma heute? Holst du sie nachher zu dir, Papa?" Schön, dass seine Tochter an ihre Oma dachte. Er schüttelte den Kopf.

„Nein, ich gehe …"

Simon fiel ihm ins Wort. „Wie soll Oma denn auf seine kleine Bude im fünften Stock kommen? Ohne Aufzug?" Er grinste. „Die macht doch schon nach einer Treppe schlapp, da kannst du die gleich auf 'n Friedhof bringen." Der Blick seines Vaters ließ ihn verstummen.

„Upps. Schon wieder daneben." Simon senkte den Kopf.

„Ich werde sie im Heim besuchen." Immerhin hatte sein Sohn selbst bemerkt, dass er zu respektlos über seine Großmutter sprach.

„Arme Oma." Hannah spielte mit dem heruntergelaufenen Wachs einer roten Kerze.

„Ihr könntet in den nächsten Tagen doch auch mal zu ihr gehen. Sie freut sich sicher."

„Geht leider nicht." Simon blätterte in der Speisekarte. Hannah stieß ihn verstohlen in die Seite. Hilbersen sah sie fragend an, aber beide schwiegen und widmeten sich mit ganzer Konzentration der Auswahl des Essens.

„Warum nicht?", fragte er schließlich nach. „Habt ihr schon was vor?"

„Nicht direkt, wir …" Hannah druckste herum.

„Sag's ihm doch. Er wird es sowieso erfahren." Simon hatte seine trotzigste Miene aufgesetzt.

„Aber das sollte Mama ihm …"

„Was werde ich sowieso erfahren?" Hilbersen klappte seine Speisekarte zu. Irgendwas war hier im Busch. Er hatte ein ungutes Gefühl.

„Mamas Macker hat uns zum Skifahren eingeladen."

„Mamas Macker?" Drückten sich alle 18-Jährigen so despektierlich aus? Aber das bedeutete … „Evelyn hat also einen Freund?" Die beiden starrten wieder in die Speisekarte.

„Hey, das geht für mich in Ordnung. Damit musste ich rechnen. Gut, sie hätte es mir sagen können, aber … ihr müsst euch deshalb keine Gedanken machen." Er versuchte, seine Betroffenheit zu verbergen. Sicher, das hatte früher oder später so kommen müssen. Sie schlief also mit einem anderen. Aber dass es so schnell gegangen war … Seine Kinder schienen immer noch bedrückt. Hannahs Wangen waren rot angelaufen.

„Was ist los? Mama ist eine attraktive Frau. Da ist es nicht verwunderlich, dass sie einen anderen Mann kennengelernt hat."

Simon starrte ihn an und holte tief Luft. „Aber sie hat ihn nicht kennengelernt. Es ist Clemens Lindemann."

Clemens Lindemann. Der Name war wie ein Schlag in den Magen.

„Clemens?" *Sein* Freund Clemens? Hatte er ihn nicht zuletzt noch anrufen wollen? Vor Jahren hatte er Evelyn und Clemens miteinander bekannt gemacht. Auf einer Grillparty des Tennisclubs, er erinnerte sich genau an den Abend. Danach hatten sie dann öfter etwas gemeinsam unternommen, seine Familie und das Ehepaar Lindemann. „Aber Clemens ist doch verheiratet."

„Mama sagt, er lässt sich scheiden genau wie sie." Simons Stimme klang bedrückt. In Hilbersens Kopf drehte sich alles. Deswegen wollte Evelyn so schnell die Scheidung! Sie konnte es kaum noch erwarten, Clemens zu heiraten! Er sah sich mit den Rosen und dem Jaguar vor ihr in der Einfahrt stehen. Der enge Rock, der rote Spitzen-BH! Für Clemens hatte sie sich also so schick gemacht an ihrem Geburtstag. Was war er für ein Depp gewesen. Jetzt verstand er, warum sie es eilig gehabt hatte, ihn loszuwerden.

„Mensch, Papa. Ist Scheiße, ich weiß. Er war mal dein Kumpel. Aber eigentlich hat er dich damals schon …"

„Was hat er damals schon?" Die Frage kam lauter als gewollt.

Simon sah ihn erschrocken an und fasste sich an den Mund, als habe er jetzt wirklich zu viel gesagt. Hannah begann zu weinen. Hilbersen griff nach ihrer Hand und streichelte sie.

„Na ja, er hat …"

Wo blieb Simons große Klappe, wenn's drauf ankam? Noch wollte er nicht glauben, was sein Sohn da andeutete.

„Ich will nicht mit ihm in Skiurlaub fahren", schluchzte Hannah. „Ich will gar nicht Skifahren."

„Das brauchst du auch nicht", tröstete Hilbersen sie. „Wir finden eine andere Lösung. Also", er sah Simon durchdringend an. „was hat Clemens?"

„Jetzt hör doch mal auf zu flennen", fuhr Simon seine Schwester an. „Ich finde es ja auch scheiße." Er trommelte mit den Fingern auf der Tischplatte. Sehr leise fügte er dann hinzu: „Der Typ hatte schon was mit Mama, bevor du … also bevor du ausgezogen bist."

Hilbersen stieg das Blut in den Kopf. In seinen Ohren rauschte es. Ruhig bleiben! Die Kinder konnten ja nichts dafür.

„Sie hat mit ihm geschlafen, während wir noch zusammen waren?“ Die alte Dame vom Nebentisch drehte sich missbilligend um.

„Raffst du's endlich.“ Simon fingerte an dem besoffenen Weihnachtsmann in der Dekoration herum. Hannah hatte aufgehört zu weinen und sah ihren Vater ängstlich an.

„Was darf ich Ihnen bringen?“, platzte eine höfliche Stimme in das gespannte Schweigen.

„Nichts! Jetzt nicht!“ Hilbersen war so wütend, dass er seine guten Umgangsformen vergaß. Die Frau, die er geliebt hatte, hatte ihn betrogen. Ihm Hörner aufgesetzt.

„Und ihr habt das gewusst? Die ganze Zeit?“ Der Kellner zog die Augenbrauen hoch und ging wieder. Hannah schüttelte hastig den Kopf.

„Ich wusste das nicht“, stammelte sie. „Ich dachte, Mama und Clemens wären erst später …“

„Ach, Scheiße. Ich hatte sie *zufällig* mal zusammen gesehen.“ Simon rupfte heftiger an dem Weihnachtsmann herum. „Der Rasen vom Fußballplatz wurde letztes Jahr doch neu eingesät und wir haben unser Lauftraining an den Tennisplätzen gemacht. Außerdem …“, er hatte dem Weihnachtsmann die Mütze abgerissen und setzte sie ihm nun erschrocken wieder auf, „ach, das wussten so viele, Papa.“

„Das wussten VIELE? Nur ICH wusste das nicht? Warum hast du mir nichts gesagt?“ Jetzt war ihm egal, dass er brüllte. Verdammt, warum hatte sein eigener Sohn ihn so auflaufen lassen. Der war doch alt genug zu verstehen, was das bedeutete. Hannah weinte wieder. Die Frau am Nebentisch faltete kopfschüttelnd ihre Serviette auseinander und tuschelte mit dem Kellner.

„Mensch, was sollte ich denn machen, Papa? Mama hat mich gebeten … sie hat gesagt, sie wolle selbst mit dir sprechen … ich kann doch nichts dafür, dass sie es nicht getan hat.“

„Heute wird sie mit mir sprechen *müssen*.“ Dieses Miststück. Betrügt ihn mit seinem Freund und setzt ihren Sohn unter Druck. Hilbersen sprang auf. „Wir fahren nach Hause. Dann soll eure Mutter mir mal erklären, was sie sich *dabei* gedacht hat.“

„Bitte Papa“, bettelte Hannah, „tu das nicht. Heute ist doch Weihnachten. Ich wollte dir mein Geschenk …“ Aber er war schon zur Garderobe gelaufen und hielt ihr den Mantel hin.

„Tut mir leid, Hannah. Das kann jetzt nicht warten.“ Er wartete nicht ab, bis Hannah in den Mantel geschlüpft war, sondern lief voraus in den Regen.

Stille Nacht, Heilige Nacht tönte es aus den Lautsprechern am Eingang des Lokals. Luft! Er brauchte frische Luft.

*

Wieder vibrierte das Handy in Katjas Hosentasche. Diese SMS war bestimmt von Jens. Aber Robert stand so dicht hinter ihr, dass sie seinen Atem an ihrem Hals spüren konnte. Vor ihr blubberte der Topf mit den Kartoffeln. Ihr Mann dürfte das kurze Brummen des Handys nicht gehört haben.

„Ich habe eine Überraschung für dich, Schatz." Sein Mund berührte beim Sprechen ihre Ohrmuschel. Katja lief eine Gänsehaut über den Rücken. Keine wohlige. Was hatte Robert vor? Hoffentlich nicht die große Versöhnung samt Sex unterm Weihnachtsbaum?

„Da bin ich aber gespannt", murmelte sie und versuchte, sich seiner Nähe zu entziehen. „Die Kartoffeln sind gleich fertig. Ich werde mal den Tisch decken. Wie weit seid ihr denn mit dem Weihnachtsbaum?"

„Fix und fertig." Robert trat zurück und lehnte sich mit dem Rücken an die Küchenzeile. Sein Grinsen verlieh ihm den Eindruck eines großen, schlaksigen Jungen, der etwas im Schilde führt. Früher hatte sie das Jungenhafte an ihm gemocht. Nicht an früher denken. Früher war sie eine andere gewesen. Eine Frau, die diesen Mann geliebt hatte.

„Ich helfe dir." Robert nahm ihr die Teller ab und verteilte sie auf dem Tisch. „Der Baum sieht jetzt ganz passabel aus. Mutter ist zwar immer noch am Meckern, aber …", mit einem Lächeln zog er Katja an sich, „das kann uns ja egal sein, nicht?"

„Hallo Mama, hallo Papa!" Anke stürmte in die Küche. Sie trug ihren knöchellangen, schwarzen Mantel und gab beiden Elternteilen einen Kuss auf die Wange. „Tut mir leid, dass ich so spät komme, aber wir haben den Bus verpasst und Till musste noch seine Oma abholen und wir hatten doch die ganzen Geschenke dabei und konnten nicht rennen und Geld genug für ein Taxi hatten wir auch nicht mehr und da habe ich …"

„Stopp, stopp." Katja unterbrach sie lachend. „Zieh dir erst mal den Mantel aus. Du fühlst dich an wie einer nasser Hund."

„Und die Schuhe bitte auch ausziehen", rief Robert ihr in den Flur hinterher. „Guck mal, was du hier für Schlammspuren hinterlässt. Deine Mutter muss das alles wieder aufwischen."

„Ich mach schon selbst sauber.“ Anke kehrte mit einem Lappen zurück. Sie strahlt regelrecht, dachte Katja.

„War es schön bei Till?“

„Was willst du denn hören, Mama?“ Anke zwinkerte ihr zu. Schön, sie so glücklich zu sehen. Seit der nächtlichen Begegnung fühlte sie sich ihrer mittleren Tochter sehr nahe. Sie fühlte nach dem Handy in ihrer Hosentasche.

„Könntest du einen Augenblick auf die Kartoffeln aufpassen? Ich müsste mal eben verschwinden.“ Katja deutete Richtung Flur.

„Das kann ich doch auch machen“, mischte Robert sich ein.

„Klar, wir passen auf. Geh du man aufs Klo.“ Anke wischte den letzten Fußabdruck weg und richtete sich auf.

„Ich habe die Uhr gestellt. Wenn es piepst, müsst ihr sie …“

„Abgießen und pellen. Schon klar, Mama.“

Katja streichelte ihrer Tochter im Vorbeigehen über die Schulter und verschwand nach oben. Sie wollte ungestört sein. Da war das Bad sicherer als die Toilette im Erdgeschoss. Die Kurzmitteilung war tatsächlich von Jens. *Können wir telefonieren? Bitte! Ruf mich auf meinem Handy an. Jederzeit. Bitte!* Katja stand vor dem Spiegel und starrte abwechselnd auf das Display und in ihr eigenes Gesicht. *Bitte!* Mit Ausrufezeichen. Das klang wie ein Hilferuf. Aber ihn anrufen? Jederzeit? Sie las die SMS ein neuntes und zehntes Mal und runzelte die Stirn. Er war doch bei seinen Schwiegereltern. Sie konnte ihn doch nicht mitten in den Familienfeierlichkeiten anrufen? Andererseits, wenn er sie so ausdrücklich darum bat … Katja lauschte kurz an der Badezimmertür in den Flur. Alles still. Sie drehte den Wasserhahn auf und wählte Jens' Handynummer. Es dauerte lange, bis er abnahm.

„Katja?“ Seine Stimme klang aufgewühlt. Im Hintergrund hörte sie ein lautes Brummen.

„Ich kann nur leise sprechen, Jens. Was ist denn los? Wo steckst du? Die Verbindung ist schlecht.“

„Ich bin auf der Autobahn.“

„Ihr fahrt schon zurück?“ Jetzt verstand sie gar nichts mehr.

„Nein. Ich bin allein. Ich hatte Streit mit meinem Schwiegervater und …“ Den Rest konnte Katja nicht mehr verstehen. Sie wartete, bis das Rauschen in der Verbindung nachließ.

„Du kommst zurück nach Mahrenbach? Ohne Emilie und Lena?“ Robert rief aus dem Erdgeschoss nach ihr.

„Ja. Können wir uns sehen, bitte? Ich muss mit dir reden.“

„Katjaaaa!" Roberts Stimme kam näher. „Wo sind denn die Getränke für heute Abend?"

Sie hielt das Handy vom Ohr weg. „Im Kellerkühlschrank. Ich bin sofort wieder da." Dann presste sie ihren Mund wieder ans Telefon. „Ich kann jetzt nicht reden, Jens. Ich ruf dich später noch mal an."

„Okay. Ich bin sowieso erst in der Nähe von Stuttgart. Brauche bestimmt noch vier Stunden. Kriegst du das hin, heute Abend …?"

„Mama!" Das war Anke. Sie musste direkt vor der Badezimmertür stehen. „Kai hat sich einfach meinen MP3-Player genommen, als ich weg war."

„Bis später", flüsterte Katja fast ins Handy.

„Bis später. Ich liebe dich."

Benommen drückte sie das Gespräch weg und lehnte sich gegen den Waschtisch. Was zum Teufel war passiert, dass Jens seine Frau und Tochter an einem Heiligabend allein ließ? Stattdessen sie sehen wollte? Ein Streit mit seinem Schwiegervater, hatte er gesagt. Wegen Lena? Bestimmt wegen Lena.

„Maamaaa." Anke trommelte gegen die Tür. „Und jetzt will er ihn nicht wieder rausrücken."

„Ich komme schon." Sie wusch sich das Gesicht mit kaltem Wasser und ging mit den feuchten Fingern noch einmal durch ihr Haar. Vor dem Bad legte sie ihrer Tochter einen Arm um die Taille. „Dann wollen wir mal", sagte sie. Auf in den Kampf.

*

Hilbersen bremste mit quietschenden Reifen und parkte auf dem Bürgersteig vor dem Haus. In der Einfahrt stand der Sportwagen von Clemens Lindemann. Klar, Evelyn war schon immer auf Geld und Status abgefahren.

„Neureicher Schnösel."

„Papa, bitte." Hannahs Stimme vom Rücksitz klang ängstlich. Simon, der neben ihm auf dem Beifahrersitz saß, schaute starr geradeaus.

„Schlüssel!" Er streckte seinem Sohn auffordernd die offene Hand hin. „Ihr zwei bleibt erst mal im Wagen. Ich will das mit eurer Mutter allein klären."

„Meinst du, das ist der richtige Zeitpunkt?" Simon holte den Schlüssel aus der Tasche seiner Jeansjacke, behielt ihn aber fest in der Hand. „Vielleicht solltest du dich erst etwas beruhigen, Papa."

„Jetzt gib mir den Haustürschlüssel!" Hilbersen musste sich zusammenreißen, ihn nicht anzuschreien. „Das ist genau der richtige Zeitpunkt. Eure Mutter hat mich lange genug an der Nase rumgeführt!" Er drehte sich zu Hannah um.

„Hannah, Schatz. Mach dir keine Sorgen. Ich verspreche dir, dass du nicht in den Skiurlaub fahren musst. Ich kläre das mit Mama." Hannah war noch blasser als sonst. Er versuchte zu lächeln.

„Wenn du schon dabei bist: Ich will übrigens auch nicht mit", murmelte Simon und drückte ihm den Schlüssel in die Hand.

„Dann bleibt ihr beide hier." Hilbersen öffnete die Wagentür. „Gebt mir zehn Minuten. Ich komme euch hier wieder abholen." Die Kinder nickten stumm. Ich Hornochse! Er rannte die Einfahrt hoch. Musste der Versuchung widerstehen, im Vorbeigehen mit dem Schlüssel einen Kratzer in die Seite des schwarzen Porsche zu machen.

Aus dem Wohnzimmer drang gedämpfte Klaviermusik. Schon im Flur nahm er Evelyns Parfum wahr. Das trug sie also immer noch. An der Garderobe eine dunkelgrüne Lederjacke. Die hatte Clemens auch früher schon gehabt. Scheiß-Spiel.

Die Wohnzimmertür war angelehnt. Drinnen wurde gerade zweistimmig gelacht. Noch hatten sie ihn nicht bemerkt. Hilbersen spähte durch den schmalen Spalt zwischen Tür und Rahmen. Seine Frau saß mit Clemens auf dem Sofa, ein Sektglas in der Hand. Die Flasche *Taittinger* stand vor ihnen auf dem Wohnzimmertisch, daneben eine Schmuckschatulle mit einem Collier, das auch aus fünf Metern Entfernung noch sündhaft teuer aussah. Evelyn trug einen kurzen schwarzen Seidenrock und hatte ihre Beine über Clemens' Oberschenkel gelegt. Während sie am Champagner nippte, streichelte er ihre Knie und wanderte dann mit der Hand unter ihren Rock. Evelyn schloss die Augen. In Hilbersen kochte eine Mischung aus Wut und Schmerz hoch.

„Störe ich?" Er stieß die Tür auf.

Die beiden sahen ihn entgeistert an. Evelyn stellte hastig ihr Glas ab und schwang die Füße auf den Boden, während Clemens sich erschrocken im Sofa aufrichtete.

„Was machst du hier? Wie kommst du hier rein?" Sie schaute ihn grellig an.

„Dasselbe wollte ich *dich* fragen. Was zum Teufel treibst du seit Monaten hinter meinem Rücken!"

„Ich gehe dann wohl besser." Lindemann war aufgestanden und schaute ihn unschlüssig an. „Ralf, es tut mir leid, wir hätten früher ..."

„Ja, mir tut's auch leid." Was dachte dieser Fatzke sich eigentlich. „Dass ich so blind war! Und jetzt raus aus meinem Haus!" Plötzlich hasste er dieses verlogene Gesicht, das auch im Winter solariumsgebräunt war. Er hasste diese halblangen, lässig nach hinten gefönten Haare. Und das dumme Grinsen von Clemens Lindemann hasste er erst recht.

„Nein, er geht nicht." Evelyn hielt ihren Lover am Handgelenk zurück. „Ich treffe mich in meinem Haus, mit wem ich will."

„Du meinst, du vögelst in *unserem* Haus, mit wem du willst?"

„Nun werd nicht geschmacklos."

„Wer ist denn hier geschmacklos!" Verdammt, war sie unverfroren! „Schläft hinter meinem Rücken mit meinem Freund, zieht die Kinder mit rein und ist zu feige, mir die Wahrheit zu sagen."

„Ich bin nicht feige."

„Ach nein? Gefällt dir *selbstsüchtig* besser?" In einem plötzlichen Impuls ihr wehzutun, nahm Hilbersen die Swarovsky-Glasschale vom Tisch und schleuderte sie auf den Parkettboden.

„Bist du verrückt geworden?" Evelyns Stimme überschlug sich. „Die hat fast 5.000 Euro gekostet."

„Selbstsüchtig. Sag ich doch! Und geldgeil! Für dich geht es immer nur um Geld!" Mit Genugtuung nahm er wahr, dass Evelyn verunsichert schien. Je weiter er auf sie zuging, desto mehr wich sie zurück. Clemens stellte sich schützend vor sie.

„Bitte, Ralf." Er sprach aufreizend sanft.

Als spräche er mit einem kranken Schaf, dachte Hilbersen.

„Lass uns doch in Ruhe über alles reden. Vielleicht haben wir einen Fehler …"

„Halt du dich da raus. Das geht dich gar nichts an. Sie ist immer noch meine Frau. Also hau endlich ab!"

„Ralf, du bist wütend. Ich verstehe das."

Könnte er dem Kerl eine runterhauen, ohne eine Anzeige zu riskieren?

„Wenn du es verstehst, dann weißt du ja auch, dass du jetzt besser gehst."

„Clemens, du gehst nicht!", befahl Evelyn. „Du lässt mich nicht allein mit diesem Verrückten."

Lindemann sah unbehaglich von einem zum anderen.

„Vielleicht hat er recht. Vielleicht solltet ihr das wirklich erst mal untereinander klären", murmelte er schließlich in Evelyns Richtung. Hastig nahm er sein Sakko von der Lehne des Sofas und ging zur Tür. Die Glasscherben, die übers ganze Parkett verteilt waren, knirschten unter seinen Schritten.

„Zwischen uns gibt's nichts zu klären." Evelyn hatte eine Zornesfalte auf der Stirn. Das gefällt ihr nicht, wie ihr Liebhaber jetzt kuscht, dachte Hilbersen. Aber Lindemann stand schon im Flur und warf das Sakko über.

„Wir sehen uns morgen."

„Bleib hier! Feigling!"

Ein Bügel klapperte, dann fiel die Haustür ins Schloss.

„Verdammt." Evelyn schlüpfte in ihre Pumps und schob mit den Schuhen Scherben zusammen. „Die Schale wirst du mir ersetzen!"

Hilbersens Zorn ließ nach, jetzt, da Clemens das Haus verlassen hatte. „Wenn das deine größte Sorge ist … ich bin versichert."

Seine Frau sah ihn böse an. „Und? Was willst du von mir?"

„Warum hast du mir das mit Clemens nicht gesagt?"

Sie zuckte mit den Schultern. „Hätte ich schon noch gemacht."

„Und wann? Wenn ihr verheiratet seid?" Evelyn schien überhaupt kein schlechtes Gewissen zu haben. Ihre Gleichgültigkeit fachte seine Wut wieder an.

„Ist doch meine Sache, ob ich ihn heirate." Sie sah ihm nicht in die Augen. „Das geht dich überhaupt nichts mehr an." Er schaute zu, wie sie immer engere Kreise lief und dabei mit den Lackpumps die Glasscherben zu einem Haufen zusammenschob.

„Das geht mich nichts an? Wenn du während unserer Ehe mit mir *und* einem anderen Mann schläfst?" Mit Mühe kämpfte er die Wut wieder runter. Jetzt nicht schon wieder aus der Fassung geraten. Das wollte sie doch nur. „Nun gut. Es ist gelaufen. Aber meine Kinder gehen mich immer noch etwas an. Hast du mal einen Gedanken daran verschwendet, wie beschissen die Situation für sie ist?"

„Den Kindern geht's gut. Die haben kein Problem mit Clemens!"

„Kein Problem?" Jetzt wurde Hilbersen doch wieder lauter. „Erst bringst du unseren Sohn dazu, seinen eigenen Vater anzulügen, nur weil du zu feige bist, mir die Wahrheit zu sagen." Er holte tief Luft. „Und dann sitzt Hannah an einem Heiligabend weinend vor mir und fleht mich an, nicht in Skiurlaub fahren zu müssen."

Evelyn sah nur kurz hoch und schüttelte den Kopf.

„Die Kinder haben definitiv ein Problem mit Clemens!"

„Ach, du bist doch nur eifersüchtig."

„Nein, Evelyn.“ Seine Wut schlug in eisige Ruhe um. Hilbersen spürte eine neue, eigenartige Klarheit. Er atmete auf. Fühlte sich erleichtert. Wieso hatte er früher nie wahrgenommen, wie selbstbezogen Evelyn war. Wieso hatte er nicht eher begriffen, dass seine Kinder ihn brauchten. „Hier geht es gar nicht um mich. Oder um meine Eifersucht.“

„Ach nein. Worum denn dann?“ Ihre Stimme war voller Spott. Sie machte Anstalten, das Wohnzimmer zu verlassen. „Ich hol dann mal Besen und Kehrblech.“

„Evelyn!“ Er hielt sie am Arm zurück. „Das kannst du später noch machen. Jetzt will ich mit dir über die Kinder sprechen.“

„Die Kinder, die Kinder. Was soll mit den Kindern sein?“

„Ich möchte, dass sie mit mir hier bleiben.“

Sie sah ihn entgeistert an. „HIER BLEIBEN? Nun mach dich nicht lächerlich.“

„Was ist daran lächerlich. Ich möchte die Zeit, in der Clemens und du in Skiurlaub fahrt, mit meinen Kindern verbringen.“

Evelyn ging zurück zum Wohnzimmertisch, füllte ihr Glas auf und trank es in einem Zug leer. „Kommt gar nicht in Frage. Der Urlaub ist gebucht. Die sind doch froh, dass sie endlich mal was geboten bekommen.“

„Sind wir nicht, Mama.“ Simons Stimme klang leise, aber gefasst. Er stand mit Hannah in der Wohnzimmertür und hatte seiner Schwester einen Arm um die Schulter gelegt.

„Geht sofort auf eure Zimmer“, schimpfte Evelyn. „Das ist ein Gespräch zwischen eurem Vater und mir.“

„Nein, bleibt bitte hier“, widersprach Hilbersen ihr. „Ich habe eurer Mutter gerade vorgeschlagen, dass ich die nächsten zwei Wochen mit euch hier verbringe.“

Evelyn lachte. „Weihnachtsferien mit Papa in Mahrenbach!“ Sie goss sich den Rest des Champagners ein und stürzte ihn in einem Schluck hinunter. „Das ist natürlich viel attraktiver als ein Skiurlaub in St. Moritz.“ Beifallheischend sah sie Simon und Hannah an. Als die weiter schwiegen, hob sie das leere Glas zuprostend hoch, hielt kurz inne und ließ es dann auf den Boden neben den Scherbenhaufen fallen.

„Mama.“ Hannah sah ihre Mutter flehentlich an.

„*Mama …*“, äffte sie Hannahs Tonfall nach. „Guckt euch doch an, was euer Vater für ein Loser ist. Der Gute hat leider die Beherrschung verloren und mal eben 5.000 Euro verbrannt." Sie trampelte mit den Absätzen auf den Scherben herum. Hannah begann zu weinen.

„Hör auf, Evelyn." Hilbersen packte seine Frau diesmal energisch am Arm und zog sie zur Seite. „Dir ist der Alkohol zu Kopf gestiegen."

„Das bisschen Schampus!" Sie kicherte. „Aber eine gute Idee. Ich habe noch eine Flasche im Kühlschrank. Fröhliches Familienbesäufnis. Das wär's doch jetzt." Wieder machte sie Anstalten, über die Scherben aus dem Raum zu laufen, aber Simon stellte sich seiner Mutter in den Weg.

„Hör auf damit, Mama!"

Hilbersen sah seinem Sohn an, wie schwer es ihm fiel, sich gegen die Mutter zu stellen. Die Kämpfe des Erwachsenwerdens, dachte er.

„Papa hat recht. Wir wollen nicht mit Clemens in den blöden Urlaub fahren."

„Jetzt fällst du mir auch noch in den Rücken!" Sie sah ihn wütend an. „Clemens hat euch die Ausrüstung geschenkt! Und anstatt dass ihr dankbar seid … Oder hat Papa euch die Sache etwa madig geredet?"

„Hat er nicht." Simon war zwar einen Schritt zurückgewichen, schüttelte aber energisch den Kopf. Hilbersen war stolz auf ihn. „Wir wollten die ganze Zeit nicht mit."

Evelyn drehte sich zu Hannah um und baute sich jetzt vor ihr auf. „Und du, Hannah? Willst du mir auch in den Rücken fallen?"

Jetzt sucht sie sich die Schwächste aus, um die Sache doch noch rumzureißen, dachte Hilbersen. Aber bevor er seiner Tochter beistehen konnte, hatte die ihre Mütze vom Kopf gezogen und quer durch den Raum geworfen.

„Ich will dieses blöde Skifahren nicht! Und ich will diese blöden Klamotten nicht!" Sie zog auch ihren Mantel aus und ließ ihn ihrer Mutter vor die Füße fallen. „Dir ist doch sowieso egal, was ich will. Immer nur Clemens! Clemens hier, Clemens da. Was anderes interessiert dich doch gar nicht mehr."

Evelyn starrte ihre Tochter mit offenem Mund an.

„Ich will diesen blöden Clemens nicht, ich will Papa zurück, ich will …" Ein Schluchzen unterbrach Hannahs Gefühlsausbruch. Hilbersen nahm sie in die Arme und zog sie an sich. Wie klein und zerbrechlich sie sich anfühlte.

„Pscht." Er streichelte seiner Tochter übers Haar. „Ich bin doch da. Du verlierst mich nicht, Hannah. Niemals." Über Hannahs Schulter sah er, wie Evelyn leise den Raum verließ.

*

Der Sekt war Charlotte schon beim dritten Schluck zu Kopf gestiegen. Sie musste aufstoßen, als Josef die Suppe servierte.

„Erbsenschaumsüppchen mit geschlagener Sahne und Croutons von Walnussbrot." Er stellte den Teller mit formvollendeter Geste vor ihr auf die dunkelrote Tischdecke. Das Tafelsilber glänzte im Kerzenlicht und die Mitte des Tisches war mit Engelshaar und Weihnachtskugeln dekoriert.

„Willsse mich betrunken machen?" Sie prostete ihrem Freund zu.

„Das, meine liebe Charlotte, habe ich nicht nötig. Auch wenn die jüngere Generation bisweilen sogar zu K.-o.-Tropfen greifen soll." Er nahm sein Glas und stieß mit ihr an. „Auf das Weihnachtsfest."

„Auf das letzte Weihnachtsfest in Lossweiler", ergänzte Charlotte, „das allerletzte." Aber dann trank sie doch nicht, sondern starrte auf die Lichtreflexe in den Christbaumkugeln.

„Lass uns jetzt nicht darüber reden." Josefs Stimme klang besorgt. Sie fühlte seine warme Hand auf ihrem Handrücken. „Essen wir lieber die Suppe. Sie wird sonst kalt."

Charlotte nickte und schob ihre trüben Gedanken beiseite.

„Wieso kannsse eigentlich so gut kochen und backen?" Sie tauchte den riesigen Löffel, der zum Familiensilber der Familie Radek gehören musste und den sie unmöglich ganz in den Mund bekommen konnte, in die Suppe und schlürfte vorsichtig etwas Erbsenschaum mit Sahne daraus. „Ludwig hat mir noch nich' mal Tee gekocht, wenn ich malade war."

„Soll ich dir ein Geheimnis verraten?" Josef beugte sich so nah zu ihr vor, dass sie die feinen Fältchen seiner im Laufe der Jahre schmaler gewordenen Lippen sehen konnte. Sie tanzen beim Sprechen, dachte Charlotte.

„Als Junge wollte ich Koch werden. Nicht Tierarzt. Meine Tante – eine vornehme Frau – hatte mich einmal mit nach Berlin genommen und mich ins Hotel Adlon eingeladen. Ein Traum …" Er verzog genießerisch das Gesicht. „Da war ich zehn. Und wusste nicht, dass es etwas so Vornehmes und Kultiviertes gab. Danach wollte ich selbst solche Speisen zubereiten können."

„Und warum bisse dann nich' Koch geworden?" Die Suppe breitete sich warm in Charlottes Magen aus. Sie schmeckte ausgezeichnet, würzig, aber nicht zu salzig, leicht schaumig, aber nicht zu luftig.

„Mein Vater war natürlich dagegen. Hat gewettert, dass Tante Edith mir Flausen in den Kopf gesetzt habe. Ich sollte Tierarzt werden wie er. Wie schon mein Großvater davor.“

„Du bist immer ’n guter Tierarzt gewesen, Josef. Aber wenn ich dat so probieren tu“, sie nahm noch einen Schluck aus dem Löffel, „hat dein Vater ’nen Fehler gemacht. Die Suppe is’ ’wat Besonderes. Wat is’n da dran … doch nich’ nur Salz und Pfeffer?“

„Curry. Eine Prise Curry. Ein Hauch …", seine rechte Hand malte einen Bogen in die Luft. „Aber natürlich nicht *irgendein* Curry. Ich habe einen indischen Koch überredet, mir seine Spezialmischung zu verkaufen. Die Idee mit der Erbsensuppe ist aber von mir.“ Josef war die Freude an seiner Kreation anzusehen.

„Also von mir kriegste drei Sternkes.“ Charlotte war auf angenehme Art und Weise schwindelig. Bei Josef fühlte sie sich sicher. Geborgen. Ob ihm der drohende Verlust des Hauses gar nichts ausmachte? Sie unterbrach das Essen und schaute ihn an. Im Schein der Kerzen schimmerte sein graues Haar silbrig.

„Wo willsse weiterkochen, wenn die unsere Häuser plattmachen?“

Josef ließ seinen Löffel ebenfalls sinken.

„Also liebe Charlotte, wenn du darauf bestehst, an einem Abend wie diesem darüber zu sprechen … Ich werde diese unwirtliche Gegend verlassen und mir die Welt anschauen.“

„Die Welt anschauen? Bisse dafür nich’ ’n bissken zu alt?“

Er lächelte. „Zu alt? Nein, meine Liebe. Ich habe mir eines von diesen Wohnmobilen gekauft. Ein Haus auf Rädern gewissermaßen. Alles, was ich brauche, werde ich bei mir haben.“

„Einen Wohnwagen?“ Auf diese Idee wäre sie nie gekommen. „Und wo soll dieser Wohnwagen sein?“

„Ein Wohnmobil! Steht noch beim Händler.“ Er zwinkerte ihr zu. „Muss die GBA ja nicht wissen, dass ich schon eine neue Bleibe habe.“

„Verstehe.“ Sie nahm noch einen Schluck aus ihrem Sektglas. „Aber wo tust du deine Bäume hin?“

„Tja, die muss ich wohl hierlassen.“ Nachdenklich kaute er auf einem Crouton herum. „Und ich werde sie vermissen.“

Charlotte nahm einen Schluck Suppe aus dem Riesenlöffel.

„Aber dich werde ich noch mehr vermissen, meine Liebe.“

„Mich?“ Sie verschluckte sich fast. „Du willst mich doch hier nich’ angraben, Josef? ’ne 86jährige Schabracke. Nu mach kein Killefitt.“

„Nun. Ich will dich nicht unbedingt *angraben* – wie du es nennst – aber …“ Er nahm ihre linke Hand zwischen seine Hände. Mit dem Mittelfinger fuhr er die Venen nach, die aus ihrem Handrücken hervorstachen. „Ich weiß, wie schwer das für dich ist, dein Haus zu verlassen. Und ich weiß, dass du niemals in ein Altersheim gehen würdest.“

Charlotte wollte etwas erwidern, aber ihr Hals war wie zugeschnürt. Sie hatte geahnt, dass Josef ihretwegen so lange in Lossweiler geblieben war. Aber was wollte er jetzt von ihr? Ihr Freund nahm ihre Hand noch fester in die seinen.

„Ich möchte dir ein Angebot machen, Charlotte. Komm mit mir! Als meine gute Freundin. Die letzte, die mich seit Jahrzehnten kennt.“

„Du hast wohl den Nattimann am Schnattern, Josef.“ Ihr Löffel fiel mit einem Klirren in den Teller zurück. Mitkommen! Sie tippte mit dem Zeigefinger gegen ihre Stirn.

„Den Nattimann?“

„Kennsse dat nich’? Das heißt: Du bist verrückt, Josef. Ich kann nich’ mehr reisen. Mein Herz tut es kaum noch und meine Lunge pfeift aussem letzten Loch …“ Wie zur Bestätigung bekam sie einen Hustenanfall, aber Josef ignorierte ihre Einwände.

„In einem Wohnmobil könntest du reisen. Du könntest dich jederzeit ausruhen. Und dein Lieblingssessel passt zur Not auch hinein.“ Er zwinkerte ihr zu. „Wäre das nichts? Frankreich, Italien, da ist es warm, da ist das Meer, da sind Gourmetrestaurants …“

Charlotte schüttelte den Kopf. „Nee, Josef. Dat is’ nix mehr für mich. Ich bin …“ Sie zögerte. Durfte sie sich ihm anvertrauen? Oder würde er sie abhalten, würde vielleicht sogar Katja von ihren Plänen erzählen? „Ich bin müde“, sagte sie schließlich nur. „Viel zu müde, um mich noch mal auffen Weg zu machen.“ Ihre Hände zitterten, als sie den Löffel wieder nahm. Ein Teil der Suppe schwappte zurück auf Teller und Tischdecke. Sie hielt erschrocken inne, aber das Kleid hatte nichts abbekommen.

„Du weißt, dass du Rechtsmittel einlegen kannst?“ Josef schien bemüht, sie zu beruhigen. „Selbst wenn die Behörde der GBA Recht gibt und die Enteignung beschließt, kannst du immer noch dagegen angehen.“

„Katja hat mir das erklärt, ja. Aber …“ Wieder zögerte sie. „Ich bin müde. Verstehst du?“ Sie sah ihm fest in die Augen.

„Nein, meine Liebe, ich verstehe im Augenblick nicht, was du mir sagen willst. Du hast nicht mehr die Kraft zu klagen? Meinst du das mit *müde*?"

Charlotte schwieg. Senkte den Kopf.

„Dann willst du weder klagen noch umziehen noch mit mir kommen?" Josef suchte vergeblich ihren Blick. „Aber was willst du dann tun? Du musst doch irgendwo hin."

Sie räusperte sich. Sie *konnte* es ihm nicht sagen. Unbeholfen griff sie zu ihrem Sektglas. Vielleicht würde der Alkohol gut tun. Erst jetzt fiel ihr die Jazzmusik auf, die leise im Hintergrund lief. Von Zeit zu Zeit rief draußen ein Käuzchen. Nur der Bagger … den konnte sie nicht hören.

„Malochen die heute nich'?"

„Lenk nicht ab, Charlotte." Das Flackern der Kerzen spiegelte sich in den Augen ihres Freundes und verstärkte den Ausdruck von Beunruhigung in seinem Gesicht. Vor dieser Situation hatte sie Angst gehabt. Aber wenn sie jetzt nicht sprach …

„Früher, wenn so 'n Tier alt und krank gewesen ist, was hast du dann gemacht?"

Seine Augenbrauen wanderten nach oben.

„Was ist das für eine Frage? Ich habe es eingeschläfert." Er lachte gequält auf. „Aber du bist kein Tier, meine Liebe."

„Nein. Natürlich nicht. Aber ich … ich will nicht mehr, Josef. Wenn es soweit ist mit dem Haus … und wenn ich meine Erinnerungen fertig geschrieben habe …"

Ihr Freund war aufgesprungen und stellte hastig die Suppenteller ineinander.

„Das will ich nicht gehört haben, Charlotte. Ich werde jetzt die Gänsebrust aus der Küche holen. Und du schlag dir diesen Unsinn aus dem Kopf!"

Charlotte tupfte mit ihrer Serviette an den Flecken herum, die die Suppe auf dem Tischtuch hinterlassen hatte. So wütend hatte sie Josef nur ein Mal erlebt, als ein paar Jungs einem Hund eine Leuchtrakete an den Schwanz gebunden hatten.

„Du verstehst es, einen alten Mann zu erschrecken." Er verschwand mit raschen Schritten in die Küche und warf die Tür laut hinter sich zu. Charlotte starrte unglücklich in die Kerzenflamme. Er verstand sie nicht. Nicht mal er verstand sie. Sie hätte es ihm nicht sagen dürfen.

Sie ließ den Kopf in ihre Handflächen sinken und schloss die Augen. Ein Hustenanfall schüttelte sie. Mischte sich mit ihren Tränen. Schlafen! Sie wollte doch einfach nur schlafen.

*

Die Schlacht war geschlagen: Der Herings-Stipp gegessen, alle Geschenke ausgepackt und die Kerzen am Baum heruntergebrannt. Auch das Anstoßen und Zuprosten vor laufender Videokamera hatte Katja hinter sich gebracht. Unauffällig schaute sie auf ihre Armbanduhr. Schon nach halb neun. Jens müsste inzwischen in Mahrenbach angekommen sein.

„Guck mal, der Füller schreibt echt super." Susanne hielt ihr ein Blatt Papier vor die Nase, auf dem in Schönschrift ungefähr zwanzig Mal *Susanne Vohsen* stand. Katja nickte abwesend.

„Und der Kuli macht gar keine Schmierflecken." Susanne deutete auf die unterste Zeile. Robert setzte sich zwischen Tochter und Ehefrau aufs Sofa und legte seiner Ältesten einen Arm um die Schulter.

„Gefällt's dir? Im Studium wirst du das Schreibset brauchen können. Macht immer einen besseren Eindruck." Susanne drückte ihrem Vater einen Kuss auf die Wange.

„Ja. Schreibt supergut." Katja betrachtete den dunkelgrünen Füller mit vergoldeter Feder und den dazu passenden Kugelschreiber im Lederetui. Großzügigkeit hatte immer zu Roberts angenehmen Wesenszügen gehört. Unter dem windschiefen Weihnachtsbaum hatten sich auch in diesem Jahr die Geschenke in allen Größen und Formen gestapelt. Aber nicht immer trafen sie den Geschmack der Kinder: Anke blickte unglücklich auf das goldene Halskettchen, das ihr Vater für sie ausgesucht hatte. Ein neues Piercing wäre ihr vermutlich lieber gewesen.

„Heb es auf", hatte Katja ihr zugeflüstert. „Vielleicht gefällt es dir in zwanzig Jahren."

Die Daunenjacke, die Robert *ihr* geschenkt hatte, würde ihr selbst in dreißig Jahren nicht gefallen. Sie nahm das schwarze, in Rauten abgesteppte Ungetüm und verschwand damit in den Flur. Im Dielenspiegel sah sie aus, als wiege sie zehn Kilo mehr. Wie ein schwarzer Trauerkloß, dachte Katja.

„Steht dir gut." Robert war ihr gefolgt und lehnte an der Wohnzimmertür. „Du wirst sie bald brauchen." Er grinste über das ganze Gesicht.

„Du meinst, Mahrenbach steht ein Jahrhundertwinter bevor?“ Sie lächelte gequält. War die Jacke die Überraschung, von der Robert den ganzen Tag gesprochen hatte? Als habe er ihre Gedanken gelesen, hielt er ihr jetzt einen weinroten Umschlag vor die Nase.

„Frohe Weihnachten!“ Sie sah ihn überrascht an.

„Noch ein Geschenk?“

„Mach ihn einfach auf! Ich bin gespannt auf dein Gesicht.“

„Robert, ich …“

„Aufmachen!“ Er stupste sie auffordernd von der Seite an. Da klingelte ihr Handy. Schlechter Zeitpunkt. Ganz schlechter Zeitpunkt. Katja schob eine Hand unter das Daunenpolster und griff in ihre Hosentasche.

„Das wird Charlotte sein. Ich rufe sie später zurück.“ Ihr brach der Schweiß aus. Die Jacke war tatsächlich unglaublich warm. Endlich hatte sie das Handy in der Hosentasche in die richtige Position gebracht, um das Gespräch wegzudrücken.

„Ich muss erst mal die Jacke …“

„Nun mach schon auf.“

Das Kuvert aus Seidenpapier knisterte leise, als Katja es öffnete. Sie zog die Weihnachtskarte heraus und klappte sie auf. *Gutschein für eine Woche New York & Silvester auf dem Times Square* stand in Roberts Handschrift darauf. Strahlend zog er zwei Flugtickets aus der Innentasche seines Jacketts.

„Wir fliegen am Siebenundzwanzigsten. Ich habe schon mit Mutter und den Kindern gesprochen.“ Er umarmte Katja so heftig, dass sie fast das Gleichgewicht verlor.

„Die Guggenheim Foundation, das MoMA, der Central Park … das ist doch seit Jahren dein Traum.“

Panik stieg in Katja auf. Ausgerechnet jetzt kam er auf eine solche Idee.

„Und wir zwei haben endlich mal ungestört Zeit füreinander“, flüsterte Robert an ihrem Ohr. Sein Atem war warm und roch nach Alkohol. „Das ist doch kein Zustand so. Du im Keller und ich …“

„Ich weiß gar nicht, was ich sagen soll.“ Sie befreite sich aus seiner Umarmung und zog die Jacke aus. „Puh, die ist viel zu warm für drinnen.“

„Gib sie mir ruhig.“ Er griff nach einem Bügel. Nachdem er die Jacke sorgfältig aufgehängt und noch einmal glattgestrichen hatte, sah er Katja forschend an.

„Freust du dich nicht?“

„Doch, natürlich freue ich mich.“ Lächeln, immer weiter lächeln. „Ich bin nur … ich weiß gar nicht, was ich sagen soll. Das ist *so* … eine Überraschung.“ Sie umarmte ihn, um seinem Blick nicht länger standhalten zu müssen. Er fühlte sich vertraut und fremd zugleich an. Ihr war schwindelig, während sie sich an seinen Schultern festhielt und ihm einen Kuss auf die Wange drückte.

„Das ist verrückt … das ist …“

„Du hast mir gefehlt.“ Robert presste sie an sich und küsste sie auf den Mund. Spiel mit, dachte Katja. Lass ihn einfach machen. Sie öffnete die Lippen und unterdrückte das Gefühl von Ekel. Ich will hier weg. Ich will endlich Jens zurückrufen. Roberts Atem ging schneller. Sie versuchte vorsichtig, den Kuss zu beenden. Aber er ließ sie erst los, als die Weihnachtsmusik aus dem Wohnzimmer lauter wurde. Jemand hatte die Zimmertür geöffnet und kam in den Flur.

„Ach, Isolde.“ Katjas Gesicht war glühend rot. Dieses eine Mal war sie dankbar für das Erscheinen ihrer Schwiegermutter.

„Was macht ihr zwei Turteltäubchen denn hier im Flur? Hat er sich da nicht eine wunderbare Überraschung ausgedacht?“ Isolde blickte stolz auf ihren Sohn. Dabei gönnt sie mir nicht das Papier, auf dem die Reise steht, dachte Katja.

„Ja, ganz wunderbar.“ Sie wischte sich über die Lippen, um die feuchten Spuren des Kusses zu beseitigen. Isolde sah sie scharf an. Katja ließ die Hand rasch wieder sinken.

„Mein Karl hat mir auch immer so wunderschöne Geschenke gemacht. Aber jetzt ist er schon über ein Jahr …“ Das Schluchzen von Isolde war diesmal vielleicht sogar echt. Robert warf Katja einen entschuldigenden Blick zu und legte seiner Mutter einen Arm um die Schulter.

„Lass uns zurück ins Wohnzimmer gehen. Das ist heute ein schwerer Tag für dich.“

Als sich die Zimmertür hinter den beiden geschlossen hatte, lehnte Katja sich mit einem erleichterten Ausatmen gegen die Wand. Endlich. Endlich konnte sie ins Bad gehen und Jens anrufen.

*

Immer noch war Josef in der Küche. Charlotte hatte ihren Hustenanfall heruntergekämpft, sich die Tränen vom Gesicht gewischt, ihr Glas Sekt leer getrunken und sich mehr oder weniger erfolgreich gegen den Schwindel und die Müdigkeit gewehrt. Die Schallplatte mit der Jazzmusik war durchgelaufen und der Arm des Plattenspielers war mit einem leisen Knacken auf seinen Ausgangspunkt zurückgeschwebt. Der Plattenteller hatte sich noch eine Weile weitergedreht, war dann immer langsamer geworden und stand nun schon geraume Zeit still. Charlotte lauschte beunruhigt auf Geräusche aus der Küche. Was machte Josef die ganze Zeit! Ob er die Gans erst noch hatte schlachten müssen?

Aber eigentlich war ihr nicht nach Scherzen. Selbst in seinem gut geheizten Wohnzimmer fröstelte sie. Sie hielt die Hände über eine Kerzenflamme. Ob Josef etwa schon mit Katja telefonierte? Charlotte erhob sich mühsam. Der Stuhl machte ein kratzendes Geräusch auf dem Holzboden und drohte nach hinten zu kippen. Sie klammerte sich am Rand der Tischplatte fest. Nicht zu tief atmen. Tief atmen bedeutete husten. Sie richtete den Stuhl mit einer Hand wieder auf und ließ dann den Tisch los. Auf den Pumps stand sie noch unsicherer als sonst. Ihre Fußgelenke schmerzten. Sie zog die Schuhe aus und ging auf Strümpfen zur Küche.

„Josef?“ Ihr Freund stand mit dem Rücken zur Spüle und hatte sich ein Geschirrtuch als Schürze umgebunden. Sie schaute ihm prüfend ins Gesicht.

„Wat machsse so lange hier? Hasse erst noch das *Vater Unser* für die Gans gesprochen?“

Aber er lachte nicht.

„Ich denke nach, Charlotte. Ich versuche zu begreifen, was du mir gesagt hast.“

„Ich hätte nix sagen sollen.“ Die Küchenfliesen waren kalt. Sie machte einen Schritt zurück auf den Teppich im Flur.

„Hast du schon mit deiner Enkeltochter darüber gesprochen?“

Genau das hatte sie befürchtet. Sie schüttelte vehement den Kopf. „Natürlich nicht. Und sag du ihr bitte auch nichts!“

„Ach, Charlotte.“ Seine Stimme war leise, weich. „Natürlich verrate ich dich nicht, aber …“ Er schaute nachdenklich zur Seite, sah sie dann wieder an.

„Vielleicht hast du Depressionen. Ein Arzt könnte dir da helfen.“

„Papperlapapp.“ Jetzt fing ihr Freund auch noch mit Ärzten an. Sie machte eine abwehrende Bewegung mit den Händen. „Wat soll ich mit ’nem Seelenklempner?“

„Er könnte dir ein Antidepressivum verschreiben. Gegen deine Verzweiflung.“

Charlotte kämpfte schon wieder gegen den Husten und musste sich an der Türzarge festhalten. Josef sprach erst weiter, als der Anfall vorüber war.

„Du könntest es zumindest probieren. Man sollte nie aufgeben.“

Aufgeben! Wie oft in ihrem Leben hatte sie schon *nicht* aufgegeben, obwohl sie allen Grund dazu gehabt hätte.

„Ich bin bald 87 Jahre alt und krank und verlier mein Zuhause. Ich hab lang genug gelebt, Josef. Ich bin müde.“ Sie musste seinem Blick ausweichen. Jetzt bloß keine Tränen. „Lass uns weiter essen.“

Aber Josef ging nicht auf ihren Versuch ein, das Gespräch zu beenden.

„Wie lange geht es dir schon schlecht?“

Sie zuckte die Schultern. „Spielt doch keine Rolle mehr, oder? Ich hab immer gekämpft. Mein Leben lang. Aber jetzt is’ Schluss.“

In der Küche duftete es nach Rosmarin und Zwiebeln. Josef nahm ein Glas Rotwein von der Arbeitsplatte und nippte daran. Warum holte er das Fleisch nicht aus dem Ofen? Sie wollte sich wieder hinsetzen, zurück an den Tisch.

„Isse noch nich’ durch?“ Sie deutete mit dem Kinn auf die Gans.

„Doch, schon seit einer Viertelstunde. Ich habe den Ofen runtergedreht.“

Josef stellte sein Weinglas wieder ab und kam zu ihr herüber. Jetzt stand er so nah vor ihr, dass sie sein After-Shave riechen konnte.

„Kann ich denn nicht irgendwas für dich tun?“

Seine liebevolle Stimme brachte sie endgültig aus der Fassung. Ein Zittern kroch von ihren Füßen durch die Beine nach oben. Charlotte versuchte vergeblich, die Kontrolle wiederzugewinnen. Aber das Zittern war stärker und ergriff ihren ganzen Körper.

„Ich hab Angst, Josef.“ Sie fühlte die Angst erst in dem Augenblick, als sie es aussprach. Er nahm sie in den Arm.

„Ich weiß“, murmelte er in ihr Haar. „Und es macht mich so traurig.“

„Aber verstehst du mich denn nich’? Wenn nich’ mal *du* mich verstehst …“ Sie konnte nicht weitersprechen. Josef hielt sie fest und wiegte sie wie ein Kind, bis sie wieder etwas ruhiger wurde.

„Doch, Charlotte. Ich verstehe dich. Ich spüre, wie schwer es für dich ist.“ Er hielt sie mit beiden Händen an den Schultern und führte sie zum Sofa.

„Setz dich, meine Liebe. Du zitterst ja immer noch.“

Charlotte ließ ihn gewähren, als er sie in eine Wolldecke wickelte und erneut in den Arm nahm. Es war lange her, dass sie jemand in den Arm genommen hatte. Sie hatte fast vergessen, wie gut es tat. Und dass es gegen die Angst half. Ihr Zittern ließ allmählich nach. Sie schloss die Augen. Sein Brustkorb hob und senkte sich im Atemrhythmus. Es war warm in seinen Armen. Endlich einmal warm.

„In diesem Zustand lass ich dich nicht nach Hause." Er drückte sie fester an sich. „Ist das klar, Charlotte? Du bleibst heute hier."

„Alter Schwerenöter." Sie machte sich los und schnäuzte sich entschlossen die Nase. „Glaub nur nich', dass ich einfach so in dein Bett springen tu, nur weil ich mich grad 'n bissken mau fühle."

Josef grinste. „So gefällst du mir schon besser. Dann werde ich jetzt auftischen. Sonst ist der Rotkohl nur noch Matsch und die Gänsebrust halb so groß wie vorher."

„Also so wie meine", murmelte Charlotte.

Diesmal lachte er laut auf.

„Du bist mir vielleicht eine Marke, Charlotte. Erst sterbenselend und jetzt schon wieder Sprüche kloppen."

„Alles nur Tarnung." Sie knüllte ihr Taschentuch zusammen. „Aber ... du hast noch gar nichts zu meinem Kleid gesagt! Hab ich extra für dich angezogen."

„Die Dame möchte umworben werden!" Er hielt sie auf Armeslänge von sich und musterte sie von oben bis unten. „Sie sehen wirklich bezaubernd aus in Ihrem Kleid, Frau Rinke. Es wäre mir eine Ehre, wenn Sie mir heute Nacht Gesellschaft leisten möchten."

„Alter Charmebolzen."

Josef zwinkerte ihr zu und verschwand in die Küche. Nun gut. Dann würde sie auf dem Sofa schlafen. Charlotte fühlte sich erleichtert. Verwundert stellte sie fest, dass sie Hunger hatte.

*

Mit jedem Jahr wurde seine Mutter schwächer. Ralf Hilbersen musste sie im Rollstuhl zum feierlichen Abendessen in den Speisesaal des Altenheims schieben. Nach der Hälfte ihres pürierten Bratens wurden ihr die Menschen und die Weihnachtsmusik zu viel, und sie wollte zurück auf ihr Zimmer.

„Aber du hast doch dein Geschenk noch nicht ausgepackt, Mutter."

Ihre mageren Hände drehten unschlüssig das Päckchen in ihrem Schoß hin und her.

„Ich brauche keine Geschenke mehr." Sie gab sich keine Mühe zu verbergen, dass sie in Ruhe gelassen werden wollte. Vielleicht ist das ein Privileg des Alters, dachte Hilbersen. Dass man auf niemanden mehr Rücksicht nehmen muss. Nicht mehr so tun muss als ob. Er nahm das Päckchen, öffnete selbst die Geschenkverpackung und stellte ihr die zwei dunkelgrünen Mokkatässchen auf den Nachttisch. Seine Mutter hatte Mokkatässchen aus aller Welt gesammelt, seit sie eine junge Frau war.

„Die sind aus Italien", erklärte er. „Aus Florenz."

Aber sie warf nur einen müden Blick auf das Porzellan.

„Ich brauche auch keine Tassen mehr", murmelte sie. Hilflos gab er ihr einen Kuss auf die Stirn.

„Unsinn, Mutter. Du wirst sehen, ich werde dir noch häufig Tassen mitbringen. Schlaf erst mal, dann fühlst du dich besser."

Aber als er sich verabschiedet hatte und auf dem Gang nach einer Pflegekraft suchte, die ihr ins Bett helfen würde, war ihm klar, dass das nicht die Wahrheit war.

„Sie sollten häufiger kommen", verabschiedete ihn die Schwester, die er schließlich aus dem Speisesaal gerufen hatte. „Ihre Mutter ist sehr schwach. Sie liegt fast nur noch."

„Ich verstehe." Die hellblauen Augen der Pflegerin sahen ihn streng an. „Vielen Dank für Ihre offenen Worte."

Als er jetzt durch die elektronische Schiebetür nach draußen in den Nieselregen trat, fühlte er sich schwer und müde. Was bin ich für ein blinder Hornochse, dachte er. Da hatte er sich das letzte halbe Jahr nur mit sich und der Trennung von Evelyn beschäftigt und dabei weder den Kummer seiner Kinder noch den Verfall seiner Mutter wahrgenommen. Mit langsamen Schritten ging er zum Wagen hinüber. Der Tag war anstrengend gewesen. Aber in seiner *Studentenbude*, wie er dic kleine Wohnung inzwischen nannte, warteten ein guter Bordeaux und ein Lammbraten auf ihn. Sein Auto begrüßte ihn mit dem Aufleuchten der Blinker und er öffnete erleichtert die Fahrertür. Doch das Läuten von Kirchenglocken ließ ihn in der Bewegung innehalten. Halb sieben. Die Glocken riefen sicher zur Christmette. Wie aufgeregt er früher als Kind gewesen war, wenn seine Mutter ihn an der Hand nahm und mit ihm in die festlich geschmückte Kirche ging. Aber das war Ewigkeiten her. Als Erwachsener war er allenfalls vier, fünf Mal in die Weihnachtsmesse gegangen, als seine eigenen Kinder noch klein waren.

Hilbersen zögerte. Hinter den Fenstern konnte er die Lichter der Weihnachtsbäume leuchten sehen, und Menschen bewegten sich schemenhaft hinter den Gardinen. Auch über den Straßen hingen rot und weiß strahlende Lichterketten. Er schloss seinen Wagen wieder ab und machte sich auf den Weg durch den weihnachtlich geschmückten Stadtteil.

Am Ausgang des Parkplatzes kam ihm ein betrunkener Obdachloser entgegen und wünschte lallend *Frohe Weihnachten*. Das hätte er heute auch vorgehabt, sich einfach nur zu betrinken. Aber der arme Kerl hatte bestimmt keinen Beaujolais dazu genommen.

„Warten Sie", rief er dem Mann hinterher und drückte ihm zwanzig Euro in die Hand. „Vom Christkind." Er zwinkerte ihm zu. Das Gesicht des Mannes begann zu strahlen und Hilbersen konnte ihn nur mit Mühe von einer brüderlichen Umarmung abhalten. „Ich muss weiter", sagte er.

Die Luft war kühl und klar. Aus einem der Häuser drang Klavierspiel und der Gesang von Kindern. Hilbersen hielt sein Gesicht in den Regen, der in feinen Tropfen vom Himmel fiel. Er bedauerte, heute Abend nicht bei Simon und Hannah zu sein. Aber morgen! Morgen würde er für die Dauer von Evelyns Skiurlaub zu seinen Kindern ins Haus ziehen. Er tastete nach dem Haustürschlüssel in seiner Manteltasche. Nachdem seine Noch-Ehefrau den Kindern erlaubt hatte, in den Ferien zu Hause zu bleiben, war sie plötzlich in Tränen ausgebrochen. Und Hilbersen hatte es nicht übers Herz gebracht, die Kinder wieder mitzunehmen und Evelyn angetrunken und durcheinander am Heiligabend allein zu lassen.

„Wir drei feiern morgen", hatte er Hannah getröstet. Und:

„Kümmer' dich um deine Mutter", hatte er Simon aufgetragen. Die beiden hatten murrend gehorcht.

Warum nur war ihm nicht früher aufgefallen, dass Hannah und Simon ihn brauchten? Vor allem Hannah. In den nächsten Tagen würde er viel mit ihr unternehmen. Ihr zuhören. Sie besser kennenlernen. Seine *kleine Lady*.

Und im Januar würde er sich einen Anwalt nehmen. Er würde Evelyn nicht weiter kampflos das Haus überlassen. Dazu noch dicken Unterhalt zahlen. Sie konnte ja mit Clemens zusammenziehen. *Er* würde bei seinen Kindern bleiben.

Je weiter Ralf Hilbersen sich der Kirche näherte, desto durchdringender wurde der Klang der Glocken. Jetzt konnte er die Vibrationen schon im Körper spüren. Vor und hinter ihm strömten festlich gekleidete Menschen jeden Alters zur Messe. Er ließ sich mit ihnen treiben, hörte ihren Gesprächsfetzen zu, ging langsamer. Als die Glocken aufhörten zu läuten und nur noch vereinzelt Besucher in die Kirche eilten, hielt er auf der Treppe vor dem Portal inne. Aus dem Innern des Kirchenraums erklang eine Orgel. Volle, tiefe Klänge. Hilbersen betrat den Kirchenraum, als die Gemeinde zu singen begann. *„Ich steh an deiner Krippen hier, oh Jesu, du mein Leben ...“* Die Schönheit des Chorals traf ihn mit unerwarteter Wucht. Zögernd tauchte er eine Hand in das Weihwasserbecken und bekreuzigte sich. Eine vertraute Bewegung. Vertraut und doch neu.

Meine Frau vögelt mit meinem Freund, dachte er. Seltsamerweise ließ ihn der Gedanke jetzt kalt. Er versuchte, in den Schmerz hineinzugehen. Malte sich die beiden aus. Nackt. Schwitzend. Keuchend. Er empfand nichts dabei.

Wir haben uns hier versammelt, um die Geburt Jesu Christi, des Erlösers, zu feiern.

Das Leben war absurd.

*

Abgehetzt betrat Katja das Foyer des Hotels. Die verschwitzte Bluse klebte auf ihrem Körper und sie fühlte sich unwohl in dem steifen, grauen Wollblazer, den sie nur für die familiäre Weihnachtsfeier angezogen hatte. Die Frau an der Rezeption des *Katharinenhof* nickte ihr freundlich zu.

„Frohe Weihnachten. Kann ich Ihnen helfen?“

Katja blickte sich suchend um. In den Sesseln im Foyer saß nur ein älteres Ehepaar.

„Ich suche Herrn Mahnke.“

Die Rezeptionistin nickte.

„Dann sind Sie Frau Vohsen? Herr Mahnke lässt Ihnen ausrichten, Sie möchten ins Restaurant kommen. Hier den Gang entlang und dann die Glastür rechts, bitte.“

„Danke. Auch Ihnen ein frohes Weihnachtsfest.“ Ihre Stimme klang belegt. Das Herzklopfen, das sie schon auf der Autofahrt begleitet hatte, wurde noch heftiger. Katja versuchte sich einzureden, dass dies ein ganz normales Treffen mit Jens sei. Dass er nur mit ihr reden wolle. Aber der Treffpunkt sprach eine andere Sprache.

„Ich kann jetzt nicht nach Hause“, hatte Jens ihr am Telefon erklärt. „Ich brauche Abstand. Einen neutralen Ort zum Nachdenken.“

Der *Katharinenhof* lag im Süden von Mahrenbach, ein wenig außerhalb des Zentrums. Als Katja die schwere Glastür zum Restaurant aufdrückte, kam Jens ihr schon entgegen und umarmte sie.

„Endlich." Er sah aufgewühlt aus. „Da bist du."

„Da bin ich."

Das Lokal war gut besetzt. Es roch nach Rotkohl, Wildbret, Alkohol. Katja ließ ihren Blick unruhig über die Gäste wandern. Niemand, den sie kannte. Ziemlich unvorsichtig von Jens, sie in der Öffentlichkeit zu umarmen. Aber Jens lief schon voran zu einem kleinen Tisch am Rande des Restaurants.

„Was ist denn los?" Sie zog im Gehen ihren Mantel aus. Weihnachtsmusik mischte sich mit dem Klappern von Besteck und den Gesprächen der Gäste. Jens ließ sich auf seinen Stuhl fallen. Vor ihm auf dem Tisch stand Wein. Sie setzte sich auf die Kante des zweiten Stuhls und behielt den Mantel auf dem Schoß. Er griff sofort nach ihrer Hand.

„Tut das gut, dich zu sehen. Trinkst du einen Wein mit?"

„Nein, lieber ein Wasser. Oder vielleicht … eine Apfelschorle. Ich habe nicht viel Zeit, Jens." Auch wenn ich wünschte, dass es anders wäre, ergänzte sie in Gedanken.

„Ich weiß. Deine Familie. Ich bin froh, dass du kommen konntest." Er zögerte. „Wie bist du denn … was hast du denn …?"

„Ich habe gesagt, Charlotte habe angerufen, weil es ihr schlecht ginge."

„Da war dein Mann aber bestimmt auch nicht begeistert."

„Ach, es ging." Sie entzog Jens ihre Hand. Robert war erstaunlich freundlich geblieben, als sie angekündigt hatte, nach Lossweiler zu fahren.

„Im Januar kümmern wir uns um einen Heimplatz für Charlotte", hatte er gesagt und Katja auf die Stirn geküsst. „Und um eine Wohnung für meine Mutter."

„Ist ja Weihnachten. Da ist er nachsichtiger mit mir." Sie versuchte, den Mantel auf ihrem Schoß in eine handlichere Form zu bringen und sich halbwegs bequem hinzusetzen.

„Weihnachten. Das Fest der Liebe." Jens lachte bitter auf. Mit den Händen strich er unablässig das Tischtuch, das weder Flecken noch Falten hatte, glatt. „Für Emilies Vater ist es eher ein Fest des Hasses."

Bevor Katja nachfragen konnte, kam die Bedienung an den Tisch. Sie bestellte ihre Apfelschorle und war dankbar, dass der Kellner ungefragt ihren Mantel nahm und zur Garderobe brachte. Jens war immer noch ganz mit sich beschäftigt. Sie lehnte sich über den Tisch zu ihm herüber.

„Fest des Hasses? Ihr hattet Streit? Wo sind Emilie und Lena?"

Er sah sie an. „Ich musste Lena in Augsburg lassen. Dabei hätte ich sie lieber …" Katja hatte ihn noch nie so traurig gesehen. Sie hätte gerne sein Gesicht gestreichelt, nahm stattdessen doch wieder seine Hand.

„Bitte erzähle es mir von Anfang an. Dein Schwiegervater …"

„Erst hat er mir nur die üblichen Vorwürfe gemacht … ich sei Schuld an Emilies Depression, weil ich dieses behinderte Kind gezeugt habe … ich habe seine Tochter kaputtgemacht, weil ich die Untersuchung nicht wollte … wir hätten abtreiben sollen … Emilie sei so begabt gewesen …" Jens schwieg, während der Kellner die Schorle brachte.

„Begabt?", nahm Katja den Faden wieder auf.

„Sie spielt Klavier. Hat auch ein paar Semester Musik studiert. Aber sie selbst war nie von ihrem Talent überzeugt. Und als wir geheiratet haben, war sie erleichtert, das Studium drangeben zu können. Ihr Vater ist der Einzige, der glaubt, sie hätte das Zeug zu einer großen Pianistin gehabt."

„Und du hättest sie davon abgehalten …", ergänzte Katja.

Jens nickte und nahm einen großen Schluck Wein.

„Dabei war Emilie doch nur froh, dass sie wieder einen starken Mann und Versorger gefunden hatte. Vom Vater zum Ehemann. Da brauchte sie sich nicht mehr selbst zu kümmern."

Sie schaute ihn überrascht an. Ob er über eine Trennung nachdachte?

„Aber ihr habt euch doch bestimmt ineinander verliebt, damals?"

Jens stieß einen abfälligen Laut aus. „Ja, das habe ich auch gedacht. Dass sie mich liebt. Aber seit Lenas Geburt … will sie nicht mal mehr mit mir schlafen." Er schüttelte den Kopf und trank das halbvolle Weinglas in einem Zug leer.

„Du willst mir sagen, ihr schlaft seit vier Jahren nicht mehr miteinander?" Die Frage rutschte Katja heraus, bevor sie darüber nachgedacht hatte. Das geht dich nichts an, ermahnte sie sich. Sie wollte es vielleicht auch gar nicht so genau wissen. „Entschuldigung. Ich hätte nicht …"

„Kein Grund, dich zu entschuldigen." Jens sah sie so eindringlich an, dass sie den Blick senkte, um ihre Lust zu verbergen. „Ich *möchte* mit dir darüber reden, Katja. Da ist sonst niemand, mit dem ich so offen über Emilie reden kann."

Katja war die Röte ins Gesicht gestiegen. Immer noch konnte sie seinen Blick nicht erwidern.

„Doch, wir haben ab und zu Sex. Aber den lässt sie nur über sich ergehen, weil es wohl ihrer Vorstellung von einer guten Ehefrau entspricht." Am Nebentisch kippte ein Glas Rotwein um. Unruhe entstand, ein Kellner eilte dazu. Katja war dankbar für die Ablenkung. Seit Wochen drängte sie ihren Wunsch, Jens zu umarmen und zu küssen, beiseite. Und jetzt erzählte er ihr, dass seine Frau nur widerwillig mit ihm schlief. Und führe uns nicht in Versuchung, dachte Katja.

„Ich weiß nicht, was ich tun soll." Jens griff wieder nach ihrer Hand. Sie fuhr mit dem Zeigefinger unter die Manschette des Hemdärmels. Zog ihn dann hastig wieder zurück.

„Also was war das für ein Streit mit deinem Schwiegervater? Warum fährst du an einem Heiligabend ganz allein aus Süddeutschland zurück nach Mahrenbach?"

„Er macht mir jedes Mal Vorwürfe, wenn ihre Eltern zu Besuch sind. Bisher habe ich versucht, das gelassen zu nehmen. Ich wollte Emilie nicht noch mehr Kummer bereiten. Aber diesmal …" Er streichelte mit dem Daumen die Innenseite ihres Handgelenks. „Diesmal wäre ich am liebsten überhaupt nicht nach Augsburg gefahren. Ich wäre lieber hier geblieben, in deiner Nähe."

„Jens!" Verdammt, warum erzählte er nicht endlich, was vorgefallen war! Sondern streichelte sie stattdessen. Sagte ihr mit seinen Augen, seinen Händen, seinem ganzen Körper, dass er sie begehrte. Und verdammt, warum brachte sie das so zum Strahlen. Nicht die Kontrolle verlieren.

„Entschuldigung." Er ließ sie los. „Diesmal konnte ich es nicht mehr ertragen, sein verhasstes Gerede. Ich habe ihn gefragt, ob er allen Ernstes ein Kind im sechsten Monat hätte ermorden wollen."

„Oh. Das war direkt. Was hat er …"

„Er sagte, eine solche Abtreibung sei kein Mord, sondern hätte gute Gründe. Da habe ich ihn angebrüllt, er sei genauso ein Nazi wie sein Vater und würde Lena wahrscheinlich jetzt noch am liebsten ins Gas schicken."

Katja bekam eine Gänsehaut. „War Lena etwa dabei?"

„Nein, Lena nicht. Aber Emilie." Jens zuckte mit den Schultern. „Die hat natürlich nur geheult. Das hat mich noch wütender gemacht und ich habe mich geweigert, mich zu entschuldigen. Da hat er mich rausgeschmissen."

„Aber Emilie … und Lena? Warum sind die nicht mit dir zurückgekommen?"

„Emilie? Die würde sich ihrem Vater nie widersetzen. Sie hat nicht mal protestiert. Bloß geheult."

Das war allerdings wirklich eine Krise. Katja überlegte, ob sie in Emilies Alter in einer solchen Situation die Kraft gehabt hätte, sich für ihren Ehemann und gegen ihren Vater zu entscheiden.

„Ist bestimmt nicht leicht für Emilie. Hast du schon mit ihr telefoniert?"

Jens schüttelte den Kopf. „Nicht heute. Ich brauche erst mal Zeit."

„Und ihre Großeltern – die waren Nazis?"

„Ihr Großvater war eine richtige Größe in dem Verein. Hatte irgendeinen wichtigen Posten im KZ Dachau."

Katja trank etwas von ihrer Schorle. Eigentlich müsste sie allmählich wieder nach Hause fahren. Aber sie konnte Jens doch nicht so sitzen lassen.

„Es tut mir sehr leid für dich", sagte sie leise.

Jens machte eine wegwerfende Handbewegung.

„Ach, meine Schwiegereltern … das ist mir egal. Emilie inzwischen auch. Nur dass ich Lena bei ihnen lassen musste, das tut mir weh."

„Sie lieben Lena bestimmt. Sie können es vielleicht nur nicht so zeigen." Katja merkte selbst, dass ihre Worte nicht wirklich tröstlich waren.

„Emilies Mutter vielleicht, ja. Die mag Lena. Aber dem Alten ist sie ein Dorn im Auge und Emilie fühlt sich schuldig. Sie hat ein behindertes Kind zur Welt gebracht, also hat sie versagt. Nur der Starke, Leistungsfähige zählt. So eine kranke Denke herrscht in dieser Familie." Er wischte sich übers Gesicht. „Ich halt das nicht mehr aus, Katja. Das ist … meine Tochter. Und ich liebe sie. Und ich finde sie wunderbar."

„Sie *ist* wunderbar." Katja rückte ihren Stuhl neben seinen und nahm ihn in den Arm. „Lena *ist* wunderbar. Ich wünschte, sie wäre meine Tochter." Sie legte ihre Stirn an Jens' Schläfe und schloss die Augen. Nicht mehr denken. Nur fühlen. Eintauchen. In die Nähe seines warmen Körpers. In seinen Duft.

*

„Mehr schaff ich nicht." Charlotte sah mit entschuldigendem Blick auf die halbe Gänsebrust, die vor ihr auf dem Teller lag. Vom Rotkohl und den Klößen hatte sie kaum etwas angerührt.

„Aber meine Liebe." Josef nahm ihre Hand. Erst jetzt fiel ihr auf, dass er heute seinen Ehering trug. „Du musst dich nicht zu etwas zwingen. Genieß den Abend einfach."

Sie nickte und nippte an ihrem Rotwein.

„Warum sind se nie geblieben?", fragte sie dann übergangslos.

„Wer ist nie geblieben?“ Er hielt mit der Gabel auf halbem Weg zum Mund inne.

„Deine Liebchen. Die Mäuskes, die du dir immer mal innet Bett holen tust.“

Josef steckte sich lächelnd den Bissen Fleisch in den Mund. Er ließ sich Zeit mit der Antwort.

„Ich wollte nicht, dass sie bleiben. Nach Marias Tod … Ich konnte mir nie vorstellen, dass eine andere Frau ihren Platz einnimmt.“

„Die hast du geliebt, deine Maria, nich’?“

Ihr Freund nickte. „Und im Gegensatz zu dir mit deinem Ludwig habe ich sie nicht mal betrogen.“ Er begann zu kichern. War inzwischen mindestens beim dritten Glas Wein angekommen, wie Charlotte gezählt hatte.

„Na klar. Du hast dich erst zum Casanova gemausert, als deine Angetraute ins Gras gebissen hatte. Zum *Baumnusskavalier*.“ Charlotte griff nach ihrer Handtasche und holte eine kleine Schachtel heraus.

„Frohes Fest!“

Diesmal verschluckte er sich fast. „Du hast ein Geschenk für mich? Das ist mir jetzt aber unangenehm. Ich habe gar nichts für dich.“

„Papperlapapp. Dat is’ nur ’n kleinet Dankeschön für die Einladung.“

„Oh nein. Ich danke *dir*, liebste Charlotte.“ Bevor Josef das Kästchen öffnete, gab er ihr einen Handkuss, der mehr als nur gehaucht war. Ein feuchter Fleck blieb auf ihrem Handrücken zurück. Charlotte tupfte ihn mit der Serviette ab und beobachtete gespannt, wie ihr Freund die silbernen Manschettenknöpfe aus der Schachtel nahm und sie gegen das Kerzenlicht hielt. Die Bernsteine darin leuchteten in einem warmen Braunton.

„Die wollt ich eigentlich Leo schenken, damals“, erklärte sie. „Zur Geburt von unsrem Kind.“

Er sah sie erstaunt an. „Du hast ein Kind von Leo erwartet?“

„Jau. Aber dat hab ich dann im Luftschutzkeller verloren. Wollte viel zu früh auffe Welt kommen. Is’ direkt wieder gestorben. Mai ’44. Dat waren die Tommys mit ihren Bombern.“

„Das hast du mir noch nie erzählt.“ Josef legte die Manschettenknöpfe parallel zueinander neben einer Christbaumkugel ab und kam um den Tisch herum zu ihr.

„Dat war in ’nem andern Leben“, sagte Charlotte abwehrend. „Spielt keine Rolle mehr.“ Aber die Tränen, die schon wieder in ihr aufstiegen, belehrten sie eines Besseren. Warum war sie heute so sentimental? Nicht schon wieder heulen, mahnte sie sich. Ihr Freund war neben ihr auf die Knie gegangen.

„Ich danke dir“, sagte er mit rauer Stimme und legte seinen Kopf an ihre Schulter. „Ich danke dir für dein Vertrauen.“ Charlotte drückte ihn weg.

„Du hast zu viel getrunken. Du hast ein inne Latüchte.“

„Vielleicht“, murmelte Josef und umarmte sie erneut. „Aber ich habe das Gefühl, ich sollte dich jetzt in den Arm nehmen.“

Widerwillig ließ Charlotte seine Nähe zu. Er fühlte sich warm und tröstlich an. Sie spürte eine unerwartete Regung in ihrem Unterleib.

„Nee, ich weißet nich’.“ Sie machte sich frei.

„Das ist kein Kölnisch Wasser, was du da trägst“, stellte Josef fest.

„Dat is’ Coco Schanell. Zur Feier des Tages.“

„Oh, wir sind heute französisch unterwegs.“ Er gab ihr einen Kuss auf die Schläfe und stand auf. „Dann werde ich jetzt mal das Sofa umbauen. Und Bettzeug für dich holen.“

Während er ins obere Stockwerk verschwand, trug Charlotte mühsam die Teller in die Küche. Einige dieser merkwürdigen, kleinen, orangen Früchte, die sich in ihren eigenen Blättern versteckten, lagen auf der Arbeitsplatte. Daneben ein Schälchen geriebener Schokolade. Sie öffnete den Kühlschrank. Eine Schüssel duftender Sherrycreme! Wie sollte sie auch noch Nachtisch schaffen?

„Den werden wir später essen“, hörte sie Josefs Stimme in ihrem Rücken, als ob er ihre Gedanken gelesen hätte. Er drückte die Kühlschranktür wieder zu, legte einen Arm um ihre Taille und zog sie näher zu sich.

„Ich krieg kalte Mauken, wenn du mich nich’ zurück innet Wohnzimmer lässt.“

„Aber einen Kaffee nimmst du doch noch mit mir?“

*

Am Ausgang des Hotels hielt Jens sie zurück.

„Kannst du nicht bleiben? Nur diese eine Nacht?“

Katja sah in seine Augen; sie liebte diese Augen, sie suchte nach den Sprenkeln darin. Ihre Gedanken und Gefühle wirbelten durcheinander.

„Ich weiß nicht. Ich …“

Aber Jens zog sie einfach an sich. Ich darf das nicht zulassen, dachte sie, ich darf es nicht. Aber sie wehrte sich nicht und ihr Körper erwiderte seine Umarmung.

„Bitte, bleib.“ Seine Stimme so nah an ihrem Ohr; seine Zimtstimme, die jetzt leise war und tief. Seine Lippen streichelten ihre Ohrmuschel. Er roch nach Jens und nach Schweiß, er roch nach etwas, das Katja noch nicht kannte. Dann wanderte sein Mund über ihre Wangen. Er berührte ihre Haut kaum, sie fühlte mehr seinen Atem als seine Lippen, sie spürte seine Nase, die sich gegen ihren Wangenknochen drückte, dort innehielt und tief Luft einsog.

„Du riechst gut“, sagte Jens.

Katja schwieg, sie wollte diesen Mantel wieder ausziehen, den Mantel und das hässliche graue Jackett; sie wollte ihm näher sein. Sie wollte Haut an Haut. Wir müssen damit aufhören, dachte sie, bitte hör auf, mich zu liebkosen. Bitte mach weiter. Ihr Atem wurde schneller, Jens' Mund war vor ihrem angekommen, sein Blick ging von ihren Lippen hoch zu ihren Augen. Er war so nah, dass Katja sich in seinen Pupillen spiegeln konnte, seine Augen schienen zu leuchten, die Sprenkel in seinen Augen strahlten jetzt wirklich golden. Er küsste sie nicht, sondern sah sie an, fragend, wartend vielleicht, sein Mund einen fingerbreit vor dem ihren, nein näher noch, nur ein Blatt Papier, nur ein Seidentuch hätte noch dazwischen gepasst. Wir tauschen unseren Atem, dachte Katja, auch eine Art zu küssen. Dann fühlte sie die Bewegung seiner Lippen, als er *ich liebe dich* sagte. Sie hörte sich selbst leise stöhnen, registrierte, dass sich ihr Körper Jens in einer unwillkürlichen Bewegung entgegendrückte, fand sich schließlich mit geschlossenen Augen in einem Kuss wieder.

„Bitte, bleib“, sagte Jens noch einmal, nachdem sich ihre Münder erforscht hatten. Katja sah ihn an, fragend, staunend, senkte den Kopf. Was soll ich tun, dachte sie, was soll ich jetzt tun. Ich liebe Robert nicht mehr, jetzt bin ich mir sicher, jetzt kann ich die Augen nicht länger davor verschließen. Ich werde ihn verlassen.

„Ich muss zu Hause anrufen.“ Sie hob den Kopf wieder. „Und bei Charlotte.“

„Willst du sie um ein Alibi bitten?“ Jens wirkte erstaunt. Katja nickte.

„Ja, keine Sorge. Sie wird uns nicht verraten. Außerdem …“, sie lächelte bei der Erinnerung an die erste Begegnung, „du hast ihr gefallen, schon damals, im September.“

„Na, wenn ich *ihr* gefallen habe.“ Er sagte es mit einem Augenzwinkern, zog Katja noch einmal an sich. „Zimmer 21. Wirst du nachkommen?“

Er ist so verletzlich heute Abend, dachte Katja. Anstatt zu antworten drückte sie ihm einen Kuss auf den Schwung seiner Oberlippe. Ganz leicht nur.

„Zimmer 21“, sagte sie und suchte in ihrer Handtasche nach dem Handy. Jens fuhr sich wie ein Schuljunge verlegen über den Mund, der Ausdruck seiner Augen wechselte zwischen Lächeln und Ernst.

„Du bleibst wirklich?“

Seine Verlegenheit steckte Katja an, sie musste sich räuspern, bevor sie antworten konnte.

„Ja. Nun geh schon. Ich wäre beim Telefonieren lieber allein.“ Jens nickte.

„Ja, natürlich.“ Dann murmelte er noch einmal ihren Namen, immer noch ungläubig, mit demselben Staunen, das sie empfand. Katja sah ihm nach, wie er zum Aufzug ging. Ich begehre ihn, dachte sie. Vielleicht habe ich noch nie jemanden so begehrt. Wieder suchte sie nach dem Handy in ihrer Tasche, nun konzentrier dich, mahnte sie sich. Die Rezeptionistin warf ihr schon neugierige Blicke zu, oder bildete sie sich das nur ein? Katja trat durch die Tür nach draußen in den Regen, dann wählte sie ihre eigene Nummer. Anke meldete sich.

„Ist alles in Ordnung, Mama? Du klingst so komisch.“

„Nein, es geht mir gut.“ Katja bemühte sich, ihrer Stimme einen festeren Klang zu geben. „Aber Charlotte leider nicht. Gibst du mir mal den Papa?“

„Klar.“ Sie hörte Anke nach ihrem Vater rufen, dann Roberts fragende Stimme im Flur. Ihr Herz hämmerte, er ahnt nichts, dachte sie. Endlich war er am Hörer.

„Robert, es tut mir leid, aber ich muss noch bei Charlotte bleiben. Kann sein, dass ich morgen früh erst wieder nach Hause kommen kann.“

„Katja, so geht das nicht weiter.“ Sie hörte die Wut und Enttäuschung in seiner Stimme. Nein, so geht das wirklich nicht weiter, dachte sie, ich liebe dich nicht mehr. Sie musste sich zusammenreißen, ihm nicht schon am Telefon zu sagen, dass es vorbei war.

Nach dem Telefonat blieb sie eine Weile reglos im Regen stehen. Die Tropfen durchnässten ihre Locken, drangen allmählich bis auf ihre Kopfhaut durch, aber es störte sie nicht. Morgen. Morgen würde sie Robert verlassen. Es war die einzige Möglichkeit. Aber der morgige Tag war weit weg.

Aus der Ferne läuteten Kirchenglocken, Charlotte fiel ihr wieder ein. Die sollte sie noch vorwarnen, falls Robert einen Kontrollanruf auf ihr Festnetztelefon machte. Katja ließ es lange vergeblich klingeln. Merkwürdig, aber vielleicht war ihre Großmutter noch bei dem Nachbarn.

Noch einmal schaute Katja auf die erleuchteten Fenster des Hotels und dachte an Jens. Sie spürte eine tiefe Freude, die sie sich selbst nicht erklären konnte. Diese Liebe konnte nicht von Dauer sein, aber sie empfand plötzlich eine große Ruhe und Klarheit. Dieser Augenblick, diese Nacht würden sie ihr ganzes Leben begleiten. Zeitlos. Kostbar. Zu kostbar, um nicht gelebt zu werden. Entschlossen ging sie zurück ins Hotel und fühlte und wusste und lachte *ja, ich will, ich will, ich will.*

*

„Wie hast du es vor?“ Josef hatte Bettzeug und einen seiner Schlafanzüge von oben geholt und das Sofa im Wohnzimmer zur Liegefläche umgebaut.

„Was meinst du?“ Charlotte schaute ihn irritiert an. Er saß so dicht neben ihr auf der Kante des improvisierten Bettes, dass seine Hüfte gegen die ihre drückte.

„Wie ich in so ’nem Schlafanzug inne Heia gehen will?“ Sie faltete die Jacke auseinander und hielt sie mit einem skeptischen Blick vor ihren Oberkörper. Josef lachte.

„Ein paar Nummern zu groß, ich weiß. Aber du kannst doch nicht dein wunderschönes Kleid zerknittern, liebe Charlotte.“ Er wurde wieder ernst und strich ihr eine Locke aus der Stirn. Sie ließ den Pyjama sinken.

„Nein, ich meinte, wie du … dein Leben beenden willst.“ Es fiel ihm sichtlich schwer, das über die Lippen zu bringen.

„Nickerchen machen und nich’ mehr aufwachen“, murmelte Charlotte. Nicht noch mal dieses Thema.

„Hast du dir Tabletten besorgt?“

Musste er denn so bohren?

„Nee. Ich muss zwar jeden Tach die ganzen Pillen rauf und runter schlucken, aber da sind keine Schlafmittel bei.“ Josef nickte. Sie sah ihn misstrauisch an. Warum wollte er das so genau wissen? Um es ihr auszureden?

„Gas!“, stieß sie hervor, „Kopf innen Herd, du weißt schon.“ Hektisch begann sie, den Schlafanzug ganz auseinanderzufalten. Josef verzog schmerzlich das Gesicht.

„Ich hätte nicht fragen sollen, entschuldige.“ Er lehnte seine Stirn in ihr Haar und hielt ihre Hände fest.

„Du wirst doch jetzt nicht anfangen zu flennen“, schimpfte Charlotte. Aber es klang nicht so ironisch wie beabsichtigt. Ihr war selbst zum Heulen. Und seine Nähe fühlte sich tröstlich an. Tröstlich und vertraut. Nach dem Tod seiner Frau hatte sie *ihn* mit ihrem Körper getröstet. Charlotte schmiegte sich näher an ihren Freund.

„Gib mir was ab."

„Wovon soll ich dir abgeben?"

„Von dein Kawuppdich, Josef. Von deiner Kraft." Er hob den Kopf aus ihrem Haar und gab ihr einen Kuss auf die Wange.

„Das würde ich sofort tun, wenn ich es könnte, Charlotte."

„Weißt du früher … wenn et mir schlecht ging, hab ich immer Bilder in mir gehabt. Vorstellungen von meiner Zukunft. Als Leo gefallen war im Krieg, als ich unser Baby totgeboren hatte … das tat weh, aber … da hab ich mich mit 'nem anderen Mann gesehen, ich hab mich mit 'ner Familie, mit Kindern am Tisch sitzen sehen. Aber jetzt …" Sie stockte. „Ich kann nich' sehen, wie ich mit dir am Meer sitze. Und ich kann mich auch nich' ohne mein Haus sehen. Ich hab keine Bilder mehr in mir, verstehsse? Es gibt keine Bilder mehr."

„Ach, meine Liebe." Josef strich mit dem Handrücken über ihre Wange.

„Du muss' nich' denken, dass das einfach für mich ist. Du muss' nich' denken, ich mach mich leichtfertig vom Acker, ich …" Sie begann zu weinen. Josef zog ihr Gesicht an seine Schulter und umarmte sie.

„Du bist müde. Und du hast eiskalte Hände, komm!" Er drückte sie sanft auf das Sofa, bis auch ihre schmerzenden Beine auf dem Laken lagen, dann deckte er sie zu. Sorgsam stopfte er das Federbett um ihren schmalen Körper fest, legte sich neben sie und hielt sie, bis sie aufhörte zu weinen.

„Besser?", fragte er leise. Charlotte nickte.

„Darf ich noch etwas bei dir liegen?" Da sie nicht antwortete, drückte er ihr einen Kuss auf die fleckige Wange, einen zweiten auf ihre nassen Wimpern. Charlotte hob abwehrend eine Hand.

„Ich bin alt und hässlich und krank. Das is' kein Vergnügen mehr für 'n Kerl, mein Körper."

„Es geht doch nicht ums Vergnügen, Charlotte. Schon gar nicht um meins. Ich möchte dir ein wenig Trost spenden. Darf ich?"

War ihm das ernst? Wollte er wirklich mit ihr schlafen? Charlottes Hand fiel schwer neben ihrem Körper nieder.

„Ich hab keine Kraft mehr. Nich' mal mehr für 'n bissken Liebe."

„Dann hab ich Kraft für uns zwei. Du hast mir so geholfen nach dem Tod von Maria. Ich halt das nicht aus, dich so unglücklich zu sehen."

Der Kerl ist verrückt, dachte Charlotte. Aber sie rührte sich nicht, als Josef Sakko und Hemd aufknöpfte, beides sorgfältig über eine Stuhllehne hängte und sich dann mit bloßem Oberkörper zu ihr unter die Decke legte. Er streichelte lange ihr Gesicht und machte jedes Mal „pscht", wenn sie die Augen öffnete und etwas sagen wollte. Da behielt sie sie geschlossen. Josef barg ihren Kopf an seiner Brust und zog ihren Körper vorsichtig an sich. Als hielte er einen Walnusssetzling in den Armen, dem man kein Ästchen abknicken darf, dachte Charlotte. Immer war Josef liebevoll aber bestimmt mit allem Lebendigen umgegangen. Sie hatte ihm gerne zugesehen, wenn er ihre Pferde behandelt hatte, früher.

„Du musst mir sagen, wenn ich dir weh tue." Sein Atem roch nach Wein und sein Hals nach seinem Aftershave.

„Du tust mir schon nicht weh." Aber du bist verrückt, ergänzte sie in Gedanken.

„Und nur 'n bissken streicheln", murmelte sie in die Haare auf seiner Brust, in das grau-weiße Durcheinander. Erst unsicher, dann zunehmend mit Wohlgefühl ließ sie zu, dass er mit den Fingerspitzen am gewellten Saum ihres Spitzenkragens entlangfuhr und mit den Lippen ihren Hals liebkoste. Sie hielt kurz den Atem an, als seine Hände tiefer wanderten, als sie die kümmerlichen Reste ihres Busens streichelten und dann auf ihrem Bauch spazieren gingen. Sie wehrte sich auch nicht, als Josef sie auf die Seite drehte, um die unzähligen winzigen Knöpfe auf der Rückseite des Kleides zu öffnen.

„Es knittert, meine Liebe", sagte er und streifte es von ihren Schultern. Noch einmal stand er auf und hängte auch ihr Kleid über einen Stuhl. Als er seine Hose aufknöpfte, schloss Charlotte wieder die Augen.

„Du verrückter Kerl", murmelte sie, während er sich über sie beugte, ihr Schlüsselbein küsste und ihr schließlich die Träger des Unterkleids und des Hemdchens abstreifte. Als er die elastische Binde darunter entdeckte, stockten seine Bewegungen.

„Man lernt doch immer noch dazu." Er presste sein Gesicht auf den elastischen Stoff. Charlotte fühlte sich unwohl. Sie griff nach den Händen ihres Freundes, um ihn davon abzuhalten, die Baumwollbinde auch noch herunterzustreifen.

„Bitte", flüsterte er in ihr Ohr. „Ich kann ja das Licht löschen, wenn du möchtest."

Und als im Wohnzimmer nur noch die Umrisse der Möbel erahnbar waren und das Ticken der Standuhr lauter als gewöhnlich schien, öffnete sie sich seinen Liebkosungen. Ließ sich unter der warmen, weichen Decke von seinen rauen Händen ganz entkleiden, ließ sich ertasten und streicheln und erwiderte Josefs weinsaure Küsse. Sie lächelte, als er ihre Hand an die zarte Haut seines Geschlechts legte, das so warm und fest war, wie sie es in Erinnerung hatte. Und sie staunte über das lustvolle Gefühl, als er ihren Schoß öffnete und mit einem Finger in sie eindrang.

„Mehr geht nich'", flüsterte sie in sein Ohr.

„So wie du möchtest", erwiderte er.

Und für eine kurze, beglückende Zeitspanne vergaß Charlotte ihre Müdigkeit und Verzweiflung. Selbst das Husten schmerzte nur leicht, als ihr Körper schließlich reagierte, wie er es immer getan hatte. Sie spürte die Erschütterungen in ihrem Bauch und stöhnte befreit auf.

*

Die Lichter der Autos, die am *Katharinenhof* vorbeifuhren, glitten in regelmäßigen Abständen durchs Zimmer. Sie streiften den gerahmten Blumen-Druck an der Wand, erleuchteten dann den beigefarbenen Vorhang, tauchten das Bett in ein unwirkliches Licht und verschwanden wieder. Katja lag nackt unter der Decke und lauschte auf das Rauschen der Dusche. Jens hatte ihr den Vortritt im Bad gelassen und wie ein Teenager war sie, in ein Handtuch gewickelt, danach verlegen an ihm vorbei ins Bett geschlüpft. Jetzt beobachtete sie den Weg der Scheinwerferaugen durch das Zimmer. Das Bettzeug war steif und roch leicht säuerlich. Fast wie im Krankenhaus, fiel ihr auf. Sie warf einen Blick auf die Uhr. Bald Mitternacht. Zu spät, um noch zu versuchen, Charlotte zu erreichen. Sie würde sie morgen anrufen.

Morgen! Katja schloss die Augen und versuchte, den Gedanken an den morgigen Tag wegzuschieben. Morgen war jetzt nicht wichtig. Das Geräusch des Wassers im Bad verstummte. Unter ihre Vorfreude mischte sich Nervosität. Sie öffnete die Augen wieder. Wartete auf das nächste Scheinwerferlicht und fuhr sich dabei mit den Fingerspitzen über die Lippen. Sie lauschte auf Geräusche aus dem Bad. Nichts. Bis zum Öffnen der Tür. Jens war nicht in ein Handtuch gewickelt, als er zu ihr kam.

„Lässt du mich mit unter die Decke?", fragte er leise.

„Da es nur diese eine hier gibt ..." Sie versuchte zu scherzen, aber ihre Stimme klang unsicher. Die Matratze gab unter Jens' Gewicht nach, dann fühlte sie seinen Körper an ihrem. Seine Haut war kühl und noch ein bisschen feucht, sie zog ihn an sich.

„Komm, ich wärme dich."

Er presste sich näher an sie, streichelte mit seinem Gesicht über ihre Wangen, ihren Hals. Sein Duft vermischte sich mit dem Geruch der Bettwäsche. Dann unterbrach er seine Liebkosungen.

„Müssen wir verhüten?"

Katja schüttelte den Kopf.

„Ich habe Kondome besorgt. Wenn es dir lieber ist, werde ich …"

Sie unterbrach ihn. „Brauchst du nicht. Aber sehr vorbildlich, junger Mann."

Jens rückte ein Stück von ihr ab. „Du machst dich lustig? Du machst dich lustig!"

Katja musste lachen. „Niemals." Sie streckte die Arme nach ihm aus. „Komm wieder zu mir, ich …" Noch bevor sie zu Ende sprechen konnte, war sein Mund auf ihrem, seine Zunge drang diesmal fordernder in sie ein. Der unbekannte Duft an ihm wurde intensiver. Sie atmete schneller.

„Du riechst gut", flüsterte Jens, als teile er ihren Gedanken.

Katja schaute ihn an, seine Pupillen waren groß und dunkel in dem gedämpften Licht, dann schmiegte sie sich an ihn, Brust an Brust, Bauch an Bauch, wanderte mit ihren Händen an seiner Wirbelsäule entlang.

„Da bist du", sagte sie. „Da sind wir."

„Ja, da sind wir. Endlich."

Er küsste sie wieder, sah sie an dabei. Katja erwiderte seinen Blick, solange sie es aushielt, ihre Finger wühlten sich in sein Haar, ihr Körper bewegte sich unruhig unter seinen Händen. Schlaf mit mir, dachte sie, jetzt. Sagte es laut: „Schlaf mit mir." Und sie murmelte seinen Namen, als er in sie eindrang.

Die Lichter der Autos wanderten vom Blumen-Druck über den beigen Vorhang zum Bett, vom Druck über den Vorhang zum … Und Katja ließ sich in den Rhythmus fallen, den Rhythmus des Lichts und den ihrer Körper und fühlte eine ungestüme Freude.

*

Bleib!, sage ich, bleib!

Jens schaut mich an, hält inne, sein Mund eine Handbreit von meinem entfernt.

Nicht bewegen?, fragt er. Ich soll mich nicht ...?

Nur ansehen, sage ich, sieh mich nur an!

Und ich spüre ihn in mir, staunend, ich habe gefunden, wonach ich nicht einmal suchte.

Jens?

Ich schaue ihn an, immer noch, immer wieder, und er lächelt, lächelt sich tiefer in mich hinein.

Es ist gut, sagt er, alles ist gut.

Ja, erwidere ich.

Das ist Liebe, denke ich. Ist das die Liebe? Aber ich frage es nur leise, nur in mich hinein. Laut sage ich:

Du berührst meine Seele.

Und ich betrachte seine Lippen, seine Nase, den Knochen, der seine Wangen formt. Mit den Fingerspitzen taste ich nach ihm, ich will ihn erfühlen, will mir jede Erhebung und Vertiefung seines Gesichts einprägen, will es im Gedächtnis meiner Hände haben, so dass ich es auch mit geschlossenen Augen erkennen und von jedem anderen unterscheiden könnte.

Das kitzelt, lacht er, als ich seine Oberlippe berühre.

Dann küss mich!

Er beugt sich über mich und wir werden wieder ernst. So ernst. Feierlich. Ich nehme seinen Kopf in beide Hände, ertaste mit dem Mund seine Augen, seine Nase, seine Lippen. Dort bleibe ich, öffne seinen Mund mit dem meinen, mit der Zunge suche ich nach seinem Stöhnen. Und als ich es finde, weiß ich nicht mehr, ob es seines oder meines ist. Ich fasse ihn fester an, ich greife in das Wogen seines Körpers, meines Körpers, ich spüre seine Lust, konzentriert, gefasst noch.

Ja, sagt er, sogar dein Bauch leuchtet. Und er lacht ganz leise, er geht mit leichten Lippen über meine Brust.

Du, du. Ich finde keine Worte. Ich berühre mein eigenes Gesicht. Es fühlt sich glücklich an, so glücklich, fast möchte ich mich verstecken, als ob es nicht sein dürfte, dieses Glück. Ich bedecke meine Augen, meinen Mund mit den Händen, aber Jens zieht mir die Hände von meinem Lächeln weg, legt sie an seine Wangen. Da halte ich ihn, ich taste mit hungrigen Fingern in seinem

Haar, ich dränge mich in seinen Atem, ich presse mich an ihn. Hör nicht auf, denke ich, während unsere Bewegungen ineinander fließen.

Ich liebe dich, sage ich, ich liebe dich. Ich wiederhole es wieder und wieder, es erregt mich, meine Stimme zu hören, es erregt auch ihn. Und wir sagen uns liebevolle Worte, Worte, die man nur so trunken sagt, Worte des Staunens und der Rührung. Dann kann ich nicht mehr sprechen, die Lust macht mich stumm und ich muss die Augen schließen vor Wonne.

Durch das Wogen höre ich, wie Jens mich bei meinem Namen nennt.

Katja, sagt er, Katja, Katja. Er wiederholt es, bis ich ihn anschaue, bis ich wieder in sein Gesicht schaue, bis auch er sich verliert in der Lust.

Atemholen.

Ich berühre seine salzige Haut mit meinen Lippen, koste seinen Schweiß, und wir warten, noch verwoben ineinander, dass unser Atem ruhiger wird und unsere Körper wieder still. Die Heizung rauscht, nur selten schweben noch die Lichter der Autos durchs Zimmer und es ist immer noch Weihnachten. Weihnachten, denke ich, ja, es fühlt sich nach Beginn an, nach Neuwerdung.

Wer bin ich, die Frage bildet sich unerwartet in mir, taucht auf, schwebt eine Weile an der Oberfläche.

Wer bin ich? Bin ich? Wozu bin ich?

Ich stelle die Frage nicht laut, nicht mal Jens kann sie mir beantworten, niemand kann das beantworten, diese eine Frage. Die einzige Frage, die am Ende bleibt.

7

Als Katja am ersten Weihnachtstag nach Hause kam, saß die Familie am festlich gedeckten Frühstückstisch. Isolde musterte ihre Schwiegertochter missbilligend, Robert schaute nur kurz hoch und die Kinder schwiegen betreten.

„Na, geht es deiner Großmutter wieder besser?", fragte Robert endlich mürrisch. Katja nickte. Blieb immer noch auf der Türschwelle stehen. Spürte den Nachhall von Jens' Berührungen in ihrem Körper.

„Was ist?", fragte Robert gereizt. „Setz dich zu uns, bleib wenigstens heute bei deiner Familie."

Katja nahm ihren Mut zusammen. „Kann ich dich mal sprechen?" Es musste sein. Und es musste jetzt sein. Ihre Stimme war heiser und kam ihr unwirklich vor.

„Hier bin ich, sprich."

„Unter vier Augen."

„Ist Uroma 'was passiert?" Susanne sah ihre Mutter besorgt an.

„Vielleicht ist sie abgenippelt." Kai prustete los. „Wäre doch ein guter Zeitpunkt: Das Christkind kommt, Oma geht."

„Nein, Charlotte geht's wieder besser", erklärte Katja. Kai schaute sie überrascht an, er hatte wohl mit einem Rüffel gerechnet. Aber es würde schwer genug werden für die Kinder, wenn sie Robert verließ. „Ich muss wegen einer anderen Sache mit eurem Vater sprechen." Immer noch hatte sie sich keinen Zentimeter in den Raum hineinbewegt.

„Ich habe keine Geheimnisse vor den Kindern und meiner Mutter." Robert sah sie durchdringend an. „Alles, was du sagen willst, kannst du mir auch hier sagen." Sein Richterblick, dachte Katja. Ihr brach der Schweiß aus. Sie hätte den Kindern diese Situation gern erspart.

„Ich werde mich von dir trennen, Robert. Ich werde dich verlassen."

Durch die plötzliche gespannte Stille in der Küche hörte man die Kaffeemaschine gurgeln. Isolde und die Kinder hatten in ihren Bewegungen innegehalten und sahen aus wie das Standbild in einer Filmszene. Robert legte seine Serviette in Zeitlupe auf den Tisch und starrte Katja an.

„Was ist denn jetzt wieder in dich gefahren? Was erzählst du da für einen Blödsinn?!"

„Ich meine es ernst. Ich werde gehen."

„Du weißt nicht, was du da redest. Deine Großmutter hat dir wohl …"

„Robert!" Sie unterbrach ihn. „Es hat nichts mit Charlotte zu tun."

Die Kinder schienen eher zu begreifen als ihr Mann. Susanne schluchzte auf und Kai schüttelte ungläubig den Kopf.

„Du willst gehen?" Robert war aufgesprungen und stürzte auf Katja zu, als wolle er sie ohrfeigen. Sie wich zurück. „Dann geh doch!" Jetzt brüllte er.

„Papa." Ankes bittende Stimme. Robert drängte Katja in den Flur, schlug die Küchentür hinter sich zu und baute sich vor ihr auf.

„Musst du den Kindern das antun? Ausgerechnet an Weihnachten?"

Katja zuckte mit den Schultern. „Es geht doch nicht um die Kinder", sagte sie leise. Sie fühlte sich ängstlich und erleichtert zugleich. Sie hatte sich entschieden. Sie würde jetzt gleich ihre Sachen packen und fahren. Sie würde wieder Luft bekommen.

„Es tut mir leid, dass es am Weihnachtsmorgen ist. Ich habe schon lange darüber nachgedacht. Aber als Kai die Alkoholvergiftung hatte, wollte ich ihn nicht im Stich lassen." Robert schien erst jetzt die Konsequenzen ihrer Worte zu begreifen.

„Und was ist mit New York? Willst du nicht mal mehr mit mir nach New York fliegen?"

„Es tut mir leid, Robert. Nein."

Sein Gesicht versteinerte.

„Dann geh. Hau einfach ab." Er stieß es zwischen den Zähnen hervor und einen Augenblick dachte Katja, er würde ihr vor die Füße spucken. Sie lief in den Keller. Packte hastig Sachen in einen Koffer. Als Susanne und Anke zu ihr herunterkamen, wurde sie traurig.

„Mama!" Anke nahm sie in den Arm. „Ich hab dich lieb, Mama."

„Ich verstehe das nicht." Susanne wirkte benommen, ungläubig.

„Es tut mir leid." Katja unterdrückte ihre Tränen. „Ich kann nicht mehr mit eurem Vater zusammenleben." Sie zog auch ihre Älteste in die Umarmung, doch Susanne machte sich wieder frei und setzte sich auf das Bett im Bügelzimmer.

„Wo gehst du denn hin?"

„Erst mal kann ich bestimmt bei Charlotte wohnen."

„Und wir? Wir sollen hierbleiben?" Dass ausgerechnet Susanne so ängstlich reagierte, wunderte Katja.

„Du bist doch bald mit der Schule fertig. Du wirst im Sommer sowieso deine eigenen Wege gehen." Susanne schwieg. Anke reichte ihrer Mutter T-

Shirts und Blusen, die Katja mit zittrigen Händen auf die Hosen packte. Der Koffer quoll jetzt schon über.

„Den Rest hole ich später", entschied sie. Nur den Skizzenblock legte sie noch auf die Kleidungsstücke und drückte den Kofferdeckel mit Gewalt zu. Dann setzte sie sich neben Susanne aufs Bett.

„Ich muss erst mal sehen, wo ich selbst bleibe. Wenn ich eine eigene Wohnung habe …"

„Wir kommen schon klar." Anke sah ihre Schwester auffordernd an. „Du musst dir um uns keine Sorgen machen, Mama."

„Danke." Wie erwachsen ihre Mittlere in den letzten Monaten geworden war. „Ich bin nicht aus der Welt. Wir telefonieren. Und wir sehen uns regelmäßig. Versprochen."

Susanne schwieg immer noch. Sie stand ihrem Vater näher als ihre Schwester das tat. Katja konnte sich gut vorstellen, in welchen Konflikt ihre Entscheidung Susanne brachte.

„Du liebst deinen Vater und das ist gut so. Aber ich habe mich verändert. Ich liebe ihn nicht mehr. Und ich könnte nicht mehr ich selbst sein, wenn ich bei ihm bliebe." Susanne sah zu Boden und zuckte die Schultern.

„Irgendwie verstehe ich es ja", murmelte sie mit dünner Stimme.

Katja drückte ihr einen Kuss auf den Scheitel, dann schleppte sie den Koffer die Treppe hoch. Kai lehnte neben der obersten Stufe am Geländer. Er sah wütend aus. Sah ihr nicht in die Augen. Die Küchentür war verschlossen.

„Pass auf dich auf, mein Jüngster." Als Katja ihm eine Hand auf die Schulter legen wollte, drehte Kai sich weg. Seine Reaktion tat ihr weh. Aber er würde Zeit brauchen. Sie durfte ihn jetzt nicht bedrängen.

„Du kannst mich jederzeit übers Handy erreichen." Der Koffer hatte Rollen, so dass sie ihn bis zur Tür ziehen konnte. Robert würde keinen Wert auf eine Verabschiedung legen. Und Isolde …

„Mama", rief Anke. „Warte!" Sie war nach oben gelaufen, während Katja mit Kai geredet hatte, und kam jetzt im Laufschritt die Treppe wieder hinunter. Das kleine Skelett an ihren Ohren baumelte heftig hin und her, dann drückte sie ihrer Mutter eine silberne Kette in die Hand.

„Weißt du noch? Als ich neun war?"

Katja betrachtete das Medaillon auf ihrer Handfläche. Auf der Vorderseite war ein Engel eingraviert, eine Putte mit dicken Ärmchen und Pausbacken. Sie drehte den Schmuck um. *Gott schütze dich*, stand auf der Rückseite.

„Das hast du mir vor der Blinddarmoperation geschenkt", erklärte Anke. „Erinnerst du dich?"

Katja räusperte sich. Natürlich erinnerte sie sich. Aber dass Anke das Medaillon aufgehoben hatte, hatte sie nicht gewusst.

„Du brauchst jetzt dringender einen Schutzengel als ich."

„Du willst es mir schenken?" Ein heftiges Ziehen breitete sich in Katjas Hals, in ihrer Brust aus. Jetzt bloß nicht losheulen.

„Klar. Komm, ich leg's dir um."

Ankes Hände zitterten und es gelang ihr erst beim dritten Mal, den Verschluss der Kette ineinander zu stecken.

„Danke." Sie umarmte ihre Tochter, roch wieder das Parfum, das schon in der ersten Nacht außerhalb des ehelichen Schlafzimmers in Ankes Zimmer gelegen hatte. Anke schluchzte auf. Katja zog sie fester an sich und küsste ihr Haar, ihre Stirn, das Ohr mit dem baumelnden Skelett.

„Es tut mir leid. Es tut mir so leid", murmelte sie. Ihre Mittlere würde einen schweren Stand haben hier im Haus ohne sie. Jetzt machte sie sich los und rannte die Treppe hoch auf ihr Zimmer. Auch Susanne zog ihre Mutter noch einmal vorsichtig an sich.

„Ihr schafft das schon." Katja musste sich räuspern. „Lass dich von Isolde nicht unterkriegen. Und wenn was mit Anke oder Kai ist … Bitte ruf mich an." Susanne nickte. Vor der Haustür wehte Katja der Regen ins Gesicht.

„Du machst die ganze Familie kaputt", brüllte Kai ihr nach. „Was hat Papa dir denn getan?"

Er wird es begreifen, später, versuchte Katja sich zu trösten. Aber die ganze Zeit während der Fahrt zu Charlotte hallte sein Vorwurf in ihrem Kopf nach.

*

Ich schließe die Haustür auf, es riecht wie immer nach Feuchtigkeit und Alter, ich stelle meinen Koffer im Flur ab und gehe ins Wohnzimmer.

Charlotte?

Ihr Sessel ist leer, ebenso der Stuhl vor Ankes altem Rechner. Das Bett ist unberührt, es sieht noch genauso aus, wie ich es am Vortag zurückgelassen habe, und mein Geschenk liegt eingepackt auf dem Fensterbrett. Ich stürze in die Küche, Charlotte? Keine Charlotte, stattdessen riecht es in der Küche penetrant nach Parfum. Verständnislos starre ich auf den Mörser, in dem kleine Glasscherben und ein Rest Flüssigkeit kleben. Sie könnte gestürzt sein. Sie könnte versucht haben, etwas aus der oberen Etage zu holen. Ich renne die Treppe hoch, diesmal rufe ich laut ihren Namen, aber oben ist sie auch nicht. Krankenhaus, schießt es mir durch den Kopf, sie musste ins Krankenhaus und ich war nicht für sie da. Ich reiße die Türen des mächtigen, eichenen Kleiderschranks auf, als könne ich sie dort finden, als sei sie ein Kind, das sich darin versteckt haben könnte. Natürlich ist sie nicht im Schrank. Verdammt, wo bist du, bitte stirb nicht jetzt, nicht ausgerechnet jetzt. Ich suche in meinen Jackentaschen nach dem Handy.

Katja. Bist du das?

Ich brauche einen Augenblick, um zu begreifen, dass es ihre Stimme ist, die mich von unten gerufen hat. Eine zweite, dunklere Stimme mischt sich ein, da ist Verwunderung in beiden Stimmen, ich stürme nach unten und falle beinahe über meinen eigenen Koffer.

Charlotte steht mit ihrem Nachbarn im Flur, verwirrt schaut sie mich an, aber bevor sie etwas fragen kann, umarme ich sie so fest, dass sie aufstöhnt. Die Angst um sie schwingt noch in mir nach, ich verberge mein nasses Gesicht an ihrem schwankenden Körper.

Pscht, macht sie, pscht. Sie riecht nach dem Duft aus dem Mörser und nach dem Körper einer alten Frau. Ich rühre mich nicht und lasse sie nicht los, obwohl ich spüre, wie meine Fassungslosigkeit sie überrumpelt. Als ich ruhiger werde und wieder auf meinen eigenen Beinen stehe, ist Josef Radek verschwunden.

Komm doch erst mal rein, murmelt Charlotte.

Wir sitzen im Wohnzimmer, jetzt bin ich verlegen, ich hätte sie nicht mit so einem Gefühlsausbruch erschrecken dürfen.

Hasse gedacht, ich wär' schon inne Grube gefahren? Jetzt erst schaue ich sie richtig an, ihr Haar steht wirr vom Kopf, aber ihre Wangen haben mehr Farbe als sonst und der alte Schalk blitzt aus ihren Augen.

Ich hatte Angst um dich, ja.

Kind, Kind.

Auf Strümpfen humpelt sie an ihrem Stock durch den Raum zur Anrichte und gießt Schnaps ein. Sie trägt dieses Kleid, dieses schöne alte Kleid, aber die unzähligen kleinen Knöpfe im Rücken sind falsch übereinander gebracht, der Stoff wellt sich, und oben bleiben zwei Knöpfe übrig.

Is' gut für die Nerven, wat is' denn los mit dir?

Ich kippe den Weinbrand in einem Zug herunter, er brennt und kratzt im Hals und ich muss husten, aber dann wird mir warm und mein Zittern lässt nach.

Und was soll der Koffer im Flur, willsse mit mir in Urlaub fahren?

Ich antworte nicht, das muss ich ihr in Ruhe erklären. Der Alkohol macht mich angenehm schwindelig auf meinen nüchternen Magen. Langsam stehe ich auf und gehe in die Küche.

Ich koch uns erst mal 'nen Kaffee.

Gute Idee, sagt meine Großmutter.

So ziehe ich am ersten Weihnachtstag bei meiner Großmutter ein. Während Jens zurück auf dem Weg nach Augsburg zu seiner Familie ist, putze ich das Haus, um mich vom Nachdenken abzulenken. Zum Schlafen richte ich mich im oberen Stockwerk ein, beziehe eine Hälfte des verwaisten Ehebetts mit frischem Bettzeug und starre lange nach draußen in die verwilderten Nachbargärten. Im Kleiderschrank hängen immer noch die Hemden und Anzüge meines Großvaters.

Ja, ja, kannsse inne Altkleider tun, sagt Charlotte nach einem Seitenblick, als ich mit dem Arm voller Hosen und Hemden vor ihr stehe.

Nachts dröhnt unablässig der Bagger und die Gesichter meiner Kinder verfolgen mich. Ich schlafe lange nicht ein, manchmal mache ich wieder Licht und nehme meinen Skizzenblock, fange an zu zeichnen. Den Abschied von den Kindern. Die Nacht mit Jens. Was er wohl gerade macht?

Die nächtlichen Geräusche des Hauses sind ungewohnt. Anfangs zucke ich bei jedem Knacken der Dielen, jedem Pfeifen des Windes in den Fenstern zusammen. Ich gewöhne mich daran.

Nicht gewöhnen kann ich mich an den klebrigen Staub, der jeden Tag aufs Neue alles bedeckt. Ich kaufe im Baumarkt Silikon und spritze es zwischen Fensterrahmen und Wände. Vergeblich. Immer noch werden meine Finger schwarz, wenn ich morgens übers Fensterbrett streiche. Als ob der Kohlenstaub in diesem Haus auch durch Glas und Wände hindurchdringen kann. Ich schütze das Bett mit einem Laken.

Während ich das Haus nach und nach reinige, ertappe ich mich dabei, immer wieder auf mein Handy zu starren und die nächste Nachricht von Jens herbeizusehnen. Ich verstehe ja, dass er zurückfahren musste. Dass er Lena nicht im Stich lassen kann. Wenn er in Augsburg eine Gelegenheit findet, ruft er mich an. Aus dem Auto, aus einem Supermarkt, aus einem Café ... Ich vermisse dich, sagt er und: Ich kann nicht lange sprechen.

Ich vermisse dich auch.

Jeden Tag telefoniere ich mit meinen Töchtern, und jeden Tag erzählen sie mir von Roberts Wut. Anke verkriecht sich bei ihrem Freund, Susanne bleibt auf ihrem Zimmer und lernt fürs Abitur.

Was hältst du davon, wenn ich nach dem Abi ein Jahr als Au-pair nach Frankreich gehe?, fragt sie mich. Davon hat sie vorher noch nie gesprochen.

Du willst so schnell wie möglich weg?

Susanne bestreitet das. Aber ich bin sicher, sie tut das nur, um mich nicht noch mehr zu beunruhigen.

Drei Tage später nehme ich meinen Mut zusammen und rufe Robert an, um in Ruhe mit ihm zu sprechen.

Was willst du?, fragt er schroff.

Ich brauche meine Sachen.

Mehr bringe ich nicht heraus. Was will ich? Was will ich noch von ihm? All die passenden und wohlgesetzten Worte, die ich mir vorher zurechtgelegt habe, werden unpassend, sobald ich seine Stimme höre.

Dann komm heute Nachmittag ins Haus, fordert er mich auf. Wir werden nicht da sein. Mit „wir“ meint er wohl seine Mutter und sich. Vielleicht auch Kai.

Und lass den Schlüssel da! Er legt auf.

Den Schlüssel? Darf er das von mir verlangen? Ist es sein Haus, weil er mehr Geld hineingesteckt hat, während ich wegen der Kinder nicht arbeiten konnte? Ich brauche Rat. Vielleicht werde ich mir einen Anwalt nehmen müssen. Ich fahre zum Café am Karlsplatz, aber Sophie ist nicht da, sie hat Urlaub.

Die Stunden bis zum Nachmittag verbringe ich mit Recherchen zu Versorgungsausgleich und Sorgerecht in einem verqualmten Internetcafé. Dann fahre ich ins Haus, nach Hause, nein, das ist nicht mehr mein Zuhause. Keines der Kinder ist da. Vielleicht ist es besser, dass sie nicht dabei sind, als ich diesmal in Ruhe und mit Bedacht packe. Aber den Schlüssel lasse ich nicht da.

Charlotte sieht mir von ihrem Sessel aus zu, wie ich meine Kleidung und ein paar Bücher nach oben trage. Ich bin ihr dankbar, dass sie keine Fragen stellt.

Sowieso. Wir sprechen wenig die ersten Tage. Am Morgen mache ich Frühstück für uns, gegen Abend koche ich, und wir essen meist schweigend.

Ich glaube nicht, dass er sich von seiner Frau trennt, sage ich einmal zu ihr, während ich meine Kartoffeln mit der Gabel zerteile. Da legt sie ihre Hand auf meine und lächelt.

Du machst mir keine Vorwürfe?

Ach, woher denn. Ihre Gelassenheit erleichtert mich.

An diesem Abend erzählt sie mir aus ihrem Leben. Von ihren Liebhabern. Wie wenig ich über meine Großmutter gewusst habe. Wie wenig ich sie kannte. Für mich war sie immer die alte, starrsinnige Frau. Aber jetzt macht sie mir Mut, mich nicht an die Regeln zu halten.

Du hast dich nie von Ludwig getrennt, wende ich ein.

Das waren andere Zeiten, erwidert sie. Heute is' das doch üblich.

Aber das mit Jens wird keine Zukunft haben.

Charlotte lächelt. Sieht mich an. Herausfordernd.

Muss es das?, fragt sie mich. Genieß es jetzt. Es gibt keine andere Zeit als Jetzt.

Endlich wird Januar. Ich bin erleichtert, wieder ins Büro gehen zu können. Anke freut sich dieses Mal sogar auf die Schule. Und Jens kommt zurück nach Mahrenbach! Wir sehen uns so oft wie möglich. In den kurzen Mittagspausen. Zwei, drei kostbare Stunden jeden Donnerstag, wenn er bei der GBA früher Schluss machen kann und Emilie noch mit Lena beim Treffen der Selbsthilfegruppe ist. Ich lebe von Donnerstag zu Donnerstag. Woche für Woche. An Donnerstagen stört mich nicht mal der Staub auf der Bettwäsche.

*

„Morgen Nachmittag fahren wir zum Arzt." Katja aß den letzten Bissen ihres halben Brötchens. Charlotte brummte unwillig.

„Ich brauch keinen Arzt." Vergeblich versuchte sie, ihren Husten zu unterdrücken.

„Das hör ich, dass du keinen Arzt brauchst."

„Is' nur die Kälte. Im Frühjahr … wird dat von allein wieder besser."

Katja sah ihre Großmutter skeptisch an.

„Das glaubst du doch selbst nicht." Sie trank ihren Kaffee aus und stellte das Gedeck zusammen.

„Aber ich muss jetzt los." Schnell noch schminken, bevor sie ins Büro fuhr, und den Lippenstift einstecken.

„Wir reden nachher weiter. Kann ich dich mit dem Tisch-Abräumen allein lassen?“

Charlotte lächelte verschlagen. „Du siehst ihn heute, nich’?“

„Heute Mittag, ja. Woher weißt du …?“

„Ich seh dir jeden Morgen an, ob ihr euch trefft oder nich’.“ Ihre Großmutter schmunzelte.

„Steht mir das auf die Stirn geschrieben?“

Charlotte schüttelte den Kopf. „Auffen ganzen Körper. Du lachst viel mehr, deine Stimme is’ lauter, du bewegst dich anders.“ Sie fuhr mit dem Zeigefinger über ihren Teller und leckte den Rest Marmelade von der Fingerkuppe.

„Ganz zu schweigen davon, dass du dich anders anziehst und …“, sie hob schnuppernd die Nase in die Luft, „so lecker riechen tust.“

Katja musste lachen. „Omi, du hast mich durchschaut. Aber wir zwei gehen trotzdem morgen zum Arzt.“ Charlotte wollte sie nur vom Thema ablenken.

„Ich war doch schon bei diesem Hustenarzt mit dir. Die ganzen Pillen …“

„Genau. Vergiss nicht, deine Tabletten zu nehmen.“

Im Bad betrachtete sie vor dem Spiegel ihre geröteten Wangen. War ihr das Verliebtsein wirklich anzusehen? Während sie sich die Wimpern tuschte, hörte sie Charlotte unten rufen.

„Ich kann dich nicht verstehen hier oben!“ Schnell noch die Lippen nachziehen. Katja holte ihre Handtasche aus dem Schlafzimmer und sah auf die Uhr.

„Wo trefft ihr euch eigentlich immer?“ Ihre Großmutter wartete schon am Fuß der Treppe.

„Cafés, Restaurants … Du hast doch Erfahrung, Charlotte, du müsstest das doch wissen.“ Sie zwinkerte ihr zu.

„Und anne Donnerstage?“

Katja blieb wie angewurzelt stehen. Woher wusste sie das jetzt wieder? Sie war doch an mehreren Nachmittagen in der Woche unterwegs.

„Nu guck nich’ so bedröppelt ausse Wäsche.“ Charlotte sah äußerst zufrieden aus. „Ich weiß doch, dat ihr Donnerstags miteinander schlaft.“

„Steht mir das auch auf den Körper geschrieben?“ Katja wickelte den mauvefarbenen Seidenschal um ihren Hals und nahm den Mantel. Letzte Nacht hatte es stark geschneit, aber auch das hatte den Bagger nicht zum Verstummen gebracht. Hoffentlich waren die Straßen im Tagebau nicht allzu vereist.

„Du kannst ihn ruhig mit nach hier bringen. Immer innet Hotel … dat wird auf Dauer ganz schön teuer."

„Also, ich weiß nicht, Omi."

„Warum denn nich'? Für die Liebe brauchsse 'nen ungestörten Ort. Und ungestörter als hier …" Charlotte kicherte wie ein Teenager. „Dat Bett oben is' groß genug. Und hören … tu ich auch nich' mehr so gut."

„Jetzt werde ich aber rot, Charlotte." Ihre Großmutter nahm wirklich kein Blatt vor den Mund. Als Katja die Haustür öffnete, fielen Schneeflocken auf den Fliesenboden und schmolzen dann zu kleinen Tropfen zusammen.

„Ich kann ja mal mit Jens darüber reden. Vielen Dank für dein Angebot!" Sie warf Charlotte zum Abschied eine Kusshand zu.

„Und geh nicht alleine raus bei dem Wetter. Ruf mich an, wenn du was brauchst. Oder frag Josef, der hilft dir bestimmt."

Der Schnee knisterte unter ihren Schritten, als sie zum Auto ging. An der Autotür hielt sie einen Augenblick geblendet inne. Der Schnee hatte das verfallende Dorf über Nacht mit einer weichen, makellos weißen Schicht bedeckt. Katja lächelte.

*

Berühr mein Gesicht!

Jens' Fingerspitzen wandern leicht über meine Stirn, meine Wangen. Es beruhigt mich, wenn ich zornig und traurig bin.

Warum ist es so schwer?, frage ich ihn. Warum ist es so schwer, sich ohne Vorwürfe und Beschuldigungen zu trennen?

Dein Mann ist verletzt.

Ich schweige. Ich weiß das. Ich weiß, dass ich Robert wehgetan habe. Dass er deshalb so wütend ist. Wütend und ungerecht. Er glaubt nicht, dass ich noch Achtung vor ihm habe. Dass ich ihn zwar nicht mehr liebe, aber ihm dennoch wünsche, dass es ihm gut ergeht.

Doch seit ich ausgezogen bin, scheint alles, was wir über zwanzig Jahre geteilt haben, nichts mehr wert zu sein. Seit das eingefahrene, aber vertraute Miteinander des Alltags weggefallen ist, stehen wir uns mit leeren Händen gegenüber.

Bitte, berühr mein Gesicht.

Ich drehe Jens den Kopf zu und schließe die Augen.

Leg dich hin, flüstert er.

Von unten höre ich ein klirrendes Geräusch. Ich richte mich wieder auf.

Da ist was gefallen.

Wir lauschen beide. Hören Charlotte schimpfen.

Nichts passiert. Jens drückt mich zurück aufs Kissen.

Wir können später danach gucken, sagt er. Dann streichelt er mir über Wangen, Lippen und Hals, er fährt mit den Fingerspitzen durch den Haaransatz, zieht einzelne Locken bis zu den Haarspitzen zwischen Zeige- und Mittelfinger durch. Wie ein Ritual führt er seine Zärtlichkeiten immer in derselben Abfolge aus, mit denselben langsamen Bewegungen. Gleich wird sein Mund meine Stirn berühren, ich werde lächeln wie jedes Mal, er wird meine Wange küssen, dann werden seine Fingerspitzen noch einmal fragend meine Lippen streicheln. Und ich werde seine Hand nehmen und mit der Zunge Kreise in die Handfläche malen. Das wird der Anfang sein.

Das ist fast immer der Anfang.

Ich hab was Schönes gehört, eben im Auto, sagt Jens.

Wir liegen noch benommen, noch eng verschlungen auf meiner Seite des Bettes. Er hat selbst im Winter diese olivbraune Haut, fast wie ein Südländer. Ich streichel über seine Schulter, zeichne die Konturen seines Oberarms mit den Händen nach. Stelle mir seinen Körper im Schnee vor. Ein größerer, ein schönerer Kontrast als auf der hellen Bettwäsche. Das möchte ich zeichnen, geht mir durch den Kopf. Ich habe ihn noch nie nackt gezeichnet.

Weißt du, wie die Polynesier den Geschlechtsverkehr nennen?, setzt Jens wieder an.

Ich drücke einen Kuss auf seine Haut, da, wo das Schlüsselbein auf das Schultergelenk trifft. Dann schüttele ich den Kopf.

Sie sagen dazu: Nahe bei Gott sein.

Nahe bei Gott, wiederhole ich leise. Ich küsse ihn noch einmal auf die Schulter, dann suche ich seinen Blick. Wir sehen uns an, ruhig und ernst, bleiben aneinander hängen. Keiner von uns bewegt sich. Nur anschauen. Nur atmen. Dann beginne ich das Spiel erneut, berühre sein Gesicht, seine Wangen, seine Lippen, seinen Hals. Höre seinen Atem schneller werden, tiefer werden.

Wenn Sex bedeutet, nahe bei Gott zu sein, ist das hier ein Gebet der Körper, denke ich, während ich mich über ihn knie.

Fast jeden Tag bittet Charlotte mich, ihr beim Duschen zu helfen. Seit sie die Treppe nicht mehr steigen kann, hat Herr Radek eine Dusche in der Küche improvisiert. Eigenhändig hat er eine Duschtasse in der Ecke des Raumes aufgestellt, den Abfluss bis runter in den Gewölbekeller gelegt und den Duschkopf mit einem Verteilerstück und einem langen Schlauch an den Wasserhahn angeschlossen. Der Wasserdruck ist schwach, aber er reicht aus, um den Seifenschaum aus Charlottes Locken zu spülen.

Fast jeden Tag also heize ich nachmittags die Küche auf, schichte Holz im Kachelofen übereinander, lege Handtücher zurecht und setze einen weißen Plastikhocker in die Dusche. Ich helfe ihr beim Ausziehen, ich stütze sie, wenn sie beim Einstieg über den Rand der Duschwanne das Gleichgewicht zu verlieren droht. Und seit sie einmal vom Hocker gerutscht und sich den Kopf angeschlagen hat, weil ihr der Duschkopf gefallen war, bleibe ich bei ihr und helfe ihr beim Waschen.

Manchmal, wenn der erste warme Strahl des Wassers ihre Haut trifft, schließt sie die Augen und bittet mich, den Strahl von oben über ihren Kopf, ihr Haar, ihr Gesicht fließen zu lassen. Sie streckt sich ihm entgegen, legt den Kopf langsam in den Nacken, lehnt sich an die Küchenwand, die mit einer Kunststoffplane nur notdürftig gegen die Nässe geschützt ist. Ihre mageren Schultern heben und senken sich heftig, als koste es sie Anstrengung, sich auf die fließende Wärme zu konzentrieren. Manchmal habe ich auch den Eindruck, dass Tränen mit dem Wasser an ihren Wangen herunter laufen, aber ich frage sie nicht danach.

Wenn Charlotte den Kopf wieder senkt und die Augen öffnet, nehme ich die Seife, reibe vorsichtig ihren Hals ein, ihre Arme, die erschreckend faltigen flachen Brüste, ihren gekrümmten Rücken. Sie selbst verteilt den Schaum auf ihren Oberschenkeln, in ihrer Scham und danach mit Mühe zwischen ihren Pobacken. Ich wasche ihr Waden und Füße. Dann spüle ich ihren Körper ab.

Anfangs haben wir uns beide ein bisschen geschämt. Und weil meine Jeans trotz aller Vorsicht nach der ersten Dusche dunkelnass an mir geklebt hat, ziehe ich mich genau wie Charlotte aus. Unsere Körper sind zwei Generationen voneinander entfernt, aber ich fühle mich ihr nah. Wie werde ich in ihrem Alter aussehen?

Wir sprechen wenig während des Duschrituals. Manchmal streicht sie lächelnd über meinen festen, üppigen Busen oder piekst mir mit dem Zeigefinger in den Bauchnabel.

Man sieht, dass du geliebt wirst, neckt sie mich dann. Du strahlst so.

Das bildest du dir ein.

Aber natürlich weiß ich, wie sie das meint und dass sie recht hat. Ich seife sie ein, dann brause ich sie ab, um sie danach in ein großes, am Kachelofen vorgewärmtes Handtuch zu wickeln und ihr beim Aufstehen zu helfen. Auf ihrem Bett creme ich die vertrocknende Haut ein, massiere ihre schmerzenden Gelenke. Und je vertrauter sie mir wird, desto unbefangener empfinde ich Zärtlichkeit für ihren welken Körper.

Mit dem letzten Knopf ihrer Strickjacke, den sie selber schließt, endet die Intimität.

Ich geh uns dann mal einen Kaffee kochen, sage ich und lege die Handtücher zum Trocknen übers Ofenrohr. Das Kaffeekochen ist jeden Tag der Abschluss unseres Duschrituals.

*

„Sie ist so hinfällig." Katja lag quer über der Decke des riesigen alten Doppelbetts. „Ich mache mir Sorgen um sie."

Jens, der nackt im offenen Fenster saß, um sich abzukühlen, sah zu ihr herüber. Für einen Tag Anfang März war es ungewöhnlich mild.

„Umso besser, dass du im Moment bei ihr wohnst."

„Das stimmt natürlich." Draußen zwitscherten schon die ersten Vögel zum Brummen der Bagger.

„Auch wenn ich mich an diesen Treffpunkt nur schwer gewöhnen kann." Er lachte leise.

Katja ging nicht auf Jens' Bemerkung ein. Ihre Sorge um Charlotte nahm von Tag zu Tag zu.

„Gestern kam das Schreiben für die mündliche Anhörung vor der Enteignungsbehörde. Ich habe zwar ein Vorkaufsrecht für die betreute Wohnung in Neu-Lossweiler, aber ich bin mir nicht mal mehr sicher, ob sie dort noch allein zurechtkäme." Sie fröstelte.

„Selbst wenn die Enteignung beschlossen wird, könnt ihr Rechtsmittel dagegen einlegen."

„Ich weiß." Sie sollte sich unter die Decke legen.

„Das kann sich noch über Monate hinziehen. Vielleicht …" Jens zögerte, den Satz zu Ende zu sprechen.

„Du meinst, vielleicht stirbt sie, bevor sie das Haus endgültig verliert?"

„Könnte ja sein." Seine Stimme war weicher geworden, als wolle er sie mit dem Gedanken nicht verschrecken. Als ob sie nicht selbst oft schon an diese Möglichkeit gedacht hätte. Aber Katja wollte sich nicht ausmalen, dass ihre Großmutter … Jens war von der Fensterbank aufgestanden und legte sich neben sie aufs Bett.

„Komm. Ich deck uns zu." Er griff nach dem Federbett.

„Charlotte hat nicht mehr die Kraft, vor Gericht zu gehen. Und eine Chance hat sie doch auch nicht. Im Zweifelsfall gibt es eine … wie nennt sich das … eine *vorzeitige Besitzeinweisung*."

Jens nahm sie in den Arm und zog die Decke über beide.

„Wann ist die Anhörung?"

„Montag in einer Woche."

„Wirst du sie begleiten?"

„Ich weiß noch nicht."

Eine Weile lagen sie schweigend beieinander und wärmten sich auf.

„Ich habe einen Antrag gestellt", begann Katja wieder. „Die Anhörung ist nicht öffentlich. Eigentlich dürfen nur die unmittelbar vom Verfahren betroffenen Parteien daran teilnehmen. Aber vielleicht lassen sie mich mit rein, wegen Charlottes Gesundheitszustand."

„Bestimmt." Jens spielte mit den Fingern ihrer rechten Hand. Auch ihn schien etwas zu bedrücken.

„Bald sind Osterferien", setzte er an. „Wir werden uns weniger sehen können."

„Fahrt ihr weg?"

Jens verschränkte seine Finger mit ihren und zog ihre Handfläche gegen die seine. „Nur über die Ostertage. Zu meinen Schwiegereltern." Er zog die Augenbrauen hoch. Katja konnte sich vorstellen, dass ihm das schwer fiel. Seit er sich bei seinem Schwiegervater entschuldigt hatte, herrschte zwar ein Waffenstillstand zwischen den beiden Männern, aber sie ahnte, wie schwer es Jens fallen musste, seinen Ärger im Zaum zu halten.

„Trotzdem muss ich mich in den Ferien mehr um Lena kümmern. Der Kindergarten hat die ganze Zeit geschlossen."

Katja küsste sein Handgelenk. „Lass uns jetzt nicht daran denken. Sind ja noch zwei Wochen bis dahin."

„Und du? Unternimmst du Ostern was mit deinen Töchtern?"

Sie schüttelte den Kopf. „Susanne steckt mitten in den Abiturprüfungen. Und Anke … fährt zum ersten Mal mit ihrem Freund ans Meer."

„Sie werden erwachsen.“ Jens streichelte ihre Schulter, die im Licht der schon tief stehenden Märzsonne bleich, fast weiß aussah. „Dann bist du Ostern mit Charlotte allein. Das tut mir leid.“

„Ich könnte sie sowieso nicht mehr guten Gewissens allein lassen.“ Katja machte sich eher um eine andere Sache Sorgen. Sie stützte sich auf ihren Arm auf und sah Jens an:

„Ahnt Emilie eigentlich nichts von uns?“

„Nein. – Wieso glaubst du …? Hast du irgendeinen Verdacht?“

„Ich mache mir nur Sorgen. Dass es irgendwann rauskommt.“

Jens streichelte ihre Wange. „Musst du nicht. Sie bekommt nicht viel von mir mit. Ich glaube, sie ist nur froh, dass ich sie in Ruhe lasse.“

„Im Bett meinst du?“

Er nickte.

Ja, sie waren vorsichtig. Immer noch wechselnde Treffpunkte mittags. Und wenn Jens bei ihr gewesen war, duschte er, wusch sich die Haare. Sie wollten keine verräterischen Zeichen hinterlassen. Keine Spuren von Lippenstift in seinem Gesicht, nicht ihr Parfum auf seiner Haut, nicht den Geruch ihrer Lust auf seinem Körper. Ja, sie waren vorsichtig, aber …

„Wenn es rauskommt … wenn es durch irgendeinen blöden Zufall rauskommt, dann werde ich dich verlieren, oder?“ Sie nahm seine Hand von ihrem Gesicht.

„Es wird nicht rauskommen.“ Jens richtete sich auf. „Es darf einfach nicht rauskommen.“

Katja ließ zu, dass er sie an seine Schulter zog.

„Ich liebe dich, Katja. Wenn es Lena nicht gäbe, würde ich mich sofort von Emilie trennen.“

„Ich würde dich auch mit Lena wollen.“

„Ich weiß.“ Seine Stimme klang hilflos. „Aber Emilie ist Lenas Mutter. Wer sollte ihr denn das Kind wegnehmen? Ich? Ein Gericht?“

„Aber sie will kein behindertes Kind. Vielleicht gibt sie freiwillig das Sorgerecht ab und spielt wieder Klavier.“ Irgendwann hatte sie das mal sagen müssen. Auch wenn sie wusste, dass sie Jens damit in Verlegenheit brachte.

„Das würde Emilie nie tun.“

„Ich weiß.“ Katja blickte unwillkürlich auf den Ehering an seiner Hand. Ihren hatte sie gleich nach dem Auszug abgelegt.

„Schon halb fünf. Du musst dich auf den Weg machen.“

*

Seit Wochen zeichne ich Charlottes Haus. Jede Einzelheit. Ich habe einen neuen Skizzenblock gekauft, einen mit unterschiedlich getönten Blättern, der nur für das Haus gedacht ist. Vielleicht helfen ihr die Zeichnungen, wenn sie ausziehen muss. Vielleicht hilft ihr, dass nichts verloren geht, selbst wenn das Haus nicht mehr existiert.

Auf der ersten Seite des Blocks prangt der dunkelgrüne Kachelofen aus dem Wohnzimmer, den ich nach meinem Einzug wieder in Betrieb nahm und an dem wir uns jetzt Hände und Rücken wärmen. Das Ofenrohr führt bis in die Küche, und ich male Charlottes trocknende Handtücher darauf. Dann die alte Milchkanne aus Kupfer, mit der mein Großvater als Kind täglich zum Kuhbauern geschickt wurde, und die schon ohne Inhalt so schwer war, dass er sie kaum hatte tragen können. Daneben der Gärballon aus Glas, der auch in der Realität so dicht bei der Kupferkanne steht, als seien die beiden ein Paar aus alten Zeiten. Bis zu Großvaters Tod hat Charlotte darin Apfelmost für ihn vergoren.

Auf den nächsten Seiten die Gegenstände, die meine Großmutter besonders an ihren Mann erinnern: Die geschwungenen Lehnen seines Schaukelstuhls, deren Politur an den Stellen, wo seine Hände gelegen haben, stumpf geworden ist. Seine Sammlung Bierkrüge von Reisen in den Schwarzwald und die Alpen. Den Kronleuchter, der verschnörkelt und schwer von der Decke hängt und dessen elektrische Kerzen so schwarz angelaufen sind, dass sie nur noch trübes Licht spenden. Die handgeschliffenen Sektkelche, die das Paar zur Hochzeit geschenkt bekam – eine Seltenheit so kurz nach dem Krieg – und deren Glas inzwischen an vielen Stellen blind geworden ist.

Daneben die alte Standuhr mit dem schon lange verstummten Westminster-Gong. Ihr Ticken ist nach wie vor so laut, dass ich es noch bis in mein Schlafzimmer höre. Neben der Esszimmertür hängt das winzige, mit einer Putte geschmückte Weihwasserbecken aus Porzellan, das in alten Zeiten jeden Sonntag nach der Messe neu befüllt wurde. Aber seit dem Tod ihres Sohnes durch die Phosphorbombe ging Charlotte nicht mehr in die Kirche und niemand wagte es, diesen Brauch aufrecht zu erhalten.

Im Flur halte ich die quadratischen, wie ein Schachbrett verlegten, weißen und grauen Fliesen fest, die von einer Bordüre aus Blumenkacheln umgeben sind. Ich zeichne die Holztreppe, deren knarrende Stufen jeden verraten, der nach oben geht. Begleitet von den gedrechselten Stäben des Treppengeländers, von denen schon seit Jahren die weiße Farbe abplatzt und die darunterliegenden grünen und blauen Farbschichten freigibt.

Im oberen Geschoss: Die schweren und unregelmäßigen Dielenbretter. Eine Eichentruhe mit Vorhängeschloss, in der Bettwäsche und Tischdecken aufbewahrt wurden. Jetzt lagert darin das Spielzeug meines Vaters und seiner Geschwister. Im Bad eine besondere Schönheit: Die freistehende Badewanne aus Gusseisen, deren Füße wie Tatzen geformt sind und deren abgeplatzte Emaille-Beschichtung mit etwas Fantasie dem gefleckten Fell eines Leoparden gleicht.

Mehr durch Zufall – der Abfluss unserer Küchendusche ist verstopft – lande ich im Gewölbekeller. Der Schimmel hat hier algenartige Strukturen in die Wände gemalt und in einer Ecke des Gewölbes ragt noch der Schlachterhaken aus der Decke. An ihm wurde jedes Jahr das Hausschwein zum Ausweiden aufgehängt, um anschließend eingemacht, geräuchert und gepökelt zu werden. Auf meine Nachfrage erzählt Charlotte mir von der legendären Blutsuppe, in der Pfoten, Ohren und Schnauze mitgekocht wurden und vor der sich Ludwig als Kind so geekelt haben muss, dass sie auch später nie Blutwurst oder Panhas auf den Tisch bringen durfte.

An milderen Tagen portraitiere ich die Außenhaut des Hauses: Die mit Schnitzwerk verzierten Holzläden, die die Fenster wie Augen aussehen lassen. Die strahlenförmige Schnitzerei über dem Scheunentor, die wie ein Sonnenaufgang wirkt. Die letzten verbliebenen Spuren der Pferde und Traktoren im lehmigen Scheunenboden.

Die Skizzensammlung soll eine Überraschung für Charlotte werden, deswegen zeichne ich heimlich. Ich präge mir die Körperteile des Hauses verstohlen ein, um sie später im Schlafzimmer mit Kohle und Kreide wiederzugeben.

So kopiere ich auf der letzten Seite des Blocks auch das Gemälde aus dem Wohnzimmer, das das Gehöft aus der Vogelperspektive zeigt. Ein Maler hatte es in den dreißiger Jahren im Auftrag meines Urgroßvaters angefertigt und war dafür mit einem Fesselballon in die Luft gestiegen. Das Ereignis hatte mehr Aufsehen erregt als das fertige Bild und die Erzählungen über diesen denkwürdigen Tag hielten bis in meine eigene Kindheit an. Vielleicht sind diese Erzählungen der Grund dafür, dass ich es noch einmal zeichne, obwohl Charlotte es doch wird mitnehmen können. Denn während ich es kopiere, höre ich meinen Großvater mit leuchtenden Augen vom Fesselballon erzäh-

len, stehe mit den anderen Dorfbewohnern auf dem Feld und verfolge den Aufstieg des Malers, bange mit ihnen, als der Ballon fast die Kirchturmspitze streift.

Charlotte schreibt, ich zeichne. Das ist alles, was wir tun können, um die Vergangenheit, um das Haus meiner Großmutter vor dem Verschwinden zu bewahren.

8

Jens' Nachricht erreichte sie am späten Vormittag im Büro. *Emilie hatte Unfall. Muss ins Krankenhaus.* Katja drückte auf Rückruf. Nur die Mailbox. *Melde dich, sobald du kannst*, tippte sie.

Am frühen Nachmittag hatte sie immer noch nichts von Jens gehört. Beunruhigt schloss sie die Haustür auf und stellte die Einkäufe im Flur ab.

„Bin wieder da!", rief sie in die Stille hinein. Seit der Anhörung vor drei Wochen saß Charlotte nur noch in ihrem Sessel und starrte vor sich hin. Sie hatte aufgehört zu schreiben. Sie verlangte nicht mehr nach der Dusche. Sie frühstückte nicht mehr mit und rief nicht mehr *Bist du das?*, wenn ihre Enkeltochter das Haus betrat.

Katja hatte ihre Großmutter nur bis zur Tür der Enteignungsbehörde begleiten dürfen. Was hinter der Tür gesprochen worden war, darüber hatte Charlotte sich ausgeschwiegen. Aber von Josef Radek, dessen Fall getrennt verhandelt worden war, hatte Katja am nächsten Tag Einzelheiten erfahren.

„Da war der Herr Hilbersen von der Umsiedlung in Begleitung eines kleinen bissigen Anwalts. Sonst nur die Dame vom Amt. Jeder konnte seinen Standpunkt noch mal vortragen und am Ende hat die Dame gesagt, dass die Entscheidung innerhalb von sechs Wochen getroffen wird. Lief alles ruhig und sachlich ab."

Ob es bei Charlotte nicht so ruhig und sachlich abgelaufen war? Jedes Mal, wenn Katja ihre Großmutter nach der Anhörung fragte, drehte die den Kopf weg und stellte sich taub. Sie benimmt sich wie ein kleines Kind, dachte Katja. Das machte ihr mehr zu schaffen als Charlottes heftige Gegenwehr gegen den unabhängigen Gutachter, der im Februar das Haus besichtigt hatte. Dem hatte sie erst lautstark den Zutritt verweigert, bis Katja sich nach vergeblichen Streitereien über den Willen ihrer Großmutter hinweggesetzt und den Mann hereingelassen hatte. Seit der Anhörung jedoch hatte Charlotte jede Gegenwehr aufgegeben.

Katja schaute gerade zum tausendsten Mal auf ihr Handy, bevor sie die Einkäufe in der Küche einräumen wollte, als Charlotte in der Wohnzimmertür erschien.

„Hallo Charlotte. Geht es dir besser?“ Katja schöpfte Hoffnung. Vielleicht war es nur eine Frage der Zeit, bis ihre Großmutter sich mit dem Unvermeidlichen abfand.

„Hier war vielleicht wat los heute!“

„Hier im Haus?“

„Nee, nich’ im Haus. Draußen: Den ganzen Vormittach Tatütata, Feuerwehr, Krankenwagen, Notarzt.“

Katja trug den Einkaufskorb in die Küche. Charlotte folgte ihr und gestikulierte beim Reden mit den Händen.

„Richtig großes Kino: Die sind alle hier vorbeigerast, einer nach dem anderen.“ Die Aufregung schien Charlotte gut getan zu haben. In ihre Wangen war ein wenig Farbe zurückgekehrt und sie schenkte sich freiwillig ein Glas Wasser ein.

„Weißt du, was passiert ist? Vielleicht ist ein Kraftwerk in Brand geraten.“

„Nee, kein Kraftwerk. Josef is’ gucken gegangen. Da muss jemand mit ’nem PKW ins Loch gestürzt sein. Vielleicht eine vonne Schaulustigen, die ’ne noch bessere Aussicht haben wollte.“

Katja fiel die Dose mit Katzenfutter aus der Hand. *Emilie hatte Unfall.* Aber was hätte Jens’ Frau an der Grube suchen sollen? Sie verscheuchte den Gedanken.

„Die hat jetzt mehr gesehen als ihr lieb war“, frotzelte Charlotte. Auf die Tagebautouristen war sie nicht gut zu sprechen. Die bevölkerten an Wochenenden und Feiertagen auch Lossweiler und liefen ungeniert durch Gärten und Häuser. Das konnten selbst die Patrouillen der GBA nicht immer verhindern. Katja hatte schon manches Mal Leute verjagt, die versuchten, durch einen Spalt zwischen den Vorhängen ins Wohnzimmer zu linsen.

„Ich hab uns übrigens Spargel mitgebracht. Es ist dieses Jahr so warm, dass es schon den ersten gibt. Spargel mit Schinken, das magst du doch?“

„Mmh.“ Aber Charlotte war noch bei dem Unfall. „Oder ob die mit Absicht in die Grube gefahren ist.“

„Mit Absicht?“ Wieder horchte Katja beunruhigt auf.

„Jau. Et wird vertellt, die Frau, die se aussem Auto geholt haben, hätte gar nich’ erst gebremst. Die soll volle Lotte innet Loch gefahren sein.“

Immer noch keine Nachricht auf dem Handy. Verdammt, warum meldete sich Jens denn nicht! Katja packte den Spargel auf den Küchentisch und begann zu schälen. Charlotte setzte sich auf den Hocker und lehnte sich an die Wand.

„Von der war wohl nich' mehr viel übrig. Und der Wagen muss ausgesehen haben wie 'ne Quetschkommod. Den ham se mit schwerem Gerät rausgezogen. Josef sagt, so zerquetscht hat er noch keine Nuckelpinne gesehen."

„Was für ein Auto war das denn?" Katja bemühte sich, sich ihre Unruhe nicht anmerken zu lassen. Jens arbeitete meist im Büro in Mahrenbach oder überwachte die Rekultivierungsmaßnahmen am schon abgebauten Teil des Flözes, das zwanzig Kilometer entfernt lag. Selbst wenn Emilie zu ihm gewollt hätte, wäre sie nicht hierher zur Grube gefahren. Und wenn man ein Kind hatte, brachte man sich doch nicht um, oder?

„Du stellst vielleicht Fragen! Woher soll ich dat denn wissen?" Charlotte nahm eine Spargelstange und wedelte damit vor Katjas Gesicht hin und her. „Aber kannsse morgen inne Zeitung lesen, da bin ich sicher."

„Bestimmt." Katja lief eine Gänsehaut den Rücken herunter. Wie gruselig, mit dem Auto in die Tiefe zu stürzen. Wie viele Meter das wohl waren? Ihre Großmutter unterbrach ihre Gedanken.

„Geschieht denen recht. Wat müssen die auch die Erde aufreißen und dann nich' mal 'nen vernünftigen Zaun drum bauen. Wenn jemand draufgegangen is', gibt dat richtich Knatsch."

„Sei nicht so schadenfroh!"

„Macht aber Spass." Charlotte leerte ihr Wasserglas und schloss die Augen. Nachdem sie die Neuigkeiten verkündet hatte, sah sie wieder erschöpft und traurig aus.

„Soll ich dich zu deinem Sessel zurückbringen?"

„Nee, nee. Dat schaff ich noch selbst."

Katja holte ihr Handy aus der Hosentasche und legte es vor sich auf den Küchentisch. Schon halb vier. Und keine Nachricht von Jens.

*

Charlotte wartete. Das Fläschchen, das Josef ihr Ende März gebracht hatte, stand versteckt in einer Vase hinter einem Stapel Suppenteller im Wohnzimmerschrank. Dort würde Katja es nicht finden. Die *Geschichte meines Hauses und meines Lebens* war geschrieben. Den USB-Stick hatte sie gemeinsam mit einem Brief für Katja in einen Umschlag gesteckt und ihn mit Klebeband verschlossen. Das dunkelblaue Kleid war aus der Reinigung zurück und hing auf dem Bügel neben ihrem Bett. Auch mit Josef war alles besprochen. Es gab nichts mehr zu tun.

Charlotte wartete. Sie wartete sogar nachts. Sie schlief schlecht, träumte von Ludwig und Peter und manchmal sogar von Leopold. Einmal beugte er sich im Traum über sie und küsste sie. *Ich bin doch nicht tot. Wer hat dir denn diesen Unsinn erzählt, lachte er.* Charlotte brauchte beim Aufwachen lange, um sich in der Gegenwart zurechtzufinden. Schade, dachte sie dann. Schade, dass ich wieder aufgewacht bin.

Schon seit Wochen nahm sie ihre Medikamente nicht mehr. Sie spülte sie heimlich die Toilette hinunter und versuchte, Katja gegenüber zu verbergen, dass das Atmen schwerer und die Schmerzen stärker wurden. Vielleicht würde ihr Körper aufgeben, bevor sie das Pulver aus dem Fläschchen nehmen müsste.

„Du musst es in einem Glas Wasser auflösen, gut verrühren und alles auf einmal austrinken“, hatte Josef erklärt. „Dann wirst du einschlafen und nichts spüren.“

„Wo hasse dat her?“, hatte sie gefragt. „Is' dat etwa noch von den Viechern, die du eingeschläfert hast?“

„Aber nein, meine Liebe. Ich hab da einen Freund. In der Schweiz. Humanmediziner.“ Er legte den Zeigefinger an die Lippen.

„Von mir erfährt niemand ein Sterbenswörtchen. Und ich nasch auch nich'. Versprochen.“ Charlotte hatte sich ganz nah vor Josef gestellt und ihre Stirn an seine gelegt. So hatten sie lange gestanden. Schließlich hatte er mit den Lippen flüchtig ihre Stirn berührt und war gegangen, ohne noch etwas zu sagen. Dieser Kuss war die einzige zärtliche Berührung nach der Weihnachtsnacht geblieben.

Jetzt kontrollierte Charlotte jeden Tag, ob das Fläschchen noch da war.

„Katja wird sich um dich kümmern“, sagte sie zu Jeshim, der merkwürdig anhänglich war, obwohl er sonst an den ersten schönen Frühlingstagen Tag und Nacht draußen war.

„Such dir 'ne Katzenfrau!“, forderte sie ihn auf. „Wat bisse für 'ne Tranfunzel geworden.“ Aber bis auf kurze Ausflüge durch die Gärten lag der Kater tagsüber bei ihr im Sessel und nachts neben ihren Füßen auf der Bettdecke. Vielleicht ahnt er was, dachte Charlotte gerührt. Soll es ja geben. Sie kraulte ihn mit ihren steifen Fingern hinter den Ohren.

„Sei bloß nich' traurig, wenn ich weg bin. Ich hab viel erlebt. Is' genug jetzt.“ Und Charlotte wartete.

Ihren 87. Geburtstag hatte sie noch feiern müssen. Ende April war das Wetter so warm geworden, dass Katja einen Grill gekauft und inmitten des Unkrauts im Innenhof ein Fest organisiert hatte. Susanne und Anke waren gekommen, und Josef natürlich … aber Charlotte war erleichtert gewesen, als der Nachmittag vorüber war und sie wieder in Ruhe gelassen wurde. Sie wollte keine Störungen mehr beim Warten. Sie saß in ihrem Sessel und beobachtete, wie sich mit dem Lauf der Sonne die Farben im Raum veränderten. Wie alle Gegenstände mal hässlicher im grellen Licht, mal schöner in der weichen Dämmerung aussahen. Wie der Staub auf den Fensterbänken, die Spinnweben über den Trockenblumensträußen oder die Maserung des alten Eichenschranks sichtbar und wieder unsichtbar wurden. Alles nur eine Frage der Sichtweise, dachte Charlotte. Wie der Tod.

*

„Meine Schwiegermutter?" Katja sprach so laut, dass die Spaziergänger im Bonifatius-Park sich nach ihr umsahen. Sie saß neben Jens auf einer Bank. So erschöpft und mutlos hatte sie ihn noch nie gesehen.

„Aber sie wusste doch gar nicht … Sie konnte doch nicht …" Katja gingen so viele Gedanken gleichzeitig durch den Kopf, dass sie zu stammeln begann. Jens kratzte mit dem Fingernagel an einem Vogelschiss auf dem Holz herum.

„Sie muss eine Zeichnung gefunden haben. Eine Zeichnung, die du von mir gemacht hast." Seine Stimme klang resigniert. Es dauerte einen Augenblick, bis Katja begriff.

„Aber ich habe meinen Skizzenblock mitgenommen, als ich ausgezogen bin. Ich habe alles …"

„Auf einem Stück Zeitungspapier …", unterbrach er sie. „Hier!" Er zog ein kleines, völlig zerknittertes Stück Papier aus der Hemdtasche. Katja nahm es und strich es glatt. Eindeutig Jens. Oh nein. Dann hatte ihre Angewohnheit, beim Telefonieren nebenher auf jedem verfügbaren Stück Papier Kritzeleien zu machen, das ganze Drama herbeigeführt. Aber wenn sie diesen Schnipsel tatsächlich zu Hause verloren hatte … Ihr Auszug war fünf Monate her!

„Den hätte Isolde doch schon viel früher finden müssen. Warum ist sie ausgerechnet jetzt damit zu deiner Frau gegangen?"

„Woher soll ich das wissen!" Zum ersten Mal seit sie sich kannten, klang seine Stimme gereizt, als er mit ihr sprach. Katja zuckte zusammen. Versuchte, sich zu beruhigen: Er hat eine durchwachte Nacht im Krankenhaus hinter sich. Seine Frau wäre fast gestorben. Auch Jens schien erschrocken über seinen Tonfall. Leiser fügte er hinzu:

„Auf jeden Fall ist sie gestern Morgen bei Emilie aufgetaucht und hat ihr von uns erzählt."

Vom Spielplatz schallte das Geschrei von Kindern herüber, die sich um ein Schäufelchen stritten. Wie konnte Isolde das wagen! Und hatte sie vielleicht auch Robert und den Kindern die Zeichnung gezeigt?

„Ich hasse meine Schwiegermutter. Warum ist sie nicht zuerst zu mir gekommen."

Jens zuckte die Schultern und musterte seine Fingernägel, unter denen jetzt eine weiß-schwarze Masse klebte.

„Passt das nicht zu ihr?", murmelte er. „Dass sie das größtmögliche Unheil anrichtet?" Er holte ein Taschentuch aus seiner Hosentasche, um sich die Hand zu säubern. Katja sah ihn beunruhigt von der Seite an. War er jetzt auch wütend auf sie?

Emilie war inzwischen außer Lebensgefahr, aber sie lag mit schweren inneren Verletzungen und Knochenbrüchen auf der Intensivstation. Jens hatte erzählt, dass sie nicht angeschnallt war, als der Wagen in die Tagebaugrube stürzte.

„Selbst Isolde konnte nicht wissen, wie deine Frau reagieren würde. Dass sie sich direkt ins Auto setzt und ..." Katja konnte den Gedanken nicht länger zurückdrängen.

„Glaubst du, Emilie wollte ..." Sie zögerte, nahm ihren Mut zusammen. „Glaubst du, sie wollte sich das Leben nehmen?"

Jens warf das Taschentuch hinter sich in die Büsche.

„Die Polizei hält es für einen Unfall. Emilie hatte starke Beruhigungsmittel im Blut. Sie muss benommen gewesen sein. Nicht mehr reaktionsfähig."

„Und was sagt deine Frau selbst?"

„Ich konnte noch nicht mit ihr sprechen. Die haben sie in ein künstliches Koma versetzt. Der Notarzt hat nur erzählt, dass sie im Krankenwagen ständig meinen Namen gemurmelt habe."

Sie hängt an ihm, dachte Katja. Trotz allem hängt sie an ihm. Der Streit auf dem Spielplatz erreichte einen kreischenden Höhepunkt und eine Mutter sprach ein Machtwort.

„Wer kümmert sich denn jetzt um Lena?"

„Eine andere Mutter aus der Down-Gruppe passt im Moment auf sie auf. Und heute Abend kommen Emilies Eltern. Sie werden erst mal hier in Mahrenbach bleiben."

„Ich verstehe.“ Katja presste die Lippen aufeinander. Bloß nicht heulen jetzt. Jens schaute auf die Uhr.

„Ich muss zurück ins Krankenhaus.“

„Ja, natürlich.“ Sie suchte nach passenden Worten, fand aber keine. Stattdessen stand sie auf.

„Katja!“ Er griff so fest nach ihrer Hand, dass sich seine Fingernägel in ihren Handrücken bohrten. „Bitte lauf nicht weg. Ich melde mich bei dir. Sobald ich kann.“

„Ist schon gut. Mach dir keine Gedanken um mich.“ Sie drehte sich zurück zur Bank und Jens zog sie zu sich, legte seinen Kopf an ihren Bauch.

„Lena braucht mich. Es tut mir alles so leid.“

„Ist schon gut.“ Sie wiegte ihn wie ein Kind. Sah Lenas große helle Augen vor sich, wie sie über die Schulter ihres Vaters auf sie schauten. Musste lächeln. Sie fuhr Jens durchs Haar und machte sich sanft los.

„Ruf mich an, wenn ich dir irgendwie helfen kann.“

*

Gut gelaunt fuhr Ralf Hilbersen am späten Nachmittag die Einfahrt zum Haus hoch. Komischer Kauz, dieser Radek. Da willigte er in den Verkauf seines Anwesens ein, bestand aber darauf, trotzdem ein Schreiben von der Enteignungsbehörde zu bekommen.

„Ist mir egal, wie Sie das anstellen“, hatte er gesagt. „Aber Charlotte soll nicht erfahren, dass ich verkauft habe.“

Hilbersen schmunzelte über das ungleiche Paar. Ob sie wirklich ein *Paar* waren? Am Mittag hatte er auf jeden Fall den Notarstermin mit Radek gehabt. Die Sache war unter Dach und Fach. Und die Entscheidung der Behörde wegen Frau Rinke dürfte auch nicht mehr lange auf sich warten lassen.

Er nahm den Beutel mit Walnüssen, den Radek ihm mit den Worten *für Ihre Frau* in die Hand gedrückt hatte, vom Beifahrersitz und stieg aus dem Wagen. Das Wetter war schon seit Tagen strahlend schön. Die Pfingstrose vor der Haustür stand in voller Blüte, das Unkraut im Vorgarten leider ebenso. Vielleicht konnte er Simon und Hannah am Wochenende zu einem Nachmittag Gartenarbeit überreden. Natürlich gegen Belohnung. Als er die Haustür aufschloss, stieg ihm der Duft von Essen in die Nase.

„Hallo Paps.“ Hannah kam ihm im Flur schon entgegen und drückte ihm einen Kuss auf die Wange.

„Wir haben Spaghetti Bolognese gekocht. Magst du doch, oder?“

„Na, logisch.“ Er strich seiner Tochter über die erhitzten Wangen und musterte sie. Dass Hannah mitten in der Woche mit ihrem Bruder kochte … Da war doch was im Busch.

„Gibt's was zu feiern?“

„Nö. Wir hatten einfach Lust zu kochen.“ Simon stand in der Küchentür.

„Hallo, Sohnemann.“ Wer's glaubt, wird selig, dachte Hilbersen. „Muss ich mit einer Sechs in Mathe rechnen?“

„Wie kommst du denn darauf“, entrüstete Simon sich. Hilbersen setzte sich amüsiert an den Tisch, der auch schon gedeckt und mit einem Strauß Maiglöckchen geschmückt war.

„Ich werf nur schnell die Spaghetti ins Wasser.“ Hannah verschwand in die Küche und zwinkerte ihrem Bruder kurz zu.

„Wir wussten ja nicht genau, wann du nach Hause kommst“, erklärte Simon.

Hilbersen öffnete die Flasche Wein und schenkte sich ein. Die Kinder hatten wirklich an alles gedacht, sogar an den Korkenzieher. Neben seinem Glas lag die Zeitung von heute. *Katastrophe im Tagebau*, stach ihm von der Titelseite ins Auge. Diese unglückliche Sache. Er seufzte. Seit dem Unfall in Abschnitt C des Abbaus stand sein Telefon nicht mehr still. Der Pressesprecher der GBA hatte Urlaub und sein Chef hatte ihn in dieser Angelegenheit kurzerhand als Vertreter eingesetzt.

„Sie sind es doch gewöhnt, mit der Öffentlichkeit umzugehen“, hatte er gesagt. „Kehren Sie raus, dass die Frau psychisch krank war und unter Medikamenten stand. Und versprechen Sie eine umgehende Überprüfung unserer Sicherheitsmaßnahmen.“ Hilbersen blätterte hastig zum Lokalteil.

„Papa?“ Simon stand noch immer neben seinem Stuhl und sah ihn unschlüssig an. „Papa, Hannah und ich, wir hätten da eine Idee.“

Also doch! Es war etwas im Busch. Aber jetzt würde er die zwei noch etwas zappeln lassen.

„Wir können gleich beim Essen drüber sprechen, ja? Ich möchte erst die Berichte über die junge Frau hier lesen, die mit ihrem Auto im Tagebau verunglückt ist.“ Simon beugte sich mit über die Zeitung.

„Junge Mutter stürzt ins Bodenlose“, las er laut vor. Unter der Schlagzeile war eine Fotoserie zu sehen, in der ein roter Kleinwagen von einem Lastkran nach oben gezogen wurde.

„Redet ihr über den Unfall?“ Hannah brachte die Nudeln und scheuchte ihren Bruder in die Küche, er solle die Sauce holen. „Ich hab's eben im Radio gehört. Das ist ja echt der Hammer. Wie im Film.“

„Vorsicht, heiß!“ Simon balancierte eine schwere Pfanne zum Tisch. „Echt wie im Film. Vielleicht war das ein Stuntman … nee, 'ne Stuntwoman.“ Er grinste. Musste der Junge denn immer alles ins Lächerliche ziehen.

„Nein, das war die Frau eines Kollegen.“ Hilbersen räusperte sich. „Und sie ist schwer verletzt.“

„Du kanntest sie?“ Hannah war wie üblich voller Mitgefühl.

„Nicht persönlich. Aber ihren Mann kenne ich natürlich.“

„Und warum ist sie da reingefallen?“

„Ich weiß es nicht genau. Aber jetzt lasst uns essen. Das duftet ja köstlich.“

Hannah und Simon warfen sich über die Töpfe hinweg einen Blick zu. Hilbersen wartete gespannt, was jetzt kam.

„Duuu. Papaaa.“ Simon war also der Sprecher. Hilbersen verteilte Sauce auf seinen Spaghetti und begann, sie mit der Gabel einzudrehen.

„Du brauchst doch deine kleine Wohnung in der Stadt jetzt nicht mehr“, setzte Simon an. Daher wehte der Wind.

„Ich denke nicht, nein.“ Evelyn hatte überraschend wenig Widerstand geleistet, als er ihr nach den Weihnachtsferien vorgeschlagen hatte, sie solle mit Clemens zusammenleben. Sie schien sogar ein wenig erleichtert gewesen zu sein, dass er sich jetzt um die Kinder kümmerte.

„Ich bin doch jetzt achtzehn. Und Eva und ich … wir würden gerne zusammenziehen.“

„Dann könnte ich Simons Zimmer haben.“ Hannah beeilte sich, ihrem Bruder argumentativ zu Hilfe zu kommen. „Mein Kinderzimmer ist viel zu klein.“

Hilbersen schaute von einem zum anderen.

„Und wer soll die Miete für die Wohnung bezahlen? Das sind 300 Euro plus Nebenkosten. Du gehst noch zur Schule, Simon.“

„Evas Eltern haben Geld, die wollen wir fragen. Mein Taschengeld. Und Mama will mir 50 Euro dazutun.“

„Evas Eltern.“ Hilbersen schüttelte den Kopf. „Das gefällt mir nicht, Simon. Und das bringt mich auch in Zugzwang, das ist dir doch klar.“

„Wieso? Die haben genug Kohle.“

„Habt ihr schon mit ihnen gesprochen?“

Simon schüttelte den Kopf. „Noch nicht, aber …“

„Nein, Simon. Ich habe kein gutes Gefühl bei der Sache. Wenn in ein paar Monaten Schluss ist zwischen euch …“

„Wieso Schluss? Eva ist echt cool. Wir lieben uns.“

Hannah sah gespannt von ihrem Bruder zu ihrem Vater.

„Ihr liebt euch.“ Hilbersen schüttelte den Kopf. Mit achtzehn hatte er auch noch gedacht, die Beziehung zu seiner ersten Freundin hielte ewig.

„Sag nicht, wir sind noch zu jung um zu wissen, was Liebe ist.“ Simon fühlte sich offensichtlich angegriffen.

„Darum geht es nicht, Simon. Aber hier im Haus ist genug Platz, das ganze Dachgeschoss ist ungenutzt.“

Sein Sohn sah nicht begeistert aus. Hannah dagegen witterte eine neue Chance:

„Genau. Du ziehst ins Dachgeschoss hoch. Dann kann ich dein Zimmer …“

„Vergiss es!“, unterbrach ihr Bruder sie.

„Mit den Möbeln aus meiner Wohnung könntest du es dir da oben gemütlich machen“, bot Hilbersen an. „Ich habe nichts dagegen, wenn Eva dann an den Wochenenden hier ist.“

„Das ist doch uncool, Papa. Ich könnte mir einen Job suchen.“

„Einen Job?“ Jetzt gingen bei Hilbersen die Alarmglocken an. „Du gehst noch zur Schule. Und machst nächstes Jahr Abitur.“

„Ich meine einen Job nebenher.“

Das fehlte noch. Dann würde Simon gar nichts mehr für die Schule tun. Gott sei Dank schrieb Hannah wieder bessere Noten, seit sich die familiäre Situation entspannt hatte.

„Nein, Simon. Es bleibt bei Nein.“ Er trank einen Schluck Wein. „Außerdem habe ich die Wohnung schon gekündigt.“ Simon stocherte in seinen Spaghetti herum.

„Aber ich bin doch kein Kind mehr.“

„Eben. Du bist kein Kind mehr. Du solltest so vernünftig sein, bis nach dem Abi mit einer eigenen Wohnung zu warten.“

„Der Speicher wird bestimmt toll.“ Hannah wollte ihr zweites Zimmer retten. „Wenn wir da einen schönen Teppich reinlegen und ich dir beim Dekorieren helfe.“

„Wasser und Strom hast du auch.“ Hilbersen griff wieder zur Zeitung. Für ihn war das Thema erledigt.

*

„Warum?“ Katja hatte Isolde im Garten aufgespürt, wo die gerade Gartenmöbel abwusch. „Warum hast du das getan?“

Ihre Schwiegermutter fasste sich ans Herz.

„Hast du mich erschreckt.“

Das ist mir herzlich egal, dachte Katja, die beim Anblick Isoldes noch wütender wurde. Jetzt stolperte sie auch noch über eine Harke auf dem Rasen.

„Wie konntest du nur zu seiner Frau gehen? Du hättest mit *mir* darüber reden müssen.“

„Mit dir darüber reden? Hör dich doch rumbrüllen! Mit dir kann man nicht vernünftig reden.“ Isolde hatte den ersten Schreck offensichtlich überwunden. Betont langsam streifte sie die gelben Gummihandschuhe von ihren Händen und legte sie nebeneinander auf den Gartentisch.

„Oh, selbst beim Putzen noch vornehm“, höhnte Katja. „Das ändert nichts daran, dass du mich aus purer Bosheit verraten hast, du intrigante Ziege!“

„Du vergreifst dich im Ton.“ Isolde wischte ein letztes Blatt vom Gartentisch. „Wer ist denn hier falsch? Wer hat hier Ehebruch begangen?“ Sie warf den Lappen mit Schwung in den Putzeimer. Graue Spritzer landeten auf Katjas Hose.

„Ich habe mich von Robert getrennt. Ich kann tun und lassen, was ich will.“

„Nun mach doch nicht so ein Geschrei! Die Nachbarn!“ Hinter dem Zaun waren das Klappern von Geschirr und Kinderstimmen zu hören.

„Die Nachbarn dürfen ruhig hören, was für ein Aas du bist.“

Isolde drehte sich um und ging ins Haus. Sie trug immer noch schwarz. Auch nach anderthalb Jahren noch. Sie hat Angst, dachte Katja. Sie klammert sich an ihrem Sohn fest.

Zögernd folgte sie ihrer Schwiegermutter bis in die Küche. Sie hatte das Haus seit Monaten nicht mehr betreten. Obwohl es so lange ihr Zuhause gewesen war, kamen die Räume ihr jetzt kalt und steril vor im Vergleich zu Charlottes chaotischem, verbautem Durcheinander.

„Wieso bist du zu seiner Frau gegangen?“

Isolde ließ sich Zeit mit der Antwort. Ausführlich wusch sie sich die Hände, trocknete anschließend jeden Finger einzeln ab und überprüfte ihre Fingernägel auf Schäden.

„Weibliche Solidarität“, warf sie endlich beiläufig in den Raum.

„Weibliche Solidarität?“ Das war der pure Hohn. „Was zum Teufel soll deine Boshaftigkeit mit Solidarität zu tun haben?“

„So eine bildschöne, junge Frau. Weißt du eigentlich, wie schön seine Frau ist?“ Isolde sah Katja lauernd an. „Und dann betrügt ihr Mann sie. Und lässt sie mit diesem armen, behinderten Kind allein.“

Bloß nicht provozieren lassen. Katja atmete tief durch. Aber ihre Schwiegermutter war noch nicht fertig.

„Und was dieser Jens überhaupt an dir findet? Du siehst ja regelrecht“, sie starrte auf Katjas Dekolleté, wo die Spitze eines schwarzen BHs unter der roten Bluse hervorblitzte, „du siehst ja regelrecht nuttig aus.“

Katja zwang sich, nicht auf die Bemerkung einzugehen.

„Und weil du nicht verstehst, was Jens an mir findet, hast du dir gedacht, du sprichst mal mit der schönen Ehegattin – so von Frau zu Frau!“

„Warum nicht?“ Isolde öffnete die Schublade neben der Spüle und holte eine Tube Handcreme heraus.

„Ich hielt es für meine Pflicht, sie auf die Untreue ihres Mannes aufmerksam zu machen. Ich habe ihr übrigens geraten, ihm die Pistole auf die Brust zu setzen und *sofort* eine Entscheidung zu verlangen.“

„Na, das ist dir ja gelungen.“

„Dann hat dein Liebhaber dir den Laufpass gegeben?“

Katja stutzte einen Augenblick. Hatte ihre Schwiegermutter noch nicht von Emilies Unfall gehört?

„Das hättest du wohl gerne.“ Sie stellte sich so nah vor Isolde, dass sie den Ansatz der Perücke sehen konnte. Ihre Schwiegermutter wollte ihr ausweichen, aber Katja drängte sie gegen die Küchenzeile.

„Er hat mir nicht den Laufpass gegeben. Aber seine bildschöne, junge Frau ist nach *deinem* Besuch schnurstracks mit ihrem Auto in die Tagebaugrube gefahren und 30 Meter tief gestürzt. Ohne Gurt!“

Die Tube mit der Handcreme rutschte Isolde aus der Hand und hinterließ beim Fallen einen weißen Streifen Creme auf den Fliesen. Zum ersten Mal, seit Katja sie kannte, hatte sie ihre Gesichtszüge nicht mehr unter Kontrolle.

„Sie ist tot?“

Katja genoss Isoldes Entsetzen. Diesmal saß sie am längeren Hebel. Diesmal würde sie *sie* zappeln lassen.

„Weibliche Solidarität! Dass ich nicht lache! Du wolltest ihr doch gar nicht helfen. Dir ging es doch nur darum, *mir* eins auszuwischen.“

„Bitte.“ Isolde griff nach Katjas Schulter. „Ich muss mich setzen.“

Katja sah zu, wie ihre Schwiegermutter mit unsicheren Schritten zum Küchentisch ging und sich auf einen Stuhl sinken ließ.

„Aber ich … ich wollte doch nur endlich wieder Frieden mit Robert."

„Frieden mit Robert?" Anke hatte mal so was angedeutet, dass seit ihrem Auszug die Eintracht zwischen Mutter und Sohn gelitten hatte.

„Ja. Ich dachte … wenn du zu ihm zurückkommst … wenn diese …", Isolde suchte nach dem passenden Wort, „wenn diese Affäre beendet ist, dann ist Robert wieder gut mit mir."

„Ich soll zu ihm zurückkommen?" Jetzt war Katja doch verblüfft. „Ausgerechnet du willst, dass ich zu ihm zurückkomme?"

„Ja, weil …" Isolde wischte sich den Schweiß von der Stirn. „Robert ist so gereizt, seit du weg bist. Er macht mir Vorwürfe."

Katja schaute auf das schüttere Haar, das unter Isoldes verrutschter Perücke hervorschaute. Auf ihre zitternden Hände. Eine alte Frau, die Angst hatte – und deswegen Unheil anrichtete.

„Ich würde auch ausziehen, wenn du zurückkommst." Die Stimme ihrer Schwiegermutter war belegt.

„Das hättest du früher tun müssen." Jetzt ist es zu spät, dachte Katja. Sie konnte sich nicht mal mehr über diesen Sieg freuen. Isolde sah sie bittend an.

„Kannst du mir ein Glas Wasser geben. Bitte."

Katja füllte ein Glas mit Leitungswasser und sah zu, wie ihre Schwiegermutter es in einem Zug hinunterstürzte.

„Mehr?"

Isolde schüttelte den Kopf.

„Hat sie überlebt?", stieß sie hervor und wagte nicht, Katja anzusehen.

„Wen meinst du?"

„Du weißt genau, wen ich meine."

„Wenn sie tot ist, hat das arme, behinderte Kind jetzt keine Mami mehr. Und du bist schuld."

„Quäl mich doch nicht so." Isolde rieb sich über ihr blasses Gesicht.

„Erst will ich wissen, wie lange du schon von Jens wusstest. Hast du Robert davon erzählt? Den Kindern?"

Ihre Schwiegermutter schüttelte energisch den Kopf.

„Ich habe mit niemandem darüber geredet. Wirklich nicht. Ich wusste es doch selbst erst …"

„Erst …?" Isolde war doch sonst nie auf den Mund gefallen. Jetzt ließ sie sich jedes Wort einzeln aus der Nase ziehen.

„Erst seit letzter Woche. Da habe ich beim Putzen diese Zeichnung im Keller gefunden … hinter dem Bett.“

Frühjahrsputz. Isoldes Putzfimmel war Schuld an dem ganzen Desaster.

„Und da hast du Lunte gerochen.“

„Mir wurde plötzlich klar, dass da ein anderer sein musste.“

„Und woher wusstest du, *wer* das ist?“

Anstatt zu antworten, hielt Isolde Katja das leere Glas hin.

„Könntest du mir doch noch Wasser …“ Sie räusperte sich. Katja füllte das Glas auf und knallte es auf den Tisch.

„Also, woher?“

„Ich hab’s halt … rausgefunden.“ Isolde nippte an ihrem Wasser

„Hast du einen Detektiv auf mich angesetzt, oder wie stelle ich mir das vor?“

„Nein!“ Isolde richtete sich auf. „Nein.“ Sie sank zurück an die Stuhllehne.

„Aber auf der Zeichnung stand kein Name! Hast du mich selbst bespitzelt?“

„Bespitzelt würde ich das nicht nennen.“ Sie verrieb mit den Fingerspitzen die Wassertropfen, die aus dem Glas gespritzt waren, als Katja es so heftig auf den Tisch gesetzt hatte.

„Ach, *bespitzeln* würdest du das nicht nennen!“ Diese Frau hatte ein seltenes Talent, sie zur Weißglut zu bringen. „Aber hinter mir her spioniert hast du schon?“

„Bitte. Lebt seine Frau? Wie geht es ihr?“ Isoldes Wimperntusche war verschmiert.

„Jetzt lenk nicht ab.“

„Ich habe nur …“ Isolde nippte wieder an ihrem Wasser. „Ich habe nur zwei Mal mittags vor deinem Büro gewartet. Du hast dich mit ihm in einem Café getroffen.“

So einfach. Die Vorstellung verursachte Katja ein Gefühl von Enge in der Brust. Sie ging zum Fenster hinüber und öffnete es.

„Gratuliere“, sagte sie. „Und dann?“

„Dann bin ich ihm bis zur Zentrale der GBA gefolgt. Und habe den Pförtner … nach dem netten jungen Mann … ich wolle mich bedanken.“

„Einer alten Dame hat er natürlich gerne Auskunft gegeben.“ Den Rest konnte sie sich denken. Katja lehnte sich in das offene Fenster. Die Blüten der Tulpen hingen schwer nach unten und Magnolienblätter lagen über den Rasen verteilt. Ein leichte Brise bewegte die Zweige des Kirschbaums und erste Blütenblätter rieselten herab.

„Ach, Isolde.“ Ihre Wut schlug in Resignation um. „Musste das sein?“

Ihre Schwiegermutter spürte den Stimmungsumschwung und stand auf.

„Bitte komm zu Robert zurück.“ Sie griff nach ihren Händen. „Ich werde ausziehen … ich verspreche es.“ Katja entzog sich ihrem Griff und schüttelte den Kopf.

„So einfach ist das nicht. Ich liebe deinen Sohn nicht mehr.“ Sie schloss das Fenster und wandte sich zum Gehen.

„Aber ihr habt doch eine gute Ehe geführt. Ich verstehe nicht, warum …“

„Ich komme nicht zurück“, unterbrach Katja ihre Schwiegermutter.

„Warte! Geh noch nicht!“ Isolde folgte ihr zurück in den Garten. „Was ist mit der Frau? Sie sah so zerbrechlich aus.“

Katja zögerte einen Augenblick, als sie in das eingefallene Gesicht ihrer Schwiegermutter sah. Fast hätte sie Mitleid mit ihr haben können. Aber andererseits … Ihr lief eine Gänsehaut über den Rücken beim Gedanken daran, wie sie ihr nachspioniert und sie heimlich mit Jens im Café beobachtet hatte.

„Das musst du schon selbst herausfinden! Du bist doch geübt darin.“

*

Katja war lange vor dem vereinbarten Zeitpunkt im Eiscafé. Das Karamellgebäck auf dem Rand der Untertasse hatte sie schon vollständig zu Bröseln zerdrückt. Gestern hatte Jens sich endlich gemeldet.

„Ich muss dich sprechen, hast du morgen Nachmittag Zeit?“ Sie hatte sich gefreut, seine Stimme zu hören. Vielleicht konnten sie sich ja doch wieder sehen.

Aber jetzt rumorte es in ihrem Magen. Seit Emilies Unfall war eine Woche vergangen. Und Jens hatte gesagt, dass es ihr etwas besser ginge. Aber hatte er nicht trotzdem sehr ernst am Telefon geklungen? Ernst und traurig?

Ihr Handy piepste. Eine SMS. Hastig zog sie es aus der Handtasche. Aber die Nachricht war nicht von Jens. Sondern mal wieder von Nina. Seit sie sich mit ihr getroffen und ihr Geld gegeben hatte, bettelte ihre Schwester sie jede Woche erneut an. Katja beschloss, ihr später erst zu antworten.

Es war ungewöhnlich schwül für einen Tag Mitte Mai. Die Nervosität ließ ihr den Schweiß über den Rücken bis zum Bund ihres Rockes laufen. Sie hätte besser ein Wasser getrunken. Katja schob die noch fast volle Kaffeetasse von sich.

„Hallo." Er sprach leise, wie erstickt. Katja zuckte zusammen.

„Hallo, Jens."

„Entschuldigung. Ich wollte dich nicht erschrecken." Er streckte ihr eine Hand hin. Außer großer Müdigkeit konnte sie in seinem Gesicht keine Gefühlsregung erkennen. Aber die hingestreckte Hand irritierte sie.

„Hast du nicht. Ich war bloß … in Gedanken. Möchtest du auch etwas trinken?"

Jens schaute sich im Eiscafé um.

„Ich würde lieber irgendwohin gehen, wo es ruhiger ist." Er vermied es, sie anzusehen.

„Ja, klar. Ich muss nur schnell den Kaffee bezahlen." Er wirkt wie versteinert, dachte sie. Seine Starre machte ihr Angst.

Die Cafés in der Fußgängerzone waren voller fröhlicher, lebhafter Menschen, die die Sonne genossen. Katja versuchte, in die Gesichter zu sehen, ein Stück des Alltags darin zu finden. Vielleicht half das gegen die Angst. Jens ging zügig neben ihr her und schwieg. Sie wagte nicht zu fragen, ob er ein bestimmtes Ziel habe. Jetzt blieb er abrupt stehen.

„Dort ist eine Kirche. Lass uns hineingehen."

„In eine Kirche?" Vor einer Kirche hatte sie ihn zum ersten Mal gesehen. An einem Tag, an dem es so schwül gewesen war wie heute. Sollte sich der Kreis schließen? Nun werde nicht abergläubig, ermahnte Katja sich. In einer Kirche ist es ruhig und kühl und wir können uns ungestört unterhalten. Das ist alles. Sie folgte ihm über das Kopfsteinpflaster zum Hauptportal.

„Abgeschlossen", sagte er.

„Vielleicht ist der Seiteneingang offen." Diesmal ging sie vor und öffnete die Tür. Schaute ins Dämmerlicht der Marienkapelle. Die Kerzen vor der Pietà bewegten sich im Luftzug, den Katja verursacht hatte. Sie schaute einen Augenblick in das leidende Gesicht der Muttergottes, dann setzte sich neben Jens auf die hintere Bank. Hielt Abstand zu ihm, als brauche sie erst seine Erlaubnis, wieder näher an ihn heranzurücken. Jens beugte sich nach vorn und stützte sich mit den Armen auf den Oberschenkeln ab. Als ob es ihn anstrenge, aufrecht zu bleiben. Ich liebe ihn, dachte Katja. Aber Jens blieb immer noch stumm, als seien auch die Worte in ihm eingefroren, versteinert.

„Wie geht es dir?" Sie fragte ihn so sanft, als könne jedes laute Wort die Katastrophe auslösen, vor der sie sich fürchtete. Sie wollte ihn nicht verlieren.

„Mir?“ Er sah sie schräg von unten an. Dann schüttelte er den Kopf. „Ist nicht so wichtig.“

„Und wie geht es Emilie?“ Wenn er nicht über sich reden wollte, würde sie das akzeptieren.

„Es wird dauern, bis sie wieder auf den Beinen ist.“ Seine Stimme klang im Innern des Kirchenraums voller als draußen im Lärm der Stadt. Katja nickte.

„Hauptsache, sie wird wieder gesund.“ Als Jens nichts darauf erwiderte, kam ihr ein beunruhigender Gedanke.

„Oder bleibt sie …?“ Sie konnte doch nicht *behindert* sagen.

Er zuckte mit den Schultern. „Vielleicht Probleme beim Gehen. Aber ihre Kopfverletzungen sind nicht so schlimm, dass …“ Er sah sich in der leeren Kapelle um, als könne jemand mithören. Katja griff vorsichtig nach seiner Hand.

„Sie schafft das schon.“ Blöde Phrase, dachte sie. „Und ich schaffe das auch. Ich werde warten.“ Sie wunderte sich, dass ihre Stimme so klar und beruhigend klang. „Ich habe Geduld. Und wenn es Emilie besser geht …“

„Nein.“ Es platzte unvermittelt aus ihm heraus. „Wir können uns nicht mehr sehen.“

Katja zog ihre Hand zurück. Also doch.

„Ich muss mit Emilie und Lena nach Augsburg zurückgehen.“

Sie schob die Hand, die gerade noch Jens’ Hand gehalten hatte, unter ihren Oberschenkel. Hatte der Künstler der Pietà wirklich Tränen ins Gesicht gemalt?

„Es tut mir sehr leid.“ Jens richtete sich auf und streichelte über ihre Schulter. „Ich liebe dich, aber …“

„Und warum bleibst du dann nicht bei mir?“ Katja presste die Lippen aufeinander. Das hätte sie nicht fragen sollen. Sie starrte auf die Figur. Es waren wohl doch keine Tränen. Eher Risse in der Bemalung.

Das Geräusch der Tür unterbrach das Schweigen. Eine alte Frau ganz in Schwarz gekleidet betrat die Kapelle und ging nach vorn zum Marienaltar. Sie grüßte Jens und Katja mit einem Kopfnicken, dann kramte sie nach ihrem Portemonnaie. Katja verfolgte mit den Augen ihre langsamen Bewegungen. Endlich hatte die Frau ein Geldstück gefunden, warf es in den Opferstock und nahm sich eine der Kerzen. Für wen sie die wohl aufstellt, fragte Katja sich. Für ihren verstorbenen Mann? Für ein Kind? Jens saß jetzt wieder vornübergebeugt und rührte sich nicht.

Während die Frau sich in die vordere Bank kniete und begann, Gebete vor sich hinzumurmeln, schaute Katja auf das graue Haar, die gebeugten Schultern. Sie war ähnlich mager wie Charlotte. Dass sie sich der Mühe unterzog, sich hinzuknien … *Heilige Maria, Mutter Gottes.* Katja erkannte das Gebet mehr an seinem Rhythmus als dass die Worte klar artikuliert waren. Jedes Mal, wenn die Strophe zu Ende war, fing die Alte wieder von vorne an. Der Text verschwamm zu einem Singsang. Immer noch keine Antwort von Jens. Sie sah ihn von der Seite an, aber er schüttelte den Kopf. Endlich stand die Alte auf und schlurfte zum Ausgang. Die Kerzen flackerten noch einmal auf.

„Meine Schwiegereltern haben mich vor die Wahl gestellt." Jens sah sie ausdruckslos an. „Entweder ich komme mit Emilie zurück nach Augsburg. Oder sie stecken Lena ins Heim."

Entweder … oder … *Ich habe ihr übrigens geraten, ihm die Pistole auf die Brust zu setzen.* Isoldes Worte dröhnten Katja durch den Kopf. Nun hatten offensichtlich Emilies Eltern diesen Job übernommen.

„Du kannst dir vorstellen, wieder mit deinen Schwiegereltern unter einem Dach zu leben?"

„Ich kann mir nicht vorstellen, Lena in ein Heim zu geben. Und Mitschuld daran zu tragen."

„Dann komm mit Lena zu mir." Sie sah ihn an, fordernd und verschlossen zugleich.

„Ach, Katja." Er schüttelte den Kopf. „Du weißt, dass das nicht geht. Du bist nicht ihre Mutter."

„Nein, ich bin nicht ihre Mutter. Aber ich wäre eine bessere Mutter als Emilie."

„Vielleicht. Aber danach wird niemand fragen."

Sie schwiegen erschöpft und Katja starrte jetzt in das Gesicht des Gekreuzigten. Eine Religion des Leids. Wie sollte man darin Trost finden.

„Ich werde dich vermissen." Jens umarmte sie so plötzlich und heftig, dass sie kaum noch Luft bekam. Seine Arme drückten ihren Brustkorb zusammen. Seine Hände krallten sich durch den Stoff in ihre Haut. Aber sie beschwerte sich nicht. Dieser Schmerz war wenigstens konkret und lokalisierbar.

„Hey, ist gut. Ist gut", flüsterte sie in sein Ohr. „Du liebst deine Tochter. Lena braucht dich." Seine Umarmung wurde sanfter, er schien mit den Tränen zu kämpfen. Katja liebkoste seinen Rücken, spürte die Wärme seines Körpers unter dem Hemd. Aber als Jens sie küssen wollte, hielt sie ihn zurück.

„Entschuldigung." Er ließ sie los.

„Wann werdet ihr umziehen?“ Sie wollte es nicht wissen. Fragte trotzdem.

„Emilie wird Montag schon nach Augsburg verlegt. Ich bleibe noch bis Ende des Monats.“

Ende des Monats. Das waren achtzehn Tage oder zweieinhalb Wochen oder … eine schmerzhaft überschaubare Zeit.

„Ich wünsch dir alles Gute.“ Sagte man so was am Ende einer Beziehung?

„Geh jetzt bitte.“

Jens nickte und blieb sitzen.

„Mach’s uns nicht so schwer. Geh einfach!“ Sie sah ihn nicht an.

„Ich könnte mich ab und zu melden. Übers Handy.“ Er fuhr mit den Fingerspitzen über ihren Handrücken. „Vielleicht könnte ich sogar ab und zu …“

„Nein. Das will ich nicht.“ Die Haut auf ihrem Handrücken brannte.

„Katja?“

Als sie sich zu ihm umdrehte, drückte er ihr einen Kuss auf die Stirn, dann stand er auf. Seine Gummisohlen quietschten auf dem Steinboden, eins, zwei, drei, vier, fünf Schritte. Er hielt inne. Katja knetete ihre Hände, bis das Scharnier der Kirchentür knarrte. Dann wurde es still.

Sie blieb vor der Pietà sitzen, bis der Küster sie am Abend ansprach.

„Es tut mir leid, ich muss jetzt abschließen. Aber Sie können gerne morgen …“

„Nein, nein. Schon gut.“

Draußen schien immer noch die Sonne. Ihr war schwindelig. Am nächsten Kiosk kaufte sie sich eine Apfelschorle, setzte sich ins Auto und trank. So verheult will ich nicht bei Charlotte aufkreuzen, dachte sie. Dann besser zu ihrer Freundin Sophie. Katja fuhr zum Café am Karlsplatz.

„Kann ich mich irgendwo frisch machen?“ Sophie stellte keine Fragen. Drückte ihr bloß ein frisches Handtuch in die Hand. Sie wusch sich in der Personaltoilette das Gesicht. Trank in der Küche des Cafés eine Cola, bis ihre Augen nicht mehr ganz so geschwollen aussahen. Draußen dämmerte es.

„Ich ruf dich an“, sagte sie zu ihrer Freundin und ging.

*

Der Kater schaute Charlotte unwillig an, als sie ihn von ihrem Schoß schob und zum Stock griff.

„Es hat geklingelt, ich muss zur Tür.“ Sie erhob sich stöhnend aus ihrem Sessel. Verdorri, war das Gehen mühsam geworden. Es klingelte erneut.

„Ich komm ja schon", brummte sie und schlurfte in den Flur. Eigentlich hatte sie niemandem mehr aufmachen wollen. Aber sie war zu müde, um noch Auseinandersetzungen zu führen.

An der Haustür wurde sie vom strahlenden Licht eines Frühsommermorgens geblendet. Charlotte blinzelte den Postboten an. Das war ein anderer als sonst.

„*Einschreiben Rückschein* für Frau Rinke. Sind Sie das?"

Sie stützte sich am Türrahmen ab und nickte.

„Dann quittieren Sie den Empfang bitte hier." Der Mann deutete mit dem Kugelschreiber auf ein rosafarbenes Stück Papier. Charlotte starrte immer noch mit zusammengekniffenen Augen auf den Brief. Buchstaben und Zahlen verschwammen vor ihren Augen.

„Da müssen se schon mit reinkommen. Ich brauch meine Brille." Sie ließ die Haustür los und wankte zurück ins Wohnzimmer. Der Postmann folgte ihr widerstrebend.

„Dass Sie hier wohnen bleiben …", murmelte er. Charlotte ließ sich aufs Sofa sinken und fuchtelte mit der Hand Richtung Anrichte.

„Da irgendwo musse liegen."

Jeshim fühlte sich durch den fremden Mann wohl endgültig gestört, sprang mit einem Satz über den Wohnzimmertisch und verschwand in die Küche.

„Diese hier?" Er hielt ihr eine Brille vor die Nase.

„Jau." Während sie in krakeliger Schrift ihren Namen aufs Papier setzte, schaute er sich um.

„Eigentlich ein schönes altes Haus. Wann müssen Sie raus?"

„Bald." Sie hielt den Brief hoch. „Sie sind der Überbringer schlechter Nachrichten. Das wird die Enteignung sein."

„Das tut mir leid. Dann …", er sammelte hastig Kuli und Unterschrift ein, „alles Gute für Sie."

„Zur Tür finden Sie allein?"

„Ja, natürlich." Er verließ das Haus leise, wie jemand, der sich davonschleicht.

Charlotte rührte sich lange Zeit nicht. Durchs Fenster beobachtete sie, wie der Postmann in seiner Tasche kramte und zu Josefs Haus hinüberging. Eine Minute später kam er im Eilschritt mit leeren Händen zurück. Ein Wagen wurde gestartet und entfernte sich.

„Jeshim", rief sie. „Jeshim, komm wieder zu mir." Sie stand auf und schaute in die Küche. Dort war er nicht.

„Komm zurück. Wir haben Post bekommen.“ Sie nahm die Packung Trockenfutter und rappelte damit. Öffnete das Fenster. Wartete. Rappelte wieder. Wo blieb der Kerl denn? Charlotte rang nach Luft. In den letzten Tagen fiel ihr das Atmen immer schwerer.

„Jeshim.“ Sie atmete keuchend ein. Begann zu husten. Ruhig, nur ruhig bleiben. Doch die Angst kam mit dem Husten und sie spürte, wie ihr der Schweiß ausbrach und die Beine wegknickten. Sie klammerte sich am Fensterbrett fest und ließ erst los, als sie auf dem Küchenboden saß. Charlotte rang nach Luft. Jetzt ist es soweit, dachte sie. Jetzt ist es soweit und nicht mal der Kater ist da. Als der Husten nachließ, schleppte sie sich zurück auf ihren Sessel.

*

„Du findest einen anderen. Einen Besseren.“

Katja seufzte. Lisanne versuchte schon seit Tagen, sie aufzumuntern. Legte ihr jeden Morgen die Kontaktanzeigen des *Mahrenbacher Stadtanzeigers* auf den Schreibtisch. Schickte E-Mails mit Adressen von Internet-Partnerschaftsvermittlungen.

„Lass gut sein, Lisanne. Ich will keinen anderen Mann.“

„Ach, Unsinn.“ Ihre Kollegin zog eine Haarsträhne zwischen den Fingern durch und begutachtete die Haarspitzen im Schein der Schreibtischlampe. „Das beste Mittel gegen Liebeskummer ist eine neue Liebe. Herzklopfen. Schmetterlinge im Bauch.“

Katja schüttelte den Kopf. Der Gedanke an Jens schmerzte. Sie sah einen Stapel Post durch und murmelte dabei demonstrativ die Absender vor sich hin. Aber Lisanne wollte das Thema nicht fallenlassen.

„So bedrückt habe ich dich noch nie erlebt“, setzte sie erneut an.

„Soll vorkommen, wenn man den Menschen verliert, den man liebt.“

Ihre Kollegin runzelte die Stirn. „Du hast dich aber auch in eine Scheiß-Situation gebracht, wenn ich das mal sagen darf. Mit deiner alten Großmutter an diesem scheintoten Ort … eine Scheidung vor der Nase … vom Liebhaber verlassen.“

Katja war erleichtert, dass ihr Handy klingelte und ihr eine Erwiderung ersparte. Allmählich ging Lisanne ihr auf die Nerven.

„Vielleicht ist das dein Lover“, vermutete sie jetzt. „Er hat sich anders entschieden.“ Gespannt beobachtete sie Katjas Miene, als die das Handy aus der Tasche nahm.

„Das ist nicht Jens. Unbekannte Nummer.“ Sie drehte sich auf dem Bürostuhl vom Schreibtisch weg, bevor sie das Telefonat annahm. „Vohsen.“

„Ralf Hilbersen. Gesellschaft für Braunkohle.“ Die Stimme klang zögerlich. „Entschuldigen Sie, dass ich Sie anrufe, aber … ich hatte Ihre Nummer noch von damals. Wegen der Wohnung in Neu-Lossweiler, erinnern Sie sich?“

„Ja, natürlich.“ Sie war irritiert. Warum rief er sie an? Die Sache mit der Wohnung lag Monate zurück.

Wieder zögerte er. „Hat das eigentlich geklappt … ich meine, könnte Ihre Großmutter in die Wohnung?“

Wenn er nach der Wohnung fragte, hieß das …

„Oder sind Sie gerade bei ihrer Großmutter und können nicht offen sprechen?“, unterbrach er ihren Gedankengang.

„Ich bin im Büro und kann ungestört reden.“

„Dann haben Sie Ihre Großmutter heute noch nicht gesprochen? Also … es ist eigentlich nicht meine Aufgabe, aber …“

Was zum Teufel wollte er? Hatte sie nicht schon genug Sorgen?

„Herr Hilbersen. Es wäre mir lieb, wenn Sie zur Sache kommen. Weshalb rufen Sie an?“

„Ich habe gerade den Enteignungsbescheid für den Nelkenweg auf meinem Schreibtisch. Ist heute Morgen per Einschreiben gekommen.“

Das war es also. Sie räusperte sich, um den Kloß aus ihrem Hals zu vertreiben.

„Das bedeutet, meine Großmutter hat den Brief auch bekommen?“

„Ich vermute, ja. Normalerweise stellt die Post Unterlagen vom Amt am selben Tag zu.“

„Dann danke ich Ihnen, dass Sie mir Bescheid gegeben haben. Ich werde Charlotte gleich anrufen.“

„Tun Sie das. Und wenn Sie Hilfe brauchen …“

„Ich glaube, da kann ihr jetzt keiner mehr helfen.“

„Natürlich nicht. Ich meinte auch eher beim Kauf einer Wohnung. Oder bei der Abwicklung notarieller Angelegenheiten …“

„Vielen Dank. Aber wir schaffen das schon.“

„Natürlich. Ich verstehe.“ Durch die Leitung hörte Katja ein Klappern, als ob jemand mit einem Löffel in seiner Tasse rührte. „Und ich möchte Ihnen von Seiten der GBA noch einmal zusichern, dass wir die Fristen selbstverständlich großzügig auslegen werden. Und dass wir alles Erdenkliche tun werden, damit …“

„Ich würde jetzt gerne meine Großmutter anrufen“, unterbrach Katja ihn. Auf Floskeln hatte sie wirklich keinen Nerv. „Also vielen Dank für Ihren Anruf.“ Bevor er erneut antworten konnte, hatte Katja das Gespräch weggedrückt.

„Jetzt ist es so weit“, sagte sie leise zu Lisanne. „Charlotte muss raus aus dem Haus.“

*

Das Telefon klingelte. Charlotte schaute aufs Display. *Katja Handy*. Manchmal hatten diese neumodischen Dinger ja doch ihren Vorteil. Man konnte sehen, wer anrief, *bevor* man dranging. Sie ordnete den Faltenwurf der Gardine und zählte die Klingeltöne … zehn, elf, zwölf. Dann war wieder Ruhe. Sie atmete auf. Wahrscheinlich wollte Katja nur wissen, ob sie ihr etwas aus der Stadt mitbringen sollte.

Charlotte steckte das Mobilteil in die Tasche ihrer Strickjacke und ging zum Wohnzimmerschrank. Das Fläschchen mit Josefs Einschlafmedizin klapperte in der Vase, als sie diese hinter dem Stapel Teller hervorholte. Sie hielt die Vase mit der Öffnung nach unten und ließ das Fläschchen in ihre Handfläche fallen. Der Sicherheitsverschluss des Medikaments war schwer zu öffnen. Drücken und Drehen gleichzeitig. Charlotte brauchte mehrere Versuche. Dann starrte sie in die Öffnung; versuchte, einen Blick auf den Inhalt zu werfen. Das Telefon klingelte erneut. *Katja Handy*. Diesmal hörte das Klingeln nach acht Tönen auf, begann aber sogleich erneut. *Katja Büro*. Ihre Enkeltochter selbst hatte die Nummern und Namen einprogrammiert. *Damit du mich überall erreichen kannst.* Charlotte stellte das Mobilteil auf *lautlos* und legte es auf den Wohnzimmertisch.

Das Pulver im Fläschchen war weiß und sehr fein. Vorsichtig ließ sie ein wenig auf ihre Handfläche rieseln. Hielt es vor ihr Gesicht. Es hatte keinen Geruch. Zumindest keinen, den Charlotte hätte wahrnehmen können. Der Tod stinkt nicht, dachte sie. Als ein Luftzug durch das geöffnete Fenster ins Wohnzimmer drang, kippte sie das Medikament hastig wieder in den schmalen Flaschenhals zurück. Die Hälfte ging daneben und landete auf dem Wohnzimmertisch. Egal. Sie würde es vom Tisch direkt in ihr Glas schieben. Aber erst umziehen. Als sie nach ihrem Stock griff, blinkte das Display des Telefons auf. Einmal … zweimal … dreimal. Charlotte beugte sich über den Hörer. Diesmal rief Josef an. Viermal … fünfmal … sechsmal. Wenn sie nicht ranging, dächte er womöglich, sie wäre schon tot. Dann stünde er gleich hier in der Tür. Sie nahm das Gespräch an.

„Josef?“

In der Leitung blieb es lange still. Dann räusperte er sich.

„Meine liebe Charlotte. Gott sei Dank. Ich fürchtete, du hättest schon …“

„Was willst du, Josef?“

„Hast du auch Post bekommen?“

„Hab ich.“

„Und … du willst es wirklich tun?“

Charlotte schwieg.

„Wenn du mich brauchst … oder wenn du doch mit mir wegfahren möchtest … Charlotte, bist du dir sicher, dass du …“

Sie unterbrach ihn. „Kümmersse dich um Katja, wenn sie nach Hause kommt?“

„Ja, natürlich, aber …“

„Heul bloß nich’ wegen ’ner alten Schabracke.“ Ihre Stimme klang nicht so fest, wie sie beabsichtigt hatte. „Ich leg jetzt auf.“

„Aber Charlotte …“

Sie drückte das Gespräch weg und legte das Telefon mit dem Display nach unten auf den Tisch zurück. Bestimmt würde er doch heulen.

„Jeshim“, rief sie. „Jeshim!“ Wenn man das Tierken mal brauchte, war es nicht da. Ihre Stimme klang kratzig. Es ist wie einschlafen, hatte Josef gesagt.

Charlotte ging zu ihrem Bett. Zog Jacke und Bluse aus. Dann, mühsam, den Rock. Das Kleid hing leuchtend blau in einem Streifen Maisonne, der durch die nur halb geöffneten Läden ins Zimmer fiel. Sie strich über den glatten Stoff. Dachte an ihre Mutter, der das Kleid gehört hatte und die schon ein halbes Jahrhundert unter der Erde war. Dachte an Leopold, den sie in diesem Kleid geheiratet hatte. Dachte an Ludwig, der es nie gemocht hatte, weil es ihm altmodisch schien. Das Kleid hatte alle überlebt. Alle waren sie vorausgegangen. Und ihre Söhne, die im Ausland lebten, scherten sich nicht um sie, hatten sie ewig schon nicht mehr besucht. Katja, ja, Katja würde sie vermissen. Aber die war noch jung. Charlotte schaute an ihrem Körper herunter. Die

Venen und blauen Flecken an ihren mageren Beinen konnte man noch durch die Strumpfhose sehen. Früher hatte sie schöne Beine gehabt. Früher. Sie streifte die Strümpfe nach unten, schob sie mit den Füßen ganz von ihrem Körper. Waren das ihre Füße, ihre Fußnägel? So gelb und krumm? Hatte sie mit diesem Körper einmal Männer verführen und Kinder zur Welt bringen können?

Sie nahm das Kleid vom Bügel, schob die Arme hinein, zog es mühsam über den Kopf. Der Stoff lag kühl und schwer auf ihrer Haut. Warum hatte diese blöde Reinigung von den Knöpfen am Rücken nur den obersten wieder geschlossen! Charlotte bemühte sich vergeblich, die kleinen Schlaufen über die mit Stoff bezogenen Schmuckknöpfe zu ziehen. Dann eben nicht. Sie ging in die Küche. Da mussten doch irgendwo … Weil sie die Sicherheitsnadeln nicht finden konnte, stach sie eine Stecknadel auf Taillenhöhe durch die doppelte Lage Stoff. Die Nadel piekte, wenn sie sich bewegte. Aber wenigstens blieb das Kleid jetzt geschlossen. Sie fuhr sich mit der Bürste durch die widerspenstigen Locken und sprühte ein wenig *Kölnisch Wasser* aufs Haar. Auf ihren Hals. Auf die Handgelenke. Jetzt brauchte sie nur noch ein Glas Wasser.

Ihre nackten Füße tappten leise über den Holzboden, als sie zurück ins Wohnzimmer ging. Charlotte fröstelte. Die Schmerzen in ihren Gelenken schienen den ganzen Körper befallen zu haben.

„Jeshim!“ Warum kam er bloß nicht nach Hause? Die letzten Wochen war er fast ständig bei ihr geblieben.

Vom Sessel aus fiel ihr Blick wieder auf das Telefon. Katja. Fast hätte sie vergessen … Sie erhob sich noch einmal und holte den Umschlag aus ihrem Schreibtisch. Etwas Weiches strich um ihre Beine.

„Da bist du ja.“ Der Kater folgte ihr ins Wohnzimmer, wo sie ihm Trockenfutter auf die Dielen neben dem Teppich streute. Mühsam bückte sie sich und streichelte über seinen Rücken. Sein kleiner, warmer Körper machte sie traurig. Schnell wandte sie sich ab.

„Katja wird sich um dich kümmern“, murmelte sie.

Von ihrem Sessel aus sah sie ihm beim Fressen zu. Die Kälte stieg von ihren Füßen in die Beine, in ihren Körper. Sie begann zu zittern. Ungeschickt zog sie die Wolldecke über ihre Beine, formte zu ihrer Rechten eine Mulde für Jeshim. Er würde gleich schlafen kommen. Sie würden beide schlafen.

Charlotte schloss die Augen. Lauschte auf das Knirschen des Trockenfutters zwischen Jeshims Zähnen. Hörte das Singen und Stampfen des Baggers. Horchte auf das Ticken der alten Standuhr. Von Zeit zu Zeit raschelte das junge Laub draußen leise. Josefs Nussbäume? Es schien ihr wie ein Gruß. Sie lächelte. Wurde wieder ernst und traurig. Beim Husten schmerzte der ganze Körper. Sie rang nach Luft, atmete flach, um den Hustenreiz zu unterdrücken. Als Jeshim zu ihr auf den Sessel sprang und sein Putzritual begann, öffnete sie die Augen wieder und rührte das Pulver ins Wasser.

„Is' gut“, sagte sie. „Allet is' gut.“ Sie trank die bittere Flüssigkeit in einem Zug, wie Josef ihr geraten hatte. Dann legte sie eine Hand auf das Fell des Katers. Hörte ihn schnurren. „Is' gut. Is' allet gut.“ Charlotte schloss die Augen und zog sich tiefer in sich zurück. Alle Geräusche schienen ihr klarer als sonst. Begann der Schmerz nicht schon nachzulassen? „Is' gut“, murmelte sie. „Is' gut. Bin nur so müde.“

*

Katja, warten Sie!

In Lossweiler kommt mir Herr Radek schon auf der Straße entgegen.

Ich kann Charlotte nicht erreichen, sage ich. Er setzt erneut an, mir etwas zu erklären, aber ich unterbreche ihn: Ich weiß, die Enteignung ist durch. So eilig habe ich es, zu meiner Großmutter zu gehen, dass ich nicht auf seinen Tonfall achte, ihn nicht aussprechen lasse, ihm nicht in die Augen sehe. Erst als er mich unsanft am Oberarm packt und davon abhält, das Haus zu betreten, begreife ich, dass etwas passiert sein muss. Seine sonst so hellen blauen Augen sind dunkel.

Charlotte ist tot, sagt er.

Ich verstehe ihn nicht.

Katja, Ihre Großmutter lebt nicht mehr.

Ich sehe ihn an, als habe er etwas ganz und gar Unmögliches gesagt, als habe er gesagt, dass die Sonne um die Erde kreist und das Wasser in Zukunft nach oben fließen wird. Ich drücke die Haustür auf und laufe ins Wohnzimmer. Dort sitzt sie. Lehnt in ihrem Sessel, wie all die Wochen und Monate zuvor. Sie hat die Knie angezogen, sie hat ihre Arme um die Beine geschlungen, ihr Kinn ist auf die Brust gesunken, ihr Körper gegen die Seitenlehne des Ohrensessels gefallen. Wie ein Embryo, denke ich. Ich schaue auf die Katze zu ihren Füßen, schaue wieder auf meine Großmutter, ich schaue in das von Sonne und Wind, von vielen Lebensjahren gegerbte Gesicht Josef Radeks. Was für ein Widerspruch, diese zerklüftete Haut zu dem feinen, grauweiß gestreiften Hemd, das er trägt, denke ich. Und ich lasse mich gegen die grauen Streifen fallen, presse mein Gesicht in den glatten Stoff. Er riecht nach Rasierwasser. Erst Jens, jetzt Charlotte, klage ich. Der Freund meiner Großmutter legt zögernd seine Arme um mich und hält mich fest.

Später sitze ich neben Charlottes Körper, streichel ihr Gesicht und ihre Hände, streichel den blauen Stoff, unter dem ich noch Wärme zu spüren glaube, überlasse es ihm, einen Arzt zu rufen. Ein älterer Herr kommt schon nach kurzer Zeit, es ist nicht ihr Hausarzt, Radek duzt ihn. Er stellt mich vor, er erzählt, dass er meine Großmutter so gefunden habe, vor einer halben Stunde etwa, nein, er wisse nicht genau, wie lange sie da bereits tot gewesen sei. Der Arzt erklärt, wenn niemand bei ihr gewesen sei, als sie starb, müsse er die Polizei informieren. Dann fragt er nach Erkrankungen, nach Medikamenten, ich bringe ihm die Berge von Pillen und Tropfen und Salben, fürs Herz, für die Lunge, gegen die Schmerzen.

Sie war siebenundachtzig Jahre alt, sage ich. Der Polizeibeamte wirft nach seinem Eintreten nur einen flüchtigen Blick auf Charlottes Leiche, dann nickt er beiläufig.

Sind Sie ihr Hausarzt?, fragt er.

Der Hausarzt ist im Urlaub, sagt Herr Radek. Aber zahlreiche Vorerkrankungen und heute Morgen kam der Bescheid über die Enteignung, gegen die sie sich so gewehrt hat.

Vermutlich ein Herzinfarkt oder Herzversagen, sagt der Arzt. Er weist auf das Schreiben vom Amt, das geöffnet auf dem Wohnzimmertisch liegt. Der Beamte schaut verständnisvoll und bekümmert, er schickt mich aus dem Raum, der Herr Doktor müsse sich jetzt die Tote genauer ansehen.

Ich stolpere nach oben, ich setze mich auf mein Bett, das Charlottes Bett gewesen war viele Jahrzehnte lang, und starre auf das Fensterbrett, das wie immer mit klebrigem Staub bedeckt ist. Mein Wecker zeigt zwölf Uhr dreißig, die Kinder sind noch in der Schule, Isolde wird kochen, Robert in einer Verhandlung sitzen, Lisanne hat gleich Mittagspause. Zwölf Uhr dreißig an diesem fünfundzwanzigsten Mai, Jens räumt vermutlich schon sein Büro leer. Zwölf Uhr dreißig, Zeitpunkt des Todes?, denke ich, ich habe zu viel Krankenhausserien gesehen.

Um zwölf Uhr vierzig rufen sie mich wieder nach unten, Charlotte liegt jetzt auf dem Sofa, das blaue Kleid glatt gestrichen über Haut und Knochen, das Gesicht eingefasst von weißem Haar und weißem Spitzenkragen. Der Beamte drückt mir die Hand, mein Herzliches Beileid. Dann geht er.

Auch der Arzt kondoliert.

Sie können jetzt einen Bestatter rufen, sagt er. Er gibt mir den Totenschein, sie hat nicht gelitten. Herzversagen, lese ich, als er gegangen ist. Aber sie hatte doch ein so großes Herz. Mir verschwimmen die Buchstaben vor den Augen. Herr Radek tritt neben mich, kommen Sie, er legt mir einen Arm um die Schulter, will mich in die Küche führen, aber ich bleibe stehen und kann den Blick nicht von meiner schönen Großmutter wenden.

Ich möchte sie zeichnen, sage ich.

*

„Das ist für Sie." Josef Radek hielt Katja einen Umschlag hin. Sie ließ das Glas sinken, aus dem sie in großen Zügen Wasser getrunken hatte. Nachdem der Bestatter Charlottes Körper aus dem Haus gebracht hatte, war sie Radeks Vorschlag gefolgt, zu ihm nach nebenan zu gehen. Jetzt saß sie wie betäubt in seinem Wohnzimmer.

„Der ist von Charlotte für Sie." Er füllte ihr Glas wieder auf, während Katja den Umschlag öffnete. Sie fand einen Brief und einen USB-Stick darin, legte letzteren zur Seite und las die ersten Zeilen des Handgeschriebenen. Nach kurzer Zeit schaute sie erschrocken auf und hielt sich an der Lehne des Sessels fest. Ihr Gastgeber war neben der Anrichte stehengeblieben und klappte unruhig einen Buchdeckel auf und zu.

„Dann … war es gar kein Herzversagen?"

Er schüttelte den Kopf.

„Aber …" Katja versagte die Stimme. Ihr schwindelte. Wenn Charlotte sich umgebracht hatte, wieso hatte sie so friedlich auf dem Sessel gesessen? Wie hatte sie es gemacht? Und warum waren keinerlei Spuren, nicht mal eine leere Packung Tabletten oder ein Wasserglas zu sehen gewesen?

„Sie war sehr müde, Katja. Sie hatte ihren Tod lange geplant." Josef Radek setzte sich zu ihr.

„Und Sie haben das gewusst?"

Er zögerte mit einer Antwort. „Ja, sie hat sich mir anvertraut", sagte er schließlich leise.

„Wie lange wussten Sie schon davon?"

„Seit Weihnachten."

Katja nickte. Das noch junge Laub der Nussbäume im Garten leuchtete gelb geädert gegen das Licht der tief im Horizont stehenden Sonne.

„Dann hatte sie die ganze Zeit, die ich bei ihr gewohnt habe, schon vor, sich das Leben zu nehmen." Sie sagte es mehr zu sich selbst als zu Radek. Doch sofort beunruhigte sie ein neuer Gedanke.

„Sie sind ihr bester Freund gewesen. Waren Sie dabei? Haben Sie ihr vielleicht sogar …", sie sah ihn verstört an, „geholfen?"

„Ich war nicht dabei." Jetzt schaute *er* hinaus in den Garten.

„Hören Sie, Katja. Natürlich habe ich mich gefragt, ob ich Charlotte nicht davon abhalten soll. Ob ich sie nicht abhalten *muss*. Ich habe ihr vorgeschlagen, sie soll mit mir weggehen, wenn wir unsere Häuser verlassen müssen. Ich habe alles versucht, um sie zu überzeugen. Aber …" Er kämpfte um die Festigkeit seiner Stimme. „Sie wollte nicht. Sie wollte nicht mehr."

„Ich mache Ihnen keine Vorwürfe." Katja spürte seinen Schmerz. „Ich will nur verstehen … was passiert ist."

„Sie ist eingeschlafen. Dann hat ihre Atmung ausgesetzt. Sie hatte keine Schmerzen."

„Schlaftabletten?"

„Nicht direkt. Pentobarbital. Das ist ein Barbiturat, das in der Schweiz zur Sterbehilfe verwendet wird. Ich hatte es ihr …" Er sprach nicht zu Ende.

In Katjas Kopf drehte sich alles. Sie stürzte ein weiteres Glas Wasser hinunter und bat Radek, die Tür zum Garten zu öffnen. Als er aufstand, fielen Katja zum ersten Mal die Koffer im Flur auf. Wollte er heute noch ausziehen?

„Ist Ihnen nicht gut?" Radek beugte sich besorgt zu ihr herunter. „Das war ein schwerer Tag. Wann haben Sie zuletzt was gegessen?"

„Heute Morgen. Beim Frühstück." Tatsächlich war Katja flau im Magen.

„Dann wird es aber Zeit. Ich mache Ihnen etwas zu essen. Reden können wir danach noch in Ruhe." Er machte sich auf den Weg in die Küche, aber Katja hielt ihn zurück.

„Haben Sie ihr dieses Barbiturat … ich meine, haben Sie ihr das heute gegeben?"

„Nein, schon vor ein paar Wochen."

„Haben Sie sie heute noch gesehen?"

„Als das Einschreiben kam, habe ich sie angerufen." Radek lehnte sich gegen die Anrichte. „Aber gesehen habe ich sie nicht mehr. Sie wollte es nicht."

„Sie haben mit ihr telefoniert?"

„Kurz."

„Ich konnte sie nicht erreichen, ich habe es doch auch versucht …“

„Quälen Sie sich nicht, Katja. Vielleicht wollte sie Sie nicht mit hineinziehen. Vielleicht hätte ein Telefonat sie zu sehr aufgewühlt. Vielleicht …“ Er zuckte mit den Schultern. „Bitte lesen Sie erst einmal in aller Ruhe Charlottes Brief, während ich in die Küche gehe.“

Katja nickte abwesend und starrte auf die krakelige Schrift, die in kleinen, gleichmäßigen Zeilen das Papier bedeckte. Von draußen drang das aufgeregte Schimpfen von Vögeln ins Wohnzimmer. Wahrscheinlich ging Jeshim gerade auf die Jagd.

„Wann du den wohl geschrieben hast“, murmelte Katja.

Die Spaghetti dufteten nach Olivenöl und frischem Basilikum. Josef Radek deckte den Tisch mit Silberbesteck, Stoffservietten und Weingläsern. Vor das dritte Gedeck stellte er eine Kerze, öffnete eine Flasche Rotwein und schenkte ein.

„Auf Charlotte“, sagte er und verneigte sich vor dem leeren Stuhl.

„Auf Charlotte.“ Katja nippte nur an ihrem Wein. Auf nüchternen Magen würde er ihr zu sehr zu Kopf steigen. Sie dachte an die Koffer in Radeks Flur.

„Was haben Sie jetzt eigentlich vor? Wollen Sie verreisen?“

„Ich werde mir einen Traum erfüllen und durch die Welt reisen. Na ja, zumindest durch Europa. Mein Wohnmobil steht schon in Mahrenbach. Ich brauche nur noch etwas Kleidung und ein paar persönliche Dinge mitzunehmen.“

„Und das alles hier“, Katja hätte sich fast verschluckt, „die Möbel, die Bilder, die Bücher … lassen Sie zurück?“

Radek lächelte. „Manchmal ist es besser, alles hinter sich zu lassen und neu anzufangen. Ich glaube, Sie kennen das aus eigener Erfahrung.“

Katja überhörte die Anspielung auf ihre Trennung.

„Aber wo wollen Sie wohnen, wenn Sie zurückkommen? Selbst eine Weltreise dauert nicht ewig.“

„Ach, die Welt ist groß. Und ich bin ein alter Mann.“ Er betrachtete die Farbe des Weins im Licht der Kerze, die an Charlottes Platz stand. „Vielleicht komme ich nicht mehr zurück. Vielleicht bleibe ich im Ausland. Frankreich, Italien, Spanien … Es gibt schönere Orte als Mahrenbach.“

„Sie haben Mut.“

„Mit Mut“, er schaute Katja aus seinen klaren blauen Augen gelassen an, „mit Mut hat das wenig zu tun. Mich hält hier nichts mehr. Und ich würde mich gerne noch irgendwo nützlich machen. Als Tierarzt. Oder als Koch.“

In Katjas Magen breitete sich die Wärme des Essens aus. Sie fühlte sich besser. Radek jedoch drehte schon seit einer Minute dieselben Spaghetti immer wieder um seine Gabel und sah sie nachdenklich an.

„Sie können sich aus meinem Haus nehmen, was immer Sie wollen, Katja. Es wäre mir eine Freude.“ Dann sprach er noch leiser weiter. „Sie könnten auch vorerst hier wohnen. Ich wollte heute noch abreisen.“

Katja ließ die Gabel sinken.

„Heute noch? Das bedeutet, Sie wollen Charlotte ihren letzten Wunsch wirklich erfüllen?“ Sie hatte es dreimal lesen müssen, bevor sie begriffen hatte, was ihre Großmutter ausgeheckt hatte.

„Wenn Sie einverstanden sind.“

„Sie machen sich strafbar, das ist Ihnen doch klar? Brandstiftung ist kein Kavaliersdelikt.“

„Bitte machen Sie sich keine Gedanken um mich.“ Radek schmunzelte. „Ich weiß, was ich tue.“

„Sicherlich, aber … heute noch … das geht alles so schnell.“

Der alte Mann wandte sich wieder dem Essen zu. Jetzt leerte er seinen Teller mit raschen Bissen und bot zuerst Katja mehr von der Pasta an, bevor er sich selbst eine zweite Portion nahm.

„Mir wäre es am liebsten, heute Nacht noch abzureisen. Aber wenn Sie zu müde sind … Sie müssten ja Ihre Sachen und die Katze in Sicherheit bringen.“

„Nein, nein. Ich fühle mich schon besser nach dem Essen.“ Katja dachte nach. Die Vorstellung, die nächste Nacht allein in Charlottes Haus zu verbringen, behagte ihr sowieso nicht.

„Das beruhigt mich.“ Radek nahm noch einen Schluck Wein. „Dann kann ich morgen früh schon an der Nordsee sein.“

Katja begann zu lachen. Was für ein verrückter Tag! Mit dem Anruf von Herrn Hilbersen am Vormittag war er aus dem Ruder gelaufen und hatte danach eine unerwartete Wendung nach der anderen genommen. Sie schüttelte den Kopf.

„Gibt es noch etwas, das ich wissen sollte? Haben Sie und Charlotte heimlich Banken überfallen? Oder war meine Großmutter in Wirklichkeit eine

Spionin? Bin ich wirklich ihre Enkeltochter? Dann würde ich das gerne jetzt wissen."

Radeks warme Handfläche berührte ihren Unterarm.

„Katja. Sie werden etwas Zeit brauchen, um ihren Tod zu verarbeiten. Keine Überraschungen mehr heute. Aber über eine Sache muss ich noch mit Ihnen sprechen."

„Sie wollen auch Ihr eigenes Haus abfackeln?"

„Nein, nein. Aber Sie könnten Probleme mit dem Erbe bekommen, wenn das Haus Ihrer Großmutter einem Brand zum Opfer fällt. Die Versicherung könnte Ärger machen."

Katja schüttelte den Kopf. „Mein Vater und mein Onkel werden die Erben sein. Sollen die ruhig Probleme mit der Versicherung bekommen. Die haben sich doch eh nie um ihre Mutter gekümmert."

„Dann hat Charlotte nicht mit Ihnen darüber gesprochen?" Radek faltete seine Serviette zusammen und legte sie ordentlich neben seinem Teller ab. „Ihr Vater und Onkel werden nur einen Pflichtteil bekommen. Ihre Großmutter hat *Sie* als Erbin eingesetzt."

Katja leerte das Weinglas in einem Zug, hielt inne und begann erneut zu lachen.

„Das hätte ich mir denken können. Aber Sie hatten mir doch versprochen, es gäbe heute keine Überraschungen mehr. Na wunderbar, zünden Sie's an!" Sie hielt ihm das Glas zum Nachfüllen hin.

Radek nahm es ihr schweigend aus der Hand und stellte das Geschirr zusammen.

„Ich gehe uns besser einen Espresso machen. Dann können Sie in Ruhe entscheiden."

Katja lehnte sich müde im Stuhl zurück. In der Dämmerung sahen die silbrigen Stämme der Walnussbäume aus wie die Stelen eines Tempels, lebendige, würdevolle Stelen. Sie verstand plötzlich, warum sich ihre Großmutter diesem eitlen und verrückten, aber liebevollen Nachbarn anvertraut hatte.

„Dem Baumnusskavalier", murmelte sie vor sich hin. Dann folgte sie Radek mit den Gläsern in die Küche.

„Sie haben meine Großmutter sehr gemocht, nicht wahr?" Sie zögerte, ihn nach der Weihnachtsnacht zu fragen. „Vielleicht sogar geliebt?"

„Es gibt viele Arten von Liebe."

„Sie sind bei ihr geblieben in Lossweiler."

„Das war ein Freundschaftsdienst."

„Und Heiligabend?“ An einem Tag wie diesem schien ihr auch eine solche Frage erlaubt. „Sie hat … bei Ihnen übernachtet, oder?“

Radek antwortete nicht. Er füllte Pulver in die Spülmaschine, vergewisserte sich, dass kein Geschirr mehr auf den Arbeitsflächen stand, dann stellte er die Maschine an. Die Weingläser spülte er von Hand aus, nahm die vorgewärmten Tassen von der Espressomaschine.

„Entschuldigen Sie. Ich wollte Ihnen nicht zu nahe treten.“ Katja spürte, wie er gegen das Aufbranden seines Schmerzes kämpfte und fühlte sich nun doch beklommen.

„Sie sind mir nicht zu nahe getreten.“ Er hielt mit der Arbeit inne und lächelte in sich hinein. „Das war eine sehr anrührende Erfahrung mit Ihrer Großmutter.“

Während der Espresso in die Tassen lief und Radek Löffel und Zucker auf ein Tablett legte, betrachtete Katja ihn gerührt. Charlotte musste sich bei ihm geborgen gefühlt haben.

„Danke“, sagte sie schließlich leise.

„Sie haben den Kaffee doch noch gar nicht probiert.“ Er zwinkerte ihr zu und ging mit dem Tablett voraus ins Wohnzimmer.

„Ich meine nicht den Kaffee.“

„Die müssen noch weg, bevor ich fahre.“ Radek nahm eine Schale mit Pralinen aus der Anrichte und reichte sie Katja. „Wollen wir uns in den Garten setzen?“ Ohne eine Antwort abzuwarten, drückte er auf einen Schalter hinter dem Vorhang und eine Kette kleiner Lampions, die sich an den Zweigen der Bäume durch den ganzen Garten zog, leuchtete auf. Katja folgte ihm staunend nach draußen.

„Passen Sie auf die Wurzeln auf. Nicht fallen!“ Am hinteren Ende des Gartens stellte Radek das Tablett auf eine Bank, die um den Stamm eines mächtigen Walnussbaums herum gebaut war. Katja löffelte Zucker in ihren Espresso und hielt die kleine Tasse mit beiden Händen umfangen.

„Ist das wahr, was man sich über die Nussbäume erzählt? Dass jeder Baum für ein Mitglied Ihrer Familie gesetzt wurde?“

Radek nickte. „Das hier ist der Älteste. 112 Jahre alt.“

„Älter als wir jemals werden“, murmelte Katja. Der Kaffee schmeckte bittersüß.

*

„Jetzt sehen Sie sich mal diese Schlagzeilen an!“ Rechtsanwalt Wienands stürmte in Hilbersens Büro, knapp gefolgt von Frau Brunowski, die vergeblich versucht hatte, ihn aufzuhalten. Hilbersen nickte seiner Sekretärin zu und deutete mit erhobener Hand an, dass sie Kaffee bringen möge. Der Anwalt warf ihm eine Handvoll Tageszeitungen auf den Tisch.

„Hier, lesen Sie!“ Betont ruhig nahm Hilbersen eine Zeitung nach der anderen und las die Überschriften laut vor.

„Sie ging gemeinsam mit ihrem Haus ... Schock: Sie wollten ihr Haus wegbaggern: Charlotte (87) ist Opfer der Braunkohle ... Feuer aus dem Jenseits? ... Darf der Tagebau Menschenleben kosten? ... Tod und Zerstörung: Zufall oder Absicht? ... Die Kohle frisst ihre Kinder: Plädoyer gegen eine veraltete Energiegewinnung ...“

„Und das alles so kurz nach dem Unfall von Frau Mahnke! Deren Vater habe ich schon mit einer Klage am Hals!“ Wienands Gesicht war rot angelaufen. Er stand immer noch mit geballten Fäusten vor Hilbersens Schreibtisch.

„Für Öffentlichkeitsarbeit ist die Presseabteilung zuständig.“ Hilbersen versuchte, nicht zu grinsen. „Der Kollege ist übrigens seit einer Woche aus dem Urlaub zurück.“

„Nein, nein. Dieser Imageverlust geht auf *Ihr* Konto, Hilbersen. *Sie* kannten die Alte seit Jahren. Sie hätten dafür sorgen müssen, dass die Sache reibungslos über die Bühne geht.“

„Wollen Sie sich nicht erst einmal setzen, Dr. Wienands?“ Hilbersen las weiter aus den Zeitungsartikeln vor. *„War eine achtlos weggeworfene Zigarettenkippe Ursache für den Brand im verlassenen Tagebaudorf?“*

„Zigarettenkippe!“ Wienands Faust donnerte auf den Schreibtisch. „Dass ich nicht lache. Die alte Hexe hat ihr Haus abgefackelt.“

„Jetzt machen Sie sich aber lächerlich. Frau Rinke war zum Zeitpunkt des Brands seit Stunden tot.“

„Ach, Unsinn.“ Anstatt sich zu setzen, lief der Rechtsanwalt im Büro auf und ab und fuchtelte mit den Händen. „Dass die da ihre Finger drin gehabt hat, ist doch wohl klar. Fragen Sie doch mal die Enkeltochter oder diesen Nachbarn, diesen Herrn ...“ Er lockerte seine Krawatte.

„Radek.“

„Genau. Diesen Herrn Radek.“

„Herr Radek ist verreist.“

„Verreist? Na, das passt doch. Das war Brandstiftung, beim Leben meiner eigenen Mutter war das Brandstiftung.“

„Die Feuerwehr geht von grober Fahrlässigkeit eines Schaulustigen aus. Sie kennen den Tourismus in den verlassenen Dörfern."

„Mitten in der Nacht? Das glauben Sie doch selbst nicht."

„Vielleicht ein Liebespaar, das die Atmosphäre romantisch fand? Oder ein Fotograf für Nachtaufnahmen?" Ralf Hilbersen hatte seinen Spaß daran, den Anwalt noch wütender zu machen. So unbeherrscht hatte er Wienands noch nie erlebt.

„Ah, da kommt unser Kaffee. Vielen Dank, Frau Brunowski." Die Sekretärin warf einen neugierigen Blick auf die Zeitungen.

„Die sollten Sie vielleicht in Ihrer Pause auch mal lesen", schlug Hilbersen ihr vor. „Damit Sie wissen, was in diesem Verein so vor sich geht." Frau Brunowski zog beleidigt ab. Wienands setzte sich endlich.

„Gut, Dr. Wienands. Nehmen wir mal an, es *war* Brandstiftung. Und nehmen wir sogar an, Frau Rinke oder ihre Freunde haben die Finger darin. Wenn ich das richtig sehe, haben wir juristisch keinerlei Handhabe. Das Haus befand sich in Frau Rinkes Besitz beziehungsweise im Besitz ihrer Erben. Also geht es uns nichts an! Wir sollten uns freuen! Jetzt müssen wir nur noch für das Grundstück zahlen."

„Es geht nicht ums Geld, Herr Hilbersen. Diese Koinzidenz ist rufschädigend. Gehen Sie an die Presse! Erklären Sie, dass Frau Rinke unzurechnungsfähig war und längst in eine Klinik oder ein Altersheim gehört hätte! Dass Sie sich schon lange Sorgen gemacht haben. Dass Ihre Angehörigen versäumt haben …"

„Nein!" Hilbersen fiel ihm ins Wort. „Ich werde nicht damit anfangen, schmutzige Wäsche zu waschen." Er dachte mit Unbehagen daran, wie er derlei Erklärungen beim Unfall von Frau Mahnke hatte geben müssen. „Die Öffentlichkeit wird sich schon wieder beruhigen."

Wienands rührte so heftig in seinem Kaffee, dass dunkle Spritzer auf den Zeitungen landeten.

„Da stand ein Blumenkasten mit vertrockneten Pflanzen vor der Tür. Und ein Stapel mit Brennholz und Reisig lag daneben. Das war doch arrangiert. Oder war das da immer schon?"

„Das Feuer breitete sich über ein hölzernes Rosengitter neben der Haustür bis zum Dach aus und griff von da aus auf die Scheune über", las Hilbersen vor. „Klingt nach Zufall."

„Ich will nicht wissen, wie es klingt. Ich will wissen, ob dieser Blumenkasten und das Brennholz die ganze Zeit schon vor dem Haus lagerten. *Sie*, Herr Kollege, waren doch mehrfach da!“

„Ach Gott, ich kann mir wirklich nicht jede Einzelheit merken.“ Hilbersen zuckte mit den Schultern. Das fehlte noch, dass er Wienands unter die Nase rieb, dass bei seinem letzten Besuch außer Unkraut tatsächlich nichts vor dem Bauernhaus gewesen war. Er wischte einen Kaffeefleck vom Papier und las weiter:

„Da weder Brandbeschleuniger noch verwertbare Fingerabdrücke gefunden werden konnten, geht die Polizei von grober Fahrlässigkeit aus. Befremdlich bleibt, warum das Feuer unmittelbar nach dem Tod der Hauseigentümerin ausbrach.“

„Befremdlich. Sehr befremdlich, wenn Sie mich fragen.“ Der Anwalt wischte sich Schweiß von der Stirn und zog die Krawatte wieder fest. „Ich habe Sie richtig verstanden? Sie wollen nichts unternehmen, um den Ruf der GBA wiederherzustellen?“

Hilbersen schaute amüsiert auf den Anwalt, der den Kaffee in einem Schluck herunterstürzte und sich danach mit schmerzverzerrter Miene eine Hand vor den Mund hielt.

„Ich sehe nicht, dass der Ruf der GBA gelitten hat.“

„Dann einen guten Tag noch!“ Die wütenden Schritte des Anwalts wurden vom Teppich verschluckt.

*

War es wirklich ein Zufall?

Fragt er mich, als der Beerdigungskaffee beendet ist.

Die Gäste haben sich zerlaufen, mein Vater und mein Onkel sind in ihr Hotel zurückgekehrt und auch meine Töchter haben mich nach besorgten Nachfragen allein gelassen. Sogar Kai war da, hat abseits der anderen Gäste die Zeremonie verfolgt und ist gleich wieder gegangen, nachdem er Charlotte eine Handvoll Erde auf den Sarg gestreut hatte. Ich bin noch einmal zu ihrem Grab gegangen.

War es wirklich ein Zufall?

Ich drehe mich zu ihm um.

Was meinen Sie?

Herr Hilbersen lächelt.

Ich denke, Sie wissen, was ich meine.

Irritiert wende ich mich wieder dem Grab zu, knie mich neben den Hügel aus Blumenschmuck. Den kleinen Kranz mit den rosafarbenen Gerbera lehne ich gegen unseren Familienkranz, ich streiche die Schleifen aller Gebinde noch einmal glatt, lese die Aufschriften, viele Namen kenne ich nicht mal. Eine tiefrote Schleife fällt aus dem Rahmen.

Meiner Freundin, steht darauf. Dein Josef.

Es ist immer noch sonnig, den ersten Nelken ist schon zu warm gewesen, sie lassen die Köpfe hängen; anders das Schleierkraut, zart, aber beharrlich steht es aufrecht.

Ruh dich aus, mein Schatz, du siehst müde aus!, hat mein Vater gesagt, als er sich verabschiedete. Meine Mutter ist gar nicht erst gekommen, die Badesaison auf Mallorca beginnt gerade.

Meine Knochen, Kind, sagte sie am Telefon, ich brauche die Sonne und das Meer, ich kann jetzt hier nicht weg, das verstehst du doch? Aber ich verstand nicht und legte auf. Hatte ich etwas anderes von ihr erwartet?

Herr Hilbersen steht immer noch schweigend, in angemessenem, ja geradezu übertrieben höflichem Abstand hinter mir und wartet auf eine Antwort. Ich blicke über den Hügel aus Kränzen und Blumen, hinter dem das Holzkreuz mit Charlottes Namen fast verschwindet, überprüfe noch einmal das Gesamtbild und stehe auf.

Dort ist eine Bank, sage ich.

Sie müssen mir meine Frage nicht beantworten, erwidert er. Er bleibt zögernd stehen, auch als ich längst sitze. Er setzt sich erst zu mir, nachdem ich ihm den Platz neben mir noch einmal, mit Nachdruck angeboten habe.

Nichts war Zufall an diesem Tag, sage ich.

Da schleicht sich eine Spur von Verwirrung auf sein Gesicht. Habe ich zu viel gesagt? Er will eine Frage stellen, ich sehe es an seiner Miene, aber dann schluckt er sie herunter und nickt stattdessen.

Ich habe Ihre Großmutter gemocht.

Ich weiß, sage ich. Obwohl sie es Ihnen nicht leicht gemacht hat.

Wir lachen beide, dann zögere ich wieder, was ich sagen kann, wie viel ich erzählen darf. Noch könnte man den Leichnam meiner Großmutter untersuchen. Noch könnte Herr Radek Ärger kriegen.

Nun ist sie doch in Neu-Lossweiler angekommen, sagt Hilbersen da.

Es hätte ihr nicht gefallen, erwidere ich. Er nickt.

Die Rede am Grab eben war sehr bewegend. Er räuspert sich. Aber das war kein Priester, der sie gehalten hat, oder?

Da beginne ich, ihm von Charlotte zu erzählen. Erkläre ihm, dass sie keinen Priester wollte, weil sie nicht an Gott glaubte. Dass sie seit dem Tod ihres kleinen Sohnes, damals, nach dem Krieg, schon nicht mehr an Gott glaubte. Dass sie ihren ersten Mann überlebt hat, ihren zweiten ebenso. Dass sie immer ein Freigeist war, eigensinnig, störrisch, aber liebevoll. Ich erzähle und erzähle, ich kann gar nicht mehr aufhören, es strömt aus mir heraus, es gibt so viel, das man über Charlotte erzählen könnte. Erzählen müsste.

Hilbersen hört mir zu. Unterbricht mich nicht. Schaut nicht auf die Uhr.

Ich wusste nicht, wie viel sie in ihrem Leben schon verloren hatte, sagt er, als ich endlich wieder schweige. Er stützt sich mit den Unterarmen auf seinen Beinen ab, er sitzt, wie Jens neben mir in der Kirche saß: Den Kopf gesenkt, in Gedanken versunken, unschlüssig.

Haben Sie Kinder?, frage ich ihn.

Zwei. Seit der Trennung von meiner Frau kümmere ich mich um sie, ich habe um sie gekämpft, das hat mich vielleicht sogar Ihre Großmutter gelehrt.

Jetzt übertreiben Sie aber, protestiere ich.

Ich will nicht, dass er mir Honig um den Mund schmiert, er soll auch Charlotte nicht posthum zu seiner Freundin und Lehrerin erklären.

Doch, erwidert er. In dem Augenblick, als ich mich zum ersten Mal durchgesetzt habe meiner Frau gegenüber, in diesem Augenblick musste ich an Ihre Großmutter denken.

Ich lehne mich in der Bank zurück, atme durch. Es ist ruhig hier. Die letzten Tage waren chaotisch, von morgens bis abends ausgefüllt mit Organisation, alles von meinem Unterschlupf bei Sophie aus, tausende Telefonate. Mit dem Bestatter, der Friedhofsverwaltung, dem Redner, dem Blumenladen, der Tageszeitung, der Druckerei, der Sparkasse, der Familie, den Hotels.

Jetzt plötzlich Stille.

Nein, es war kein Zufall, sage ich laut.

Ich denke an den Abend nach Charlottes Tod, den Espresso unter Herrn Radeks Nussbaum, an eilig zusammengepackte Dinge. Jeshim klagte in seiner Box. Ich wusste nicht, was ich mitnehmen sollte von Charlottes Sachen, nahm am Ende kaum etwas mit, nur eine angebrochene Flasche Kölnisch Wasser aus sentimentalen Gründen und ein paar Spitzentaschentücher, die sie gehäkelt, aber nie benutzt hatte. Vor dem kleinen Weihwasserbecken hielt ich zögernd inne, ließ es dann an seinem Platz hängen, nahm stattdessen das Ge-

mälde des Hofes und mit ihm die Geschichte des Heißluftballons mit. Dann hielt ich die Standuhr an. Draußen war es dunkel geworden.

Mit Sophie hatte ich schon telefoniert, ich schloss Charlottes Haustür ab, als ob das noch einen Sinn gehabt hätte, rief Sophie ein zweites Mal an.

Ich komme jetzt, sagte ich ihr, ich bin auf dem Weg.

Sie hatte ein Bett für mich gemacht, die geblümte Wäsche duftete nach einem fremden Waschmittel, und ich schlief sofort ein. Fand nicht mal Zeit, mich darüber zu wundern. Erst am frühen Morgen weckten mich die Martinshörner und die Sirenen der Feuerwehr.

Jetzt wollen Sie sicher wissen, wer das Feuer gelegt hat, frage ich Herrn Hilbersen.

Jemand hat eine Zigarettenkippe weggeworfen, antwortet er da sehr ruhig. Unsere Arbeiter haben das Feuer leider erst bemerkt, als Dach und Scheune schon lichterloh in Flammen standen. Das war alles. Mehr muss ich nicht wissen.

Dennoch scheint er nachdenklich, mit der rechten Hand knetet er die Finger seiner linken, sein übergeschlagenes Bein wippt dazu, ich nehme meinen Blick von den Blumen auf Charlottes Grab und sehe ihn an.

Aber etwas anderes, sage ich, etwas anderes wollen Sie noch wissen.

Es steht mir nicht an, murmelt er, nur ... Wenn nichts an diesem Tag Zufall war ... dann war auch der Tod Ihrer Großmutter kein Zufall?

Sein Bein wird wieder ruhig, seine Finger halten still, wir sehen jetzt beide zum Grab hinüber.

Der Arzt hat Herzversagen diagnostiziert, sage ich. Sie war schon tot, als ich in Lossweiler ankam.

Herr Hilbersen nickt, er bedankt sich, reicht mir die Hand zum Abschied. Vor Charlottes Grab bleibt er kurz stehen und verbeugt sich. Ich sehe ihm nach, wie er mit raschen Schritten zum Ausgang geht.

Entschuldigen Sie, rufe ich ihm hinterher. Aber das war Charlottes letzter Triumph. Niemand soll wissen ...

Er dreht sich nicht um. Nur am Zögern seines Rückens erkenne ich, dass er mich gehört hat. Dass er verstanden hat. Und ich bin sicher, er lächelt.

Es wird Zeit, sage ich zu Charlotte. Zeit, nach Hause zu gehen.

Auch ich bleibe vor ihrem Grab noch einmal stehen, verschränke die Arme vor der Brust und reibe meine Oberarme. Jetzt ist mir doch tatsächlich kalt geworden in der schwarzen Bluse.

Frierpitter, sagt Charlotte und lacht und muss husten.

Die Autorin

Anja Wedershoven, Jahrgang 1968, lebt und arbeitet am Niederrhein. Neben ihrer journalistischen Arbeit schreibt sie – „seit ich schreiben kann“ – eigene Texte. Dabei sind ihr Figuren und Sprache besonders wichtig. Und die Erkenntnis, dass sich auch das eigene Schreiben immer wieder verändert und (hoffentlich) weiterentwickelt.

Nach Veröffentlichungen in Anthologien und kleineren Literaturpreisen ist „Schürfwunden“ ihr erster Roman. Die Familien- und Emanzipationsgeschichte spielt vor dem Hintergrund des Braunkohletagebaus und erzählt von Verlusten und Wandlungen im Leben zweier Frauen.

Weitere Romane aus dem ACABUS|Verlag

Karl Hemeyer

Sylter Weihnachtswellen
Eine Liebesgeschichte

ISBN: 978-3-86282-213-3
120 Seiten
EUR 9,90
ACABUS Verlag November 2012

Harald Jacobsen

Mörderische Nähe
Sophie Martens - Von Fall zu Fall
MordNordost - Krimis aus Eckernförde

ISBN: 978-3-86282-062-7
144 Seiten
EUR 11,90
ACABUS Verlag März 2012

Miriam Rathke

Fernhalten
Ein Neuseeland-Roman

ISBN: 978-3-86282-173-0
264 Seiten
EUR 13,90
ACABUS Verlag September 2012